Marina Heib • Die Stille vor dem Sturm

Marina Heib wurde in St. Ingbert im Saarland geboren. Nach ihrem Studium der Orientalistik und Philosophie ging sie 1988 nach Hamburg, wo sie als Redakteurin für mehrere Publikumszeitschriften tätig war. Seit 1998 arbeitet sie als freie Drehbuchautorin fürs Fernsehen. Von Marina Heib sind bislang fünf Kriminalromane, zwei Thriller und mehrere Kurzgeschichten in diversen Verlagen erschienen.

MARINA HEIB

Die Stille vor dem Sturm

PENDRAGON

Niemand hätte jemals das Meer überquert,
wenn er die Möglichkeit gehabt hätte,
bei Sturm das Schiff zu verlassen.

Charles F. Kettering

Filmriss

Er wacht auf und öffnet die Augen. Es ist dunkel, er kann so gut wie nichts sehen. Aber er liegt nicht in seinem Bett, das spürt er. Er liegt hart, sehr hart. Schmerz dringt in sein Bewusstsein. Seine Glieder fühlen sich geschwollen an, jeder einzelne Knochen tut weh, der Kopf dröhnt, und seine linke Hand pocht wie verrückt. Was ist passiert? Wo, verdammt, ist er? Totaler Filmriss. Er stützt sich mit beiden Händen auf, um sich aus seiner liegenden Position hochzurappeln, doch als er mit seinem Gewicht Druck auf die linke Hand ausübt, schreit er vor Schmerz laut auf und fällt wieder hinten über, wobei er mit dem Kopf auf den Boden stößt. Es klingt nackt, roh, metallisch. Mit der rechten Hand tastet er um sich, um vielleicht eine Lampe oder einen Lichtschalter zu finden. Nichts. Ebenfalls nur mit der Rechten richtet er sich wieder auf und betastet vorsichtig seine linke Hand. Ein dicker Verband ist um sie gewickelt. Der Verband fühlt sich nass und schmutzig an. Er riecht daran. Es riecht nach Blut. Behutsam tastet er den Verband ab, drückt auf den Handrücken und jeden einzelnen Finger, um herauszufinden, was mit seiner Hand los ist. Als er es begreift, überkommt ihn eine Welle der Übelkeit. Ihm wird schwindlig.

Da klafft eine Lücke. Da, wo sein Ringfinger sein sollte. Er ist nicht da. Einfach nicht da. An der Stelle, wo der Finger sitzen sollte, ist … nichts. Von einem heiß-kalten Schock gepackt schreit er wieder auf. Scheißescheißescheiße, schreit er. Dann übergibt er sich. Als er wieder Luft bekommt, stammelt er entsetzt vor sich hin und wiegt sich vor und zurück wie ein hospitalisierendes Kind. Es dauert eine Weile, bis er damit aufhören kann. Er fragt sich, was zur Hölle passiert ist, und versucht, sich zu erinnern.

Er ist mit Macke im Club gewesen und hat das Spiel angesehen. Hat viel getrunken. Ein paar Lines Koks reingezogen. Er erinnert sich an laut grölende Fans, als die Hertha das finale Siegestor schoss. Das Bier floss in Strömen. Er hat mit Macke noch ein, zwei oder drei Absacker genommen, dann ist er mit ihm raus gegangen. Hat sich verabschiedet, sich torkelnd auf den Weg nach Hause gemacht. Das Auto hatte er vorsorglich in der Tiefgarage gelassen, weil er beim Public Viewing in der Kneipe eh säuft, vor allem beim Heimspiel. Er erinnert sich auch noch, den pakistanischen Zeitungsverkäufer der Morgenausgabe an der Kreuzung gesehen zu haben. Kurz danach ist er in seine Straße eingebogen. Dann Blackout. Nichts mehr.

Er hat keine Ahnung, wie lange er ohne Bewusstsein war. Er spürt immer noch diffus das Koks in seinem Organismus, dazu jede Menge Adrenalin, das durch seine Zellen jagt und sie zum Vibrieren bringt. Doch dieser Grundton von nervöser Energie wird überlagert von einem Gefühl der Betäubung, das dumpf in ihm nachhallt und seine Gedanken und sensorischen Empfindungen in Watte packt.

Eine Millisekunde lang glaubt er an einen blöden Scherz seiner Freunde. Aber das ist Schwachsinn, die hätten ihn ins Krankenhaus gebracht, wenn er einen

Finger verlor, wie auch immer das passiert sein mochte. Die meisten seiner Freunde sind zwar total bescheuert, aber keine Arschlöcher. Also ist die Sache ernst. Sehr ernst. Er will in die Innentasche seiner Jacke greifen, das Handy herausnehmen. Doch er trägt seine Jacke nicht. In der Dunkelheit kniet er sich hin und tastet seine nähere Umgebung ab. Die Jacke ist nicht da. Damit fehlen auch sein Geld, seine Papiere und sein Handy. Scheiße! Hat er die Jacke verloren? Einfach so? Wohl kaum. Genauso wenig wie er seinen Finger einfach so verloren hat.

Er zermartert sich das Hirn, erinnert sich aber nur an einen grellroten Blitz aus Schmerz inmitten tiefster Schwärze. Er muss fast vollständig betäubt gewesen sein, als er den Finger verlor. Wodurch auch immer. Sein Geschmack im Mund ist pappig und bittersüß. Das kommt weder vom Alk noch vom Koks. Er schüttelt den Kopf, um sich klar zu kriegen, unterlässt es aber sofort wieder, denn es tut weh. Genau wie das Nachdenken. Alles tut weh.

Er kniet sich hin, tastet sich vorsichtig weiter, nur mit der Rechten. Ein paar Meter neben ihm stehen zwei große Plastikkanister und eine Metallbox auf dem Boden. Als er die Kanister bewegt, schwappt es. Er öffnet einen der Behälter und riecht daran. Geruchlos. Er streckt den Zeigefinger der rechten Hand hinein und fühlt lauwarmes Nass. Er leckt an seinem Zeigefinger. Wasser. Das nimmt er zumindest an. Er hofft es. Aber er traut sich nicht zu trinken, obwohl seine Zunge trocken am Gaumen klebt. Er blickt sich angestrengt um. Seine

Augen beginnen, sich an die Dunkelheit zu gewöhnen. Schemenhaft kann er seine nächste Umgebung sehen, aber weder die Ausdehnung des Raumes erkennen noch die Umrisse. Es scheint ein großer Raum zu sein. Als er hustet, wobei ihm nicht nur der Schädel fast zerspringt, sondern auch seine Rippen sich in die Lunge zu bohren scheinen, hallt es hohl. Er wendet den Kopf, nach rechts, nach links, er setzt sich wieder hin, dreht sich im Sitzen um die eigene Achse. In jeder Richtung blickt er in eine bedrohliche, dunkelgraue Leere. Er hört Wasser. Es schwappt und gluckst leise, aber er kann nicht orten, aus welcher Richtung die Geräusche kommen. Als er sich darauf konzentriert, werden die Geräusche lauter und lauter, als befinde er sich inmitten eines reißenden Flusses. Sein Kopf dröhnt. Er hält sich die Ohren zu. Seine mühsamen Versuche, halbwegs klar zu denken, ertrinken in einer Welle aus Panik.

Einige Wochen zuvor • **Die Einladung**

Ein Sommersturm näherte sich über der Nordsee. Dunkle Wolken ballten sich bedrohlich am Horizont, Wind setzte ein, wurde stärker, begann zu jaulen, zu brausen und zu tosen, drehte, wendete, schwieg kurz, um dann mit verstärkter Macht aufzubrüllen. Möwen flogen wie Fetzen durch die Luft. Bleigraue Wassermassen rollten mit ungestümer Wucht gegen das Gestade und zogen Sand, Muscheln, Steine, Geröll und alles, was zuvor an den Strand gespült worden war, wieder mit zurück in die schwarze Tiefe. Das Meer schien in epileptischer Raserei, türmte sich in Wellenbergen, die Gischt wirkte wie Schaum vor dem Mund eines wütenden Ungeheuers. In den Dünen standen zwei Spaziergänger, die sich geduckt dem Toben des Windes entgegenstemmten, die Hände in Hosen- oder Jackentaschen versteckt, die Schultern nach vorne gebeugt. Übermütige Sturmsucher, die ihre Kräfte mit der Gewalt der Natur messen wollten. Trutz, blanke Hans! Von Weitem grollte ein Donner, wenige Sekunden darauf zuckten grelle Blitze über die See und tauchten die Szenerie für einen Augenblick in gespenstisches Licht. Ein plötzlich einsetzender Starkregen trommelte auf das Meer und schlug auf den Strand ein wie die Bleikugeln eines Schrapnells.

Nach etwa 30 Minuten war der Spuk vorbei. Der Himmel riss auf, die Wolken zogen sich langsam an den Horizont zurück, wo sie schließlich ganz verschwanden, als wären sie draußen, weit weg in die offene See abgetaucht. Das Firmament erstrahlte in einem frisch gewaschenen Babyblau, die Sonne flimmerte heiß durch die feuchte Luft und machte sich daran, den schweren, nassen Sand zu trocknen. Dünengräser richteten sich langsam auf, letzte Regentropfen liefen glitzernd an ihnen herab, um im Sand zu versickern. Die beiden Spaziergänger richteten sich ebenfalls auf, leckten sich die Lippen, um noch etwas von dem Salz zu schmecken, das der Wind ihnen ins Gesicht gepeitscht hatte. Sie legten schützend ihre Hände vor die Augen, blinzelten in die Sonne und suchten das Meer nach Zeichen des vorangegangenen Infernos ab. Vergeblich. Die See lag jetzt ruhig und weich bewegt, die Wasseroberfläche wogte sanft, schaukelte, glitzerte, das Bleigrau wich Meter für Meter einem satten, dunklen Blaugrün. Nichts als pure Schönheit, Grenzenlosigkeit, Ewigkeit. Trügerische Stille.

Marie blickte zu den Spaziergängern und sah, dass sie endlich weitergingen. Nun war sie ganz allein mit dem Meer. Sie betrachtete es voller Abscheu. Obwohl sie auf einer friesischen Hallig geboren und aufgewachsen war, die Nordsee also ständig vor Augen und in der Nase und das Salzwasser im Blut gehabt hatte, weigerte sie sich stur, in die allgemein übliche Begeisterung einzustimmen. Wenn ihr ein zumeist binnenländischer Tourist das mit bedeutungsschwangeren Metaphern aufgeblähte Loblied des Meeres sang und darauf hoffte, dass sie einstimmte, zuckte sie nur mit den Schultern und zitierte in einer kleinen Abwandlung Kurt Tucholsky: *„Das Meer liegt da und sieht aus.“* Auch wenn sie es besser wusste, viel besser. Mehr gab es für sie dazu nicht zu sagen. Falls sie überhaupt etwas dazu sagte.

Auch jetzt stand sie wortlos in den Sylter Dünen. Klatschnass und schwer atmend beobachtete sie das Naturschauspiel. Der Sturm und die aufgepeitschte See hatten sie in Panik versetzt, doch sie hatte nicht in die Sicherheit des Hotels fliehen wollen, um mit Henning an der Bar einen Cocktail zu schlürfen und in entspannter Ablenkung herumzualbern, bis der Wind sich wieder legte. Sie hatte standgehalten. Dennoch zitterten noch immer ihre Hände, ihr Puls war erhöht, und sie wusste nicht, ob das Tosen des Meeres in ihren Ohren nachhallte oder sie nur das rhythmische Rauschen ihres Blutes hörte.

Marie atmete tief durch, drehte sich um und stapfte langsam zurück, um sich zu duschen und für den Abend umzukleiden.

Der Türsteher der Bar sah Henning Wendelstein und Marie Brodersen schon von Weitem und winkte die beiden mit fast devoter Geste heran. Henning zog Marie an der langen Schlange junger Menschen vorbei, die geduldig auf ihren Einlass warteten. Einige murrten lautstark, andere tuschelten verhalten. Marie hörte, wie ein junger Mann zu seiner Begleiterin sagte: „Scheiß Wendelsteins. Die glauben, ihnen gehört die halbe Welt!"

„Und die andere Hälfte den Brodersens …", antwortete seine Freundin. Dabei warf sie einen begehrenden Blick auf Henning. Der scherte sich nicht um das Fußvolk und drängelte Marie fröhlich vorwärts.

„Jetzt komm endlich, bevor der Pöbel über uns herfällt!“

Auch wenn Marie der arrogante Auftritt ihres Freundes unangenehm war, so war sie dennoch erleichtert über seine gute Laune. Tagelang hatte er sich maßlos darüber geärgert, dass sein Bruder Sören ihn ohne Erklärung für ein Wochenende nach Sylt in ein Luxushotel und für diesen Abend in den angesagtesten Club der Insel beorderte. Marie freute sich über die kleine Auszeit vom Alltag. Henning jedoch hatte sich nur über den Kommandoton seines älteren Bruders echauffiert und ihr damit die Vorfreude vermiest. Inzwischen schien er sich jedoch auf die Zusammenkunft zu freuen. Also verdrängte Marie die ihr peinliche Bevorzugung, die sie beim Türsteher genossen hatten, und folgte Henning bereitwillig in den Club. Sie war fest entschlossen, den Abend zu genießen.

Der Club war brechend voll mit amüsierwilligen jungen Leuten, die sich am Tresen und auf der Tanzfläche drängten. Es lief entsprechend dem Kuba-Motto dieser Nacht karibische Steel-Drum-Musik. Die Einrichtung präsentierte sich in einem edlen, satt-sündigen Rot. Henning wurde von dem Club-Besitzer mit einer Umarmung begrüßt und zu einem reservierten Tisch auf einer halbwegs ruhigen Empore geleitet. Sofort kam ein Kellner, der ihre Getränkewünsche aufnahm.

Marie sah sich angetan um. Die Atmosphäre gefiel ihr, die Musik ebenso. Nur das Gedränge auf der Tanzfläche verursachte ihr Beklemmungen. Sie war froh, von ihrem Sitzplatz aus das wilde Treiben der Partygäste beobachten zu können, ohne sich ins Getümmel stürzen zu müssen.

„Wieso sind wir noch nie hier gewesen? Ich find's sehr nett!“, sagte sie.

„Nett ist die kleine Schwester von scheiße.“ Henning sah auf die Uhr. „Typisch, Sören lässt mich warten. Seine blöden Machtspielchen gehen mir dermaßen auf den Wecker! Aber scheiß drauf, heute Abend wird gefeiert!“

Er zog Marie in seine Arme und küsste sie stürmisch. Marie lachte. „Fragt sich nur, was wir feiern?“

„Dass du mit mir zusammen bist? Dass wir jung, reich und schön sind und uns die Welt offensteht? Dass die Pappnasen da drüben vor Neid grün und gelb sind, wenn sie sehen, wie ich meine Zunge in deinen Hals stecke?“

„Sei nicht so ein blöder Macho, Henning Wendelstein!“

Henning antwortete nicht, denn er entdeckte Tim, den jüngsten der drei Wendelstein-Brüder. Ungestüm winkte Tim schon von der Tür, bahnte sich seinen Weg durch die Menge und strahlte dabei unbekümmert wie immer. Als er am Tisch ankam, riss er Marie aus den Polstern, küsste sie auf beide Wangen und klopfte Henning auf die Schulter.

„Hey, Leute, bin gerade über Hamburg mit der Bimmelbahn angekommen. Sachen im Hotel abgeworfen und zack, hierher. Alles frisch bei euch?“

Ein Nicken von Henning genügte ihm als Antwort, er sprudelte temperamentvoll weiter.

„Ich muss euch unbedingt was erzählen, ich bin echt hin und weg, aber ich halte meine Klappe, bis Sören da ist. Sonst muss ich euch zwei Mal volllabern. Mann, hab ich'n Brand, wo is'n der Mundschenk? Henni, weißt du, was unser Großer hier für einen Aufriss macht? Gehts um Papas Geburtstag?"

„Das würde mich auch interessieren." Hinter Tim war ein großer, breitschultriger Typ mit wirren, hellbraunen Locken und einer sexy gekleideten, zierlichen Blondine an den Tisch getreten. Er gab allen die Hand, wirkte dabei aber mürrisch.

Henning stellte vor.

„Marie, das sind Mike und Julia. Ich hab dir von ihnen erzählt. Mike, Julia, das ist Marie. Tim kennt ihr ja."

Tim begrüßte die beiden lachend.

„Hey, Julia, du schärfste Schulfreundin ever! Du bist immer noch mit diesem Kerl aus dem kanadischen Holzfällerbilderbuch zusammen?!"

Mike runzelte die Stirn, er konnte mit Tims Humor offensichtlich wenig anfangen. Tim zog Julia mit zum Tresen, um ein paar Cocktails zu holen. Mike setzte sich zu Henning und Marie und musterte die beiden. Marie fühlte sich unwohl, sie fand Mikes durchdringenden Blick unhöflich und seine deutlich schlechte Laune minimierte ihre Neugier auf ihn. Tim und Julia waren noch am Tresen, als Sören eintraf. Genau wie Henning zog er die Blicke vieler Frauen und Männer auf sich, als er den Raum durchquerte. Bei Henning lag dieser Effekt an seinem auffallend guten Aussehen.

Bei Sören war es die Präsenz, die er ausstrahlte. Dass sie Wendelsteins waren, tat sein Übriges.

Sören ignorierte Hennings sarkastische Bemerkung über seine Verspätung geflissentlich. Er war gut drauf und begrüßte auch Julia und Tim erfreut, als die beiden mit einem Tablett voller Sex-on-the-Beach-Cocktails zurückkamen. Die Margaritas, die inzwischen vor Marie und Henning standen, schob Tim achtlos beiseite.

„Alle da? Super! Sören, bevor du loslegst: Ich will was verkünden! Ihr werdet es nicht glauben! Ich habe die Frau meines Lebens kennengelernt!"

Sören und Henning stöhnten synchron auf.

„Nicht schon wieder!"

„Dieses Mal ist sie es wirklich! Ich schwör's bei meiner Red Corvette!"

Julia nickte lachend.

„Er hat mich schon am Tresen vollgelabert ... Wie schön, sanft, klug, lieb sie ist ... Britt! Und ausnahmsweise keine Schickeria-Tussi, sondern eine Frau, die für ihren Unterhalt arbeitet! Tim ist verknallt in eine Kindergärtnerin! Ritzt es in alle Bäume und Barhocker, schreibt es an den Himmel!"

Sören winkte ab.

„Schreib's lieber in den Sand, denn beim nächsten Windstoß heißt sie schon wieder anders."

Tim wollte vehement widersprechen, doch Mike unterbrach unwirsch. „Können wir jetzt mal zur Sache kommen?"

Marie fand Mike immer unsympathischer. Was für

eine Spaßbremse! Sie wusste nur noch nicht, was sie von dieser tief dekolletierten Sexbombe Julia zu halten hatte, die wie eine Ertrinkende in Mikes Arm hing, dabei aber ihre Hand auf Tims Oberschenkel ablegte und Sören mit Schlafzimmerblick anlächelte. War diese Frau selbstbewusst oder einfach nur billig?

Sören nickte Mike zu.

„Wir sind hier versammelt, weil unser alter Herr demnächst seinen 65. Geburtstag feiert."

Tim gab dem Kellner ein Zeichen, eine neue Runde zu bringen, obwohl sie die Drinks bislang kaum angerührt hatten.

„Aber warum bequatschen wir die Party auf Sylt? Feiern wir hier?"

Sören verneinte.

„Sylt erschien mir passend, das wirst du gleich verstehen. Wir bequatschen übrigens keine Party, sondern eine Yacht."

Marie schaltete ab. Wenn die Wendelsteins anfingen, über Yachten zu reden, konnte das Gespräch ausufern. Der alte Wendelstein besaß eine große Werft bei Kiel für Bau und Wartung von Doppelwandtankern, wo neben oder treffender gesagt unter Sören auch Henning arbeitete. Sören war der designierte Nachfolger des Alten und als Jurist zuständig für die internationalen Verträge. Henning kümmerte sich um Kundenbetreuung und Öffentlichkeitsarbeit. Zudem gehörte zum Familienbesitz noch eine erheblich kleinere, aber ebenfalls sehr lukrative Werft in der Nähe von Marbella, wo exklusive Boote im Auftrag betuchter Eigner gefertigt wurden.

Yachten, sowohl Motor- als auch Segelyachten, waren die Leidenschaft des alten Wendelstein, und auch Sören und Henning teilten dieses Interesse. Marie jedoch zeigte bei dem Thema noch weniger Interesse als Tim und verlegte sich auf das Beobachten der Anwesenden. Sie fand es immer wieder erstaunlich, wie unterschiedlich die Brüder waren, selbst wenn sie sich durchaus ähnlich sahen: alle drei gut bis sehr gut aussehend, dunkelhaarig, schlank. Zudem trug jeder von ihnen den gleichen wertvollen Siegelring mit seinen Initialen, ein Geschenk ihres Vaters, der damit eine Geschlossenheit der Familie beschwören wollte, die nicht existierte. Tim war der einzige, der das irgendwie cool fand. Er hatte sich die Initialen sogar in der gleichen, altmodisch verschnörkelten Typo auf die Rückseite seines Handys gravieren lassen. Doch charakterlich waren die Brüder völlig verschieden. Sören gab stets den smarten Macher und souveränen, verantwortungsvollen Juniorchef mit Stil. Selbst in diesem betont lässigen Club trug er eine Seidenkrawatte mit doppeltem Windsorknoten. Tim war der Gegenentwurf zu Sören. Das Nesthäkchen der Familie surfte begeistert, unüberlegt und sprunghaft auf einer Welle aus Sorglosigkeit durchs Leben. Er studierte an der Deutschen Film- und Fernsehakademie in Berlin und verdiente gelegentlich ein paar Euro mit Musik-Videoclips, die er für mehr oder minder begabte Bands drehte. Dazu bekam er eine beachtliche monatliche Summe von Papa, das meiste davon gab er für Partys, Drogen und seine Red Corvette aus. Tim baute zwar jede Menge Mist, aber man konnte ihm nie böse sein, weil er es nie böse meinte. Ganz anders Henning. Wenn Tim Licht war, so war Henning Schatten. Sein Hauptmerkmal war die Widersprüchlichkeit. Er konnte ungeheuer charmant, humorvoll, aufmerksam und sogar liebenswert sein, manchmal jedoch agierte er unerwartet kühl und bissig. Dann strahlte er etwas Düster-Geheimnisvolles, fast Besessenes aus. Marie vermutete, dass es diese spannungsgeladene Mischung war, die sie so faszinierte und seit einem knappen Jahr an diesen Mann band.

Sie hatte Henning beim Tierarzt-Notdienst kennengelernt, wo sie an manchen Wochenenden assistierte, um parallel zu ihrem Studium der Veterinärmedizin praktische Erfahrung zu sammeln. Henning war mit einer schwer verletzten Katze hereingekommen, die ihm direkt vor der Praxis vors Auto gelaufen war. Marie fand es rührend, wie sich dieser Kerl um den räudigen Streuner sorgte, den sie leider nicht hatten retten können. Entgegen ihrer sonstigen Zurückhaltung hatte sie ihn zum Trost auf einen Kaffee in dem Schnellimbiss gegenüber der Praxis eingeladen. Dort erzählte er ihr von einem Kater namens Chippie, der in seiner Kindheit für ein paar Jahre die Hauptrolle in seinem Leben gespielt hatte, aber schließlich vom Vater in der Auffahrt überfahren worden war. Sein Vater habe ihn, als er um Chippie weinte, bloß angeherrscht, er solle sich wegen der blöden Katze nicht ins Hemd machen. Marie fühlte sich sofort zu Henning hingezogen, und das hielt bis heute an. Auch wenn Henning nie wieder eine solche emotionale Offenheit an den Tag gelegt hatte wie damals, als er ihr von Chippie erzählte.

„Vater hat eine Yacht gekauft. Eine wunderschöne Swan 70. Luxusklasse, 21 Meter lang, fünf Kabinen. Das Innenleben ist völlig neu ausgestattet, modernste Technik, Touchscreen-Überwachung, neueste Navigations- und Kommunikationsgeräte, AIS … Ihr werdet sie ja sehen, ein absoluter Traum!"

Mike, der als leitender Ingenieur auf der Kieler Wendelstein-Werft arbeitete, wirkte irritiert. „Wieso werden wir sie sehen? Will er sie nicht verkaufen oder in Charter geben?"

„Erst mal nicht." Sören griff in seine Tasche und nahm ein paar Umschläge heraus. Henning, Tim und Mike bekamen jeweils einen.

Marie sah Henning neugierig über die Schulter. In dem Umschlag befanden sich zwei Flugtickets und ein Hotelvoucher.

Sören lächelte.

„Wir sind heute auf Sylt, um schon ein bisschen Seeluft zu schnuppern. Denn in etwa drei Wochen fliegt ihr alle nach Las Palmas. Ich bringe das Schiff ein paar Tage vorher mit der Werftcrew aus Marbella. Abends gehen wir essen, am nächsten Tag legen wir ab. Die Überführungscrew fliegt zurück, wir segeln mit der Swan in die Karibik. Erst St. Lucia, dann Kurs Nord zu den Caymans, wo wir Vater treffen und seinen Geburtstag feiern. Wie findet ihr das?"

Marie blickte Henning verblüfft an. Er sah nicht sonderlich überrascht aus. Die anderen hingegen schon. Tim war begeistert.

„Scheiße, ist das cool! Ich nehme Britt mit, dann

lernt ihr sie gleich kennen! Wie viel Zimmer hat'n das Boot? Passen wir da alle rein?"

Sören schüttelte missbilligend den Kopf.

„Man passt nicht *in* ein Boot, sondern *auf*! Außerdem ist es kein Boot, kleiner, ahnungsloser Bruder, sondern eine Yacht. Für zehn bis elf Personen. Und eine Yacht hat keine Zimmer, sondern Kabinen!"

„Zimmer, Kabinen ... ist mir Latte, Hauptsache, es schwimmt!" Tim grinste frech zurück.

„Warum willst du mich dabeihaben?", fragte Mike. Er wirkte weder beeindruckt noch erfreut.

Sören hob seinen Sex on the Beach.

„Weil mein kleiner Bruder Tim ein lausiger Matrose ist, der nicht mal zum Kartoffelschälen taugt. Henning hat zwar einiges drauf, wie du weißt, aber im Grunde ist er ein Schönwettersegler, der ab Windstärke fünf lieber mit ein paar Cocktails und einem guten Pokerblatt im Yachtclub abhängt, damit sein hübscher Arsch beim Ausreiten nicht aufs Wasser kantet. Mir wäre also erheblich wohler, wenn ich für die Fahrt über den Atlantik einen Skipper deiner Qualität an der Seite hätte. Soweit ich weiß, bist du die Strecke bei der Atlantic Rallye for Cruisers schon gefahren. In sensationellen zwölf Tagen. Nur ein Tag und ein paar Stunden über Streckenrekord. Außerdem bist du mein Kollege und Kumpel!"

Mike lächelte zum ersten Mal.

„Kumpel? Aha. Bin ich das?"

Marie fand das Lächeln ziemlich aufgesetzt. Sie sah forschend zu Henning, um zu sehen, wie er die beiläufigen Beleidigungen seines Bruders verkraftete. Zu ihrer Überraschung wirkte er entspannt.

„Das heißt also im Klartext," fuhr Mike fort, „du willst eine Maxi-Yacht von den Kanaren Richtung Kapverden fahren, westlich abbiegen, und dann auf zum fröhlichen Hochseesegeln? Du hast recht, ich kenne die Strecke. Auch die Barfußroute hat ihre Tücken. 2700 Seemeilen. Der Nordostpassat weht schon bei den Kanaren kräftig mit 4-6 Beaufort und kann in den Düsen zwischen den Inseln noch zulegen. Böen von 30 bis 35 Knoten. Das ist kein Anfängerrevier, sondern was für erfahrene Segler, die auf Starkwind stehen."

„Du haust ganz schön auf die Trommel, mein Lieber", sagte Sören. „Die Strecke ist zu der Jahreszeit locker zu schaffen. Geradezu problemlos. Du hast ja nicht nur Loser an Bord."

„Das werden wir sehen. Ich zähle zwei Profis, Henning als halbwegs brauchbaren Vorschoter, den Trockenfurzer Tim und ein paar Frauen, deren Frisur nicht nass werden darf!" Er sah seine Freundin an: „Sorry, Julia, aber genau so war es beim letzten Mal."

Die Männer lachten. Julia auch. Marie lachte nicht.

„Wir können ja für euch kochen, putzen und die Segel mit Blümchen besticken. Dann sind wir nicht ganz so unnütz!"

Mike grinste. „Klingt akzeptabel."

Henning sah Marie perplex an.

„Du willst mit? Ich dachte, du kannst das Meer nicht ausstehen?!"

„Das wird ja immer besser!", sagte Mike kopfschüttelnd zu Marie. „Bevor du die ganze Zeit kotzend über der Reling hängst, überleg dir das lieber noch mal!"

Marie bedachte ihn mit einem verächtlichen Blick und wandte sich an Sören.

„Können wir auch Nadine mitnehmen?" Zu Mike gewandt schob sie nach: „Die war schon mal Boxenluder bei einer Regatta, ist also quasi vom Fach! Und sieht selbst beim Kotzen über die Reling super aus."

„Welche Nadine?", fragte Sören.

„Nadine Burmester, du kennst sie doch!"

Sören überlegte kurz und nickte dann.

„Ach ja, die Juwelier-Burmester. Klar, wenn du willst. Platz haben wir genug."

Henning wandte sich genervt an Marie.

„Diese Zicke … Muss das sein?"

Marie bejahte spöttisch. „Sie kann Julia und mir beim Kochen, Waschen und Bügeln helfen."

Insgeheim war Marie selbst nicht sonderlich begeistert, ihre Freundin Nadine mitzunehmen. Obwohl die beiden seit dem Internat, das Marie ab ihrem 16. Lebensjahr besucht hatte, eng befreundet waren, gab es wegen geringer Anlässe oft Zoff zwischen ihnen. Aber Nadine war scharf darauf, sich den Wendelstein-Ältesten zu angeln, und wenn Marie ihr diese perfekte Chance auf Sören nicht zu Füßen legte, würde Nadine ihr auf ewig die Hölle heißmachen. Abgesehen davon war Marie von ihrer unbedachten Zusage über den Atlantik zu segeln, so schockiert, dass ihr das Herz bis zum Hals schlug und sie kaum einen klaren Gedanken fassen konnte. Sie würde Schiffsplanken betreten und auf das offene Meer fahren! War sie verrückt geworden? Wieso hatte sie sich so provozieren lassen? Sollte sie nicht lieber gleich einen Rückzieher machen?

„Cool! Lauter scharfe Bräute an Bord! Unsere Mädels werden super Kühlerfiguren abgeben ...", freute sich Tim.

„Kühlerfiguren ... Auf der Yacht ...", sinnierte Mike kopfschüttelnd. „Ich bin im Tal der frauenfeindlichen Ahnungslosen. Das kann ja heiter werden!"

Einige Stunden und Drinks später betraten Henning und Marie ihr Hotelzimmer. Henning wunderte sich immer noch, dass Marie mit auf den Segeltörn kommen wollte. Fast bekam sie den Eindruck, ihm wäre es lieber, ohne sie zu fahren, was in ihr einen gewissen Trotz hervorrief. Um ihre Unsicherheit über ihre spontane Entscheidung zu verbergen, lenkte sie von sich ab, indem sie Henning fragte, wieso er so freudig zugesagt hatte. Wo er weder gut mit seinem Vater zurechtkam, noch seinen Bruder Sören besonders ins Herz geschlossen hatte.

„Du weißt doch, wenn Papa befiehlt, dann springen wir. Er muss nur sagen, wie weit und wie hoch. Und wenn ich an seinem Geburtstag nicht dabei bin, werde ich enterbt."

„Wäre das so schlimm?"

„Glaubst du, ich höre mir seit Jahren den Scheiß vom Loser-Sohn an und habe am Ende nix davon? Nee, ich bleibe schön auf Spur, auch wenn mir meine Family echt auf den Sack geht."

Marie sah ihn forschend an.

„Manchmal weiß ich nicht, was du ernst meinst und wann du Witze machst."

Henning zog sie lachend aufs Bett.

„Okay, dann pass mal auf. Mein voller Ernst: Was hältst du davon, wenn wir meinem Vater zu seinem Jubeljahr ein ganz besonderes Geschenk machen? Wir verloben uns. Der Alte wäre überglücklich, die Linie der Wendelsteins mit derer von Brodersen zu kreuzen."

Marie lachte.

„Ist das ein Antrag? Reichlich formlos, mein Lieber! Außerdem beschleicht mich der Verdacht, dass du das nur machst, um deinem Vater zu gefallen."

Henning zuckte mit den Schultern.

„Das wäre ein angenehmes Nebenprodukt. Er mag dich."

„Blödsinn. Dein Vater mag niemanden! Der ist nur scharf auf den Stahl meines Opas. Was für ein Synergie-Effekt! Die Brodersens haben Stahl und die Wendelsteins bauen Ozeanriesen." Marie warf sich in eine theatralische Pose. „Aber ich möchte um meiner selbst willen geliebt werden. Das ist zwar äußerst anspruchsvoll, aber so bin ich nun mal."

Henning begann, halb zärtlich, halb fordernd, unter ihrem Pullover zu fummeln.

„Komm her, ich zeige dir, wie sehr ich dich liebe", flüsterte er.

Nach einer knapp halbstündigen Beweisführung war Henning eingeschlafen. Marie lag eine Weile im Bett, die Augen ins Nichts gerichtet. Sie wusste, dass sie nicht einschlafen würde. Schließlich erhob sie sich, zog sich an, verließ das Hotelzimmer und zog leise die Tür hinter sich zu.

Etwa zur gleichen Zeit traten Mike und Julia vor der Bar auf die Straße. Sie waren mit Tim noch länger im Club geblieben, weil Julia unbedingt hatte tanzen wollen. Mike plante, den kurzen Weg zum Hotel zu Fuß zu gehen. Die frische Meeresbrise, die von den Dünen herüberwehte, tat ihm nach der verbrauchten Luft im Club gut. Julia hingegen fror in ihrem dünnen Minikleidchen. Sie war vom Tanzen verschwitzt, und das Sturmtief vom Nachmittag hatte die Temperatur heruntergekühlt. Zudem waren ihre Riemchensandalen mit den zehn Zentimeter hohen Pfennigabsätzen für einen Fußweg wenig geeignet.

„Aber tanzen kannst du damit, oder was?" Seufzend legte Mike ihr seine Lederjacke um die Schultern und hielt ein vorbeifahrendes Taxi an. Er wollte den sich anbahnenden Streit vermeiden, er war einfach zu müde und musste früh wieder raus. Im Taxi kuschelte sich Julia an ihn. „Ich freue mich so auf den Segeltörn! Du schipperst uns durch Wind und Wellen, und ich bräune meinen makellos weißen Alabasterleib auf lecker Moccafarbe."

„Kannst du überhaupt so lange freinehmen? Vielleicht sind wir über einen Monat unterwegs. Wind ist nicht planbar."

Julia arbeitete als Visagistin beim Fernsehen und wurde für einzelne Produktionen gebucht. Zudem bemühte sie sich, Jobs als Komparsin zu bekommen, um irgendwann in die Schauspielerei einzusteigen. Dafür nahm sie teuren Privatunterricht, trieb eisern Sport, perfektionierte ihr Englisch und hielt sich an ihre ‚Schlank im Schlaf'-Diät.

„Im Moment steht keine Produktion an. Und ein paar Wochen Luxusyacht lasse ich mir nicht entgehen! Hallo? Die Wendelsteins laden uns ein! Wir könnten uns das nie leisten!"

Mike schwieg. Er würde Julia morgen sagen, dass er keinen Bock auf diese Farce hatte. Sören wollte ihn nur als Lakaien dabeihaben, den er herumkommandieren konnte, so wie er es auch auf der Werft tat. Dabei hatte Mike als ausgebildeter Schiffsbau-Ingenieur weitaus mehr Ahnung vom Job als Sören, der sich lediglich um die Verträge zu kümmern hatte, sich aber auch immer in alle anderen Belange einmischte. Zudem verstand Mike erheblich mehr vom Hochsee-Segeln. Dennoch würde Sören an Bord den Skipper raushängen lassen. Die Kumpeltour nahm Mike ihm nicht ab. Er wusste, dass er Sören ein Dorn im Auge war, weil der alte Wendelstein ihn voller Respekt behandelte, während er seinen Sohn und Nachfolger auch in aller Öffentlichkeit auflaufen ließ. Dennoch machte Sören stets gute Miene zum bösen Spiel und ließ Mike seine Verachtung nur gelegentlich als kleinen Scherz getarnt spüren. Dabei würde Mike eine offene Konfrontation jederzeit bevorzugen. Und dann noch diese talentfreie Crew … Aber er ahnte schon, dass er gegen Julias Hartnäckigkeit den Kürzeren ziehen würde. Sie würde betteln, schmusen, schimpfen, drohen und dann ihre stärkste Waffe einsetzen: Sex. Und er würde schwach werden. Zudem bot ihm der geplante Törn eine gute Gelegenheit, etwas herauszufinden, was ihn brennend interessierte.

Marie stand barfuß am Strand. Allein. Unbewegt. Schweigsam. Die Nacht war schwarz, still und undurchdringlich. Kein Mond, keine Sterne. Marie konnte kaum etwas sehen, nicht einmal das Meer, obwohl es nur wenige Meter vor ihr lag. Sie roch es. Salz und Tang und Muscheln. Sie hörte es. Es rief nach ihr. Drohend. Wispernd. Lockend. Der Wind frischte auf und blies ihr die langen, dunklen Haarsträhnen ins Gesicht. Sie bemerkte es nicht. Sie starrte in die Nacht. Sah nur Hände, die keinen Halt fanden. Das totenbleiche Gesicht. Die weit aufgerissenen Augen. Dann nichts mehr. Nichts als dunkles, aufgepeitschtes Wasser.

Unterdessen saß Sören in der kleinen Bar des Hotels, nahm einen Cognac als Absacker und telefonierte mit seinem Vater.

„Alle sind dabei?“, fragte Armin Wendelstein zum wiederholten Mal.

„Hab ich doch gesagt.“

„Schön, schön … Das ist gut. Und Mike kommt auch mit, ganz sicher?“

„Er hat nicht abgelehnt. Und wenn er es tut, wird ihn seine Tussi schon überreden mitzukommen. Die kann es gar nicht erwarten, sich auf den Caymans wie internationaler Jet Set aufzuführen.“

„Ein Rätsel, wieso Mike mit dieser Frau zusammen ist. Obwohl … ihre Brüste sind sensationell!"

Sören kümmerte die sexistische Bemerkung seines Vaters nicht, damit war er aufgewachsen. Nicht nur was Frauen betraf … sein Vater war schon immer ein Arschloch gewesen. Sören ärgerte viel mehr, dass er Mike hatte einladen müssen.

„Du traust mir den Törn nicht zu, oder, Vater?"

Armin seufzte laut vernehmlich.

„Sören, du bist ein guter Segler. Aber ich will auf Nummer sicher gehen. Was ist, wenn du an Bord ausfällst? Krankheit, Unfall, was weiß ich. Kann ja passieren. Auf Henning ist noch nie Verlass gewesen, Tim hat keinen Schimmer von irgendwas. Sie sind ohne dich verloren. Und die Yacht dann auch."

„Schön, dass du dir solche Sorgen um die Yacht machst." Sören trank seinen Cognac in einem Zug aus. „Damit wäre ja alles gesagt."

Er trennte die Verbindung, warf missmutig einen Schein auf den Tresen und ging auf sein Zimmer.

Armin Wendelstein blickte kurz verärgert auf das Telefon, als sei der Apparat schuld an dem abrupten Ende des Gesprächs. Dann legte auch er auf. Er saß im Wohnzimmer seiner Villa in Kiel-Düsternbrook und blickte durch die Glasfront auf die im Mondlicht glitzernde Förde.

Sören hatte recht, er traute ihm so einiges nicht zu. Sören beherrschte zwar alle Segelmanöver ohne Fehl und Tadel, dennoch war Armin Wendelstein wohler, Mike an Bord zu wissen. Normalerweise lief auf der geplanten Route alles glatt, sie galt als problemlos zu segeln. Wenn das Wetter mitspielte. Und das Schiff. Und die Crew. Falls jedoch eine dieser Komponenten quer schlug oder fehlerhaft war, konnte aus einem netten Törn schnell ein Albtraum werden. Dann war Mike der Skipper mit der größeren Erfahrung und den besseren Nerven.

Armin Wendelstein hatte sich schon oft gewünscht, dass Mike sein Erstgeborener wäre und nicht Sören. Sören warf ihm gelegentlich vor, daraus auch keinen Hehl zu machen. Armin hingegen fand Sörens Buhlen um die Zuneigung des Vaters verweichlicht und weibisch. Als Jurist war Sören gut zu gebrauchen, das Schachern und Taktieren lag ihm. Aber Armin Wendelstein gehörte zu einem anderen Schlag. Er war ein Mann der Tat und hielt nicht viel von filigranem Geschwätz. Die kleine Werft seines Vaters hatte er zu einer der größten Europas ausgebaut. Dazu gehörten guter Geschäftssinn, Entschlossenheit, Tatkraft, Härte und nicht zuletzt Rücksichtslosigkeit. Von diesen Eigenschaften schrieb er nur erstere seinem Sohn Sören zu. Rücksichtslos war eventuell Henning, wenn man ihn ausreichend unter Druck setzte. Und sein Jüngster, Tim, der war … Künstler. Also rein gar nichts.

Armin Wendelstein seufzte, enttäuscht über seine Brut, und goss sich noch einen Single Malt ein. Vielleicht irrte er sich ja in Sören. Man würde sehen. Er hatte ihm diesen Törn gewissermaßen als Bewährungsprobe übertragen. Hoffentlich lief alles glatt. Schließlich ging es um viel mehr als nur um die Yacht.

Einige Wochen später • **Eingeschlossen**

Er spürt überdeutlich die feucht-warme Luft, die dickflüssig durch seine wunden Nasenlöcher suppt und sich wie ein nasses Tuch auf seine Haut legt. Das Atmen ist beschwerlich. Ihm ist klar, dass seine Sinne durch die Chemiekeulen im Blut beeinträchtigt sind, dass seine Wahrnehmung verzerrt ist. Er friert, obwohl es heiß und stickig ist. Er friert und schwitzt zugleich. Seine Zähne klappern erbärmlich, auf der Stirn steht kalter Schweiß.

Er muss etwas tun, muss sich bewegen, darf nicht einfach sitzen bleiben und abwarten.

Mühsam unterdrückt er seine Panik und rappelt sich hoch. Seine Glieder sind steif. Als er sich hinstellt, tut es weh. Sein linker Fuß scheint verstaucht zu sein. Auch seine Hand pocht wie wild. Er weiß, dass die Wirkung des Kokains und des Betäubungsmittels, das man ihm vermutlich verabreicht hat, die Schmerzen bislang noch eindämmt. Es wird schlimmer werden, viel schlimmer.

Er reckt sich, will die Decke des Raumes ertasten. Sie ist außerhalb seiner Reichweite. Suchend humpelt er ein paar Schritte vor, bis er an eine Wand stößt. Er klopft sie ab. Sie ist wie der Boden des Raumes aus Metall. Er dreht sich um und humpelt, vorsichtig durch das Dunkel spürend, zur gegenüberliegenden Seite. Auch hier Metall. Die Wände erweisen sich als zu glatt, um ohne Hilfe zu der Querverstrebung hochzuklettern, deren Umrisse er schemenhaft über sich erkennen kann. An der Wand tastet er sich weiter nach rechts, spürt eine leichte Bodenneigung. Er stolpert über am Boden liegende Kleinteile, die ihn jetzt nicht interessieren. Er sucht einen Ausgang. Vielleicht gibt es seitlich eine Tür oder ein Loch. Es tut ihm gut, etwas zu tun, die Panik ebbt langsam ab, er wird ruhiger.

Um seine Füße schwappt mit jedem Schritt abwärts mehr Brackwasser, das nun knappe zehn Zentimeter hoch steht und seine Turnschuhe und Socken bis zu den Knöcheln durchnässt. Es fühlt sich schmierig an und stinkt. Mit der rechten Hand klopft er weiter die Wände ab. Einige Stellen sind dünner als andere, das hört er am helleren Klang. Mit seinen Fingerspitzen spürt er dicke Roststellen.

Langsam bekommt er eine Vorstellung von dem Ort, an dem er sich befindet. Ein großer, leerer Raum ohne erkennbare Unterteilung. Nach außen gebogene, teils rostige Metallwände. Schemenhaft erkennbare Querstreben über ihm. Und rundherum das Geräusch von bewegtem Wasser. Er ist in einem Schiffsbauch, es kann gar nicht anders sein. Ein Schiff, das mit Schlagseite irgendwo auf Grund sitzt und vor sich hin rottet. Er erschrickt. Wo, verdammt noch mal, liegen verrostete Schiffe herum? Wohin hat man ihn gebracht? Wie weit ist er von der nächsten Stadt entfernt, dem nächsten Haus, den nächsten Menschen? Er will raus, nur raus!

Vorsichtig legt er sich auf den Rücken, bemüht sich, den Kopf so weit wie möglich über dem übel riechenden Wasser zu halten, hebt das rechte Bein an und tritt mit seinem unverletzten Fuß gegen eine stark verrostete Stelle in der Bordwand. Wieder und wieder und wieder … Das dumpfe Dröhnen hallt durch den Raum und verstärkt seine Kopfschmerzen. Die Wand gibt keinen Millimeter nach.

Er hat das Gefühl, dass sein Puls ihm fast die Augen herauspresst. Schließlich gibt er auf und krabbelt auf Knien tastend weiter, immer darauf achtend, die linke Hand nicht zu sehr zu belasten. Die Dunkelheit macht ihm zu schaffen. Nur durch ein paar Ritzen strömt frische Luft und fällt ein wenig trübes Licht, das sein stählernes Gefängnis jedoch kaum zu erhellen vermag. Es muss am Abend oder sehr früh am Morgen sein. Seine Sichtweite beträgt in der Nähe einer dieser Ritzen maximal einen Meter. Angestrengt tastet er sich weiter.

Nach einer gefühlten Ewigkeit ist er an einem Ende des Frachtraums angelangt. Erschöpft lehnt er sich gegen die Wand aus Metall und wischt den Schweiß von der Stirn. Als er wieder einigermaßen bei Kräften ist, richtet er sich auf und tastet sich vorsichtig zurück bis zum anderen Ende, wiederum nur die rechte Hand an der Bordwand. Nun spürt er die Steigung. Nach etwa 15 Metern stehen seine Füße nicht mehr im Brackwasser, es schwappt nicht mehr um seine Nikes herum. Er rechnet seine abgezählten Schritte um, das hilft gegen die inzwischen wieder langsam aufsteigende Panik. Der Raum, in dem er sich befindet, muss ungefähr 30 Meter lang sein. Von der Form und Größe des Schiffsbauchs schließt er auf eine Schute, einen alten Kohlekahn oder etwas in der Richtung. Humpelnd durchmisst er die Breite. Etwa fünf Meter. Dann gibt es nichts mehr zu zählen und zu berechnen.

Er steht einfach da, das Gewicht auf seinen gesunden Fuß gelagert. Überlegt, was er sonst noch tun könnte. Ihm fällt nichts ein. Auf einen Schlag wird ihm bewusst, dass er allein ist, so allein wie niemals zuvor. Entsetzt fängt er an, zu rufen und zu schreien und mit der rechten Faust gegen die Seitenwand zu trommeln. Er ruft und schreit in die Dunkelheit, bis seine Stimme versagt. Als Antwort bekommt er lediglich das Krächzen einiger Krähen zu hören.

Er geht langsam in die Knie, sinkt einfach zu Boden. Weinend liegt er da. Tränen strömen aus seinen Augen, von tief unten aus seiner Brust steigt ein gequältes Wimmern auf, Rotz läuft aus seiner Nase. Er muss sich zusammenreißen, verdammt noch mal zusammenreißen! Noch ist er am Leben!

Fast wütend stemmt er sich wieder hoch und geht zur Mitte des Kahns, wo die beiden Kanister mit Wasser stehen und die große Box. Er rechnet. Der Laderaum einer Schute ist maximal drei, vier Meter hoch. Er selbst misst 1,82 Meter. Wenn er die beiden Kanister auf die Box stellt und hinaufklettert, kommt er vielleicht an die Ladeluken ran, die er zwar nicht deutlich sehen kann, die es aber geben muss. Und möglicherweise sind die ja nur ge- und nicht verschlossen. Er muss die Decke abtasten.

Kaum kommt ihm dieser Gedanke, legt er hoffnungsvoll den ersten Wasserkanister auf die Box. Durch die Neigung der Schute liegt die Kiste jedoch schief, sodass sie keine ebene Basis bietet und der Plastikkanister herunterrutscht. Er zieht sein Shirt aus, rollt es zu einer festen Wurst und gleicht die schiefe Ebene damit behelfsmäßig aus. Dann hievt er den zweiten Kanister auf den ersten. Das Ganze ist trotz des Gewichts der Kanister sehr wacklig. Zudem ist es zu hoch, um mit einem großen Schritt darauf zu steigen, und er hat nichts, worauf er sich stützen könnte. Er verlagert seine gesamte Konstruktion von der Mitte des Raumes an die Wand. Damit sind die vermutlich mittig angebrachten Luken außer Reichweite, aber er hofft, an eine der Querstreben zu kommen, um sich an ihnen entlang zu einer Luke hangeln zu können. Er glaubt nicht wirklich daran, dass ihm dieser herausfordernde Akt gelingen könnte, zumal er weder Freeclimber ist noch sonst über große sportliche Qualifikationen verfügt und nur eine unversehrte Hand zur Verfügung hat. Aber er will, er muss es versuchen. Selbst mit verletzter Hand und verstauchtem Fuß. Man wächst an seinen Aufgaben.

Schon das Schleppen der Kanister zur Wand und das Aufbauen kommen ihm vor wie Schwerstarbeit. Er ist geschwächt, alles tut ihm weh, er schwitzt und keucht. Beim ersten Versuch, das Podest zu besteigen, rutscht er mit seinen nassen Turnschuhen auf dem glatten, runden Plastik ab und fällt hin. Dabei knickt sein linker Fuß um, der eh schon verletzt ist. Er schreit auf vor Schmerz und bleibt eine Weile hyperventilierend liegen.

Beim zweiten Versuch gelingt es ihm, etwa zwei Sekunden auf der Konstruktion zu balancieren. Er greift nach oben, will die Querstrebe erreichen. Vergeblich, es fehlen einige wenige Zentimeter. Kaum hat er das frustriert eingesehen, rutschen die Kanister unter ihm weg, und unter Schmerzen stürzt er erneut. Doch er gibt nicht auf. Es sind nur wenige Zentimeter bis zur Freiheit. Er muss zumindest einen der Kanister hochkant stellen, um die erforderliche Höhe zu erreichen. Er versucht es. Ein Mal, zwei Mal, drei Mal. Mit etwas Fingerspitzengefühl ist es machbar, einen der nassen Kanister hochkant auf den anderen zu stapeln, dass er stehen bleibt. Doch seine akrobatischen Bemühungen, diesen wackligen Turm zu ersteigen, enden in weiteren Stürzen und in tiefer Verzweiflung. Beim letzten Versuch fällt er auf seine linke Hand, brüllt vor Schmerz und verliert das Bewusstsein.

Als er wieder zu sich kommt, bleibt er hoffnungslos liegen und schluchzt. Es dauert eine Weile, bis er sich eingestehen kann, dass er so nicht herauskommt aus dem dunklen Loch. So nicht und auch nicht anders. Also muss er überleben, bis er freigelassen oder gefunden wird.

Er rappelt sich wieder hoch. Seine Kleidung ist durchnässt und stinkt. Angestrengt zerrt er die beiden Kanister und die Box auf die leicht erhöhte Seite der Schute ins halbwegs Trockene. Bereits das kostet ihn so viel Kraft, dass ihm schwindlig wird. Er setzt sich hin, zwingt sich, ruhig zu atmen und konzentriert zu denken. Er öffnet die Verschlüsse der Box und untersucht deren Inhalt. Ganz offensichtlich Essensvorräte. Er schätzt den Inhalt der Wasserkanister. Vermutlich zwei Mal zehn Liter. Wie lange, verdammt, soll er hier drin bleiben? Wie lange wird es reichen? Warum ist er überhaupt hier?

Er versucht, sich zu beruhigen. Ganz klar, dass es sich um eine Entführung handelte. Sein Vater würde jedes geforderte Lösegeld zahlen, das ist sicher. Er wird hier nicht lange vor sich hin siechen. Höchstens einen Tag. Oder zwei. Aber warum dann 20 Liter Wasser? Und nicht bloß fünf!? Fünf würden doch ausreichen!

Seine Gedanken rasen gleichzeitig in alle Richtungen, überholen und überschlagen und verkeilen sich, sodass keine klare Linie mehr auszumachen ist. Er atmet tief durch, doch die Hitze, die abgestandene Luft und die Dämpfe hier unten verursachen ihm Übelkeit. Unter Aufbietung all seines verbliebenen Mutes überwindet er Angst und Ekel und tastet noch einmal den notdürftigen Verband an seiner linken Hand ab. Die Mullbinde ist klatschnass, obwohl er seine Linke weder zum Kriechen durch das Wasser noch zum Ertasten der Wände benutzt hat. Langsam, fast gegen seinen Willen, hebt er die Hand und hält sie in einen winzigen Lichtstreif, der sich seinen Weg durch eine Ritze in der Bordwand hereinbahnt. Es ist inzwischen ein wenig heller geworden. Also Morgendämmerung. Der Tag bricht an.

Der Verband ist dunkel, fast schwarz. Die Wunde, die das Abtrennen seines linken Ringfingers hinterlassen hat, blutet noch immer stark. Erneut überkommt ihn Panik. Er wird hier drin verbluten, verrecken, abkratzen. Es macht keinen Sinn, das alles macht absolut keinen Sinn! Vor ein paar Stunden noch – oder ist er schon seit Tagen hier? – war er der glücklichste Mensch auf Erden gewesen. Reich, jung, gut aussehend, herrlich besoffen und die Taschen und das Hirn voller

Koks. Eigentlich sollte er sich auf einen Segeltörn in die Karibik begeben. Wie lange ist er schon hier? Er hat jegliches Zeitgefühl verloren. Er weiß nicht genau, ob heute schon morgen ist. Oder morgen schon gestern war. Er weiß nur, dass er keine schicke Luxus-Reise machen wird. Was ist bloß schiefgelaufen?

Die betäubende Wirkung der Drogen lässt mehr und mehr nach. Seine linke Hand scheint kurz vor der Explosion zu stehen. Seine Zunge klebt am Gaumen. Stöhnend zieht er einen der beiden Kanister an sich heran und öffnet ihn. Vorsichtig, damit er die linke Hand nicht belastet, setzt er sich hin. Er will aus dem Kanister trinken. Der Durst ist größer als seine Angst vor Gift. Aber er schafft es nicht, den schweren Kanister mit einer Hand anzuheben. Ihm wird wieder schwindlig. Also bückt er sich weit nach unten, legt sich halb unter den Kanister und kippt den Kanister so, dass Wasser in seinen Mund fließt. Es geht eine Menge daneben, klatscht ihm ins Gesicht. Er lässt den Kanister zurück kippen, auch dabei schwappt Wasser über.

Sich seinen immer stärker werdenden Schmerzen ergebend, lehnt er sich zurück und träumt sich in eine bessere Welt. Vor ein paar Wochen auf Sylt, bei der Einladung, da war seine Zukunft noch in ein schimmerndes Licht getaucht. Jetzt weiß er nicht einmal, ob er überhaupt noch eine Zukunft hat …

Ankunft auf Gran Canaria

Marie lag in der überdimensionierten Badewanne einer Senior Suite des Fünf-Sterne-Hotels Santa Catalina in Las Palmas, doch sie konnte sich nicht entspannen. In knapp 24 Stunden würde sie die Holzplanken einer Yacht betreten und schon wenig später nichts weiter sehen, außer der endlosen, wogenden Wüste der See. Noch konnte sie absagen, einfach kneifen, für einen kurzen Strandurlaub auf Gran Canaria bleiben und dann zurück nach Deutschland fliegen. Aber sie wusste genau, wie sehr sie sich dann selbst verachten würde. Die Angst würde nicht verschwinden, niemals. Sie würde ihr ganzes Leben lang hier oder sonst wo am Strand stehen, sitzen, liegen und aufs Meer starren. Hören, wie es nach ihr rief. Sogar in ihren Träumen hörte sie es rufen.

Sie erhob sich aus der Badewanne und wickelte sich in ein großes, flauschiges Handtuch. In etwa einer Stunde sollten sie alle zum direkt gegenüber liegenden Yachthafen kommen, um die Swan zu bewundern. Sören war schon einige Tage vorher auf Gran Canaria eingetroffen, um sich vor dem großen Törn noch etwas zu entspannen. Nun plante er einen Sektempfang auf der Yacht – zur Begrüßung und Einstimmung. Sören schätzte große Gesten. Marie war gespannt, wie er die Neuigkeiten von Tim aufnehmen würde. Als sie aus dem Badezimmer trat, stürmte Sören gerade ohne anzuklopfen in die Suite.

„Was ist mit Tim los?“, herrschte er ohne Begrüßung

Henning an, der auf dem Bett lag und in einem Magazin blätterte.

„Ich freue mich auch, dich zu sehen, Bruderherz“, erwiderte Henning und blickte gelangweilt von seiner Lektüre auf.

„Entschuldigt“, lenkte Sören ein und nickte Marie kurz zu, „aber der kleine Scheißhaufen macht mich wahnsinnig. Ich habe eine Nachricht von ihm bekommen. Er nimmt eine spätere Maschine. Keine Erklärung, kein gar nichts. Was soll das?“ Sören ließ sich in einen der plüschigen Cocktailsessel fallen.

„Falsche Info. Ist schon wieder überholt. Tim hat mir vor einer halben Stunde eine neue Nachricht geschickt. Er kommt gar nicht. Er hat das Angebot, mit den Panther Pearls auf Tour zu gehen und einen Konzertfilm für sie zu drehen. Hat sich so ergeben. In letzter Sekunde. Morgen gehts schon los. Für drei Wochen. Er will danach auf die Caymans fliegen, ist also noch rechtzeitig zu Vaters Geburtstag da.“

„Wer zur Hölle sind die Panther Pearls?“

„Eine der angesagtesten Bands in Europa, du Banause. Kommen aus Wales, machen feinsten Indie-Rock und touren ab morgen durch Europa. So wie’s aussieht mit unserem kleinen Timmi.“

„Weiß Vater das schon? Der reißt ihm den Kopf ab!“

Henning legte die Zeitschrift beiseite und nahm sich eine Cola aus der Bar. „Das ist noch ein weiteres kleines Detail. Wir sollen Vater absolut nichts davon sagen. Weil der ihm – und ich zitiere Tim – sonst den Kopf abreißt.“

„Na toll, ganz toll! Hast du mit Tim gesprochen? Ich erreiche ihn nicht."

„Schätze, er hat abgeschaltet, weil er genau weiß, dass auch wir ihm den Kopf abreißen."

„Ist doch kein Drama. Zumal ihr ihn fürs Segeln eh nicht gebrauchen könnt. Ihr solltet euch für ihn freuen, dieser Tourfilm ist seine große Chance!" Marie versuchte, die Stimmung etwas zu entschärfen.

Sören lenkte überraschenderweise ein. „Hast ja recht. Lässt sich jetzt auch kaum noch ändern. Dann sind wir halt zwei weniger an Bord."

Henning schüttelte den Kopf. „Wieder falsche Info. Britt ist nebenan in der Suite, die du für Tim und sie reserviert hast."

„Wieso das denn?", fragte Sören.

„Weil sie heute Morgen am Berliner Flughafen noch gedacht hat, dass Tim nachkommt. Sie war bei ihrer Mutter und hat eine SMS bekommen, dass sie den gebuchten Flug schon mal nehmen soll. Da rechnete Tim noch mit einem kurzen Info-Gespräch mit dem Tour-Manager der Panther Pearls und wollte danach die nächste Maschine zu uns nehmen. Er hat nicht gewusst, dass die Rocker ihn gleich mit in ihren Tourbus packen wollen", erklärte Marie.

„Na klasse. Und jetzt will diese Britt mitkommen? Wir kennen die Frau doch gar nicht!"

Henning zuckte gleichgültig mit den Schultern.

„Tim hat mich in seiner Nachricht darum gebeten. Er kann sie nicht mit auf die Konzerttournee nehmen. Und Britt hat sich extra freigenommen für den Törn.

Diese Kindergärtnerin opfert für unseren blöden Bruder gerade ihren gesamten Jahresurlaub."

Es klopfte. Mike trat ein und begrüßte Sören. Marie streifte er nur mit einem kurzen Blick.

Plötzlich fühlte Marie sich nackt in ihrem Handtuch.

Henning und Sören brachten Mike auf den Stand der Dinge, was die Änderungen in der Passagierliste betraf. Mike schien es egal zu sein. „Und was ist nun? Nehmen wir Britt mit oder nicht? Eure Entscheidung."

Marie mischte sich genervt ein.

„Ich versteh gar nicht, was es da zu überlegen gibt! Britt sitzt drüben allein in der Suite und weiß nicht, was sie machen soll." In Maries Stimme schwang Mitleid mit. „Ist für sie doch auch eine total bescheuerte Situation. Sie will sich garantiert nicht aufdrängen. Aber sie kann nichts dafür, dass Tim so unzuverlässig ist. Außerdem macht sie einen netten Eindruck!"

„Mir ist es schnuppe", sagte Henning. „Entscheide du, Sören. Du bist der Skipper."

Sören zögerte.

„Ich weiß nicht … Mich nervt es einfach, dass Tim uns seine Freundin aufs Auge drückt."

„Sehe ich auch so", stimmte Mike zu. „Wir machen schließlich keine Tour für Pauschaltouristen, wo jeder anheuern kann, dem es gefällt."

Marie sah Mike empört an. Doch bevor sie etwas Scharfes erwidern konnte, kam Sören ihr zuvor.

„Sei kein Arschloch, Mike! Du hast doch sonst so ein großes Herz für die Arbeiterklasse. Die Kleine kommt mit." Entschlossen erhob sich Sören. „Ich mache mich kurz frisch, dann zeige ich euch die Swan. In einer Stunde unten."

Mike ging ebenfalls.

„Was ist dieser Mike für ein Idiot!", schimpfte Marie.

„Im Gegenteil", sagte Henning und trank seine Cola leer. „Er hat die Sache mit Britt genauso gesehen wie du. Mike ist nur auf Nummer sicher gegangen. Wenn er dagegen ist, Britt mitzunehmen, ist Sören dafür. Basta. Der Idiot ist also Sören und nicht Mike. Apropos Idiot: Ich wette eine Buddel Veuve Clicquot, dass Sören unseren kleinen Bruder bei Vater verpfeift. Das lässt er sich nicht nehmen. Und jetzt schwing deinen hübschen Hintern in die Klamotten, der Käpt'n hat zum Appell befohlen!"

Marie zog sich an und ging hinüber zu Britt, um mit ihr zu reden. Wie sie vermutet hatte, haderte Britt mit der Situation. Sie saß wie ein Häufchen Elend auf dem Bett und sah ein wenig verweint aus. Marie setzte sich zu ihr und sah sie fragend an. Britt schnäuzte sich die Nase und versuchte ein Lächeln.

„Peinlich, meine Heulerei, ich weiß. Wie kann Tim mich nur so hängen lassen?"

Marie legte den Arm um Britt.

„Zieh dir das nicht rein. Erstens ist er ein Mann, also von Natur aus nicht von hoher sozialer Intelligenz. Zweitens ist er ein Wendelstein, was seine Kompetenzen in dem Bereich noch mal minimiert. Und dazu ist Tim ein spontaner Mensch und die Tournee seine bislang größte Chance."

Britt nickte.

„Ich verstehe das ja, ich bin ihm auch nicht wirklich böse. Aber so 'ne blöde SMS …"

„Er ruft dich bestimmt bald an und erklärt dir alles."

„Hoffentlich. Wollt ihr mich wirklich bei dem Törn dabeihaben? Ihr kennt mich doch gar nicht." Britt sah Marie mit großen, unglaublich hellen blauen Augen an. Obwohl sie ein paar Jahre älter als Tim war, wirkte sie noch jünger. Ihre pechschwarzen, kinnlangen Haare umrahmten perfekt die ovale Gesichtsform. Der verunsicherte Blick verlieh ihr fast etwas Kindliches. Marie legte ihr beruhigend die Hand auf den Unterarm.

„Alle wollen, dass du mitkommst. Wirklich. Und am Ziel stößt Tim dann zu uns."

Britt überlegte kurz, dann nickte sie.

„Okay. Danke. Das ist echt nett von euch."

Marie lächelte ihr zu und verließ das Zimmer.

Eine Viertelstunde später bekam Sören endlich seinen großen Auftritt. Marie, Henning, Britt, Nadine, Mike und Julia versammelten sich an der Muelle Pantalán und schlenderten gemeinsam zum Liegeplatz der Yacht. Marie grinste in sich hinein. Nadine hatte keine Kosten und Mühen gescheut, sich von Kopf bis Fuß in exklusive Segelklamotten einzukleiden. Ihr glattes, hellblondes Haar hatte sie mit einem weiß-blau gestreiften Seidentuch zusammengebunden. Statt der üblichen Prada-Pumps trug sie Sebago Docksides, flache Schuhe mit bootstauglich weichen Sohlen. Ganz offensichtlich ging sie ihren Sören-Eroberungsfeldzug generalstabsmäßig an und wollte sich keinen Fehler erlauben. Sie hatte sogar ihre Sommersprossen lediglich mit einem transparenten Puder abgemildert, statt sie wie sonst mit viel Make-up zu übertünchen. Nadine hasste ihre Sommersprossen. Zu gerne hätte sie den makellosen Porzellanteint ihrer Mutter gehabt, den sie elegant fand. Wenn ein Verehrer sie begeistert auf ihre „niedlichen“ Flecken ansprach in dem verwegenen Irrtum, die putzige Optik ließe auch auf einen entsprechenden Charakter schließen, so bekam er als giftige Antwort: „Verpiss dich, du Schwachkopf, und fick Pippi Langstrumpf!“ oder etwas ähnlich Derbes. An Nadine war nichts Niedliches, darauf bestand sie. Aber um Sören eine segeltaugliche Natürlichkeit zu suggerieren, gab sie nun eine Vorstellung als Frischwärts-Modell mit der Nase im Wind. Nur auf ihre falschen, überlangen Fingernägel mit dem Glitzerlack hatte sie nicht verzichten können. Mit den Teilen könnte sie jedes Segeltuch aufschlitzen. Falls sie überhaupt vorhatte, ein Segel, eine Schot oder sonst etwas, das nach Arbeit aussah, anzufassen. Marie bezweifelte es. Nadine war eher der Typ, der anfassen ließ, statt selbst Hand anzulegen.

„Sehe ich aus wie eine Seglerin?“, fragte Nadine augenzwinkernd.

„Besser“, antwortete Marie lächelnd.

Am Liegeplatz wurden sie von Sören schon ungeduldig erwartet. Er begrüßte Britt aufs Freundlichste, entschuldigte sich formvollendet für Tim und versicherte ihr seine große Freude über ihren Entschluss, auch ohne seinen unzuverlässigen kleinen Bruder mitzukommen. Sicher würden sie alle einen Mordsspaß haben. Er log wie ein Anwalt. Dann präsentierte er mit einer ausladenden Handbewegung die Swan, die mit dem Heck am Steg festgemacht lag. Mike blickte auf den Namenszug, der in goldenen Lettern am Spiegel des Schiffes angebracht war.

„La Dorada?"

Nadine flirtete Sören mit großen Augen an.

„Wie die Dorade, der Fisch?"

„Bestimmt hat unser megalomanischer Vater nicht an diese kleine Meerbrasse gedacht! Und auch nicht an die Dorade, die klassische Segelyacht aus den 30ern, wie der fachkundige Mike sicher vermutet hat. Ich wette, er hat sich von El Dorado, dem legendären Goldland der Azteken, inspirieren lassen", grinste Henning.

„Wenn ich jetzt die Aufmerksamkeit von dem Namen auf das Aussehen unserer Yacht lenken dürfte?" Sören ging das Gespräch über die Namensgebung sichtlich auf die Nerven. Er wollte endlich Begeisterung.

Nadine gab ihm gerne, was er erwartete und erging sich in haltloser Bewunderung über die Eleganz des Schiffes und seine zeitlose Form. Marie war überzeugt, dass Nadine sich etwas Seglerjargon angelesen hatte, um Sören zu beeindrucken. Und in der Tat sonnte sich Sören in Nadines Begeisterung, als sei er selbst gemeint. Was er im Grunde ja auch war. Er führte sein Publikum auf dem Steg herum, wies auf jedes einzelne der klassischen Designdetails hin, dann führte er alle an das mit Teak beplankte Deck. Mike und Marie zogen ihre Schuhe aus, Britt tat es ihnen nach. Während Sören redete, sonderte Mike sich ab und ging versonnen, fast andächtig über Deck, betrachtete das stehende und laufende Gut. Zärtlich berührte er das Holz, strich über eine Winsch und schlenderte nach vorne, wo er sich in den Bugkorb setzte, um die ranke Linie des Schiffes aus dieser besonderen Perspektive zu genießen.

Marie lehnte neben Julia an der Reling und beobachtete Mike. „Dein Kerl liebt Boote wirklich, oder?"

Julia zuckte mit den Schultern.

„Er sagt immer, ein Schiff habe eine Seele. Man müsse mit ihm umgehen wie mit einer Frau, die man begehrt. Behutsam und sanft. Nicht gleich bespringen, sondern umwerben."

„Klingt, als hättest du großes Glück."

„Wie man's nimmt." Julia lächelte. „Manchmal will frau doch einfach auch mal 'ne direktere Gangart, oder?"

Julia folgte Sörens Winken unter Deck. Marie sah ihrem aufreizenden Hüftschwung kurz hinterher und folgte dann.

Auch der Innenausbau der Yacht war luxuriös: exklusive Holztäfelung, hochwertige Polster, geräumige Kojen, eine voll ausgerüstete Kombüse mit Kühltruhe und Kühlschrank, ein großer Wohn- und Essbereich, vier Doppelkabinen, eine Kabine mit zwei Stockbetten, alle mit DVD/TV/Radio ausgestattet. Zudem zwei exklusiv eingerichtete Nasszellen mit Dusche. Für jeden Gast lagen ausreichend Handtücher und jeweils ein Bademantel bereit. Zudem bot die Dorada Klimaanlage, Wasseraufbereiter, Waschmaschine, Müllkompaktor und in der Messe einen großen Flachbildschirm und einen extra Schrank, prall gefüllt mit Weinvorräten.

Sören gab eine gründliche, fast zweistündige Einweisung in alle technischen und nautischen Einrichtungen an Bord, danach lud er zum kleinen Sektempfang, den er an Deck unter dem aufgespannten Sonnensegel so feierlich gestaltete wie eine Schiffstaufe.

Es war schon später Nachmittag, als sie wieder von Bord gingen. Sören hatte Freizeit befohlen, bis sie am Abend alle gemeinsam im Hotel speisen würden. Wer wollte, konnte danach auf dem Schiff übernachten, um sich einzugewöhnen, doch so luxuriös die Dorada auch war, alle bevorzugten eine letzte Nacht im Hotelbett. Die Truppe zerstreute sich.

Mike beschloss, ein wenig am Hafen spazieren zu gehen und sich die anderen Boote anzusehen, Sören wollte ebenso wie Henning noch etwas schlafen. Nadine und Julia planten einen Shopping-Exzess und überredeten die immer noch etwas schüchterne Britt, mit ihnen zu kommen. Marie hatte keine Lust auf einen Boutiquen-Marathon und beschloss, noch eine Zeit lang am Hafen zu bleiben. Sie setzte sich auf eine Bank und ließ ihren Blick schweifen. Das sanfte Schaukeln der Boote im gleißenden Sonnenlicht, das leise Klappern und Klirren der Stagen im Wind besaßen etwas Hypnotisches.

Als Mike von seinem Spaziergang zurückkam und wieder das Hotel ansteuerte, saß Marie immer noch da. Er näherte sich ihr, doch sie bemerkte ihn nicht. Ihr Blick war in die Ferne gerichtet. Sie wirkte seltsam schwermütig. Mike zog sich zurück, ohne sie anzusprechen.

Am nächsten Morgen war schon im Hotelfoyer beim Auschecken ein freudiges Reisefieber zu spüren. Nur Henning und Sören fielen durch schlechte Laune auf. Henning hatte am Abend zuvor beim Essen zu viel Champagner und einige Digestifs gekippt. Dementsprechend verkatert trottete er hinter den anderen her. Und Sören konnte entgegen aller klaren Ansagen nicht fassen, dass Tim tatsächlich nicht mehr aufgetaucht war. Genervt meckerte er die Angestellte im Foyer an, weil ihm das Check Out viel zu langsam ging.

Als sie das Hotel gegen acht Uhr verließen, glitzerte die Sonne silbrig auf dem Meer. In der Nacht war ein kurzer Sommerregen niedergegangen, die Insel glänzte frisch gewaschen und duftete nach Azaleen und Hibiskus. Das Gepäck wurde an Bord gebracht, die Kabinen verteilt. Sören nahm für sich die größte und schönste Doppelkabine im Vorderdeck in Anspruch, Marie und Henning bekamen die neben ihm. Mike und Julia wurden für die größere Achterkabine eingeteilt. Es blieben noch eine Kabine mit Doppelkoje und eine mit Stockbetten. Die Wahl überließ Sören Britt und Nadine.

Nadine sah Britt auffordernd an. Britt verstand und nahm den Platz ein, den Nadine ihr mit ihrem Blick zugewiesen hatte: Sie entschied sich ohne Zögern für die weniger luxuriöse Kabine mit den Stockbetten. Nadine lächelte unmerklich. Ihr war klar, wäre Tim hier, hätten die Kräfteverhältnisse sie ins Stockbett verwiesen.

Nach einer kurzen Einrichtungsphase kamen alle zurück an Deck. Das Ablegemanöver stand bevor. Sören ließ den Motor warmlaufen und übernahm das Ruder, Mike warf die Achterleinen los, Henning kümmerte sich um die Mooringleine, Marie und Julia holten die Fender ein, dann ging es raus aus der Marina. Wenig später wurden die Segel gesetzt, Sören schaltete den Motor aus. Gran Canaria lag in ihrem Rücken, der Atlantik vor ihnen.

Die Dorada nahm schnelle Fahrt auf. Bauchig blähten sich die Segel im kräftigen Wind, der Bug der Yacht hob und senkte sich wie mit ruhigen, tiefen Atemzügen. Einige Zeit später war von der Insel nichts mehr zu sehen. Nur noch offenes Meer, endlose Weite.

Henning übernahm das Ruder von Sören, der sich zu Nadine und Julia setzte. Die beiden lagen in knappen Shorts und noch knapperen Tops auf Polstern in der Sonne und tauschten Weisheiten über Nagellack und Hollywood-Stars aus, Britt las unbeteiligt in einem Buch. Marie stand am Heck. Sie sah zum Horizont, hielt sich an der Reling fest und versuchte, ihre aufsteigende Panik in den Griff zu bekommen.

Mike trat zu ihr und wies auf die inzwischen lange Dünung hin. „Atlantikwellen. Wir sind draußen."

Marie nickte nur.

Mike fiel auf, dass sie zitterte.

„Du hast Angst", stellte er stirnrunzelnd fest. „Bist wohl zum ersten Mal auf einem Schiff …"

„Ich lebe in Hamburg. Also quasi auf der Alster. Tretboot satt. Alles klar?", gab Marie unwirsch zurück.

„Sorry, ich wollte nur nett sein." Mike ließ sie in Ruhe und ging zu Henning.

Inzwischen hatte der Wind kräftig zugelegt. Der Wellengang war beachtlich. Sören entschied, die vollen Segel zu reffen, gab Henning die Anweisung, das Schiff auf den höheren Kurs zu steuern. Henning nickte gelangweilt. Mike ging nach vorne zum Bullenstander, einer Art Sicherungsleine, die das unkontrollierte Umschlagen des Großbaumes verhindern soll, und löste ihn, um das bevorstehende Manöver zu ermöglichen. Sören ging zur Großschotwinsch. Henning segelte noch auf Vorwindkurs, summte entspannt ein Lied und schaute genussvoll zu Nadine und Julia. Mike hatte den Bullen schon gelöst, als eine Welle das Schiff hob.

Mike rief: „Bulle ist los!"

Die Dorada rauschte an der Vorderseite der Welle hinab, nahm Geschwindigkeit auf und drohte immer mehr in den Wind zu schießen. Henning war überrascht von dem Druck, der sich plötzlich am Ruder aufbaute. Er legte sich ins Zeug, um dem Anluven entgegenzuwirken. Als das Boot wieder an Geschwindigkeit verlor, übersteuerte er und die Dorada fiel immer stärker ab.

Plötzlich toste der Wind auf, drückte spürbar auf das Rigg, das Schiff krängte stark, ging mit dem Heck durch den Wind. Alarmiert blickten Mike und Marie auf. Marie sah mit einem Blick, dass eine Patenthalse drohte. Sie rief Henning eine Warnung zu, doch das Brüllen des Windes war lauter.

Sören erfasste ebenfalls sofort die Situation, klarierte

jedoch gerade die Großschot und konnte nicht schnell genug reagieren. Der Großbaum kam mit großer Wucht über. Im gleichen Moment fuhr auch noch eine kräftige Böe in die Segel, die Yacht ging schwer in Schräglage.

Nadine und Julia schrien auf, rutschten seitlich von ihren Polstern. Britt ließ vor Schreck ihr Buch los, das quer über Bord ins Wasser fiel. Marie reagierte blitzschnell, sprang zu Henning, schubste ihn unsanft vom Ruder weg und legte mit ganzer Kraft und Geschwindigkeit Gegenruder, während Sören angestrengt versuchte, das Großsegel dicht zu holen. Mike war der Bullenstander aus der Hand gefallen, er holte die Fock dicht. Noch bevor Sören und Mike so weit waren, brachte Marie das Schiff wieder in ihre Gewalt. Der Großbaum hatte schon die Seite gewechselt, doch Marie hatte mit dem Legen des Gegenruders die Gewalt der Bewegung auffangen können, sodass keine Schäden am Rigg entstanden waren.

Das Ganze hatte nur wenige Sekunden gedauert. Die Dorada lag wieder ruhig. Sören blickte sauer zu Henning.

„Was war das denn?"

Henning gab keine Antwort.

„Nur 'ne kleine Action-Einlage, damit's nicht langweilig wird", sagte Marie beiläufig.

Henning war noch ganz bleich im Gesicht. Sören sah zu Mike, der gerade dabei war, den Bullenstander wieder zu belegen, um einer weiteren Patenthalse vorzubeugen. Mike tat so, als sei nichts gewesen. Sören ging zu Henning, der inzwischen wieder am Ruder war, sah ihn mit kaltem Blick an und übernahm das Steuer. Ohne ein Wort ging Henning unter Deck. Nadine wandte sich an Marie.

„Was ist denn passiert?“

„Nur eine Böe. Und jetzt kommt mal alle wieder runter.“ Marie setzte sich auf das Vorderdeck und tat, als genieße sie gelangweilt die Sonne. Mike setzte sich zu ihr.

„Tretboot auf der Alster, was? Du kannst besser segeln als Henning! Wieso sagt mir das keiner?“

„Weil es keiner weiß.“ Marie schloss die Augen und drehte ihr Gesicht in die Sonne. Damit war das Gespräch für sie beendet.

Mike betrachtete sie eine Weile schweigend, erhob sich dann und wollte unter Deck gehen. Doch Sören funkte dazwischen.

„Mike, übernimmst du mal?“

Kaum hatte Mike das Steuer übernommen, ging Sören unter Deck. Man sah ihm deutlich an, dass er innerlich brodelte. Alle konnten hören, wie er Henning unten im Salon anpflaumte.

„Du fährst ’ne Patenthalse? So richtig schön mit Mastbruch? Ich dachte, ich kann mich auf dich verlassen! Und wir haben erst Windstärke 5!“

„Leck mich, das kann jedem Mal passieren!“

„Nein, mein Lieber, das passiert nur blutigen Anfängern oder Vollidioten! Weißt du, was das Schiff wert ist?“

„Vater und du haben leider versäumt, es mir zu sagen. Wieso eigentlich? Wo Geld doch das Wichtigste in unserer Familie ist. Und da schließe ich mich selbstredend nicht aus, großer Bruder."

Nach einem kurzen, schweren Schweigen beendete Sören die Diskussion.

„Leck dich doch selber!"

Kurz darauf kam er wieder nach oben und nahm missmutig seine Position als Schiffsführer ein. Alle an Bord hielten sich bedeckt, die Stimmung war betreten. Nur Nadine ignorierte den lautstarken Streit der Brüder, flirrte wie ein Kolibri um Sören herum und versuchte, die anderen mit albernen Witzchen wieder in Stimmung zu bringen. Nach etwa einer halben Stunde stimmte Julia in Nadines Bemühungen ein, und tatsächlich schafften die beiden es, den kleinen Vorfall vergessen zu machen.

Die Dorada wurde von der untergehenden Sonne in gleißendes glutrotes Licht getaucht, das Meer schien in Flammen zu stehen. Der Wind wehte nun gleichmäßig aus Nordost, Henning setzte die Passatsegel. Die sanfte Brise und das milde Abendlicht taten ein Letztes zur Beruhigung der Gemüter, und so wurde auch das von Julia und Mike zubereitete Abendessen in friedlicher und gelöster Stimmung eingenommen. Nach dem abschließenden Kaffee ging Marie an Deck. Die Nacht war sternenklar, der Himmel leuchtete in einem dunklen Kobaltblau.

Marie setzte sich in den Bugkorb und genoss das Schaukeln des Schiffes. Sie fühlte keine Angst mehr und hoffte, dass dieser Zustand andauern würde.

„Der Bugkorb ist der beste Platz auf dem Schiff",

sagte plötzlich Mike neben ihr. „Nur das Meer im Blick, das maximale Nichts vor Augen. Absolute Freiheit."

„Das maximale Nichts ist der Tod", flüsterte Marie.

„Vermutlich hast du recht. Auch was die absolute Freiheit betrifft."

Die beiden schwiegen kurz.

„Darf ich dich was fragen?", unterbrach Mike die Stille.

Marie nickte.

„Wo und wann hast du segeln gelernt?"

„Komisch. Henning hat mich nicht gefragt …"

„Der schmollt erst mal. Ist schwer für einen Kerl, von seiner Braut den Arsch gerettet zu bekommen."

Zum ersten Mal lächelten sich Mike und Marie an.

„Ich bin auf einer Hallig groß geworden. Mein Vater ist Extremsegler. Ich war schon als Baby mit an Bord. Auch als ich älter war, hat er mich oft mitgenommen. Später bin ich selbst Regattas gesegelt. Mit 15 war ich deutsche Laser-Jugendmeisterin."

„Echt? Marie Brodersen, die Enkelin des superreichen Stahl-Magnaten … Und ich dachte, ich kenne mich aus."

„Damals hieß ich noch Marie Sund. Brodersen ist der Mädchenname meiner Mutter."

Mike starrte sie mit offenem Mund an. „Die Tochter von Bernd Sund? Dem berühmten Einhandsegler? Dem Umwelt-Aktivisten?!"

„Manche sagen auch Öko-Terrorist zu ihm."

„Aber er hat großartige Sachen gemacht! Geradezu wahnwitzige Nummern abgezogen! Letztes Jahr diese

Aktion gegen den norwegischen Walfänger! Und das ganz allein! Alles für das Meer, für die Wale …"

„… und für die armen Robbenbabys … jaja, ich weiß!" Marie winkte genervt ab.

„Aber wieso …" Mike wurde unterbrochen von Julias Stimme, die ihren Kopf aus der Salonluke streckte: „Hey, Leute, wir spielen was, kommt runter!"

Marie krabbelte aus dem Bugkorb und warf Mike einen ernsten Blick zu.

„Können wir es dabei belassen? Auch vor den anderen?"

Mike nickte.

Nach einem ausgelassenen Spieleabend, an dem sich vor allem Britt durch Kombinationsgabe und Kreativität bewies, sanken alle in ihre Kojen. Mike übernahm die erste Nachtwache. An Deck hörte er, wie Henning in seiner Kabine Marie leise Vorwürfe machte. Er war sauer, weil sie ihm nicht gesagt hatte, dass sie segeln konnte. Zudem war er sauer, dass sie ihm heute vor allen das Ruder aus der Hand gerissen hatte. Er hätte die Halse garantiert auch ohne sie im Griff gehabt. Marie verteidigte sich weder gegen die ungerechten Vorwürfe, noch erzählte sie von ihren Segelkenntnissen oder ihrem Vater. Sie erwähnte irgendeinen Segelschein, den sie angeblich auf der Alster gemacht hatte und schwieg dann einfach.

Langsam begann Mike, seine Meinung über Marie Brodersen zu revidieren. Bis heute hatte er sie für eine ebenso verwöhnte Zicke gehalten wie diese Nadine, die zwar angenehm anzuschauen war, auf einem Schiff jedoch rein gar nichts verloren hatte. Aber wenn er jetzt daran dachte, wie selbstverständlich Marie ihre Schuhe vorm Betreten der Yacht ausgezogen hatte, mit welcher dunklen Intensität sie aufs Meer blickte und welch blitzschnellen Instinkt sie heute bei Hennings Fehler bewiesen hatte, dann wurde ihm bewusst, dass er Marie Sund vor sich hatte, die Tochter des verwegenen Abenteurers, und nicht Marie Brodersen. Allerdings rätselte er, wieso niemand an Bord davon zu wissen schien, nicht einmal ihr Freund und Fast-Verlobter Henning. Und warum sie wie Espenlaub gezittert hatte, als sie endlich auf dem offenen Meer anlangten.

Inzwischen war es still geworden. Keine Geräusche mehr aus den Badezimmern, kein Flüstern mehr an Bord. Nur noch das Säuseln des Windes und das Schwappen der Wellen. Etwas Schöneres konnte es für Mike nicht geben.

Vier Stunden später wurde er von Henning abgelöst. Mike legte sich in seine Kabine zu Julia, die offensichtlich fest schlief. Auch er schlief sofort ein.

Als seine Atemzüge ruhig und gleichmäßig waren, schälte sich Julia aus dem Bett und schlich nach oben an Deck. Henning saß neben dem Steuerrad auf dem Boden und rauchte eine Zigarette. Die Asche schnippte er in einen kleinen silbernen Handaschenbecher mit Deckel. Er wirkte nicht sonderlich erfreut über den Besuch, begrüßte Julia aber mit einem knappen Nicken.

Sie setzte sich neben ihn, legte ihre Hand in seinen Schritt, ihren Kopf an seine Schulter und sah ihn verführerisch an.

„So allein waren wir schon lange nicht mehr.“ Julia sprach so leise es ging.

Henning fegte unsanft ihre Hand aus seinem Schoß und rückte von ihr ab. „Bist du verrückt? Lass das, es ist vorbei! Wann begreifst du das endlich?“ Er flüsterte ebenfalls.

„Aber es war doch schön mit uns …“

„Das war es. Punkt. Fertig. Aus. Also treib bitte keine Spielchen hier an Bord, ich hab keinen Bock auf Stress! Weder mit Marie noch mit Mike!“

„Vielleicht wirst du deine Meinung noch ändern …“

Keiner von beiden bemerkte, dass ihre geflüsterte Diskussion belauscht wurde.

Tim fühlt sich in dem feuchten, stählernen Kohlekahn begraben wie Jonas im Bauch des Walfischs. Nach einer weiteren stockfinsteren Nacht kriechen ein paar Sonnenstrahlen durch die Ritzen und ermöglichen ihm zumindest wieder die Sicht in seine nähere Umgebung. Nichts hat sich geändert, seine Lage ist keinen Deut besser geworden. Auf Wunder darf er nicht hoffen.

Er steht auf, schlägt mit der flachen rechten Hand mehrfach gegen die Stahlwand und ruft um Hilfe. Nichts. Nur das Plätschern des Wassers, das Summen einer Stechmücke direkt an seinem Ohr und ein paar Vögel, die die aufgehende Sonne begrüßen.

Tim begutachtet den Verband seiner linken Hand. So weit er es sehen kann, ist die Mullbinde völlig verkrustet, das Blut inzwischen geronnen. Es tut immer noch höllisch weh. Er überlegt, ob er den Verband wechseln soll. Ein Streifen seines Shirts ist vermutlich etwas frischer als die vollends von Blut und Schmutz durchtränkte Baumwolle. Aber da das Blut über Nacht zu fließen aufgehört hat und sein Verband eingetrocknet ist, würde ein Wechsel die Wunde nur erneut aufreißen und das Bluten wieder einsetzen. Also entscheidet er sich dagegen.

Er verspürt Hunger und interpretiert das als gutes Zeichen. Wer Hunger hat, will leben. In der Box mit den Lebensmitteln befinden sich neben mehreren Packungen Dauerwurst jede Menge vakuumierter Überlebensrationen in orangefarbenen Pappschachteln, offensichtlich aus Armeebeständen. Tim hat nicht gedient, aber die perfekt organisierte Versorgung kommt ihm sehr militärisch vor. Er erinnert sich, dass ein Kumpel ihm mal von den EPas, den Ein-Mann-Portionen, und den darin befindlichen Keksen erzählt hat, die „Panzerplatten“ genannt wurden. Er schaut seine reichlichen Vorräte durch. Sie sind laut dem schwer zu entziffernden Aufdruck im Schnitt noch etwa 20 Jahre haltbar. Wie beruhigend, denkt er mit einem Anflug von Sarkasmus. Die vorhandene Menge würde für einige Zeit genügen. Als der Gedanke an den zu überbrückenden, an den zu überlebenden Zeitraum in ihm Fuß fassen will, wehrt er sich sofort dagegen. Ein, zwei Tage, die gilt es zu überstehen, mehr nicht! Dann ist er wieder raus aus diesem elenden, stinkenden Loch, wird duschen, sich umziehen, Sushi oder Austern oder Kaviar essen und ein eiskaltes Bier in Mitte trinken gehen.

Mit den Zähnen reißt er eine Packung Schwarzbrot auf und beißt gierig hinein. Zusammen mit der Salami schmeckt ihm die derbe Kost besser als Sushi oder Austern oder Kaviar. Gierig verschlingt er die Mahlzeit.

Plötzlich hört er in seiner unmittelbaren Nähe ein leises Rascheln. Erschrocken sieht er sich um. Zwei beeindruckend große Ratten sind an ihn heran gehuscht und knabbern in Windeseile die Krümel auf, die er fallen lässt. Zuerst vertreibt er die Viecher voller Ekel mit wilden Handbewegungen und lauten Schreien. Doch sie kommen zurück, nähern sich wie unabsichtlich in diskreten Schleifen, devot geduckt, mit hin- und herzuckenden Schwänzen. Er scheucht sie erneut weg, doch sie geben nicht auf. Es ist ein Geduld- und Machtspiel, das ihn plötzlich mehr fesselt als seine Mahlzeit. Schließlich gibt er nach und lässt die Ratten bis an seine Füße heran. Als er etwa eine Minute lang fasziniert beobachtet hat, mit welcher Inbrunst sie jeden noch so kleinen Krümel aufnehmen, den er ihnen hinwirft, lockt er sie noch näher, lässt sie bis auf Höhe seiner Hüften und bricht sein Brot mit ihnen, das sie gierig annehmen. Jetzt ist er nicht mehr allein.

Wasserspiele

Marie wurde durch ein zärtliches Knabbern an ihrem Hals geweckt. Henning hatte sich über sie gebeugt und lächelte sie gewinnend an. „Tut mir leid, ich habe mich gestern wie ein Riesenarschloch benommen."

„Stimmt." Marie wollte sich umdrehen und noch ein wenig weiterschlafen, doch Henning hatte andere Pläne.

„Sörens Ansprache war echt zum Kotzen. Ich weiß ja selbst, dass ich nicht aufgepasst habe. Aber mich deswegen vor allen so runterzumachen?"

Henning spielte mit Maries Haaren, nahm eine Strähne und kitzelte ihr damit im Gesicht herum. Marie drückte ihm verschlafen die Hand weg.

„Das fand ich auch voll unnötig. Ist ja nix passiert."

„Weil du super schnell warst. Warum hast du mir erst gestern Abend erzählt, dass du vor ein paar Jahren deinen Segelschein auf der Alster gemacht hast? Wir hätten doch längst mal zusammen raus fahren können."

„Ich steh nicht so wahnsinnig drauf, wenn ich ehrlich bin."

Marie wollte sich erheben, doch Henning zog sie zärtlich zurück in die Laken und sagte mit einer für ihn typischen, plötzlich aufkommenden Düsterkeit. „Ich liebe dich, Marie, vergiss das nie, egal, was passiert." Dann zog er ihr das Schlafshirt über den Kopf, um seine übliche Beweisstrategie einzuleiten.

„Ich weiß nicht … Sören liegt direkt nebenan …"

Marie wollte sich sanft entwinden, doch Henning

ließ es nicht zu. Er küsste sie auf den Mund, den Hals und ihre Brustwarzen.

„Wir können ja leise sein …"

Als sie kurz darauf in den Salon traten, beide noch etwas verstrubbelt, sahen sie gleich, dass sie nicht leise genug gewesen waren. Sören und Nadine, mit der Zubereitung eines kräftigen Frühstücks für alle beschäftigt, grinsten sie wissend an. Nadine trug ein hauchdünnes, durchsichtiges Negligé mit nichts als einem knappen String darunter.

Julia kam aus dem Bad und warf Henning einen verächtlichen Blick zu, den er ignorierte. Er schaute in die brutzelnde Pfanne und rieb sich begeistert die Hände.

„Hmmm, Rührei mit Speck und Tomaten. Ich habe einen Mordshunger!"

Marie begann, den Tisch zu decken.

„Wo sind Mike und Britt?"

„An Deck", erwiderte Nadine. „Mike führt Britt in die Geheimnisse des Segelns ein."

„Solange er sie nicht in sonst was einführt …", feixte Henning, während er von den Rühreiern naschte, was ihm einen beiläufigen Schlag von Nadine mit dem Kochlöffel einbrachte.

„Sehr witzig." Julias Tonfall war bissig.

„Humorfreie Zone, oder was?" Nadine warf Julia einen genervten Blick zu. „Ich will hier Spaß haben, Leute, und kein Rumgezicke. Das gilt auch für euch Jungs, klar?" Wieder hob sie den Kochlöffel und drohte damit scherzend Henning und Sören.

„Und was den Spaß betrifft, so plädiere ich nach dem

Frühstück für eine Runde schwimmen. Ich muss euch unbedingt meinen neuen Bikini vorführen." Beim letzten Satz zwinkerte sie Sören zu.

Sören wies auf ihr Negligé und gab sich betont entsetzt.

„Du willst etwas *anziehen*? Wie furchtbar!"

Alle lachten und setzten sich zum Frühstück. Auch Britt gesellte sich dazu. Mike verzichtete um die frühe Stunde aufs Essen, ihm genügte ein starker heißer Kaffee, den er an Deck schlürfte.

Nach dem ausgelassenen Frühstück checkte Sören die bisher zurückgelegte Strecke. Sie waren am ersten Tag sehr gut vorwärtsgekommen.

Unterdessen saß Marie mit Nadine an Deck und befragte sie nach ihren Verführungstaktiken für Sören.

„Meinst du wirklich, die Sexnummer mit Negligé und Bikini zieht?"

„Gepaart mit meinem unwiderstehlichen Charme … Klar, was sonst?!"

Julia und Britt setzten sich dazu.

„Sehe ich auch so." Julia gab Nadine recht. „Mike hat mich in der Koje, und Henning darf Marie poppen, wie wir alle heute Morgen deutlich gehört haben."

Marie drehte peinlich berührt den Kopf weg.

„In spätestens einer Woche steht Sören voll im Saft. Und dann schlägst du zu, Nadine! Es sei denn, du hast auch Aktien drin beim Wendelstein-Ältesten", wandte sich Julia an Britt.

Britt wehrte erschrocken ab.

„Wieso? Ich bin doch mit Tim zusammen!"

„Ach, bist du das?“, fragte Julia.

Marie sah sie scharf an: „Lass Britt in Ruhe!“

Julia erhob sich und schlenderte zu Mike, der am Steuerrad seine zweite Tasse Kaffee trank und ansonsten den Blick unbeteiligt über das Meer schweifen ließ. Er hatte heute Morgen noch kaum etwas gesagt. Auch Britt stand auf.

„Ich gehe in meine Kabine, klar Schiff machen oder wie das heißt.“

Nadine beugte sich zu Marie und kniff ihr in die Seite.

„Sag mal, mit Henning läuft es wohl richtig klasse, oder?“

Marie lächelte.

„Wir wollen uns auf den Caymans verloben.“

„Echt? Das ist ja super! Wenn ich mir bis dorthin Sören geangelt habe, wovon du ausgehen kannst, feiern wir nächstes Jahr Doppelhochzeit!“

„Kannst du knicken! Ich fühle mich noch viel zu jung zum Heiraten. Die Verlobung auf den Caymans will Henning nur, um seinem Vater eine Freude zu machen. Ne blöde, altmodische Formsache. Falls er das überhaupt ernst gemeint hat. Bei Henning weiß man ja nie.“

Nadine zwickte Marie wieder in die Seite.

„Das hat er garantiert. Aber was ist mit dir? Von wegen zu jung. Spinnst du? Unsere Familien haben zwar fett Kohle, aber die Chance, einen Wendelstein zu angeln, lasse ich mir nicht entgehen!“

Marie musste lachen.

„Du bist eine ganz schön unromantische Schlampe, weißt du das?"

„Danke für das Kompliment!" Nadine lachte zurück und streckte ihren Körper in eine sexy Position, denn Sören betrat das Deck.

„Gern geschehen. Nur … Ich bin anders als du."

„Aber du liebst Henning doch, oder?"

„Ja, schon …", gab Marie zur Antwort.

Das für Marie selbst überraschende Zögern in ihrer Stimme bekam Nadine nicht mehr mit. Sören trat zu ihnen und verkündete, dass sie beidrehen würden, um ein wenig zu schwimmen. Damit er endlich Nadines neues Bade-Outfit bewundern könne. Nadine bedachte Marie mit einem vielsagenden Blick und ging nach unten, um sich umzuziehen. Kurz darauf kam sie in einer Kopie des Bikinis wieder, den Halle Berry als Bond-Girl in „Stirb an einem anderen Tag" trug und der seinerseits eine Hommage an den legendären Zweiteiler von Ursula Andress als Bond-Girl in „James Bond jagt Dr. No" war. Auch der Bikini von Nadine verfehlte seine Wirkung nicht. Die Blicke der Männer sprachen Bände.

Sie nahmen die Segel herunter und legten eine lange Leine mit Fendern ins Wasser. Mit Johlen und Gekreische sprangen sie ins Meer. Nur Britt war unter Deck gegangen. Sie hatte zwar einen geblümten Badeanzug angezogen, in dem sie neben Nadine extrem provinziell wirkte, wollte aber nicht schwimmen und zog sich zum Lesen in ihre Kabine zurück. Auch Marie blieb an Bord und ließ zusätzlich zur Leine und ausgefahrenen Badeplattform die Stiege an der Bordwand herunter.

„Komm doch rein!“, rief Henning ihr zu.

Marie schüttelte den Kopf.

„Keinen Bock.“

Sie setzte sich an die Reling und zwang sich, den Blick nicht in der schwarzen Tiefe des Wassers zu verlieren. Und an das weit aufgerissene Augenpaar zu denken. Stattdessen konzentrierte sie sich auf das ausgelassene Treiben.

Es dauerte nicht lange, bis sich Sören, Henning und Mike mit typisch männlichen Rangeleien amüsierten. Sören tunkte Henning, Henning drückte Mike unter die Wasseroberfläche und umgekehrt.

„Komm her, du Weichei!“

Wer prustend wieder nach oben kam, sah seinen Kampfgeist geweckt und ging bei der nächsten Runde etwas härter und gezielter zur Sache.

„Ich zeig dir, wer ein Weichei ist, Pussy! Wie findest du das?“

Mit wachsender Verwunderung beobachtete Marie, wie das Spiel allmählich immer mehr dazu diente, unterschwellige Aggressionen zwischen den Männern abzubauen.

„Na, kannst du noch, oder gibst du auf, du Penner?“

Vor allem Henning schoss übers Ziel hinaus, sodass Sören sich dem zweifelhaften Spaß schließlich mit harschem Ton entzog.

„Du nervst!“

Sören schwamm weg und veranstaltete ein paar Tauchübungen mit Nadine. Also konzentrierte sich Henning auf Mike. Obwohl auch Mike den fragwürdigen Zeitvertreib schon aufgegeben hatte, schwamm Henning immer wieder zu ihm hin und drückte ihn unter Wasser.

„Hey, Großer, hast du schon genug? Dir hätte ich mehr zugetraut …“

Schließlich hielt er ihn so lange, dass Marie erschrocken von ihrem Platz aufsprang und ihn laut rufend aufforderte, endlich aufzuhören. Das Wasser sprudelte, Bläschen stiegen auf, Mikes Arme fuchtelten wild umher und versuchten, Halt zu finden.

Marie spürte, wie eine altbekannte Panik mit kalter Faust ihr Herz umklammerte.

Auch Julia war aufmerksam geworden, schwamm zu den Kontrahenten hin und stimmte in Maries Rufen ein.

Henning reagierte nicht, er hielt Mike weiterhin unter Wasser. Doch Mike bot seine körperliche Überlegenheit gegen Hennings Aggressivität auf und kämpfte sich schließlich nach oben. Zwischen Husten und Wasserspucken schrie er Henning an.

„Bist du irre? Willst du mich umbringen?“

Henning lachte nur.

„Paranoid, Alter? Oder wie kommst du auf den Scheiß?“

Mikes Blick wanderte finster zu Julia und wieder zurück zu Henning.

„Das weißt du ganz genau, Arschloch!“

Mit kräftigen Kraulzügen schwamm er zurück zur Yacht und kletterte an Bord. Henning und Julia folgten. Sören und Nadine, die auf die andere Seite des Bootes getaucht waren und den Zwischenfall nicht mitbekommen hatten, planschten weiterhin flirtend im Atlantik.

„Was war das denn?“, fragte Marie Henning in scharfem Tonfall, als er sich neben ihr abtrocknete.

„Mike ist ’ne Spaßbremse, sonst nichts.“ Henning machte eine verächtliche Handbewegung.

Marie wandte sich an Mike.

„Und was sollte das mit dem Umbringen? Seid ihr jetzt alle verrückt geworden?“

Mike zögerte kurz, dann wandte er sich schulterzuckend ab.

„Frag deinen Kerl. Oder Julia.“ Damit ging er unter Deck.

Ohne ein Wort zu sagen stand Julia daneben. Sie sah geschockt aus.

Marie drehte sich wieder zu Henning: „Was meint er?“

Henning reagierte gereizt. „Ist das hier die Inquisition? Du gehst mir auf den Wecker!“ Er nahm sein Handtuch und legte sich aufs Vorderdeck, um sich in der Sonne zu trocknen.

Julia folgte Mike nach unten. Kurz darauf war ein gedämpfter Streit zu hören. Marie konnte allerdings nichts verstehen, denn Sören und Nadine kamen lärmend und lachend an Bord. Nadine stolperte dabei über ein Tau und ließ sich dekorativ in Sörens Arme fallen, wobei sie ihre Brüste gegen seinen Oberkörper drückte. Sören schien es zu gefallen. Sein Blick versank in ihrem nassen, in der Sonne glitzernden Dekolleté.

Diskret entfernte sich Marie auf die gegenüberliegende Seite des Schiffes, lehnte sich an die Reling und schaute zum Horizont. Das Schaukeln der Yacht machte sie schläfrig. Sie fühlte sich, als wäre jegliche Energie aus ihr gewichen. Was war mit ihr los? Und was passierte hier an Bord? Woher kamen diese Aggressionen zwischen den Männern? Eine seltsam verwirrte Gefühlslage ergriff Besitz von Marie. Als würde sie den Mann, den sie liebte, gar nicht kennen. Als würde der Törn unter einem schlechten Stern stehen. Als würde noch etwas Schreckliches passieren. Als würde die Angst, ihr schrecklicher Wegbegleiter seit Jahren, kaum verschwunden, nun wieder die Oberhand gewinnen und sie lähmend einem Schicksal aussetzen, das ihr jetzt schon die Kehle zuschnürte.

Julia ging es scheinbar auch nicht gut. Marie hörte, wie sich jemand unter Deck im hinteren Badezimmer übergab. Es musste Julia sein, denn Britt kam mit ein paar Flaschen Wasser nach oben, und auch Mike kletterte gerade schweigend an Deck und machte alles bereit, um wieder Fahrt aufzunehmen.

„Jemand Durst?", rief Britt fröhlich.

Wie schon am Tag zuvor bemühten sich die meisten, die schlechte Stimmung zu vergessen. Nadine cremte Sörens Rücken ein und nutzte die Gelegenheit zu einer ausgiebigen Massage. Henning, Julia und Britt taten so, als sei nichts gewesen. Nur Mike und Marie stimmten nicht in die wieder aufkommende Urlaubsstimmung ein. Sie hingen ihren Gedanken nach, jeder für sich.

Am Abend waren Henning und Marie zum Kochen eingeteilt. Julia bekam wie gewünscht nur einen Salat, für alle anderen gab es Steaks mit Spinat und Kartoffeln. Wie so oft bot Henning seinen ganzen, beträchtlichen Charme auf, um sich wieder mit Marie zu versöhnen. Doch dieses Mal wollte es ihm nicht gelingen. Auch beim Essen blieb Marie schweigsam, während sich die anderen nach ausführlichen Gesprächen über Musik und Filme schließlich in kontroversen weltpolitischen Diskussionen aufrieben.

Marie war froh, als das Essen und das kleingeistige Gehacke endlich vorüber waren. Allein zurückgeblieben in der Kombüse räumte sie den Tisch ab und verstaute das Geschirr in der Spülmaschine.

„Wie findest du eigentlich Britt?"

Marie erschrak ein wenig, als Julia so plötzlich neben ihr auftauchte.

„Was meinst du?"

„Ein bisschen arg farblos, oder?"

„Sie ist traurig, weil Tim sich noch nicht gemeldet hat."

„Wie soll er denn? Ich hab hier kein Netz! Du etwa?"

„Er könnte an den Bordcomputer mailen. Oder das Satellitentelefon anrufen."

„Und deswegen macht die kaum den Mund auf? Kann die ohne Kerl keinen Spaß haben? Wie uncool!"

„Sie fühlt sich halt noch etwas fremd unter uns. Aber sie bemüht sich."

„Trotzdem. Ich finde sie seltsam."

„Bloß, weil sie nicht so 'ne Partymaus ist wie du?"

„Es muss auch Langweiler geben. Aber für eine Kindergärtnerin kennt sie sich verdammt gut aus mit Politik und Nahem Osten und so. Wie die über Afghanistan gewettert hat, meine Güte, war das öd!“

„Für manche von uns gibt es anscheinend Interessanteres als Diäten und Klamotten.“

Julia grinste: „Schau her, Marie, die Unschuld voll der Gnade, kann auch zicken! Wer hätte das gedacht?“

„Ich meine ja nur, dass Britt nicht gleich eine islamistische Terrorzelle sein muss, wenn sie gegen die Stationierung deutscher Soldaten in Afghanistan argumentiert“, versuchte Marie zu relativieren. „Außerdem ist Afghanistan nicht Naher Osten.“

„Ich wusste gar nicht, dass du Bescheidwissenschaften studiert hast!“ Julia drehte sich um und wollte wieder gehen, doch Marie hielt sie am Arm fest.

„Sag mir lieber mal, was zwischen dir und Henning läuft! Mike hat doch nicht grundlos diese Andeutungen gemacht!“

Mit einer unsanften Bewegung befreite Julia ihren Arm.

„Mike dreht manchmal ab. Sonst noch was, Zicke?“

Kaum war Julia wieder weg, warf Marie wütend das Geschirrhandtuch in die Ecke. Nun war sie anscheinend auch von der Giftwolke, die über das Schiff zu wabern schien, infiziert worden.

Der Abend an Deck verlief ohne weiteren Zwischenfall. Nadine hatte für Musik gesorgt und tanzte mit wiegenden Hüften über das Deck. Henning brachte bunte Cocktails, garniert mit Orangenscheiben und noch bunteren Schirmchen, und reichte den ersten an Mike. Zur Versöhnung, wie er sagte. Mike nahm ihn wortlos an. Britt und Julia tanzten mit ihren Drinks zu Nadine. Auch Henning und Sören schlossen sich an. Schließlich gab sich Marie einen Ruck und begann ebenfalls, sich im Rhythmus zu wiegen. Nadine hatte eine sanfte, verträumte Musik gewählt, die die entspannte Abendstimmung über dem Meer unterstrich.

Die Dorada glitt seelenruhig durch das Gewässer. Sören hatte neben den vorgeschriebenen Signalleuchten auch alle anderen Bordlichter eingeschaltet, die sich rot, grün und weiß auf den Wellen rings um das Boot spiegelten.

Marie schloss die Augen und genoss die sanfte Brise, die ihr durch die Haare und über die schon leicht gebräunte Haut strich. In diesem kleinen und doch so großen Moment war sie eins mit sich, dem Wind, den Wellen und dem Salz in der Luft. Die Zweifel und Düsternis des Nachmittags waren verschwunden. Losgelöst von allem lächelte Marie in sich hinein. Als sie wieder ihre Augen öffnete, sah sie, dass Mikes Blick dunkel und undurchdringlich auf ihr ruhte.

Söhne

Armin Wendelstein war stinksauer. Vor etwa einer Stunde hatte ihn auf seiner privaten E-Mail-Adresse eine Nachricht von Sören erreicht, der ihn darüber informierte, dass Tim wegen eines überraschenden Engagements bei einer Band mit dem absurden Namen Panther Pearls den Törn hatte sausen lassen. Armin ärgerte sich nicht nur über Tims heimliches Wegbleiben bei einer erklärtermaßen wichtigen Familienangelegenheit, er ärgerte sich auch über Sören. Der späte Zeitpunkt, an dem Sören ihm diese Information zukommen ließ, schien reichlich beliebig und sollte in dieser Beiläufigkeit nur den Wissens- und Vertrauensvorsprung Sörens gegenüber dem Vater betonen. Über diese albernen und hilflosen Positionierungsversuche konnte Armin nur mitleidig den Kopf schütteln. Aber auch wenn ihm Sörens Denunziantentum insgeheim zuwider war, Tims Respektlosigkeit war eine Provokation. Wie oft hatte er dem kleinen Nichtsnutz seinen Willen gelassen? Und das nur, weil er die wasserblauen Augen der Mutter besaß. Wie oft war er enttäuscht gewesen über die Erkenntnis, dass auch sein Jüngster den breiten Pfad, den er seinen Söhnen getreten hatte, nicht auszufüllen vermochte.

Sören war als Erstgeborener immer seine große Hoffnung gewesen. Doch er erwies sich als zu eitel. Ohne Applaus funktionierte er nicht, und damit war er bei Armin als autarke Führungsfigur verbrannt. Henning, undurchsichtig und egoistisch, wie er sich immer wieder erwies, konnte die Enttäuschung über Sörens Geltungssucht nicht auffangen. Dann wuchs Tim heran. Armins letzte Chance auf einen richtigen Kämpen nach seinem Ebenbild. Doch Tim entwickelte sich auf ganzer Linie zu einer bestenfalls halbwegs männlichen Kopie seiner Mutter: übersensibel, verstiegen, neurotisch. Gute Voraussetzungen für eine Karriere als Künstler. Null Voraussetzungen für die Wendelstein-Nachfolge. Eine dritte Enttäuschung, und die sogar auf ganzer Linie.

Insofern hätte Armin Wendelstein das Verhalten und Gebaren seiner Söhne weitestgehend egal sein können. Aber er war ein Patriarch vom alten Schlag. Wenn einer aus der Spur lief, musste man ihn in seine Schranken weisen. Dass Tim nicht an sein Handy ging, überraschte Armin Wendelstein nicht im Geringsten. Er könnte seinem Jüngsten ja noch ein Mindestmaß an Respekt entgegenbringen, wenn er den Mut aufbringen und wie ein Mann zu seiner rotzfrechen Eigenmächtigkeit stehen würde. Aber nein, er log ihn an. Und war dann auch noch so dumm, auf die Loyalität seiner Brüder zu hoffen. Nur deswegen ließ sich Armin Wendelstein an diesem späten Abend von seiner Sekretärin die Nummer vom Management dieser obskuren Band heraussuchen. Morgen würde er Tims albernen Ausflug in die Pop- oder Rockwelt beenden, oder was auch immer diese Panther für eine Art von Lärm veranstalteten. Oder er würde seine großzügige und völlig ungerechtfertigte finanzielle Unterstützung bis auf Weiteres einstellen. Dann könnte Tim mal gründlich grübeln, wo er in Zukunft die Miete für sein Loft in Berlin-Mitte und das Benzin für seine Red Corvette her bekam.

Stechmücken

Tim liegt auf der erhöhten Seite der Schute, wo er sich inzwischen mit den kargen Mitteln, die ihm zur Verfügung stehen, eine Art Quartier eingerichtet hat. Einen der beiden Wasserkanister benutzt er als Rückenlehne. Er hat ihn provisorisch mit seinem Shirt polstern wollen, doch der Stoff ist so dünn, dass Tim beim Liegen das harte Plastik dennoch schmerzhaft in seinen Rippen spürt. Der andere Kanister steht griffbereit neben ihm, um seinen Durst zu stillen, der ihn fast unaufhörlich quält. Es ist heiß und stickig, auch die Nacht bringt kaum Abkühlung. Die Luft in der Schute steht, und sein Schweißgeruch zieht immer mehr Stechmücken an, die inzwischen in Scharen um ihn herumsurren und seinen nackten Oberkörper, die Arme und das Gesicht zerstechen. Er bemüht sich, nicht zu kratzen, wohl wissend, dass das Kratzen nur eine kurzfristige Erleichterung bewirkt, dann den Juckreiz aber verschlimmert und die Beulen vergrößert.

Anfangs hat er wie wild um sich geschlagen, wenn das helle Sirren der Stechmücken an seinen Ohren ertönt ist. Oder wenn er plötzlich gespürt hat, wie eines dieser Biester seine Haut durchstach und zu trinken anfing. Garantiert hat er schon jede Menge der Stechmücken erledigt, vermutlich kleben sie in blutigen Striemen auf seiner Haut. Er kann es nicht sehen. Aber es kommen immer neue, immer mehr. Oder er hat sich nur eingebildet, sie erwischt zu haben. Vielleicht sind es gar nicht so viele gewesen, sondern nur ein oder zwei oder drei.

Doch die haben genügt, um ihn vor Wut und Hilflosigkeit halb wahnsinnig zu machen. Schließlich versucht er, sie einfach zu ignorieren. Sollen sie sich doch satt saufen, dann würden sie ihn in Ruhe lassen.

Als das Ignorieren nicht hilft, beginnt er, mit ihnen zu sprechen, lädt sie ein, aus seinem Körper zu trinken. Verspricht, nicht nach ihnen zu schlagen, wenn sie im Gegenzug versprechen, ihren kleinen Durst schnell zu stillen und sich dann zu verpissen. Eine Minute lang bildet er sich ein, sie hätten ihn gehört und wären auf seinen sehr fairen Deal eingegangen, denn kurz ist Ruhe. Doch dann wird er wieder gebissen und wieder. Wütend kratzt er sich blutig. Versucht, sich auf etwas anderes zu fokussieren als die Bisse und Stiche. Lange und hoch konzentriert denkt er darüber nach, ob die Stechmücken durch die winzigen Risse in der Außenhaut des Schiffes eindringen oder ob sie Eiern entschlüpfen, die schon von Anbeginn aller Zeiten im Inneren der Schute auf ihn gewartet haben. Die feuchte Hitze und die stehenden Pfützen bieten ein hervorragendes Klima zur Vermehrung der blutsaugenden Höllenbrut. Er kann die Frage nicht mit befriedigender Entschiedenheit klären, so lange er auch darüber nachdenkt. Als er nach einer gefühlten Ewigkeit den Eindruck bekommt, seine Beschäftigung mit diesem Problem könnte etwas Manisches besitzen, zwingt er sich, davon abzulassen. Doch sobald er keine Jagd mehr auf die Stechmücken macht und sich auf etwas anderes zu konzentrieren versucht, etwa auf die Farbe der Dunkelheit, klopft der Schmerz in seiner linken Hand wie ein Dampfhammer. Tim befürchtet, dass die Verletzung sich entzündet hat. Dass sie eitern wird oder er eine Blutvergiftung bekommt, die langsam den Arm hochkriecht, seine Lymphen verunreinigt und dann das Herz infiziert, bis es sich gegen das Gift nicht mehr wehren kann und aufhört zu schlagen. Oder, falls er überlebt, die ganze Hand abstirbt und amputiert werden muss, sobald er hier raus ist.

Er würde eine Prothese aus Gummi tragen müssen oder aus fleischfarbenem Plastik oder aus Kautschuk. Er hat keine Ahnung, woraus diese Dinger gemacht werden. Vielleicht sollte er sich für Leder entscheiden, ja, schwarzes Leder wäre wenigstens noch einigermaßen cool. Wenn er schon ein Krüppel sein wird, dann doch bitte irgendwie stilvoll. Aber er will kein Krüppel sein, und er will schon gar nicht sterben, und er will auch nicht länger darüber nachdenken.

Obwohl er keinen Hunger verspürt, schiebt er sich einen der staubtrockenen Kekse aus seiner Vorratskiste in den Mund und trinkt etwas Wasser aus dem Kanister. Inzwischen geht er sorgsamer mit seinem Wasser um. Wenn er sich nicht irrt, ist er schon den dritten Tag hier. Tim bemüht sich, nicht die Orientierung in Zeit und Raum zu verlieren. Das ist das Wichtigste. Er muss klar bleiben im Kopf. Bei sich bleiben. Auf alles gefasst. Bald wird man ihn abholen, weil sein Vater das Lösegeld bezahlt hat.

Tim stellt sich vor, was seit seinem Verschwinden abgelaufen ist. Sicher hat Britt versucht, ihn zu erreichen, als er nicht zur vereinbarten Zeit am Flughafen erschienen ist. Vielleicht aber auch nicht. Am Abend vor der geplanten Abreise ist sie sauer auf ihn gewesen, weil er die letzte Nacht vorm Abflug lieber mit Macke in einer Fußballkneipe verbringen wollte. Es kann durchaus sein, dass sie sein Wegbleiben am Flughafen als stillschweigenden, feigen Laufpass betrachtet. Immerhin ist er an dem bewussten Abend reichlich genervt gewesen und hat sie als „Klammeraffen" bezeichnet. Er hat das gar nicht böse gemeint. Nicht sehr. Aber wenn er jetzt darüber nachdenkt und gleichzeitig in Betracht zieht, wie sensibel und verletzlich Britt ist, dann könnte es durchaus sein, dass sie jetzt zu Hause sitzt und sich enttäuscht weinend bemüht, ihn aus ihrem Herzen zu reißen.

Die Vorstellung der weinenden Britt tut ihm weh, noch mehr als der Gedanke, dass sie unter den gegebenen Umständen niemanden anrufen und nach ihm forschen würde. Aber seine Brüder haben garantiert einen mordsmäßigen Aufstand gemacht, als er nicht wie verabredet auf den Kanaren angekommen ist. Sören hat sicher sofort den Alten angerufen, und falls der sich nicht schon längst über eine Lösegeldforderung von den Entführern ärgert, wird er spätestens nach Sörens Anruf Himmel und Hölle in Bewegung gesetzt haben, um seinen Jüngsten aufzuspüren und ihm eigenhändig den Kopf wegen seiner Unzuverlässigkeit abzureißen. Es ist also alles gut. Er wird bald hier raus sein. Sehr bald.

Soweit er das einschätzen kann, ist er nicht in Gefahr, getötet zu werden. Er hat nichts und niemanden gesehen oder erkannt. Das ist ein großer Vorteil. Sie werden ihn einfach freilassen. Andererseits kann er nicht wissen, wie der oder die Kerle ticken, die ihn entführt haben. Vielleicht sind sie ja vollkommen irre und wollen ihn gar nicht wieder auf freien Fuß setzen. Deswegen muss er wach bleiben. Auf alles gefasst. Möglicherweise ergibt sich eine Fluchtmöglichkeit, wenn sie ihn abholen. Vielleicht kommen sie, um ihn umzubringen. Er muss auf alles gefasst sein, darf nicht dumm oder naiv handeln. Obwohl es natürlich auch kontraproduktiv sein kann, zu fliehen, falls ein Austausch geplant ist. Das wäre schließlich das Normale. Warum sollten sie ihn umbringen? Womöglich geht alles seinen guten Gang. Entführung, Erpressung, Geldübergabe, Austausch. Klassisch sozusagen. Er muss nur aushalten und abwarten. Aber er wartet doch schon so lange. Mindestens drei Tage. Warum passiert nichts? Warum sitzt er immer noch in diesem stickigen Loch? Vielleicht wollen sie ihn einfach hier verrecken lassen. Aber wozu? Das macht keinen Sinn.

Seine linke Hand pocht. Mit der rechten schlägt er sich an die Stirn. Er ist überzeugt, mindestens drei Stechmücken gleichzeitig erledigt zu haben. Ihn wird dieses Geschmeiß so leicht nicht unterkriegen. Er wird durchhalten. Ja, verdammt, er wird durchhalten. Kurz darauf sinkt er in einen unruhigen Schlaf.

Um acht Uhr am nächsten Morgen löste Mike Henning am Ruder ab. Er kam mit seiner Tasse Kaffee an Deck, streckte sich, nickte Henning stumm zu und übernahm. Henning ging nach unten und überlegte, ob er sich noch zu Marie legen sollte. An Bord herrschte Stille. Er war ein wenig müde von der Wache, aber nicht so sehr, dass er glaubte, schlafen zu können. Also nahm er von dem Kaffee, den Mike aufgebrüht hatte, und ging ins Badezimmer. Er kramte kurz in seinem Kosmetikbeutel, den er in einem Schränkchen verstaut hatte, zog eine Metalldose hervor und daraus eines von mehreren Papierbriefchen. Henning setzte sich auf den Toilettendeckel und schüttete etwas von dem im Papier befindlichen Kokain auf einen Handspiegel, den er aus einer Schublade herausnahm. Von der Pappe einer Seifenverpackung riss er ein Stück ab, schob das Koks in drei saubere Linien und bastelte sich dann ein Röhrchen.

Henning erschrak, als die Tür aufging und Nadine den Kopf hereinstreckte.

„Dachte ich's mir doch, du hast was dabei", sagte sie grinsend.

„Klappe zu, Tür zu! Ich hätte fast das Zeug verschüttet! Musst du mich so erschrecken?!"

„Selbst schuld. Warum schließt du nicht ab, du Penner?" Nadine trat ein und schloss die Tür leise hinter sich ab. Sie ging neben Henning in die Knie, nahm ihm das Röhrchen aus der Hand und zog eine Linie.

Henning sniffte die anderen beiden und bereitete Nadine noch eine zweite zu … Nadine grinste zufrieden.

Plötzlich wurde die Türklinke gedrückt, dann klopfte es an der Badezimmertür.

„Henning? Lässt du mich rein?“ Es war Marie.

„Scheiße“, fluchte Henning leise und warf Nadine, die leise zu kichern begann, einen warnenden Blick zu.

„Hab ’ne Sitzung. Glaub mir, du willst hier nicht rein! Geh ins andere Bad.“

„Da ist Britt. Beeil dich, ich muss dringend.“

Henning sah ratlos zu Nadine. Nun ertönte auch noch Sörens Stimme. „Mich kannst du reinlassen, ich weiß, wie du pestest!“

„Die gehen nicht weg“, zischte Henning Nadine zu. Hektisch verstaute er den Rest des Kokains wieder in seinem Kosmetikbeutel, wischte den Handspiegel sauber und legte ihn zurück in die Schublade. Dann schloss er die Tür auf, schob Nadine nach draußen, folgte ihr und grinste Marie und Sören an.

„Es ist nicht so, wie es aussieht. Nadine wollte nur Zahnpasta ausleihen.“

„Und deswegen habt ihr hinter euch abgeschlossen?“, fragte Marie irritiert.

„Das war ich. Unbedachter Reflex.“ Nadine zuckte mit den Schultern, sah auf ihre leeren Hände und griff nach einer Tube Zahnpasta, um ihre blöde Ausrede zu bekräftigen.

Henning blickte unbeteiligt und wollte zu seiner Kabine. Doch Sören versperrte ihm den Weg, befeuchtete seinen Zeigefinger und fuhr über eine weiß-pudrige Stelle an Hennings Nase.

„Es ist fast immer so, wie es aussieht“, sagte Sören gefährlich ruhig. „Und es sieht ganz so aus, als hättet ihr da drin eine Nase Koks gezogen.“

Henning ging in die Offensive: „Und wenn schon. Gehst du jetzt bitte mal zur Seite, damit ich durch kann?“

Marie starrte Henning befremdet an.

„Seit wann kokst du?“ Sie drehte sich zu Nadine. „Und du?“

„Ich hab nur zugesehen“, sagte Nadine.

„Warum lügst du? Damit Sören dich nicht für ein böses Mädchen hält? Bist du so scharf auf ihn, dass du keinen Stolz mehr hast?“ Henning sah Nadine voller Verachtung an.

„Ich habe dich was gefragt“, wandte sich Marie wieder an Henning.

„Und ich will verdammt noch mal wissen, wieso du Arschloch Koks mit an Bord bringst?!“ Sören wurde laut. Er packte Henning am Shirt und zog ihn zu sich heran.

Henning stieß seinen Bruder weg.

„Spiel dich nicht so auf! Du gehst mir auf den Wecker!“

Inzwischen waren auch Britt und Julia von dem Lärm angelockt worden. Mike sah von oben durch die Luke herab.

„Was ist denn jetzt schon wieder los?“

„Mein Idiot von Bruder hat Koks im Gepäck!“ Sören

drängte sich an Henning vorbei ins Badezimmer, zog Hennings Kosmetikbeutel aus der Ablage und durchwühlte ihn, bis er die Metalldose und darin die restlichen Papierbriefchen fand.

„Und zwar mindestens zehn Gramm!"

„Hast du den Scheiß schon im Flugzeug dabei gehabt?" Britt schlug einen ungewohnt scharfen Ton an.

„Du hältst die Klappe!", fuhr Henning sie an.

Britt zuckte zusammen, drehte sich abrupt um und ging zur Treppe nach oben.

„Ist aber eine gute Frage", fand Mike, ließ Britt durch und kam die paar Stufen herunter. „Dann hätten wir nämlich alle Ärger bekommen!"

„Ich hab den Stoff in Las Palmas gekauft. Oder haltet ihr mich für blöd?"

„Wir halten dich für saublöd!" Nun mischte sich auch Julia ein.

Henning ignorierte sie und versuchte, Sören das Kokain aus der Hand zu nehmen.

Sören wich ihm aus, kippte das Pulver ins Waschbecken und ließ Wasser nachlaufen. Dann schubste er Henning wütend beiseite, sodass er mit lautem Krachen gegen die Holzvertäfelung flog, und ging ebenfalls an Deck. Nadine folgte ihm. Marie öffnete auffordernd die Tür zu ihrer Kabine.

„Können wir uns mal unterhalten, Henning?"

„Jetzt noch 'ne Moralpredigt von Miss Machtnix-falsch, und ich kotze!" Henning ging zwar in die Kabine, schlug Marie aber unmissverständlich die Tür vor der Nase zu. Marie setzte sich an den Tisch und barg den Kopf in ihre Hände. Sie begriff nicht, was mit Henning los war.

Mike überlegte kurz, ob er sie ansprechen sollte, ließ es aber, denn von oben rief Sören nach ihm.

„Mike, komm hoch und bring das Fernglas! Schnell!"

Selbst Marie wurde abgelenkt. Sie folgte Mike an Deck. Sören, Nadine, und Britt standen backbord an der Reling und sahen konzentriert auf einen Punkt am Horizont.

„Was ist denn?", fragte Mike und reichte Sören das Fernglas.

„Da hinten … auf zehn Uhr … Britt glaubt, dass sie eine Leuchtrakete gesehen hat."

Sören suchte mit dem Fernglas die Wasseroberfläche ab. „Da ist nichts."

Mike hielt sich die Hand vor Augen, um seinen Blick vor der noch tief stehenden Sonne zu schützen.

„Doch! Da!" Er wies in die Richtung, in der er etwas entdeckt hatte. Nun sahen es auch die anderen. Eine rote Fallschirmsignalrakete fiel langsam zurück auf die Wasseroberfläche und verglühte kurz vor dem Eintauchen.

„Ein Seenotsignal", sagte Marie. Sie nahm Sören das Fernglas aus der Hand.

„Ich gehe und versuch's über Funk. Vielleicht krieg ich auch ein Echo auf dem Radar. Übernimm das Ruder", sagte Sören zu Mike. Er verschwand eilig unter Deck. Britt nahm Marie das Fernglas aus der Hand.

„Lass mich auch mal sehen."

Sören schaute aus dem Niedergang hoch.

„Hab ein Echo auf dem Radar, Peilung eins-neun-fünf. Entfernung etwas über vier Meilen. AIS fehl, wäre auch zu einfach gewesen."

„Irgendetwas klarmachen?", fragte Mike.

Sören wirkte verstimmt.

„Die Segel lassen wir erst mal stehen, unter Maschine sind wir auch nicht schneller … Mann, als hätten wir nicht schon genug Stress an Bord. Hoffentlich ist es kein Fischer von der afrikanischen Küste, den werden wir nie wieder los …"

Mike drehte geringfügig am Ruder.

„Eins-neun-fünf liegt an. Hast du versucht, über Funk Kontakt aufzunehmen?"

Sören nickte: „Reagiert nicht. Lass uns sehen, dass wir dahin kommen."

„Ich sehe das Boot nicht", rief Britt vom Bug. „Ich kann es einfach nicht sehen!"

„Wir sind noch viel zu weit weg, aber wir finden es", sagte Mike zuversichtlich. „Es ist hell, wir haben Peilung. Den verlieren wir nicht. Höchstens nach unten …"

Alle an Bord waren von Aufregung gepackt, sogar Henning hatte inzwischen mitbekommen, dass etwas passierte und war an Deck geklettert. Gemeinsam starrten sie angestrengt über das Wasser. Die Dorada machte gute Fahrt. Nach knapp 30 Minuten tauchten im Rhythmus der Wellen die Umrisse einer weißen, etwa acht Meter langen Segelyacht auf und verschwanden wieder.

Mike rief Sören zu sich.

„Glaubst du, dass wir bei dem Wellengang längsseits gehen können?"

Sören nickte.

„Du denkst auch, dass wir das Dingi nicht brauchen?"

„Schätze, das kriegen wir so hin. Aber lass uns erst mal ranfahren …"

Schnell näherten sie sich dem abgewrackt wirkenden Segelboot, das deutlich zu tief im Wasser lag. Ein einzelner Mann stand an Bord und hob und senkte seine Arme seitlich, ein Notsignal, das auf Sichtweite angewendet wurde.

Henning schüttelte den Kopf.

„Wer ist das denn? Ein Einhandsegler? Mit so einem Kahn so weit draußen, der muss ja knallverrückt sein. Damit würde ich nicht mal über die Elbe schippern …"

„Das ist auch besser so. Am besten, du fährst in Zukunft nur noch Tretboot in Papas Pool." Sören konnte es selbst in diesem Moment nicht lassen. Er ging zum Ruder.

„Okay, ich übernehme. Klar zum Bergen der Segel? Marie übernimmt die Gennakerschot, Henning die Großschot. Mike aufs Vorschiff, du machst die Bergeleine für den Gennaker klar."

Marie war froh, dass Henning seinen Zwist mit Sören für den Moment ruhen ließ. Alle verhielten sich professionell und führten die Anweisungen des Skippers schnell und sorgsam aus. Sören steuerte mit ruhiger Hand die kleine Yacht an.

„Henning, wenn der Präser über dem Gennaker ist,

luv ich an, du holst das Großsegel mit der Hydraulikwinsch dicht. Im Wind geht das Groß runter, okay?“

Alle arbeiteten konzentriert, Sören gab wie gewohnt die Kommandos. „Nicht so doll mit der Winsch! Henning, lass das Großsegel fallen, Marie übernimmt dann das Großfall, ich gehe unter Maschine in Lee von ihm, alles klar?“

„Klar“, antwortete die Crew.

„Wäre vielleicht eine gute Idee, wenn vorher noch jemand den Bullen wegnimmt! Marie, denk an deine Hände, auf der Schot ist Druck … Nicht sofort die Törns runter nehmen!“

„Bin klar“, rief Marie laut und deutlich und nahm zwei Törns von der Gennaker-Winsch. Henning blickte etwas abwesend auf die zahlreichen Leinen, ging dann aber unter Sörens wachsamen Augen sicher an die Großschot. Sören wandte sich an Nadine, Julia und Britt.

„Das Schiff wird sich beim Anluven anders bewegen, also haltet euch fest!“

Die Maschine sprang an, Sören fuhr vor den Wind, Marie fierte die Gennakerschot. Das bauchige Segel fiel im Windschatten des Großsegels fast von allein zusammen. Mike hängte sich in die Bergeleine des Gennakers, der große Plastiktrichter des Bergeschlauchs kam von der Mastspitze Richtung Deck und saugte das riesige Segel förmlich auf, bis es wie eine dicke Wurst vor dem Mast hing.

„Okay, ich luv an, hol dicht die Großschot, klar bei Großfall!“

Das Schiff nahm Fahrt auf, begann, in der langen Welle scheinbar Widerstand zu leisten, bis es genau im Wind lag. Nadine hatte erschrocken einen kleinen Schrei ausgestoßen, mit unsicheren Händen suchte sie nach Halt. Der Lärm durch den Wind nahm zu, das Großsegel fiel auf den Großbaum. Das Manöver war gut gelungen, das havarierte Boot befand sich drei, vier Schiffslängen in Luv der Dorada. Der Mann war nicht mehr zu sehen.

„Ein Deutscher!“ Marie zeigte auf die Flagge, die am Achterstag im Wind flatterte.

„Ich fahr mal auf Rufweite“, sagte Sören zu Mike. „Sprich ihn an! Das Dingi würde ich ungern aus der Garage holen.“

Die Dorada besaß eine Beiboot-Garage, die unter dem Cockpit im Heck untergebracht war und über eine hydraulische, absenkbare Plattform zu erreichen war. Mike ging an die Reling und rief zu dem anderen Boot hinüber. Der Mann tauchte plötzlich wieder auf und schrie auf Deutsch zurück.

„Wassereinbruch! Ich kriege ihn nicht gestoppt! Bin alleine, könnt ihr mich übernehmen?“

Henning schaltete sich ein.

„Sollen wir rüberkommen und mit nach dem Leck suchen?“

Der Mann winkte ab.

„Vergiss es. Das Leck liegt weit unter der Wasserlinie. Die E-Pumpe ist ausgefallen, die manuelle auch. Nix mehr zu machen, das Boot säuft ab. Und mein Rettungsfloß hat nicht ausgelöst.“

„Wir wollen ungern so nahe rankommen", rief Sören.

„Kein Problem, ich schwimme zu euch rüber. Eine Sekunde noch."

Der Mann verschwand unter Deck und kam in Rettungsweste und mit einer wasserdichten Segeltasche unterm Arm zurück. Sein Schiff tauchte immer tiefer in die Wellen ein, die Zeit drängte.

Sören steuerte die Dorada noch etwas näher heran, Mike warf dem Mann eine Leine zu. Der erste Wurf ging daneben. Mike holte die Leine wieder ein und versuchte es erneut. Dieses Mal landete sie auf dem Vordeck. Der Mann griff die Leine, sprang ins Wasser, seine Weste löste beim Wasserkontakt automatisch aus und blies sich auf. In der rechten Hand die Leine, in der linken seine Tasche ließ er sich zur Dorada rüber ziehen. Marie brachte die Badeleiter längsseits an. Flink kletterte der Mann an Bord und legte seine Tasche ab.

Inzwischen ging die havarierte Yacht auf Tiefe und verschwand mit lautem Gluckern unter der Wasseroberfläche. Alle sahen stumm und mit unwohlen Gefühlen zu.

Maries Hände begannen leicht zu zittern.

„Sie ist weg … sie ist weg …", flüsterte sie abwesend immer wieder. Keiner achtete auf sie.

Als die Yacht nicht mehr zu sehen war, räusperte sich der Mann und gab allen, die um ihn herumstanden, die Hand.

„Das war echt Rettung in letzter Sekunde! Hey, ich bin Sven. Danke."

Sven wirkte zwar erleichtert über seine Rettung,

machte jedoch nicht den Eindruck, als sei er zu irgendeinem Zeitpunkt der Verzweiflung nahe gewesen. Er war ungefähr Anfang 30, an die 1,90 Meter groß, breitschultrig und strahlte Sicherheit und Souveränität aus. Sein Kopf war kahl geschoren, die Haut stark sonnengebräunt und die Arme, soweit man das in dem ehemals weißen Kurzarmshirt sehen konnte, komplett tätowiert.

Sören wies auf den Container der nicht ausgelösten Rettungsinsel, der noch an der Stelle trieb, an der die Yacht gerade versunken war.

„Die sollten wir an Bord nehmen, sonst gibts vielleicht eine unnötige Suchaktion, wenn andere die finden."

Mike fuhr so nahe an die Rettungsinsel heran, dass sie aufgenommen werden konnte. Henning verstaute den Container in der Dingi-Garage, dann wurden die Segel wieder gesetzt, der Bullenstander befestigt. Die Dorada ging auf ihren alten Kurs.

Sören bot Sven an, sich erst einmal frisch zu machen und etwas zu essen und zu trinken. Danach würde man reden müssen. Nadine lächelte Sven an.

„Komm mit, ich zeige dir alles."

Sven nickte dankbar und folgte Nadine unter Deck.

„Wetten, dass sie das tut?" Henning grinste.

Sören wies ihn sofort scharf zurecht: „Ich habe zur Zeit keinen, aber auch gar keinen Bedarf an deinem Humor, Koksnase! Wir sprechen uns später."

„Kanns kaum erwarten."

Julia lenkte die Brüder voneinander ab.

„Was passiert denn jetzt mit diesem Sven?“

„Und wann gibts endlich Frühstück?“ Erst als Britt danach fragte, wurde ihnen bewusst, dass sie noch nichts gegessen hatten. In der Aufregung war alles andere in den Hintergrund getreten. Doch nun meldete sich der Hunger mit Macht.

Britt schlug vor, an Deck zu frühstücken. Sie bereitete mit Nadine und Julia alles vor und brachte schließlich Berge von Rührei, frisch aufgebackene Brötchen und Säfte an Deck. Marie deckte mit Henning den Tisch. Kaum saßen alle, kam auch Sven dazu. Er war frisch geduscht und trug ein sauberes Shirt, das er in seiner Segeltasche mitgebracht hatte. Das Shirt saß hauteng und spannte über Svens beachtlicher Muskulatur. Sowohl Nadine als auch Julia ließen ihre Blicke wohlgefällig über Svens Körper gleiten. Der tat so, als bemerke er es nicht und setzte sich an den Tisch.

„Herrlich, ein richtiges Frühstück! Auf einer richtigen Yacht!“

„Hau rein“, sagte Sören. „Und sag mal, was da bei dir auf dem Boot genau abgelaufen ist.“

Sven ließ es sich schmecken und erzählte. Er tourte schon seit Monaten als Segeltramper durch die europäischen Gewässer und nahm zwischendurch, wenn er gerade nicht auf einem Boot war, Gelegenheitsjobs an Land an. Auf den Kanaren hatte er einen Bootsbesitzer kennengelernt, der ihn um eine Schiffsüberführung auf die Kapverdischen Inseln gebeten hatte. Sven hatte trotz der minimalistischen Ausstattung und des schlechten Zustands des Bootes zugesagt, das schnelle Geld konnte er gut gebrauchen. Am gestrigen Nachmittag war es dann zu einer Kollision mit einem unbekannten Unterwassergegenstand gekommen. Der Wassereinbruch jedoch geschah später während einer Schlafpause, sodass Sven ihn erst bemerkte, als die ungünstig eingebauten Batterien schon überflutet waren. Damit hatte er Stromtotalausfall und konnte nicht mehr um Hilfe rufen. Glücklicherweise waren wenigstens die vorgeschriebenen Seenotraketen an Bord gewesen.

„Mein Fehler, dass ich das Schiff vorher nicht ausreichend gecheckt habe. Sonst wäre ich mit dem Schrottkahn bestimmt nicht losgefahren“, schloss Sven seinen Bericht.

„Vielleicht ist der Eigner gar nicht so unglücklich, wenn du ihm von der Havarie erzählst. Kannst natürlich unseren Funk nutzen …“, meinte Sören.

Sven nickte: „Ich glaube inzwischen auch, dass das Boot aus der Konkursmasse von ’nem Pleite-Yachtcharter stammt. Und jetzt kassiert der Eigner noch ’ne hübsche Versicherungssumme. Aber was solls? Kann mir ja schnuppe sein. Ich hab Glück gehabt, verdammtes Glück! Und ich bin auch noch nie auf so ’ner geilen Swan gefahren! Was schätzt ihr, wie lange wir bis zu den Kapverden brauchen? Das ist doch euer Kurs, oder?“

„Nicht wirklich“, sagte Mike. „Wir wollten eigentlich morgen nach West abdrehen, auf die Barfußroute.“

„In die Karibik, echt?“ Sven wirkte hocherfreut. Er schob seinen Teller von sich. Inzwischen waren alle fertig mit dem Frühstück.

„Aber jetzt müssen wir wegen dir weiter zu den Kapverden“, meinte Sören etwas übellaunig. „Das kann uns locker eine ganze Woche kosten!“

„Ihr müsst mich nicht absetzen, auf mich wartet keiner. Wenn es euch recht ist, komme ich einfach mit.“ Sven lachte. „Auch wenn es erst mal nicht so aussieht, ich bin ein guter Segler. Und eine Hand mehr kann man immer brauchen.“

Alle sahen Sören abwartend an.

Sven erhob sich und begann, das Frühstücksgeschirr auf einem Tablett einzusammeln.

„Ich geh mal spülen und auch den Eigner anfunken. Dann könnt ihr in Ruhe überlegen, was ihr mit mir anstellt.“ Er grinste gewinnend: „Mitnehmen oder über Bord werfen …“

Kaum war er weg, erklärte Sören, den Neuankömmling keinesfalls bis nach St. Lucia an Bord behalten zu wollen. Andererseits stank es ihm gewaltig, den Törnplan ändern zu müssen, um die Kapverden anzusteuern.

„Wir haben noch eine Riesenstrecke vor uns“, bestätigte Mike. „Und die Kapverden sind ein ganz schöner Umweg.“

„Warum nehmen wir den Kerl dann nicht mit?“, fragte Julia.

„Du weißt überhaupt nichts über ihn!“, widersprach Henning. „Hast du dir den Typen mal genauer angesehen? Die Tattoos? Drachen, Fratzen, blöde Tribals und noch blödere Anker!“

„Und ob ich mir den Typen genau angesehen habe“, lächelte Julia. „Ich find ihn lecker.“

„Wir sind hier aber nicht in der Disse, wo du die Typen zuerst anflirten kannst und sie dann einfach stehen lässt, wenn sie dir dumm kommen." Mike wirkte genervt. „Wenn wir uns jetzt gegen die Kapverden entscheiden, dann ist er die nächsten Wochen bei uns. Auf Gedeih und Verderb."

„Herrje, mach doch nicht immer so'n Drama aus allem!" Julia verdrehte die Augen.

„Mike hat recht", mischte sich Marie ein. „So was muss man sich genau überlegen. An Bord muss alles passen. Wenn da einer querschlägt, kann es für alle ungemütlich werden." Sie warf Henning einen deutlich vorwurfsvollen Blick zu.

„Hört, hört, die Mitarbeiterin des Monats spricht! Kaum mal einen Gennaker angefasst, schon macht sie einen auf Skipper!", sagte Henning.

„Wirst du jetzt gehässig, weil ich deine Kokserei scheiße finde?", gab Marie betont ruhig zurück. „Ich schlage vor, dass wir später darüber reden. Im Moment gibt es Wichtigeres als dein Ego."

„Halloho! Das war ein Scherz! Seit wann bist du so spaßbefreit?"

Sören schlug mit der flachen Hand auf den Tisch.

„Schluss jetzt damit! Ob es uns passt oder nicht, wir nehmen Sven mit. Eine Woche Verzögerung können wir uns einfach nicht leisten."

„Ich bin dagegen", wandte Mike ein. „Der Typ war auf einem völlig rotten Kahn unterwegs und macht auf mich nicht gerade einen vertrauenerweckenden Eindruck."

Marie stimmte ihm zu. „Ich sehe das wie Mike.“

„Das sind ja ganz neue Koalitionen“, spottete Henning. „Da muss ich mich schon allein wegen der Ausgewogenheit auf Julias Seite schlagen. Von mir aus kann der Spacko mit.“

Sören schüttelte unwillig den Kopf.

„Hat jemand was von Abstimmung gesagt? Das ist keine Demokratieveranstaltung! Ich bin der Skipper. Basta! Britt, du ziehst zu Nadine in die Kabine, dann kann Sven die mit den Stockbetten haben.“

„Na toll“, murmelte Nadine.

Sven freute sich sehr über Sörens Entscheidung. Er hatte dem Eigner des havarierten Bootes Bescheid gegeben und ihm per Mail eine detaillierte Schadensmeldung geschickt. Der Eigner hatte sich zwar heftig beschwert, doch letztlich wirkte seine Aufregung künstlich, was Sörens Vermutung von einer Abzocke der Versicherung bestätigte. Damit war das Thema für Sven erledigt.

Sören war immer noch verstimmt, dass die zeitlichen Umstände ihn zu der Anwesenheit eines neuen Passagiers gezwungen hatten. Doch Sven zeigte sich aufrichtig dankbar und zudem so begeistert von der Swan, dass Sören ihn zumindest etwas freundlicher behandelte. Sven richtete sich mit seinen wenigen Habseligkeiten in der Kabine ein und begann danach sofort, sich an Bord nützlich zu machen.

Der Wind wehte ruhig und gleichmäßig, schwankte zwischen drei bis fünf Beaufort, das Segeln gestaltete sich äußerst entspannt. Fast hätte man meinen können, schon im Passat zu sein. Durch tiefblaues Wasser mit hoher Dünung machte die Dorada eine herrliche Rauschefahrt unter Großsegel und ausgebaumter Genua. Nur wenige Kumuluswolken waren am blauen Himmel zu sehen. Seit einiger Zeit begleiteten Delfine das Schiff und begeisterten ihre Zuschauer mit übermütigen Sprüngen.

Als Julia und Nadine das verspielte Spektakel der Delfine ausreichend bestaunt hatten, legten sie sich in ihren Bikinis auf Deck und cremten sich ein. Die Sonne stand in ihrem Zenit. Aufgrund der günstigen Windprognosen und des schon vorhandenen Passat-Gefühls entschied Sören, schon jetzt am Nördlichen Wendekreis und nicht wie üblich erst bei 20° N nach Westen zu steuern. Auch Mike schätzte die Gefahr, in Schwachwindzonen hängen zu bleiben, als äußerst gering ein. Mit einem früheren Abdrehen vom Kurs Südwest Richtung Kapverdische Inseln auf West konnten sie unter den gegebenen Umständen Weg und Zeit sparen.

Der Kurs wurde gewechselt, von nun an ging es Richtung Karibik.

Marie bat Henning in die Kabine, um endlich mit ihm über den Vorfall am frühen Morgen zu reden. Obwohl Henning die letzten Stunden mit blöden Bemerkungen geglänzt hatte, zeigte er sich überraschend einsichtig. Er versicherte Marie, dass er vor diesem Morgen erst ein einziges Mal Kokain genommen hatte, und zwar mit seinem kleinen Bruder Tim.

„Das Koks, das Sören in den Ausguss gekippt hat,

gehörte Tim. Ich habe es für ihn besorgt. Er hat mich per SMS in Las Palmas darum gebeten, als er noch dachte, er kommt am Abend nach. Ihm war es zu riskant, etwas ins Flugzeug mitzunehmen. Du weißt, wie er ist, man kann ihm nichts abschlagen."

„Nicht mal Drogen? Das ist doch Schwachsinn!"

„Du hast ja recht. Es war ein Fehler."

„Und woher hast du gewusst, wo du in Las Palmas Koks kaufen kannst?" Marie war immer noch misstrauisch.

„Ich nicht. Tim. Er hat letztes Jahr auf Gran Canaria dieses Video gedreht … Das mit der beschissenen Death-Metal Band. Seitdem kennt er in Las Palmas einen Dealer. Den hat er angerufen und zu mir in die Hotellobby geschickt."

„Versprich mir, dass du in Zukunft die Finger von dem Zeug lässt."

Henning nickte und zog Marie in seine Arme.

„Ja, Frau Doktor. Du glaubst mir also?"

„Wenn ich dir nicht mehr glaube, ist unsere Beziehung am Ende. Was war denn mit Nadine? Hat sie wirklich nur zugesehen oder hat sie auch gekokst?"

„Rate mal. Sie wirkte jedenfalls sehr geübt bei dem, was sie angeblich nicht getan hat."

Marie schüttelte nur den Kopf. Sie verspürte keinerlei Bedürfnis, ihrer Freundin ins Gewissen zu reden, es würde nichts nützen. Schon damals im Internat hatte Nadine jede Gelegenheit genutzt aufzufallen. Und da ihr das nicht durch außerordentliche schulische Leistungen gelang, hatte sie sich auf das Übertreten von

Verboten spezialisiert. Marie hatte gleich verstanden, dass Nadine wie viele der reichen Internatszöglinge nur um die Aufmerksamkeit der abwesenden Eltern buhlte. Hinter ihrer schrill bunten Fassade aus Glamour und Aufsässigkeit war Nadine schlichtweg ein einsames Mädchen. Genau wie Marie. Deswegen hatten die beiden in einer unausgewogenen Freundschaft zueinandergefunden. Marie war allerdings der Meinung, mit Mitte 20 sei es langsam an der Zeit, pubertäre Verhaltensweisen hinter sich zu lassen. Diese Erkenntnis jedoch war an Nadine vorbeigegangen, wie Marie wieder einmal deutlich feststellen konnte, als sie mit Henning zurück an Deck kam.

Nadine stand in ihrem knappen Bikini vor Sven und führte mit ihrem Pareo eine Art erotischen Schleiertanz auf. Sören war an die Reling neben der Doppelruderanlage gelehnt und schaute zu.

Sven genoss die Anmache sichtlich und heizte Nadine mit zweideutigen Zurufen nur noch mehr auf. Als Nadine Maries missbilligenden Blick bemerkte, stieß sie Sven lachend von sich und kam zu Marie getänzelt. „Was guckst du denn schon wieder wie die Mutter Oberin?"

Marie zog Nadine aufs Vorderdeck.

„Ich dachte, du willst Sören verführen?"

„Baby, du hast keine Ahnung! Konkurrenz belebt das Geschäft! Wenn das Weibchen auch von anderen Männchen begehrt wird, legt sich das Männchen, in diesem Falle Sören, mehr ins Zeug. So läuft das schon immer."

„Wir sind nicht auf einem Affenfelsen!"

Nadine streichelte Marie über die Wange.

„Doch, meine Süße, das sind wir. Du hast es nur noch nicht begriffen."

„Verstehe. Also warten wir jetzt nur noch ab, bis die konkurrierenden Männchen aufeinander losgehen."

„Genau. Dann kommt hier endlich mal ein wenig Action in die Bude!" Nadine ging wieder mittschiffs und rief laut zu den anderen: „Leute, mir ist laaaangweilig! Und es ist scheiß-heiß! Können wir nicht baden?"

Sven zog sofort sein Shirt aus und zeigte seinen muskelbepackten Oberkörper.

„Ich bin dabei!"

„Wieso geht mir der Kerl jetzt schon tierisch auf den Wecker?", fragte Sören leise.

Mike grinste nur.

Sören drehte bei, die Segel wurden eingeholt, die Badeplattform ausgefahren. Kurz darauf waren alle im Wasser. Sogar Britt hatte sich in ihrem geblümten Badeanzug in die Wellen gestürzt. Nur Marie blieb wieder an Bord. Sie hatte sich nicht mal umgezogen und saß in Shorts an Deck, um den anderen zuzuschauen. Jeden Überredungsversuch, mit ins Wasser zu kommen, hatte sie abgeblockt.

Zu aller Überraschung und entgegen ihrer gestrigen, bescheidenen Behauptung schwamm Britt wie ein Fisch. Auch Sven erwies sich als guter Schwimmer, was allerdings niemanden überraschte. Nach einigem amüsierten Geplänkel forderte Sven Mike zu einem Wettkampf heraus, wer schneller unter der Dorada vom

Bug zum Heck tauchen könne. Mike stimmte zu, Sven lachte und tauchte ab, Mike hinterher.

Henning planschte mit Julia auf der Backbordseite, Britt kraulte mit kräftigen Zügen hin und her, Nadine spielte Toter Mann auf der Steuerbordseite und lockte Sören zu sich. Sören jedoch erteilte Nadine eine kleine Lektion in Sachen „hard to get“ und schwamm Richtung Henning und Julia.

Plötzlich schrie Nadine entsetzt um Hilfe.

„Ich habe einen Krampf!“ Beim letzten Wort wurde sie von einer Welle überspült, schluckte Wasser, begann, zu husten und zu würgen. Sie strampelte, geriet mit dem Kopf unter die Wasseroberfläche, tauchte auf, ging wieder unter …

Sören drehte sofort um. In kräftigen Stößen schwamm er zu ihr.

Marie beobachtete das Ganze von Bord aus. Sie stand wie erstarrt, hatte die Augen weit aufgerissen und atmete flach, hektisch und stoßweise, als würde sie keine Luft mehr bekommen.

Auch Britt hatte Nadines Schrei gehört und sah, wie sie unterging. Sie erreichte Nadine vor Sören, tauchte ab, griff nach Nadines im Wasser schwebenden Haarschopf und zog sie daran nach oben. Nadine schrie, strampelte, wehrte sich. Ihre heftigen Bewegungen drohten Britt mit nach unten zu ziehen. Kurzerhand versetzte Britt ihr aus Notwehr einen derben Hieb ins Gesicht. Vor Verblüffung hielt Nadine plötzlich still, sie schnappte ohne weitere Gegenwehr nach Luft, sodass Britt sie endlich im Rettungsgriff zur Badeplattform schleppen konnte, auf der inzwischen Julia und Henning saßen und ihre Beine ins Wasser baumeln ließen. Sie hatten nicht mitbekommen, was sich steuerbord abgespielt hatte. Fast gleichzeitig tauchten Mike und Sven auf, ebenfalls ahnungslos. Sven klatschte sich fröhlich mit Mike ab. Er hatte die Wette gewonnen. Auch Sören kam nun herbeigekrault. Marie wollte Nadine helfen, die Plattform zu besteigen, doch Nadine schlug sauer Maries Hand weg und krabbelte ohne Hilfe hoch. Nadine drehte sich um und funkelte Britt, die sich ein wenig außer Atem anschickte, ebenfalls an Bord zu klettern, wütend an.

„Sag mal, gehts noch? Du hast mir ein Kilo Haare ausgerissen! Und mich geschlagen!“

„Weil du so gestrampelt hast! Ich musste das tun, sorry, sonst wären wir beide abgesoffen!“

„Wie, was … abgesoffen?“ Henning verstand nur Bahnhof.

Nadine schrie weiter, voll unter Adrenalin.

„Das war ein Spiel, du blöde Kuh! Ich wollte, dass Sören mich rettet!“

Britt schüttelte verächtlich den Kopf.

„Okay, das nächste Mal weiß ich Bescheid.“ Schulterzuckend griff sie zu ihrem Handtuch und rubbelte sich die Haare trocken.

„Ein Spiel?“, flüsterte Marie. Sie stand Nadine gegenüber, Kopf an Kopf. Aus Maries Gesicht wich alle Farbe. „Ein Spiel?“, wiederholte sie. Marie hob den Arm und schlug Nadine ins Gesicht.

„Prügelt mich jetzt hier jeder?“ Nadines Stimme

überschlug sich vor Wut. Sie hielt sich den linken Ellbogen, mit dem sie gegen die Wand geknallt war und sah Marie fassungslos an.

„Was soll das?"

„Mit so was spielt man nicht", gab Marie fast unhörbar zur Antwort.

„Und wenn es echt gewesen wäre, du dumme Nuss?! Du hast keinen Finger krumm gemacht! Hättest einfach zugeguckt, wie ich abgesoffen wäre!"

Marie gab keine Antwort, verließ die Plattform und ging unter Deck.

„Ich fasse es nicht!" Nadine sah Marie voller Wut hinterher. „Die dreht voll ab!"

Henning wandte sich sauer an Nadine.

„Weißt du nicht, dass Maries Mutter ertrunken ist?"

Nadine hielt sich die Wange, die von Maries heftigem Schlag puterrot eingefärbt war, und erschrak.

„Mann, echt wahr? Ich hatte keinen Schimmer! Davon hat sie mir nie was erzählt."

„Deswegen ist sie damals ins Internat gekommen. Als Halbwaise sozusagen."

Mike verstand plötzlich, warum Marie so gezittert hatte, als sie das offene Meer erreichten. Und warum sich ihr Blick immer verdüsterte, wenn sie ins Wasser starrte.

„Ich vermute im Meer?", fragte er Henning.

„Meer, See, Fluss, Pool, Badewanne … Keine Ahnung … Marie redet nicht darüber. Sie hat es nur einmal kurz erwähnt und dann nie wieder."

Mike erhob sich und lief zum Niedergang.

„Lass sie jetzt besser in Ruhe!“, rief Henning ihm hinterher.

Mike hörte nicht auf ihn, musste aber schnell einsehen, dass Henning recht hatte. Marie war in ihrer Kabine, hatte abgeschlossen und gab keine Antwort auf sein Klopfen und Rufen. Er ging zurück an Deck.

Erst Stunden später – die Dorada hatte längst wieder Fahrt aufgenommen und die Dämmerung senkte sich herab – öffnete sich leise ihre Kabinentür. Marie trat in den Salon und sah, wie Sven am Kartentisch saß, die Stromverteilertafel aufgeklappt hatte und die Verkabelung überprüfte.

„Was machst du da?“

„Ich wollte mir nur mal das System ansehen. Bin noch nie auf so ’ner schicken Yacht gefahren, da ist man doch neugierig …“

„Du verstehst was von Bordelektronik?“

„Nicht wirklich. Ich weiß nur das Übliche. Wo der Sicherungskasten sitzt und, dass man die Batterien gut warten muss. Und dass es ganz schön blöd sein kann, wenn man das nicht tut. So’n Kram halt. Viel mehr muss ich auf den Kähnen, die ich normalerweise fahre, auch nicht wissen.“ Er klappte die Stromverteilertafel zu und lächelte Marie gewinnend an. „Ich habe mich heute selbst zum Küchendienst eingeteilt. Kannst du mir bitte zeigen, wo die Gewürze sind? Ich will Pasta Bolognese machen.“

Marie zeigte ihm alles und ging dann nach oben. Kaum war sie an Deck, kam Nadine zu ihr und entschuldigte sich ohne große Worte bei Marie, indem sie

sie einfach in den Arm nahm. „Es tut mir so leid, ich hatte keine Ahnung. Kannst du mir noch mal verzeihen?“

„Verzeih du mir“, erwiderte Marie. „Hab ich sehr fest zugeschlagen?“

„Wie ein Stahlhammer“, sagte Nadine und grinste.

Marie lächelte zurück. Sören stand am Ruder und kontrollierte den Kurs, Henning döste neben Julia auf einem der Sonnenpolster. Britt saß an die Reling gelehnt und las ein Buch. Mike drehte allen den Rücken zu, er schaukelte im Bugkorb auf und ab.

Die Szene wirkte friedlich und beschaulich. Die Sonne war dabei unterzugehen und ließ die Wasseroberfläche am Horizont rot glitzern, als würde der Sonnenball ins Meer bluten. Die letzten Strahlen färbten den unteren Himmelsstreifen hellrot ein, darüber zeigte sich ein fantastischer Farbverlauf von einem zarten Türkis bis hin zu einem tiefen Indigo. Dazwischen dünne, hohe Zirruswolken, die zartrosa angestrahlt wurden.

„Essen wir bald?“, fragte Britt in die Stille hinein.

„Sven kocht Pasta“, gab Marie zur Antwort.

Britt ging unter Deck, um Sven zu helfen. Henning öffnete verschlafen die Augen und lächelte Marie an.

„Alles in Ordnung, Schatz?“

Marie nickte und war froh, dass er keine weiteren Fragen stellte. Sie ging zu Sören.

„Sven hat die Stromverteilertafel unter die Lupe genommen. Angeblich aus Neugier. Aber ich weiß nicht, ich habe kein gutes Gefühl bei dem Typen. Vielleicht sollten wir ihn ein wenig im Auge behalten.“

Sören nickte.

„Mach ich. Danke."

Beim Abendessen hielt Sven eine kleine Dankesrede an die Crew der Dorada, die ihm, wie er sich salopp ausdrückte, nicht nur den Arsch gerettet hatte, sondern ihm auch noch einen prima Lift in die Karibik bot, und das in Gesellschaft von ausnahmslos coolen Typen und schönen Frauen. Und wenn er in der glücklichen Lage wäre, es zu ermöglichen, dann würde er für alle eine Riesenparty schmeißen.

„Doch leider befindet sich lediglich noch eine Dose Cola in meinem Besitz, die ich gerne brüderlich mit euch teilen will."

Er nahm eine Dose Cola aus seiner Segeltasche, öffnete sie zischend und reichte sie Britt, die neben ihm saß.

„Auf euer aller Wohl und unseren Törn!"

Britt lachte, nahm einen Schluck und reichte die Dose weiter. Sören stand auf, ging zum Weinschrank und holte einen alten Bordeaux hervor.

„Wenn du schon deine letzte Cola mit uns teilst, dann wollen wir uns auch nicht lumpen lassen."

Der Abend gestaltete sich ausgelassen. Sven erzählte von seinen Abenteuern auf verschiedenen Schiffen und all den schrägen Typen, denen er im Laufe der Jahre beim Segeltrampen begegnet war. Selbst Marie, die sich zuerst äußerst zurückhaltend verhielt, stimmte schließlich in das allgemeine Gelächter mit ein. Nach der ersten Flasche Bordeaux wurden noch eine zweite und dritte geköpft. Kurz vor Mitternacht bot Sven sich an, die erste Wache zu übernehmen, doch Sören lehnte ab.

„Du hast heute genug Action gehabt. Bist bestimmt müde. Hau dich in die Koje und schlaf dich aus."

Kurz darauf lagen alle in ihren Kabinen. Henning hatte die Wache übernommen. Ruhe senkte sich über die Dorada. Nur der leise Wind, der die Segel stetig blähte, das Klappern der Fallen und das Rauschen der Wellen waren zu hören.

Niemand bemerkte, dass auf Sörens Laptop, das geöffnet auf dem Kartentisch stand, eine Mail einging. Absender: Armin Wendelstein. Priorität: höchste.

Pink

Die Sonne ist kurz vorm Untergehen, wirft durch die Ritzen noch ein paar schräge Strahlen, die rotgolden auf der gegenüberliegenden Stahlwand funkeln. Tim weiß, dass er gleich wieder in die Einsamkeit des Dunkels gleiten wird. Aus Furcht vor der Absolutheit der Nacht presst er sein rechtes Auge an die größte der winzigen Ritzen, um noch den letzten Blick auf das sich im Wind wiegende Schilf zu erhaschen. In wenigen Minuten wird die Sonne nicht mehr auf seine Schute treffen, die Temperatur wird ein wenig sinken, er wird nicht mehr so schwitzen, aber er wird auch nichts mehr sehen können, rein gar nichts.

Jetzt jedoch, für wenige Minuten noch, sieht er das gelbliche Grün der Gräser, er sieht einen Fetzen Himmel, Bewölkung zieht auf, das abendliche Ultramarin geht am Horizont in ein tiefes Violett über, ganz weit rechts stehlen sich ein paar bleigraue Wolken in Tims Blickfeld. Gierig presst er sein Auge an den schmalen Riss, als könne er damit aus der Außenwelt trinken, sich daran besaufen. In der Ferne krächzt eine Elster, um die Schute herum geben Zikaden und Frösche ihr Abendkonzert.

Tim kauert an der Stahlwand. Ihm ist, als hätte er noch nie in seinem Leben etwas Schöneres gesehen als sich bewegende Gräser, die ihre sommerliche Sattheit langsam hinter sich lassen. Er ist so versunken, dass ihm die Bedeutung des auffällig störenden Farbflecks in der Landschaft nicht gleich bewusst wird. Pink. Ein Pink von einer Intensität, wie es die Natur höchstens in Südamerika an die Flügel eines Papageis oder an sonst ein exotisches Tier verschwendet.

Tim braucht ein wenig, um den Zusammenhang zwischen dem Pink und seiner Situation zu begreifen. Noch ist er tief in die bewundernde Betrachtung des Farbflecks inmitten der ausgedörrten Gelb- und Grün-Schattierungen versunken, da begreift er auf einen Schlag: Ein Mensch ist in seiner Nähe. Ein Spaziergänger vielleicht. Weit entfernt, so weit, dass Tim nicht erkennen kann, ob dieses Pink ein Shirt einfärbt oder eine Hose oder vielleicht nur einen Schal oder eine Mütze. Aber es ist da, und es bewegt sich. Langsam. Im Schritttempo.

Tim schreit um Hilfe. Er schreit und schreit. Er nimmt eine Dose aus seinen Vorräten und schlägt damit gegen die Stahlwand. Er schlägt und trommelt sich die Seele aus dem Leib, doch er hat nicht viel Kraft, weil das Fieber in ihm wütet. Als das Pink sich plötzlich nicht mehr weiter bewegt, sondern anhält, kann Tim eine junge Frau erkennen. Sie trägt eine pinkfarbene Jacke.

Tim wird dermaßen überflutet von Glückshormonen, dass er im Fieberwahn seine direkt bevorstehende Zukunft in Cinemascope vor sich sieht: Die Frau in Pink geht mit ihrem Hund spazieren. Es ist garantiert ein supersüßer Jack-Russel-Terrier. Der Hund heißt Artur oder Sacknase oder sonst was, weil die Besitzerin sich viel Zeit genommen hat, einen individuellen, aber dennoch möglichst unprätentiösen Namen für ihren Hund auszusuchen. Der Hund schnüffelt rum, riecht die Wasserratten, will sie jagen, aber das spielt jetzt gerade keine Rolle, weil nämlich Kerstin, so heißt die Frau in Pink, Kerstin oder vielleicht Barbara, jedenfalls ein Name, so unprätentiös wie der des Hundes, auf Tims Hilferufe aufmerksam geworden ist, inne gehalten hat und sich umsieht, von woher das Rufen kommen könnte. Sie wird nichts sehen durch das ganze Schilf oder Ried oder wie das heißt, aber sie wird etwas spüren. Sie wird spüren, dass da ein Mensch ist, der ihre Hilfe braucht. Und dann wird sie sich einen Weg durch das Schilf oder Ried bahnen, der Hund wird ihr bellend folgen oder vielleicht vorauseilen, und sie wird die Schute entdecken, nachdem sie ein paar Mal in die Irre gegangen ist, aber dann wird sie die Schute entdecken und die Hilferufe und das Klopfen hören, und sie wird ihn mit sanfter Stimme beruhigen und dann oben herumkrabbeln, bis sie eine Luke findet, die sie öffnen kann, und dann wird sie mit ihrer schlanken Hand ihre pinkfarbene Jacke herunterlassen, an der Tim sich festklammert, während sie ihn unter Aufbietung aller ihrer Kräfte in die Freiheit hieven wird. Wenn er oben ist, endlich wieder draußen an der frischen Luft, dann wird er Kerstin oder Barbara ansehen, und möglicherweise wird sie zwischen den Schneidezähnen eine Lücke haben, aber diese Lücke steht ihr verdammt gut, und sie lächelt so unglaublich süß, und Tim wird den Rest seines Lebens mit dieser Frau und diesem Hund und dieser Zahnlücke verbringen wollen, denn Britt gehört zu einer längst unwirklichen Vergangenheit. Und ohne die Frau in Pink gäbe es kein Leben mehr.

Aber nichts von alledem passiert. Das Pink sieht und hört nichts, hat ganz offensichtlich nicht einmal einen Hund dabei. Das Pink geht unbeirrt weiter, es sind nur zwei Schritte, es ist nur eine Sekunde, dann ist das Pink aus dem Sichtfeld von Tims winziger Ritze verschwunden, auf Nimmerwiedersehen, sei es mit Zahnlücke oder ohne.

Tim kehrt zurück aus einer Zukunft mit Frau und Hund, zurück in seine Schute ohne Zukunft, er landet hart in der Realität, bricht weinend zusammen, weil seine Rettung noch nie so nah war und doch so fern. Er überlegt zum ersten Mal, ob er sich nicht mit einem scharfkantigen Dosendeckel die Pulsadern öffnen soll. Er glaubt, die Hoffnungslosigkeit nicht länger ertragen zu können. Er ist doch schon begraben, lebendig begraben. Gleich ist der letzte Sonnenstrahl weg, die Schute wird wieder in der Dunkelheit der Nacht versinken und Tim in der Schwärze seiner Angst.

Marie schlief extrem unruhig. Gegen fünf Uhr wachte sie kurz auf, als Henning nach seiner Ablösung durch Mike zu ihr in die Koje schlüpfte. Doch wie in einem Sog sank sie sofort wieder zurück in ihre Albträume von riesigen Moränen, die mit spitzen Zähnen an ihren Zehen nagten und sie langsam, aber unwiederbringlich in die Tiefe zogen. Als Marie kurz nach acht Uhr in der Frühe erneut erwachte, fühlte sie sich wie gerädert.

Henning schnarchte leise neben ihr. Das Schiff schaukelte sanft in den Wellen und machte ruhige Fahrt. Marie spürte, dass sie nicht wieder würde einschlafen können, also stand sie auf. Sie duschte, streifte sich Jeans und Shirt über und ging barfuß in den Salon, um auf dem Gasherd einen Kaffee aufzusetzen. Als die elektronische Zündung des Herds nicht funktionierte, nahm sie ein Streichholz und stellte den Espressokocher auf die Flamme. Die professionelle Kaffeemaschine, die silbrig glänzend neben dem Herd auf der Ablage thronte, war Marie unheimlich. Sie besaß fast ebenso viele Knöpfe wie das Cockpit eines Düsenjets. Lieber die gute alte Handarbeit.

Kurz darauf duftete es angenehm nach Arabica-Bohnen im Salon. Marie brühte zwei Tassen auf, eine davon wollte sie Mike an Deck bringen. Die Luke nach oben stand offen, das rotgoldene Licht der Morgensonne warf ein hell flirrendes Rechteck auf den Niedergang. Marie lächelte entspannt. Die Schatten der Nacht waren verschwunden, es würde ein schöner Tag werden.

Auf dem Weg zur Luke, mit zwei vollen Kaffeetassen in der Hand, sah Marie im Augenwinkel, dass die Tür des rechts im Heck befindlichen Badezimmers offen stand. Ohne sich darum zu kümmern, ging sie weiter. Einen Schritt, einen zweiten Schritt, dann noch einen.

Sie stoppte abrupt. Erstarrte. Irgendetwas stimmte nicht. Hinter ihr. Rechts hinter ihr. Sie spürte, wie sich die Härchen in ihrem Nacken aufrichteten. Ein kalter Schauer rieselte über ihren Rücken. Sie hatte Angst, sich umzudrehen. Wollte es nicht. Konnte aber auch nicht weiter gehen. Sie war wie am Boden festgefroren. Ihre Hände zitterten plötzlich so sehr, dass der Kaffee aus beiden Tassen überschwappte. Sie fühlte das heiße Gebräu nicht auf ihrer Haut, sie hatte überhaupt kein Gefühl mehr in den Händen, spürte nur noch eiskaltes Grauen und diese abgründige Angst, sich umzudrehen. Die Tassen fielen ihr gleichzeitig aus den taub-zitternden Händen und zersprangen mit lautem Klirren auf dem Holzboden. Immer noch weigerte sich Marie, vorsichtig den Blick oder gar den Körper nach hinten rechts zu drehen, auf keinen Fall würde sie das tun. Sie wusste, dass da etwas war. Etwas, das sie nicht sehen wollte. Kein Kind will unter das Bett blicken, weil es ganz genau weiß, dass da ein Monster ist. Lieber die ganze Nacht Angst aus allen Poren schwitzen. Doch Marie war kein Kind mehr, was sie sich gebetsmühlenartig ins Gedächtnis rief. Sie schloss die Augen, atmete durch. Da war kein Monster, da konnte gar keins sein, unmöglich! Wie in Trance drehte sie sich schließlich zu der Badezimmertür um.

Ein nackter, rechter Fuß ragte aus dem Bad heraus in den Salon hinein. Die Zehennägel lackiert. Diese grau-violette Chanel-Trendfarbe, die Julia sorgsam am gestrigen Nachmittag auf Finger- und Fußnägel aufgetragen hatte. Das war es, was Marie im Augenwinkel gesehen hatte und nicht wahrhaben wollte. Reflexhaft versuchte sie zu schlucken, doch ihr Mund war trocken, ihre Zunge aus dicken, verleimten Lagen Reispapier. Marie wusste instinktiv, was sie erwartete und tat dieses gefühlte Wissen gleichzeitig als Blödsinn ab. Sie musste einfach nur nachsehen. Bestimmt war Julia ohnmächtig geworden und umgekippt und brauchte ihre Hilfe.

Marie holte noch einmal Luft. Stemmte die Tür auf. Bemerkte, dass das angewinkelte, linke Bein das Öffnen der Tür erschwerte. Im Bad brannte kein Licht. Marie tastete innen im Badezimmer links von der Tür nach dem Schalter, fand ihn aber nicht gleich. Die schmale Öffnung der Tür gestattete ihr lediglich einen Blick auf das rechte, gestreckt liegende Bein. Es war nackt wie der Fuß. Marie drückte fester gegen die Tür. Der linke Oberschenkel wurde noch weiter angewinkelt und nach innen in die Nasszelle gedrückt. Marie hörte das leise, weiche Schleifen des Fleisches auf den Fliesen. Dann fand sie endlich den Lichtschalter und sah unvermittelt den Rest des Körpers. Sie wollte schreien, doch nur ein Krächzen kam aus ihrer Kehle.

Julia lag auf dem Rücken am Boden, breitbeinig, sie trug nichts als ein knappes Shirt, das hochgerutscht war und ihre linke Brust entblößte, und einen schwarzen, mit Spitze besetzten Slip. Den Kopf hatte sie wie zur Ruhe niedergelegt auf dem Duschwannenrand, die Arme nach rechts und links weit ausgebreitet, die Augen mit einem überraschten Blick weit offen. In ihrem Mund steckte, tief in den Rachen gestopft, ein Waschlappen. Neben ihrem Kopf lag ein mit Blut verschmiertes Rasiermesser auf dem Boden. An ihrer Hauptschlagader am Hals klaffte ein tiefer Schnitt, der Kopf war unnatürlich weit nach hinten geneigt, die offene Wunde bot sich dar wie eine Obszönität. Julia lag in einem roten Meer, das nur durch den Schwellenabschluss der Nasszelle daran gehindert wurde, den Salon zu fluten.

„Ist was passiert?“ Mike hatte das Zerspringen des Porzellans gehört und schaute fragend in den Niedergang. Er sah Marie zitternd vor der Badezimmertür und blickte perplex auf den Fuß, der aus dem Badezimmer ragte, mehr konnte er von seiner Position aus nicht sehen. Doch genau wie Marie spürte er sofort, dass etwas Schreckliches passiert sein musste. Er polterte die paar Stufen herunter, innerhalb von Sekunden stand er neben Marie. Sah, was sie sah. Entsetzt flüsterte er Julias Namen. Aus seinem von der Sonne gebräunten Gesicht wich schlagartig alle Farbe. Er taumelte, stützte sich mit der Hand am Türrahmen ab.

Aufgeschreckt durch Mikes Gepolter kamen nun auch Sören, Sven, Britt, Nadine und Henning mehr oder weniger verschlafen herbei und starrten auf die Leiche. Nadine rannte nach einem kurzen, fassungslosen Blick würgend in das vordere Badezimmer und übergab sich.

Marie, die als erste ihren Schock überwunden hatte, bückte sich langsam zu Julias Leiche.

„Nichts anfassen, bloß nichts anfassen", sagte Sören entsetzt.

Marie ignorierte ihn und betrat die Nasszelle. Der erste Schritt kostete sie große Überwindung, denn sie watete mit ihren nackten Füßen in Julias vergossenem Blut. Nadine, die vom Bug-Bad zurückkam, schrie angeekelt auf.

„Iiieh, zieh doch deine Badeschlappen an!"

„Das macht es auch nicht besser", antwortete Marie leise.

Während Nadine wieder ins andere Bad rannte, um sich erneut zu übergeben, legte Marie ihre Hand behutsam an Julias klaffenden, Blut überströmten Hals und suchte den Puls. Auch wenn sie wusste, dass jede Hilfe zu spät kam.

„Scheiße", sagte Sven. „So eine Scheiße."

Marie erhob sich wortlos, kam aus dem Bad und ging mechanisch zur Pantry. Keiner sagte ein Wort, sie standen unter Schock. Marie wusch sich die Hände. Wie betäubt starrte sie in das Waschbecken, in dem sich das Blut mit klarem Wasser vermengte und im Abfluss verschwand.

Sören wandte sich an Mike. Zum ersten Mal seit sie an Bord waren, wirkte der Skipper der Dorada vollkommen hilflos.

„Hat sie das ... hat sie das selbst gemacht?"

Mike schüttelte den Kopf. Er wandte den Blick ab, setzte sich an den Tisch, barg sein Gesicht in beide

Hände und begann, leise zu weinen. Die anderen schienen immer noch wie gelähmt. Nur in Henning kam plötzlich und eruptiv Bewegung. Er wirbelte aggressiv herum und stürzte sich auf Sven, der nur knapp einen halben Meter hinter ihm stand und über seine Schulter lugte. „Du Schwein, du elendes Schwein! Du hast sie umgebracht!" Henning hob seine geballte Faust, um Sven mit einem rechten Haken außer Gefecht zu setzen.

Mit einem beachtlichen Reflex duckte sich Sven zur Seite, sodass Hennings Schlag ihn nur streifte.

„Bist du bescheuert? Ich war das nicht!"

Doch Henning war außer sich und versuchte weiter, auf Sven einzuprügeln, bis der die Geduld verlor und – statt sich wie bis dahin wegzuducken und seine Arme als Deckung zu benutzen – Henning mit einer gezielten Geraden zu Boden streckte.

Sören erwachte aus seiner Starre und stellte sich zwischen seinen Bruder und Sven.

„Hört auf! Wir müssen jetzt Ruhe bewahren."

Henning rappelte sich mühsam hoch, schubste Sören beiseite und fauchte Sven mit unverminderter Wut an.

„Wer soll es denn sonst gewesen sein? Du gehörst nicht zu uns. Keiner von uns weiß, aus welchem Irrenhaus du ausgebrochen bist!"

Sven lehnte sich aufreizend lässig an die Wand und beobachtete Henning mit finsterem Blick. Trotz seiner entspannten Pose war deutlich, dass er auf jede weitere Attacke gefasst war und sie mit Härte parieren würde.

Marie stand immer noch an der Pantry, den Blick auf ihre nackten Füße gerichtet. Sie waren blutverschmiert.

Marie hatte nicht darauf geachtet, dass sie das Blut im ganzen Salon verteilte. Man konnte ihre Fußspuren über das gesamte Parkett verfolgen. Die ganze Situation erschien ihr surreal, ihr war, als würde sie in einem Albtraum feststecken, in dem es eben doch Monster unter den Betten gab, die einen holten und mit in die Hölle nahmen.

Nadine kam erneut aus dem Badezimmer zurück. Sie war kalkweiß im Gesicht und trocknete sich den Mund abwesend mit Klopapier ab. Sie war zu dem gleichen Schluss gekommen wie Henning und zeigte mit dem Finger auf Sven.

„Ich will, dass ihr ihn fesselt", sagte sie mit tonloser Stimme.

Sven lachte auf.

„Jetzt mach aber mal halblang, du blöde Tusse!"

Ein unvermitteltes Schweigen legte sich tonnenschwer über den Salon und brachte die Zeit zum Stocken. Für endlose Sekunden war nichts zu hören außer dem Wind, den Wellen, dem Flattern der Segel und dem Ticken der Wanduhr in der Kombüse. Wie viele Möglichkeiten gab es? Und welche war die wahrscheinlichste? Alle gingen die Optionen durch und schienen zu dem gleichen Schluss zu kommen. Auf einen unvermittelten und gewalttätigen Schlag war ihnen klar geworden, dass die schiere Existenz eines Opfers auch die Existenz eines Täters mit sich brachte. Sie hatten einen Mörder an Bord.

Sören sah zu Mike, der noch immer fassungslos am Tisch saß.

„Mike, wir brauchen dich."

Mike nickte, wischte sich entschlossen über die tränennassen Augen, erhob sich und stellte sich zu Henning und Sören. Sie sahen Sven grimmig entschlossen an. Sven schüttelte ungläubig den Kopf.

„Das ist nicht euer Ernst, Leute, echt nicht!"

„Entweder du kooperierst, oder wir zwingen dich. Such's dir aus." Sören hatte seine Souveränität wiedergefunden. Er sprach ganz ruhig.

„Ihr könnt's ja mal probieren, wird'n super Spaß", erwiderte Sven, atmete tief ein und streckte sich kampfbereit.

„Hört bitte auf mit dem Schwachsinn", kam leise von Britt. Sie wirkte verstört, doch niemand beachtete sie.

Mike, Henning und Sören stürzten sich gleichzeitig auf Sven. Sven wehrte sich mit immenser Kraft und Wendigkeit. Fäuste flogen, Körper krachten gegen die Wände, Stühle, Regale und Geschirr wurden umgerissen. Mikes Lippe platzte auf, als ihn im Eifer des Gefechts Sörens Ellbogen traf. Nadine und Britt schrien laut durcheinander. Marie stand wie gelähmt daneben. Henning rutschte auf einem der blutigen Fußabdrücke auf dem Parkett aus, rappelte sich eilig hoch und mischte sich mit gesteigerter Wut wieder in die Schlägerei. Mike stürzte durch einen heftigen Schlag von Sven in die Nasszelle, in der Julia lag, fiel auf ihren leblosen Körper und tauchte beim entsetzten Herunterrollen in die Blutlache ein. Sören, der ebenso wie alle anderen barfuß aus seiner Koje gekommen war, trat fluchend in eine der Scherben, die von den zersprungenen Kaffeetassen am Boden lagen. Blut vermengte sich mit Blut.

Kurz schien es, als würde Sven die Oberhand erlangen, doch obwohl er jedem einzelnen seiner Angreifer körperlich überlegen war, musste er schließlich vor der Überzahl kapitulieren. Mike saß auf seinem Oberkörper und drückte Svens Arme rechts und links von dessen Kopf mit seinen Knien nieder, Henning hockte auf seinen Beinen, sodass Sven sich nicht mehr bewegen konnte. Sven hörte auf, sich zu wehren und gab Ruhe. Das Handgemenge war kurz, aber heftig gewesen, der Salon teilweise demoliert. Sören saß neben dem gebändigten Sven auf dem Boden und zog fluchend die Scherbe aus seiner Fußsohle. Nadine befeuchtete ein Geschirrhandtuch und reichte es ihm zur Säuberung, während Marie den Erste-Hilfe-Koffer hervorkramte. Nun kam auch Bewegung in Britt. Sie rannte an Deck und kehrte mit einem festen Tau zurück, das sie stumm Sören reichte.

Die Männer schafften Sven in seine Kabine und zurrten ihn mit den Händen auf dem Rücken am Bein des unteren Stockbetts fest. Sowohl die Wände und Möbel des Salons wie auch Sven, Sören, Mike und Henning waren von oben bis unten mit Blut verschmiert, da sich die Männer bei ihrem gewalttätigen Gerangel teilweise in der Lache gewälzt und sich gegen die Wände gedrückt hatten. Die Szenerie bot einen fürchterlichen, alptraumartigen Anblick.

„Ihr seid verrückt", schrie Sven. „Total abgedreht! Was soll das? Macht mich los!"

Henning schlug, ohne zu antworten, die Tür zu Svens Kabine zu. Sven randalierte, trommelte mit den Füßen gegen die Kabinentür und schimpfte wüst. Schließlich gab er auf. Plötzlich kehrte eine trügerische Ruhe ein.

Alle standen im Salon, schwer atmend, unter Schock und Adrenalin. Sie sahen abwartend zu Svens Kabinentür, als ob dort eine Antwort auf die Fragen zu erwarten sei, die keiner zu stellen wagte. Schließlich räusperte sich Sören und wandte sich von Svens Kabinentür ab.

„So wie es aussieht, gehen wir alle davon aus, dass Sven Julia ermordet hat. Oder glaubt jemand an Selbstmord?“ Er übernahm bemüht selbstverständlich die Rolle des Rudelführers und sah fragend in die Runde.

Henning schüttelte den Kopf.

„Wenn es die Pulsadern wären … Aber wer stopft sich denn einen Waschlappen in den Mund und schneidet sich dann eigenhändig die Kehle … Nein, auf gar keinen Fall.“

Sören wandte sich an Mike.

„Und du bist auch absolut sicher, dass sie das nicht selbst …?“

„Niemals. Nicht Julia.“ Mike stand am ganzen Körper blutbeschmiert und mit aufgeplatzter Lippe vor der Badezimmertür und starrte seine tote Freundin an, als könne er immer noch nicht glauben, was er sah.

„Kannst du sie dir bitte etwas genauer anschauen?“, bat Sören Marie. „Schließlich bist du Ärztin.“

„Tierärztin! In einem Jahr! Ich bring dir gerne ein Kalb zur Welt und entwurme deinen Hund, aber mit Menschen hab ich nichts am Hut!“ Marie wollte sich in einem ersten, aggressiven Impuls vor der Aufgabe drücken. Andererseits wusste sie, dass an Bord niemand geeigneter als sie für eine Art Leichenschau war. Also trat sie wieder in die Lache, bückte sich ohne weitere Widerrede und untersuchte Julia.

Es gab keinen Zweifel. Ihre Halsschlagader war mit einem glatten, scharfen Schnitt durchtrennt worden, vermutlich mit dem neben ihrem Kopf liegenden Rasiermesser. Auf den ersten Blick konnte Marie keine Spuren eines Kampfes an Händen und Armen finden, auch keinerlei Abwehrspuren. Marie fasste vorsichtig Augenlider, Kiefer, Hand- und Fußgelenke an und tastete alles ab.

„Leute, ich bin keine Rechtsmedizinerin, ich sehe vermutlich nur das Offensichtliche. Jemand hat Julia die Arteria carotis durchtrennt, also die Hauptschlagader. Die Totenstarre ist noch nicht eingetreten, also dürfte sie noch nicht länger als ein, zwei Stunden tot sein. Kampf- oder Abwehrspuren sehe ich keine." Marie erhob sich.

„Also hat sie ihren Täter vermutlich gekannt", murmelte Nadine. Sie hatte sich an den Tisch gesetzt und wischte mit einem feuchten Küchentuch hoch konzentriert Blutschlieren von der Tischplatte.

Henning drehte sich zu ihr.

„Du bist'n ultrascharfes Laserbrain, Nadine. Bei der unübersichtlichen Menschenmenge auf diesem Schiff ist deine Überlegung wirklich hilfreich. Ein echtes Ausschlusskriterium."

„Jaja, schon gut, ich hab's begriffen", giftete Nadine

zurück. „Aber Sven hat sie nicht gekannt, zumindest nicht so gut wie uns!"

„Gut genug, um nicht gleich panisch nach Hilfe zu schreien, wenn sie ihm zufällig hier auf dem Schiff begegnen sollte." Henning ahmte auf übertriebene Art die Stimme einer ängstlichen Frau nach: „Huch, wer sind Sie? Gehen Sie weg! Hilfe, Hilfe!!!" Er blickte verächtlich auf Nadine herab.

„Außerdem wolltest du eben noch, dass wir ihn fesseln. Soll ich ihn wieder losbinden? Oder hältst du jetzt einfach mal deine Fresse?"

Nadine wollte bleich vor Wut etwas entgegnen, doch Marie kam ihr zuvor.

„Henning, was soll das? Wieso bist du so aggressiv zu Nadine?"

Nun fuhr Nadine zu Marie herum.

„Lass stecken, Marie, ich kann mich selbst verteidigen, ich brauch dich nicht!"

„Könnt ihr bitte mal aufhören mit eurem Scheiß? Ihr alle!", schrie Sören genervt dazwischen. Er hatte inzwischen seinen Fuß notdürftig verbunden, erhob sich und humpelte zu den beiden Sesseln, die bei der Prügelei umgekippt waren. Mike half ihm, die Sessel aufzustellen, und ging wieder zurück zur Badezimmertür, wo er unverwandt auf Julias Leiche blickte. Sören setzte sich und rieb sich über die Augen.

Nadine trommelte abwartend mit ihren künstlichen Fingernägeln auf die Tischplatte. Dabei fixierte sie Henning mit eiskaltem Blick. Marie lehnte am Arbeitsbereich der Pantry und sah Sören abwartend an. Der saß in seinem Sessel und stierte grübelnd vor sich hin. Als nichts von ihm kam, ergriff sie das Wort.

„Sven ist unser erster Gedanke. Aber mal ernsthaft: Warum sollte er das tun?“ Marie gab sich Mühe klar zu denken, auch wenn ihr Körper einfach zusammenklappen wollte. Ihr war schwindlig und übel, doch sie kämpfte dagegen an.

„Mir doch total schnuppe, was im Hirn von diesem Irren vorgeht!“, kreischte Nadine. Sie schien – auch genervt von Hennings Attacken – von der ersten Schockstarre nahtlos in streitsüchtige Hysterie überzugehen. Abrupt stand sie aus der Essecke auf und baute sich, wild mit den Händen fuchtelnd, vor Sören und Mike auf.

„Wir sind mit einem Killer auf einem Schiff eingesperrt, keine Bullen, keine Hilfe, um uns herum nichts als Wasser, endlos Wasser, rafft ihr das vielleicht mal?“ Ihre Stimme klang unangenehm metallisch und überschlug sich in eine viel zu hohe Oktave.

„Er ist gefesselt, es besteht also keine Gefahr mehr. Oder welche Lösung ziehst du vor? Sollen wir ihn über Bord werfen?“ Britt sprach ganz ruhig.

„Von mir aus gerne!“

Dann, so plötzlich wie ihre Aggressivität aufgetaucht war, fiel sie wieder von Nadine ab. Sie drehte sich kraftlos um, als hätte sie die Anwesenheit der anderen mit einem Mal vergessen, kauerte sich auf den Boden der Kombüse, möglichst weit weg von der inzwischen großflächig verteilten Blutlache, und begann wie ein kleines Kind leise zu heulen und zu schniefen.

„Ich will nach Hause, verdammt noch mal! Ich will nach Hause! Ich will in mein Bett, mein eigenes Bett, weg von diesem verdammten Schiff, ich bin müde, ich will schlafen!"

Sören humpelte zu ihr, bückte sich, zog sie hoch und legte beruhigend den Arm um sie.

„Ist klar, Nadine, ist absolut klar. Wir kehren um, ist doch logisch. In ein paar Tagen bist du wieder daheim."

Er sah zu Mike.

„Wir sind inzwischen etwas näher an den Kapverden als an den Kanaren. Ich werde einen Funkspruch rausgeben, damit uns die Küstenwache ein Stück entgegenkommt."

Mike gab keine Antwort. Er stand noch immer an der Badezimmertür und starrte auf Julia. Bewegungslos. Fassungslos.

Marie konnte weder den Anblick der Leiche länger ertragen noch den des stumm leidenden Mike. Sie holte ein großes weißes Strandtuch aus ihrer Kabine und deckte Julia damit ab. Dennoch starrte Mike weiter. Beobachtete reglos, wie das Handtuch Julias Blut, das in einer großen Pfütze auf ihrem Brustkorb stand, aufsaugte und sich die Schlingen des flauschigen Frottees Quadratzentimeter um Quadratzentimeter rot einfärbten. Marie wollte ihn vom Bad wegziehen, doch er wehrte unwirsch ihre Hand ab.

Sören begab sich zum Kartentisch, um mithilfe des Plottersystems den Kurs neu zu bestimmen. Zuvor jedoch wollte er den Funk einschalten, um bei der Küstenwache von Kap Verde Meldung zu machen. Irritiert blickte er auf die Geräte. Kein Lämpchen leuchtete, der Bildschirm des Kartenplotters war dunkel. Er versuchte, den Computer hochzufahren und den Radar einzuschalten. Nur rohes Klicken. Sonst nichts. Kein Lämpchen glühte, keine Verbindung kam zustande. Sören schaltete die Hebel durch, kontrollierte alles, was an Kommunikationstechnik zur Verfügung stand. Computer, Radar, AIS, Funk … Dabei wurde er immer hektischer. „Ich versteh das nicht, ich bekomme keine Verbindung! Auf keinem Kanal! AIS, UKW … nichts funktioniert!“ Auch Log und Kompass waren tot. Fassungslos starrte er auf die Kommunikationsgeräte. Noch bevor er sagen konnte, was ihm in seiner Hektik erst jetzt ins Blickfeld geraten war, trat Henning zu ihm.

„Das kann nicht sein.“ Henning schaltete alle Hebel erneut durch.

„Hältst du mich für bescheuert? Glaubst du, du kannst besser Knöpfe drücken?“

Sören schob Henning gereizt vom Kartentisch weg.

„Die komplette Bordelektronik ist tot! Wir haben keinen Strom! Und wenn du bitte mal hier …“

„Blödsinn! Die Batterien sind alle brandneu und perfekt gewartet!“ Henning unterbrach rüde und sah Sören vorwurfsvoll an, als sei der verantwortlich für den Geräteausfall.

„Das weiß ich! Hab ich vorm Auslaufen persönlich überprüft!“ Sören fragte sich, wie lange sein Bruder brauchen würde, um das Offensichtliche zu sehen.

„Vielleicht liegt es an der Lichtmaschine“, meinte

Marie. „Oder einfach nur eine durchgeknallte Sicherung …" Die Skepsis in ihrer Stimme verriet, wie wenig sie selbst daran glaubte.

„Wenn ich eure Blicke mal auf die fehlenden Hörer von UKW- und KW-Gerät lenken darf? Wir haben nämlich nicht nur keinen Strom mehr!"

Verblüfft bemerkten nun auch die anderen, dass anstelle der Hörer nur noch herausgerissene Kabelenden waren.

„Scheiße", sagte Mike. „Das ist eindeutig Sabotage."

„Große Scheiße", bestätigte Sören. „Und ja. Da hat sich jemand ziemlich entschlossen zu schaffen gemacht."

„Ich geh nach oben und schaue nach dem Zweithörer im Steuerstand." Marie lief die Treppe hinauf.

Sören öffnete die Stromverteilertafel und kontrollierte die Kabel. Dort schien alles in Ordnung. Dann jedoch bemerkte Mike, dass das Datenkabel zwischen Transmitter und Computer fehlte. Da war eindeutig ein Profi am Werk gewesen, der sich mit der Bordelektronik auskannte.

Marie kam wieder herunter.

„Der Zweithörer ist weg. Rausgerissen. Die EPIRBs fehlen auch."

„Was für Dinger?", fragte Nadine.

„Notrufeinrichtungen. Falls das Schiff untergeht. Wenn die EPIRBs Wasserkontakt bekommen, fangen sie automatisch an, Notsignale zu senden. Es sei denn, man macht sie kaputt und wirft sie erst dann ins Wasser. Genau das scheint passiert zu sein, wenn ich alles richtig in Zusammenhang bringe. Bewusste und mutwillige Zerstörung jeglicher Notruf- und Kommunikationsmöglichkeiten", erklärte Marie.

„Wo ist das Satellitentelefon, normalen Handyempfang haben wir ja zurzeit nicht?" Sören sah sich suchend um. Alle standen auf und begannen, das Satellitentelefon zu suchen. Vergeblich. Es war ebenfalls weg.

„Wieso suchen wir nicht in Svens Kabine?", fragte Henning. „Der hat sicher kein Interesse daran, dass wir die Bullen rufen. Wenn einer die Hörer rausgerissen und das dämliche Sat-Telefon versteckt hat, dann doch er."

„Okay, du hast recht. In der Zwischenzeit schaut bitte jeder mal bei sich nach, ob er es vielleicht nicht doch irgendwo findet. Ich hoffe verdammt noch mal, dass einer von euch das Sat-Tel verlegt hat und es nicht auch über Bord gewandert ist!"

Sören ging mit Henning ins Svens Kabine. Die anderen suchten ihre eigenen Räume ab. Kurz darauf kamen alle ohne Ergebnis zurück. Kraftlos ließ sich Sören in einen der Sessel fallen.

„Schätze, das wars. Verdammt, was machen wir jetzt?"

„Falls meine Meinung dann doch irgendwann mal wieder gefragt sein sollte", schaltete sich Nadine ein. „Schön, dass ihr Hilfe holen wollt. Hilfe ist echt prima. Total supi. Also sucht gerne weiter nach diesem Satellitendings. Oder kriegt das mit der Lichtmaschine oder dem Computer oder was weiß ich in den Griff! Aber hier liegt eine Leiche auf dem Badezimmerboden! Alles ist voller Blut! Könnt ihr euch vielleicht erst mal darum kümmern? Bevor ich daneben kotze?"

Nadine weinte nicht mehr, aber ihre Stimme klang viel zu zittrig, als dass ihr sarkastischer Tonfall hätte überzeugen können.

„Sie hat recht", sagte Marie leise. „Wir können Julia nicht so liegen lassen."

Sören und Marie sahen fragend zu Mike. Mike atmete tief durch und riss seinen Blick von Julia los.

„Wir müssen sie in eine Plane packen und an Deck verzurren", sagte er tonlos.

Sören stimmte zu.

„Aber machen wir dann nicht irgendwelche Spuren kaputt? Ich hab ja keine Ahnung von Kriminalistik oder so was, aber ... Bestimmt finden sich Spuren von Sven an der Leiche. Vermutlich sollten wir nichts anfassen."

Britt, die sich bislang zurückgehalten hatte, mischte sich ein. „Entschuldigt bitte, aber ... Wie lange brauchen wir zu den Kapverden?" Sie sah Mike fragend an.

„Mindestens drei, eventuell fünf Tage. Je nach Wind. Unter Segel sind wir bei guter Brise schneller als unter Motor."

„So lange kann sie nicht hierbleiben. Nicht bei der Hitze unter Deck, die wir in ein paar Stunden haben werden. Ich schätze, wenn wir keinen Strom haben, ist auch die Klimaanlage ausgefallen."

Es war nicht nötig, dass Britt ihre Überlegungen weiter ausführte. Spuren hin oder her, die Leiche würde bei den herrschenden Temperaturen sehr schnell beginnen, sich zu zersetzen.

Es gab keine andere Lösung. Sören nickte. Er holte sein Handy, schob das blutgetränkte Handtuch beiseite und machte Fotos von der Leiche, nahm sie aus jedem erdenklichen Winkel auf. Bei den Großaufnahmen, die er von der Tatwaffe, der Wunde am Hals und dem Waschlappen im Mund machte, zitterten seine Hände.

„Ist das dein Rasiermesser?“, fragte er Mike.

Mike nickte.

Sören nahm ein Stück Toilettenpapier, hob das Messer auf und steckte es in einen Hygienebeutel, den er in den Badezimmerschrank packte. Nadine zog Mike mit zum Tisch, setzte sich mit ihm so hin, dass er Sören bei seiner makabren, aber durchaus sinnvollen Arbeit nicht sehen konnte, und streichelte ihm wieder und wieder über den Arm. Es war nicht ganz klar, ob sie damit Mike oder vielmehr sich selbst über die Situation hinweg helfen wollte.

Als Sören mit dem Fotografieren fertig war, sagte er zu Mike: „Du gehst jetzt in deine Kabine.“

Mike wollte spontan widersprechen, doch Sörens entschiedener Blick ließ keine Widerrede zu. Also nickte Mike, erhob sich schwerfällig und ging zu seiner Kabine, wobei er umständlich vermied, in das überall verteilte Blut zu treten. Er warf einen letzten Blick auf Julia, dann zog er seine Kabinentür hinter sich zu.

Sören sah Henning, Marie und Britt auffordernd an. Nadine war nicht zu gebrauchen, sie übergab sich schon wieder lautstark im Bug-Bad. Sören packte die tote Julia an den Füßen, Henning stakste mit wackligen Schritten über die Leiche hinweg, beugte sich von hinten über Julia, nahm sanft ihren Kopf vom Duschwannenrand, fasste Julias zu beiden Seiten des Körpers herabhängende Hände und legte sie vor dem Brustbein zusammen, sodass er sie wie mit einem Rettungsgriff gut anheben konnte.

Marie achtete auf die Tür des Badezimmers und die Luke des Niedergangs, damit weder Sören noch Henning noch Julias lebloser Körper irgendwo anstießen. Britt eilte nach oben, um eine Plane aus der Dingi-Garage zu holen. Trotz aller Umsicht gestaltete sich die Verbringung der Leiche an Deck durch den schmalen Niedergang zu einem würdelosen Akt des Schiebens, Biegens und Zerrens. Marie war froh, dass Mike sich Sörens Autorität gebeugt hatte und von dem Transport nichts mitbekam.

Britt breitete ein großes Ersatzsegel auf den Schiffsplanken aus, Marie half ihr. Sanft legten sie Julia darauf ab. Sie rollten die Leiche in das Tuch ein, wickelten ein Tau darum, verknoteten es und verzurrten das morbide Paket schließlich backbord an der vorderen Reling. Die Überlegung, Julia in der Dingi-Garage zu verstauen, wo man sie nicht sehen konnte, hatten sie als nicht sinnvoll verworfen. Die Zersetzung und die damit verbundene Geruchsentwicklung würden in dem abgeschlossenen, von der Sonne beschienenen Raum nur noch schneller voranschreiten.

Das Ganze war Schwerstarbeit. Sören und Henning schwitzten und keuchten vor Anstrengung. Als Julia festgezurrt war, gingen die Männer nach unten. Britt und Marie blieben noch kurz bei der Leiche.

„Willst du etwas sagen?“, fragte Britt.

Marie schüttelte den Kopf.

„Was denn? Sie ist tot. Ich glaube nicht an Gott oder so was. Und die Toten hören uns nicht mehr."

Es war inzwischen fast zehn Uhr, die Sonne brannte schon mit erheblicher Kraft vom wolkenlosen Himmel auf den Atlantik.

Stille

Die Sonne brennt, kein Windhauch regt sich. Es ist still, so still. Die Ratten schlafen irgendwo, auch die Stechmücken legen eine Pause ein. Kein Rascheln, kein Trippeln, kein Summen oder Sirren. Nichts ist zu hören, absolut nichts. Tim hört nur die Stille, er fühlt sie körperlich. Sie ist dickflüssig, fast sirupartig. Sie könnte ihn ersticken. Er wagt kaum, sie einzuatmen. Er atmet ganz flach, damit sie nicht in seine Lungen sickert. Er hält sich die Ohren zu, damit er sie nicht mehr hört und sie nicht durch seine Ohren ins Gehirn eindringen kann. Wenn er sich die Ohren zuhält, hört er sein Blut rauschen und sein Herz pumpen. Sein Herz schlägt viel zu schnell und zu laut, er hat Angst, dass es explodiert. Er nimmt die Hände von den Ohren und lauscht wieder der Stille. Sie drückt auf seine Augen und dröhnt in seinem Kopf. Er beginnt, laut zu singen, um sie zu besiegen. Er singt „Der Mond ist aufgegangen", das hat ihm sein liebstes Kindermädchen immer vorgesungen. Er erinnert sich nur an die erste Strophe, und als er damit durch ist, singt er alles andere, was er kennt. Seine Kehle wird davon trocken, er trinkt etwas. Dabei hört er das Gluckern des Wassers im Kanister und sein Schlucken. Es gefällt ihm gut. Er trinkt noch etwas mehr, nur um das Gluckern und das Schlucken zu hören. Dann trommelt er mit der rechten Hand eine Zeit lang auf seinen Oberschenkel und spürt dem Geräusch nach. Es ist sehr gedämpft, wird von dem Sirup der Stille umschlossen und erstickt. Schließlich gibt er auf, das Trommeln mit den Fingern macht ihn nervös, noch nervöser als die Stille. Er gibt auf, ergibt sich ihr. Er lässt die Stille in seine Ohren fließen, in sein Gehirn eindringen, und er saugt sie mit der Lunge auf. Es ist, als würde er Quecksilber einatmen. Ihm wird schwindlig von der Stille, schwarz vor den Augen. Er konzentriert sich auf sein Atmen. Und da hört er sein Atmen. Ihm ist gar nicht aufgefallen, dass er sein Atmen hören kann, denn er hat nur angestrengt nach außen gelauscht. Jetzt lauscht er nach innen. Er atmet. Je länger er sich dabei zuhört, desto ruhiger und gleichmäßiger wird sein Atmen. Die Stille kapituliert, sie ist geschlagen, zieht sich zurück, entfernt sich, verflüssigt und verflüchtigt sich. Jetzt ist wieder alles gut. Er atmet.

Verdächtigungen

Marie hatte die Dorada in den Wind gedreht und die Segel eingeholt. Das Schiff dümpelte nun gleichmäßig in den Wellen.

„Bis wir den neuen Kurs bestimmt haben“, erklärte sie Sören ihre Eigenmächtigkeit.

Sören nickte. „Wir müssen dringend reden.“

Gemeinsam gingen sie wieder unter Deck.

Nadine saß am Tisch, ihr Gesicht wies einen sehr bleichen Grundton auf, akzentuiert von knallroten hektischen Flecken. Mike stand in der Kombüse und kochte mit inzwischen wieder ruhigen Händen Teewasser auf dem Gasherd.

„Hat jemand Hunger?“, fragte er tonlos, als er die anderen den Niedergang herunterkommen sah. „Ich könnte Rührei machen.“

Sie machten sich nicht mal die Mühe, die Köpfe zu schütteln. Schweigend setzten sie sich um den Tisch herum. Mike goss Tee ein und gab jedem eine volle Tasse. Die Scherben auf dem Boden waren inzwischen beseitigt, auch die Blutlachen waren aufgewischt. Die dunklen Flecken im Parkett allerdings, die würden bleiben.

Marie war sicher, dass Mike sauber gemacht hatte und zwar ganz ohne Nadines Hilfe. Sicher war es ihm schwergefallen, das Blut seiner Freundin aufzuwischen. Dennoch deutete er mit dem Kopf nach oben an Deck und bedankte sich leise für die ebenso morbide Arbeit, die ihm die anderen abgenommen hatten.

Das folgende Schweigen hielt lange Minuten an. Alle schlürften ihre Tees, schienen damit beschäftigt, aus dem Albtraum der letzten Stunden aufzuwachen oder sich zumindest einigermaßen darin zurechtzufinden. Noch waren sie völlig orientierungslos im chaotischen Aufruhr der Gefühle. Die Stille wurde unterbrochen von lauten Tritten, mit denen Sven erneut seine Kabinentür malträtierte.

„Ich habe Durst!“, schrie er.

„Ich bringe ihm einen Tee“, bot Britt an.

„Geht jetzt die Kindergärtnerin mit dir durch?“, fragte Nadine.

„Eher die Menschenrechtskonvention“, gab Britt ruhig zur Antwort. Sie sah Sören fragend an. Sören nickte.

„Du wirst ihn aber nicht losbinden.“

Britt erhob sich, nahm eine Tasse aus dem Schrank und goss sie voll. Die ruhige Selbstverständlichkeit ihrer alltäglichen Verrichtung ließ auch die anderen langsam wieder in die Wirklichkeit zurückkehren und sich ihren dringlichsten Aufgaben stellen.

„Ich nehme an, wir haben alles an Bord, um auch ohne Technik zu navigieren?“, fragte Mike Richtung Sören.

„Seekarten, Sextant, Stechzirkel, Plotterlineal, Magnetkompass ... Alles da für die gute alte Handarbeit. Brauchen wir aber nicht. Das GPS von meinem Smartphone funktioniert auch ohne Netz. Kümmerst du dich um den Kurs? Dann sehe ich mir die Batterien in der Bilge und die Lichtmaschine an. Wir brauchen Strom.“

„Und was kann ich tun?“, fragte Henning.

„Du bleibst hier! Du hältst mir diesen Irren vom Hals!“ Nadine schien ihre hysterische Phase noch nicht ganz überwunden zu haben. Immerhin hatte sie ihren Groll auf Henning vergessen.

„Sven ist gefesselt in seiner Kabine. Sören entfernt sich höchstens ein paar Meter, und ich bin schließlich auch noch da“, beruhigte Marie. „Außerdem … Nimm dir mal ein Beispiel an Britt. Die ist echt cool!“

Es war leise zu hören, wie Britt beruhigend auf Sven einsprach. Er gab wütende Antworten, doch Britt ließ sich nicht aus der Fassung bringen. Kurz darauf kam sie wieder zurück in den Salon.

„Was machen wir, wenn er pinkeln muss oder so was?“

„Dann gehen zwei von uns mit ihm“, erwiderte Sören.

„Habt ihr eigentlich Waffen an Bord? Dann wäre mir echt wohler.“ Nadine sah Sören und Henning fragend an.

„Nur eine Harpune“, sagte Henning. „Zum Fischen bei den Tauchgängen.“

„Dann nehmt die mal schön mit, wenn der Kerl pissen will.“

„Wie sicher können wir denn sein, dass er es war?“, fragte Mike plötzlich leise.

„Ziemlich sicher“, meinte Sören. „Marie hat mir gestern erzählt, dass er sich am Stromverteiler zu schaffen gemacht hat. Irgendwas stimmt nicht mit dem Typen!“

„Sehe ich auch so. Tausend pro war der das!“, fügte

Henning gereizt hinzu. „Oder hast du uns was zu erzählen, Mikey-Baby?“

Mike blickte Henning direkt in die Augen, fixierte ihn forschend.

„Und was ist mit dir?“

Henning blieb die Luft kurz weg vor Empörung.

„Drehst du jetzt ab, oder was?“

„Leute, kommt mal wieder runter“, mischte sich Sören ein.

Marie wandte sich an Mike: „Ich würde auch gerne wissen, was das soll. Du hast vorgestern schon so eine blöde Bemerkung gemacht, als du Stress mit Henning beim Schwimmen hattest.“

Mike schwieg kurz. Offensichtlich kämpfte er mit sich.

Henning lenkte überraschend ein.

„Schon gut, ich bin nicht sauer. Ist ja echt ’ne miese Situation. Kein Wunder, dass einem da die Nerven durchgehen.“

„Sind sie dir durchgegangen?“ Wieder fixierte Mike Henning durchdringend.

„Jetzt reicht es, Mike!“ Marie wurde langsam sauer.

„Nadine hat das schon ganz richtig erkannt. Wir haben einen Mörder an Bord“, beharrte Mike.

„Gefesselt und eingesperrt“, warf Sören ein.

„Wenn er es war. Was aber, wenn nicht? Sven hat kein Motiv. Wenn er Julia ermordet hat, dann im Affekt. Henning aber … der hat ein Motiv.“

Henning sprang wütend auf und wollte sich auf Mike stürzen.

„Du verdammter Wichser!“

Sören hielt Henning fest.

„Bleib locker, Koksnase! Und du, Mike, spuck's aus, wenn du was zu sagen hast! Was für einen Schwachsinn reimst du dir da zusammen?“

Mike wandte sich an Marie: „Tut mir leid, dass ich das jetzt einfach so ohne Vorwarnung raushaue. Aber – Henning hatte eine Affäre mit Julia. Julia war schwanger von ihm. Das hat sie ihm an unserem ersten Tag an Bord gestanden.“

Marie sah fassungslos von Mike zu Henning.

„Was redet Mike da?“

Henning achtete nicht auf sie, er kochte vor Wut und fixierte Mike mit geballten Fäusten.

„Woher willst du das wissen? Nie und nimmer hat sie dir das erzählt!“

„Dann stimmt es?“, fragte Marie ungläubig. Sie war so perplex, dass sie die Tragweite der Information noch nicht erfasste.

„Das habe ich nicht gesagt“, schrie Henning Marie an.

„Kann mir mal kurz jemand erklären, was hier los ist?“, mischte sich Sören ein.

„Nix ist los! Ich habe keinen Schimmer, wieso der Spacko mich plötzlich blöd angeht und so einen Scheiß erzählt!“

„Ich habe gehört, wie ihr in der Nacht während deiner Wache an Deck darüber gesprochen habt“, erklärte Mike ruhig. „Du warst ziemlich sauer auf Julia, weil du die Affäre schon vor einem Monat beendet hast.

Und du hast von ihr verlangt, dass sie abtreibt. Aber sie wollte nicht. Hat dir Druck gemacht. Damit du dich von Marie trennst."

„Das ist nicht wahr …" Marie wollte ihren Glauben an Henning nicht erschüttern lassen.

Henning wehrte sich empört. „Selbst, wenn! Dann gehe ich doch nicht hin und schneide ihr die Kehle durch!"

Er wandte sich wieder an Mike. „Was ist denn mit dir? Immerhin ist es dein Rasiermesser, das da auf dem Boden lag! Falls Julia dich betrogen hat und verlassen wollte, und ich sage *falls,* dann hast du ja wohl das klassischste aller Mordmotive: Eifersucht!"

Sören nickte.

„Ja. Falls. Damit wir das wirklich beurteilen können, musst du aber Klartext reden, Brüderchen. Hatte Mike Grund zur Eifersucht, weil Julia von dir schwanger war? Oder nicht?"

Henning stand in gebückter Angriffshaltung und starrte wie gehetzt in die Runde. Alle sahen ihn erwartungsvoll an. Sein erster Impuls zu leugnen, alles abzustreiten, sich gegen die Vorwürfe zu wehren, brach plötzlich in sich zusammen. Ein qualvolles Stöhnen kam aus seiner Kehle, er sackte auf seinen Stuhl und barg den Kopf in seine Hände. „Seid ihr irre? Ich bringe niemanden um. Schon gar keine schwangere Frau", flüsterte er kaum hörbar.

„Aber du wusstest doch nicht, dass sie schwanger war, oder?" Marie wollte es noch immer nicht glauben und konnte nicht klar denken.

„Himmelherrgott, Marie, deine Naivität ist ja nicht auszuhalten!“ Nadine schüttelte fast angewidert den Kopf. „Klar hat er Julia gepoppt! Das mit den beiden lief mindestens drei Monate lang!“

„Woher weißt du das?“ In Maries Stimme konnte man die Angst vor der Wahrheit hören.

„Er hat vor mir damit angegeben. Ich habe dir nur nichts gesagt, weil ich dir nicht wehtun wollte. Und weil es ein reines Sexding war. Das geht vorbei. Julia hat ihm nichts bedeutet. Gar nichts.“

Marie blickte Henning fragend an. Henning schwieg.

Wie benommen erhob sich Marie, ging zu ihrer Kabine, klaubte bei offener Tür ihre herumliegenden Sachen zusammen und stopfte sie in ihre Reisetasche. In der Zwischenzeit herrschte Schweigen im Salon. Sören sah Henning wütend an, Henning giftete Nadine stumm an, wich aber Mikes Blicken aus. Nicht mal zwei Minuten später kam Marie mit ihren Habseligkeiten zurück. Sie sprach mit bemüht fester Stimme.

„Ich ziehe zu dir in die Kabine, Nadine. Auch wenn ich es absolut scheiße finde, dass du mir nichts gesagt hast. Aber Henning ertrage ich nicht mehr.“

„Und wo soll Britt dann hin?“, warf Sören ein.

„Ach so, ja.“ Marie hatte ganz vergessen, dass Britts Kabine nun mit dem gefesselten Sven belegt war. Sie war völlig überfordert von der Situation.

„Henning kommt zu mir in die Koje“, entschied Sören, fuhr Henning aber sauer an: „Glaub nicht, dass ich das für dich tue, Arschloch!“

„Dann kann ich ja in der Bug-Kabine bleiben“, murmelte Marie. Irgendwie war ihr das alles unsäglich unangenehm.

„Du kannst aber auch gerne zu mir kommen, dann muss Britt halt raus!" Die Art, wie Nadine über Britt hinweg ging, machte nur allzu deutlich, dass sie sie nicht ausstehen konnte. Als sie ihre Unfreundlichkeit bemerkte, wandte sie sich entschuldigend an Britt.

„Sorry, das geht nicht gegen dich, aber Marie und ich … wir sind beste Freundinnen. Marie braucht mich jetzt. Oder, warte mal, viel bessere Idee: Ich ziehe zu Marie in die große Bug-Kabine, dann hast du die im Heck für dich allein. Alles supi, oder?"

Marie liefen plötzlich und ohne Vorwarnung die Tränen über die Wangen. Sie gab ein Bild des Jammers ab, wie sie da stand, immer noch Blut an den nackten Füßen, ihre Klamotten unterm Arm und im Blick totale Hilflosigkeit. Mike sah weg, er fühlte sich schuldig.

Nadine legte den Arm um Marie und lächelte sie aufmunternd an.

„Was hältst du davon? Ich ziehe zu dir."

Henning lachte voller Bitterkeit.

„Das ist echt zum Schießen! Mich verrätst du, du blöde Fotze, und dann machst du bei Marie einen auf beste Kumpeline!" Er pflanzte sich direkt vor Marie auf. „Dabei hat deine liebe Nadine auch mit mir gevögelt, nur damit du's weißt! Und zwar nicht nur ein Mal!"

„Marie, das …" Nadine hob zu einer Erklärung an, brach aber ab. Sie war zu erschöpft zum Leugnen.

Marie zeigte keinerlei Regung mehr, ganz so als hätte sie ihren Vorrat an Emotionen erschöpft. Ihr Speicher war leer, komplett leer. Mechanisch wie ein Roboter drehte sie sich um, ging mit den Sachen unterm Arm zurück in ihre Bugkabine und schloss sich ein. Nadine folgte ihr und klopfte an die Tür.

„Marie, bitte! Lass mich rein, ich muss mit dir reden!"

„Geh weg!", gab Marie schwach zurück.

„Toll!", rief Sören zynisch aus, „ganz toll! Oben ist eine Leiche festgezurrt, nebenan haben wir einen mutmaßlichen Killer eingesperrt, und hier dreht sich alles darum, wer mit wem gevögelt hat und in welche Kabine wechselt! Ich glaub, ich werde irre!"

„Ich sag doch, ich wars nicht!", rief Sven aus seiner Kabine. Er hatte die lautstarke Diskussion Wort für Wort verfolgen können.

„Du hältst dein Maul!", schrie Sören zurück. Dann sah er wütend in die Runde. Nadine setzte sich resigniert wieder dazu. Sörens Blick blieb an Mike hängen.

„Du glaubst nicht ernsthaft, dass Henning Julia umgebracht hat?!"

„Keine Ahnung. Im Grunde traue ich ihm das nicht zu. Aber das sagt man hinterher immer. Ich will nur mit offenen Karten spielen. Und wachsam sein. Ein Mensch ist tot. Es erscheint logisch und einfach, unseren Schiffbrüchigen dafür verantwortlich zu machen. Aber ist es auch die Wahrheit?"

Sören wandte sich an Henning: „Was ist mit dir? Glaubst du, dass es Mike war?"

Henning zuckte ebenfalls mit den Schultern. Er warf Mike einen hasserfüllten Blick zu.

„Lasst uns die Sache doch bitte mal vernünftig angehen und die Nacht rekonstruieren“, warf Britt ruhig ein. „Hat irgendjemand etwas gehört? Etwas gesehen oder bemerkt?“

Alle schüttelten den Kopf.

„Vermutlich war der Waschlappen im Mund dazu da, ihr Röcheln oder sonstige Geräusche zu ersticken“, überlegte Sören. „Sorry, Mike, aber wir müssen drüber reden.“

Mike nickte stumm.

„Wer hatte wann Wache?“, fuhr Britt fort.

„Das nützt uns überhaupt nichts, weil wir nicht wissen, um welche Uhrzeit Julia umgebracht worden ist!“, warf Henning ein.

„Genau das versuche ich einzugrenzen“, erwiderte Britt.

„Britt hat recht“, stimmte Sören zu. „Laut Wacheinteilung bist du, Henning, um fünf Uhr heute Morgen von Mike abgelöst worden. Habt ihr euch an den Plan gehalten?“

Henning und Mike nickten.

„Da lag Julia noch schlafend im Bett“, sagte Mike.

„Das behauptest du“, sagte Henning.

„Wenn Julia da schon tot gewesen wäre, hättest du es bemerkt“, sagte Nadine zu Henning. „Du bist an dem Badezimmer vorbeigekommen. Es wäre dir doch aufgefallen, wenn ihr Fuß aus dem Bad herausgeragt hätte.“

„Keine Ahnung. Ich habe nicht hingesehen. Und ich war todmü…“ Henning stockte und verbesserte sich. „… total müde. Bin einfach nur in meine Koje und sofort weg gepennt.“

„Was war mit dir, Nadine?“, fragte Britt.

„Was schon? Ich schlafe wie ein Stein. Du hast doch neben mir gelegen.“

Britt zuckte mit den Schultern.

„Ich habe auch geschlafen, habe nicht mal den Wachwechsel gehört. Und du, Sören?“

„Nichts. Gepennt.“

„Was ist mit Marie?“, fragte Nadine.

„Die war wach, als ich von Deck kam. Hat einen Albtraum gehabt“, sagte Henning.

„Vermutlich ist Julia also zwischen fünf und acht Uhr heute Morgen getötet worden. Wach waren in dem Zeitraum Henning, Mike und Marie“, konstatierte Nadine.

„Und Sven“, fügte Sören hinzu. „Davon gehe ich zumindest aus.“

„Der Täter muss voller Blut gewesen sein“, überlegte Henning. „So ’ne Halsschlagader, da spritzt der Saft unter Druck raus …“

„Kurz bevor ich unter Deck gekommen bin, habe ich die Dusche gehört“, sagte Mike.

„Du meinst, Sven schneidet Julia die Halsschlagader durch, stopft ihr den Waschlappen in den Mund, damit wir nichts hören und duscht sich dann seelenruhig Julias Blut vom Körper? Und wäscht seine Klamotten?“, fragte Nadine ungläubig.

Sören stand entschlossen auf, ging in Svens Kabine und durchsuchte unter Svens lautstarken Beschimpfungen dessen Reisetasche wie auch die Kabine von oben bis unten. Ergebnislos kam er zurück. „Nichts.

Keine Klamotten mit Blut, nicht mal ein Tropfen in der Kabine."

„Klamotten kriegt man so schnell nicht sauber, die sind bestimmt über Bord gewandert. Mit einem wesentlichen Teil unserer Kommunikationstechnik", warf Mike ein.

Sören schüttelte den Kopf: „Wann denn bitteschön? Du warst oben, du hättest Sven sehen müssen!"

„Hallo? Wie wär's mit dem Bullauge? Außerdem war ich 'ne Zeit lang vorne im Bugkorb", gab Mike zu bedenken. „Da hätte ich nicht mitbekommen, wenn jemand was am Heck über Bord wirft."

„Und keiner hätte mitbekommen, wenn du selbst was über Bord wirfst", warf Henning ein.

„Fang nicht schon wieder an!" Sören warf Henning einen genervten Blick zu. „Wer hat geduscht?"

„Marie hatte nasse Haare", merkte Nadine an.

Mike stand auf, klopfte an Maries Tür. „Marie, hast du geduscht, bevor du ... bevor du Julia gefunden hast?"

Marie gab nur ein einsilbiges „ja" zur Antwort.

Mike setzte sich wieder zu den anderen.

„Sven könnte sich also – falls er es gewesen ist – zur gleichen Zeit gewaschen haben. Ich konnte oben jedenfalls nicht hören, wo genau Wasser läuft, ob im Bug- oder im Heckbadezimmer. Hab nur gehört, *dass* Wasser läuft."

„Nur der Vollständigkeit halber ...", warf Nadine ein. „Marie hat geduscht. Woher wissen wir, ob das war, bevor sie Julia gefunden hat und nicht nachdem sie sie umgebracht hat?"

„Jetzt mach aber mal 'nen Punkt!", sagte Mike.

„Wieso? Du hast selbst gefordert, dass wir wachsam sein sollen. Marie war um fünf Uhr laut Henning hellwach und hätte das gleiche Motiv gehabt wie du. Eifersucht."

„So ein Blödsinn!", sagte Henning. „Sie wusste nichts von der Affäre!"

„Und wenn sie dich und Julia bei eurem Gespräch belauscht hat? Genau wie Mike? Wie hellhörig hier an Bord alles ist, brauche ich euch wohl kaum zu sagen."

Mike schüttelte den Kopf.

„Du hast sie gesehen! Marie ist völlig fertig, die hatte keinen Schimmer!"

„Hab ich behauptet, dass sie's gewesen ist? Ich glaube es nicht! Bestimmt nicht! Aber wer weiß? Auf dem Internat hat sie in den Schauspielkursen immer Furore gemacht. Ein Naturtalent, hieß es." Nadines Miene drückte falsche Unschuld aus.

„Was bist du doch für eine Ätzkuh! Wer solche Freunde hat, braucht keine Feinde." Mike sah sie verächtlich an.

„Leute, das bringt uns alles nicht weiter!" Sören versuchte, die erhitzten Gemüter zu beruhigen. „Wir fahren jetzt zu den Kapverden und lassen die Kriminalpolizei die Sache klären. Bis dahin bleibt Sven unter Verschluss. Für mich ist und bleibt er der Täter, alles andere sind Hirngespinste. Wir sind alle geschockt und überreizt. Aber wir müssen uns jetzt auf das Wesentliche konzentrieren."

Mike erhob sich und ging zum Kartentisch, um den

neuen Kurs zu errechnen. Nadine zog sich beleidigt in das Bug-Badezimmer zurück. Henning bat Marie, sie in die Kabine zu lassen, damit er seine Sachen herausholen und bei Sören unterbringen konnte. Sie öffnete die Tür, sah ihn mit einem dunklen Blick an und ging nach oben an Deck.

Sören öffnete unterdessen die mittlere Luke zur Bilge und überprüfte die Batteriebänke.

„So eine Scheiße!"

Mike kam zu ihm und beugte sich über die Luke. Die Kabel, die von den Verbraucherbatterien zum Verteilerkasten führten, waren alle durchtrennt. Mike beugte sich nach unten und zog an dem Kabelbündel.

„Da ist noch Spiel, bestimmt können wir die fehlenden Zentimeter überbrücken. Oder … warte mal …"

Mike ging zu den anderen Luken und öffnete sie. Frustriert schüttelte er den Kopf.

„Was für ein verdammter Mist!"

Nun beugte sich Sören über Mike. Auch Henning trat zu den beiden. In jeder der Luken bot sich das gleiche Bild: Die Kabel waren hinter den Verblendungen und in der Bilge an allen einigermaßen zugänglichen Stellen durchtrennt. Selbst ein begnadeter Yachtelektriker mit ausreichend Material und geschickten Händen würde mehrere Tage brauchen, um den Schaden zu reparieren oder wenigstens die wichtigsten Verbindungen zu überbrücken. Julias Mörder hatte ganze Arbeit geleistet.

Mike kontrollierte die separate Starterbatterie des Motors. Sie war als einzige unangetastet. „Theoretisch könnten wir die funktionierende Starterbatterie des

Motors ausbauen, nach oben bringen, auf den Kartentisch stellen, hinten an die Blackbox gehen und die Stromleitung neu ziehen ..."

„Wäre super", bestätigte Sören. „Dann hätten wir Strom am Computer. Blöd nur, dass das Transmitterkabel fehlt und uns all das gar nichts nützt. Da kennt sich jemand richtig gut aus und ist auf Nummer sicher gegangen. Entschlossen und verdammt effektiv. Immerhin wissen wir jetzt, dass der Mörder vom Fach ist und zwar jegliche Kommunikation unterbunden hat, aber nicht riskieren will, dass wir in einer Flaute völlig am Arsch sind."

Er knallte die Luken zu. „Eine verfluchte Scheiße ist das!"

Nachdem sie den neuen Schock verarbeitet hatten, gingen Mike und Sören nach oben. Sören schärfte jedem ein, sein Handy auszuschalten, um den Reststrom im Akku zu sparen, bis sie wieder in Reichweite eines Netzes waren. Mike wechselte stumm den Kurs.

Die Dorada nahm nur wenig Fahrt auf. Nun hatten sie nicht mehr den günstigen Nordostpassat im Rücken, sondern mussten gegen ihn ankreuzen. Sören übernahm kurz darauf das Ruder. Er war für den Morgen eingeteilt und wollte zumindest in diesen Belangen die Ordnung aufrechterhalten.

Schweigen legte sich über die Dorada. Es gab weder gemeinsames Frühstück noch Mittagessen. Diejenigen, die überhaupt etwas herunterbrachten, machten sich ein Sandwich oder sonst eine Kleinigkeit und nahmen das Essen in ihrer Kabine oder einer möglichst abgeschiedenen Ecke zu sich. Weder Nadine noch Britt gingen an Deck. Die, die oben waren, vermieden den Blick auf das Vorderdeck, wo Julias Leiche an der Reling festgezurrt war. Teile des Segeltuches flatterten sanft im Wind. Immer wieder wurde Julias linke Hand frei gelegt, die sich im gleichen Rhythmus wie die Dorada hob und senkte, als würde Julia ihre Freunde heranwinken. Schließlich konnte Sören das makabre Schauspiel nicht mehr mit ansehen und verschnürte die Hand mit einem zusätzlichen Tau wieder unter der Plane. Dann ging er zurück zum Steuerrad und sah über das weite, leere Blau. Kein Segel in Sicht. Sie waren auf sich allein gestellt.

Sorglos

Armin Wendelstein saß an seinem freien Nachmittag zu Hause im Wohnzimmer und sah auf seine 35 000 Euro teure Uhr, Modell Yacht-Master II. Wie immer kam Norma zu spät.

Norma war eine portugiesische Witwe Ende 50 und seine Putzfrau. Sie arbeitete seit vier Jahren für ihn. Seit drei Jahren schlief sie auch mit ihm. Niemand wusste davon, auch Armins Söhne nicht. Norma war weder die Frau, die man an seiner Seite vermutete, noch die er selbst gerne öffentlich präsentiert hätte. Dennoch war er Norma zutiefst zugetan. Damals hatte er sie allein wegen ihres Namens eingestellt. Er liebte Bellinis Oper und fand es amüsant, eine Norma bei sich putzen zu lassen. Als er sie besser kennenlernte, beeindruckte sie ihn durch ihre Unabhängigkeit und den mangelnden Respekt, den sie vor seinem Geld und seiner gesellschaftlichen Stellung an den Tag legte. Sie duldete es nicht, wenn er sich in ihre Arbeit einmischte, sie wehrte sich, wenn er sie kritisierte, ob zu Recht oder Unrecht. Ihr Deutsch war immer noch mangelhaft, auch äußerlich war sie nicht sein Typ. Vom Wuchs her klein, aber mit einer üppigen Oberweite gesegnet und auch an den Hüften etwas überdimensioniert, widersprach Norma exakt dem Bild, das Armin von einer begehrenswerten Frau vorschwebte. Doch auf eine ungeklärte Art war er ihr verfallen und genoss den regelmäßigen Nachmittags-Sex mit ihr wie er kaum vorher je eine Frau genossen hatte. Norma hantierte im Bett mit der gleichen gründlichen Selbstverständlichkeit, mit der sie die Bäder putzte und die Böden saugte. Nichts an ihr war aufgesetzt oder kokett. Armin vermutete, dass es genau diese authentische Schlichtheit Normas war, die ihn so faszinierte. Die Frauen, denen er in seiner Gesellschaftsschicht begegnete, redeten üblicherweise gestelzt, lachten zu laut und bewegten sich ohne natürliche Anmut. Wenn er dagegen sah, wie Norma sich in der Küche über den Mülleimer bückte, um die Tüte zu wechseln, und dabei die Jeans über ihrem prallen Gesäß spannte, dann wurde er schier verrückt. Zudem wusste er, dass Norma nichts über ihr berufliches und heimliches Verhältnis hinaus wollte. Sie kam, machte sauber, schlief vergnügt mit ihm, und wenn sie keine Lust oder keine Zeit hatte, gab sie ihm einen Klaps auf den Hinterkopf, lachte ihn aus, weil er schmollte, und ging wieder. Gelegentlich half er ihr, wenn er konnte, aber niemals mit Geld. Er hatte ihrem erwachsenen Sohn einen Job als Hilfsarbeiter auf der Werft gegeben und seinen Einfluss bei den Kieler Behörden geltend gemacht, um ihr eine schönere Sozialwohnung zukommen zu lassen. Norma hatte einfach danke gesagt.

Auch heute gestaltete sich ihr Zusammensein wieder unkompliziert und befriedigend. Als Norma nach dem Sex ihren BH wieder anzog, wies sie ihn darauf hin, dass sowohl Marmorputzmittel als auch Toilettenreiniger nachgekauft werden mussten. Sie nahm das Geld für die Besorgungen entgegen, gab ihm lächelnd einen Kuss auf die Wange und ging.

Armin duschte kalt und setzte sich danach, nur mit

einem Handtuch um die Hüften, ins Wohnzimmer. Er goss sich einen Brandy ein und sah auf die Förde. Immer wenn Norma weg war, verspürte Armin eine gewisse Leere. Er litt jedoch nicht unter dieser Leere, sondern genoss sie, denn sie machte seine wenigen, mit Lust angefüllten Stunden mit Norma umso wertvoller. Armin Wendelstein hatte kein Problem mit dem Alleinsein. Zeit seines Lebens hatte er sich allein gefühlt, selbst in den 17 Jahren Ehe mit Katja. Katja war ihm eine gute Frau gewesen. Sie hatte ihm drei Söhne geboren, ihm bei seinen ehrgeizigen beruflichen Plänen stets den Rücken freigehalten und sich nach anfänglichen Schwierigkeiten voller Streitereien und Drohungen letztlich stumm in seine ständigen Seitensprünge gefügt. Nur eins verzieh er Katja nicht: Dass sie im Alter von 42 Jahren an Krebs gestorben war und ihn mit den drei halbwüchsigen Söhnen allein gelassen hatte. Armin hatte sein Bestes gegeben, um die Söhne zu erziehen und zu nützlichen Mitgliedern der Gesellschaft zu formen. Sein Bestes, das hieß Zucht, Ordnung, Tüchtigkeit und Mannhaftigkeit. Immerhin war er nicht komplett gescheitert, abgesehen von Tim waren seine Söhne zumindest halbwegs brauchbar geraten.

Über Tim allerdings ärgerte er sich zurzeit über alle Maßen. Der Tour-Manager der Panther Pearls hatte sehr unhöflich auf seinen Anruf reagiert und ihn genervt darüber informiert, dass ein Tim Wendelstein weder als Regisseur eines Tour-Films beauftragt worden sei, noch dass man jemals von ihm gehört hatte. Tims Geschichte war also rundum erstunken und erlogen. Vermutlich hatte Tim gehofft, Sören und Henning mit einem angeblichen beruflichen Engagement milde stimmen zu können, damit sie sein Wegbleiben von dem Familientörn nicht an den Vater verrieten. Falsch gedacht. Sören ließ keine noch so billige Gelegenheit aus, sich als Erstgeborener einzuschleimen – stets in der Hoffnung, endlich die Verantwortung für das Unternehmen übertragen zu bekommen. Armin grinste, wenn er an Sörens lächerlichen Versuch dachte, sich als Vertrauensperson seines kleinen Bruders zu gerieren, indem er den Vater erst zwei Tage später mit einer lässigen Beiläufigkeit informierte. Auch er war von Tim nach Strich und Faden belogen worden. Zu Armins Verdruss hatte sich Sören noch nicht auf die Mail gemeldet, die Armin ihm in Sachen Tim geschickt hatte. Bestimmt schmollte er, weil er auf Tims blöde Lügen hereingefallen war und sich nun vor dem Vater blamiert fühlte.

Wie so oft schüttelte Armin den Kopf über seine Söhne. In ein paar Wochen würde er mit einem rauschenden Fest seinen 65. Geburtstag auf den Cayman Islands feiern. Den Ort hatte er aus geschäftlichen wie auch aus sentimentalen Gründen gewählt. Dort hatte er vor Jahrzehnten Katja geheiratet, als sie mit Sören schwanger war. Wie glücklich er damals gewesen war … Armin versuchte, sich in dieses Gefühl wieder hineinzuversetzen, doch es gelang ihm nicht. Zu viele Jahre waren vergangen, zu viele Enttäuschungen hatten seine früheren Träume unter sich verschüttet. Jetzt war er ein alter Mann, desillusioniert und müde. Die meisten Männer gingen in seinem Alter in den Ruhestand und überließen das Geschäft und die Politik den Jüngeren. Ihren Söhnen und Enkeln. Was würde er tun? Falls Henning tatsächlich bald die kleine Marie Brodersen heiraten würde, wäre das nicht nur geschäftlich eine lohnende Verbindung. Sie könnte ihm Enkel in die Welt setzen. Sören schien diesbezüglich keinerlei Anstalten zu machen. Ganz zu schweigen von Tim, dem genusssüchtigen Lügenbold. Vermutlich spielte Tim mal wieder Jeunesse Dorée, zog mit irgendeinem Mädchen durch die Diskotheken von Ibiza oder St. Tropez und trank Champagner aus Magnum-Flaschen und Bauchnabeln. Armin seufzte, nippte an seinem Brandy und sah der Sonne beim Untergehen zu.

Hoffnungslos

Nur noch wenige schwache Strahlen Licht fallen in den Frachtraum. Es wird langsam dunkel. Es regnet immer noch. In der Schute ist es nicht mehr ganz so heiß. Dafür scheinen sich aber die Stechmücken um ein Vielfaches vermehrt zu haben. Tim kann sie zurzeit etwas besser ignorieren, so sehr freut er sich über die Abkühlung durch den kräftigen Sommerregen. Fast hat er das Gefühl, er könne ein wenig besser atmen.

Er kramt in seiner Vorratskiste, um sich eine Abwechslung in seinem Speiseplan zu den staubtrockenen Keksen, der Dauerwurst und dem Brot zu verschaffen. Zu den beiden Ratten, die nicht mehr von seiner Seite weichen und die er inzwischen Hans und Franz nennt, hat sich eine dritte gesellt. Sie ist etwas kleiner und sehr abgemagert, sodass Tim Hans und Franz in die Schranken verwiesen hat, als die beiden den Neuankömmling mit fiesem Fiepen und Fauchen vertreiben wollten. Aufgrund der mangelnden Körpergröße ist Tim überzeugt, dass sein neuer Fressfreund eine Freundin ist und tauft sie wegen seiner Lieblingsschauspielerin auf den Namen Uma. Bei jeder Mahlzeit nimmt er sich vor, fest daran zu glauben, dass dies die letzte sein wird, die er mit Hans, Franz und Uma teilt. „Mein Vater hat garantiert schon das Lösegeld zusammen, er ist nämlich voll der stinkreiche Arsch, müsst ihr wissen."

Hans, Franz und Uma sehen geduldig zu, wie Tim die Vorräte sondiert.

„Und jetzt wird nur noch 'ne saubere und sichere

Übergabe ausbaldowert, und schon verpisse ich mich hier aus eurem elenden, stinkenden Rattenloch! Dann könnt ihr wieder selber sehen, wo ihr euren Fraß herbekommt."

Uma legt den Kopf schief und betrachtet Tim interessiert. Tim muss grinsen. Frauen können einfach besser zuhören. Hungrig reißt Tim eine Packung Schmelzkäse auf und lutscht das schmierige Zeugs direkt aus der Folie. Es schmeckt ihm vorzüglich. Die Folie mit einem kleinen Rest Käseschlieren legt er neben sich auf den Boden. Sofort beginnen die Ratten, sich darum zu zoffen. Als Tim in der Box nach einer zweiten Packung dieser unsagbaren Köstlichkeit von Schmelzkäse kramt, findet er zu seiner großen Überraschung einen säuberlich zusammengefalteten Zettel, der zwischen den Vorräten bis ganz nach unten gerutscht war und auf dem Boden einer Dose klebte. Aufgeregt steht er auf und humpelt mit dem Zettel zu einem der Risse in der Außenwand. Er hält ihn so, dass das späte und aufgrund des Wolken verhangenen Wetters sehr karge Tageslicht, das durch den Riss in die Schute hinein flimmert, direkt auf das Papier fällt, auf dem nur wenige gedruckte Sätze stehen. Tim liest:

Sparsam mit dem Wasser umgehen. Maximal einen halben Liter pro Tag trinken.

Nicht viel bewegen oder Kräfte mit Rumschreien vergeuden. Es hört dich keiner. Halt die Füße still. Dann reicht das Wasser.

In der roten Dose ist Desinfektionsspray und frisches Verbandszeug für die Hand.

Tim braucht eine Weile, bis er die in dem Brief enthaltenen Informationen im vollen Umfang verarbeitet hat. Ein halber Liter pro Tag! Sein Aufenthalt hier ist also für einen Zeitraum von etwa 40 Tagen geplant! Wieso? Jeder normale Entführer will so schnell wie möglich an die Kohle ran, um sich dann an irgendeinen Strand zu verpissen! Jede Verzögerung bedeutet ein unkalkulierbares Risiko. Warum soll er so lange gefangen gehalten werden? Er hat keine Ahnung. Aber zumindest ist ihm klar, wieso man ihm den Finger mit seinem Wendelstein-Siegelring abgeschnitten hat. Tim kennt solche Maßnahmen aus vielen Filmen. Der Siegelring zeigt, dass sie ihn haben. Wer auch immer. Die Amputation des Fingers, die nicht nötig gewesen wäre, um den Ring zu bekommen, ist eine reine Drohkulisse: Wenn nicht gespurt wird, kommt der nächste Finger dran. Dann ein Ohr. Oder die Nase. Tim schluckt und ruft sich zur Ordnung. Seine Fantasie geht mit ihm durch. Zu viel Tarantino. Er will nicht mehr über den Finger nachdenken. Besser über das Wasser. Seit er hier ist, hat er bestimmt zwei bis drei Liter pro Tag verbraucht. Und mindestens einen verschüttet. Er wird seine Ration ab sofort immens verkleinern müssen, wenn er überleben will. Seine Hoffnung, heute noch oder spätestens morgen aus der stickigen Schute befreit zu werden, ist mit einem Mal zerschlagen. Während sich die drei Ratten neben ihm wegen des Käsepapierchens bekriegen, beginnt er hemmungslos zu heulen. Es dauert eine knappe Viertelstunde, bis er sich wieder einigermaßen beruhigt hat und aufs Neue handlungsfähig ist. Kraftlos krabbelt er zurück und kramt in der Box nach der roten Dose. Darin befindet sich, wie versprochen, ein Spray, dessen winzige Aufschrift er wegen der mangelhaften Lichtverhältnisse nicht lesen kann, zudem fünf Packungen Mullbinden und eine Rolle Pflaster. Unter den gegebenen Umständen schafft er es nicht, sich über das frische Verbandszeug zu freuen. Dennoch entschließt er sich, es zu benutzen.

Angewidert beginnt er, den alten Verband abzuwickeln. Der letzte Rest des schmutzigen Stoffs ist vollkommen mit der Wunde verklebt, wie festgebacken. Zuerst versucht er, das Material behutsam zu lösen, doch jeder einzelne Millimeter, den er sanft entfernen will, gerät zu einem Marathon des Schmerzes. Also entscheidet er sich notgedrungen, den Verband mit einem gewaltsamen Ruck zu entfernen. Er nimmt den schon abgelösten Fetzen des Verbands in die rechte Hand. Holt tief Luft. Hält den Atem an. Nimmt sich vor, bis drei zu zählen und reißt bei zwei. Dabei schreit er so laut auf, dass Hans, Franz und Uma sich mit aufgeregt peitschenden Schwänzen in dunkle Ecken weit entfernt von ihm verkrümeln. Sein Herz klopft wild, er hat das Gefühl, keine Luft mehr zu bekommen. Er muss ein paar Mal tief durchatmen, um sich wieder unter Kontrolle zu bringen. Erwartungsgemäß ist die Wunde wieder aufgerissen und beginnt, erneut zu bluten. Er sieht es nicht, aber er fühlt mit der rechten Hand das warme Nass, das von der linken auf sie herabtropft. Auf Knien rutscht er nach vorne, leicht bergab, zu dem Riss in der Wand, und hält seine Hand in den letzten Lichtstrahl.

Ihm wird übel. Die Hand ist von unnatürlich dunkler, fast violetter Farbe und komplett angeschwollen, das austretende Blut mit einer dicken, weißlich-gelben Flüssigkeit vermengt. Die Hand fühlt sich heiß an. Er nimmt das Spray, das er in seinen Hosenbund gesteckt hat, sprüht eine gezielte Ladung in die Wunde und benetzt auch großflächig die ganze Hand mit der desinfizierenden Flüssigkeit. Dann wickelt er so gut er kann eine neue Mullbinde um die Wunde, zurrt sie einigermaßen fest, zerteilt die letzten, circa acht Zentimeter der dünnen Stoffbahn mit den Zähnen in zwei schmale Streifen und knotet die Enden zusammen, so wie seine Mutter es früher getan hat, wenn er mit einer Verletzung vom Spielen nach Hause gekommen ist. Der Schmerz scheint unerträglich, er ist kurz davor, das Bewusstsein zu verlieren. Um sich auszuruhen und zu warten, bis das dumpfe Pochen ein wenig nachlässt, lehnt er sich gegen die Wand und presst seine Stirn dagegen. Verglichen mit seinem fiebrigen Gesicht kommt ihm die Metallwand nun angenehm kühl vor.

Langsam beruhigt er sich wieder, auch sein Herzschlag normalisiert sich einigermaßen. Die Tränen, die ihm ungehemmt die Wangen und den Hals herablaufen und nasse Streifen auf seinem schmutzigen, zerstochenen Oberkörper hinterlassen, sind ihm egal. Niemand sieht ihn. Keiner ist hier. Er ist allein. Ganz allein.

Schockstarre

Der Nachmittag an Bord der Dorada verlief weitestgehend schweigend. Selbst der Wind schwieg. Das Meer war fast spiegelglatt, die Segel hingen schlaff am Rigg. Ein paar fliegende Fische sprangen gelegentlich neben der Bordwand hoch, nur ihr Aufklatschen auf die tiefblaue Wasseroberfläche unterbrach die Stille. Die Sonne, die den ganzen Tag unbarmherzig vom Himmel heruntergebrannt hatte, machte sich langsam auf den Weg, am westlichen Horizont ins Meer einzutauchen. Dennoch herrschten noch immer knapp 30 Grad Celsius. Unter Deck war es aufgrund des sabotierten Stromnetzes und der dadurch ausgefallenen Klimaanlage kaum auszuhalten. Die Luft stand schwer zwischen den Wänden. Lediglich Britt schien die bleierne Hitze nichts auszumachen, sie hielt sich als einzige in ihrer Kabine auf. Hin und wieder ging sie zu dem Gefangenen, gab ihm etwas zu essen und flößte ihm Wasser ein.

Oben hatte Sören aufgrund der Windstille die Persenning aufspannen können, die wegen der schon tief stehenden Sonne nun allerdings keinen Schatten mehr bot. Nadine lag dennoch dösend darunter, sie schien sich seit Stunden keinen Millimeter rühren zu wollen und stierte unaufhörlich direkt über sich auf den blau-weiß gestreiften Stoff. Sören saß neben ihr und schrieb ins Logbuch. Da die komplette Technik nicht funktionierte, erledigte er diese Aufgabe nun auch auf traditionelle Weise statt am Computer.

Mike lehnte am Ruder. Er hatte sich etwas gefangen, seine Hände zitterten nicht mehr. Es war nicht zwingend notwendig, am Ruder zu stehen, denn die Dorada machte so gut wie keine Fahrt. Vielmehr schien es so, als brauchte Mike etwas zum Festhalten. Marie hockte in gekrümmter Haltung auf der Badeplattform, die Knie angezogen, die Arme um die Knie geschlungen, die Augen geschlossen. Henning saß im Bugkorb und starrte nach vorne. Er war der einzige, der sich, fast schon wie zum Trotz, in der Nähe der Leiche bewegte. Alle anderen hielten Abstand. Abstand von Julias im Tuch verschnürten Körper wie auch Abstand voneinander. Der Schock saß allen noch spürbar in den Gliedern, Hilflosigkeit und gegenseitiges Misstrauen hatten sie verstummen lassen. Selbst Blicke wurden vermieden. Ein Jeder war zurückgeworfen auf sich selbst, abgrundtief einsam und vor der plötzlichen und unerwarteten Fremdheit der anderen zurückschreckend.

Nach einiger Zeit elenden Dümpelns in der Flaute entschied Sören, nicht endlos auf Wind warten zu wollen, sondern den Motor anzuwerfen. Der Tank der Swan war noch fast voll, der Treibstoff sollte ohne Not bis zu den Kapverdischen Inseln reichen. Sören übernahm das Ruder. Marie und Mike holten stumm die schlaffen Segel ein. Henning tat so, als würde ihn das alles nichts angehen.

Als der Motor schon eine Weile leise vor sich hin tuckerte, kam Britt an Deck.

„Leute, auch wenn keiner Appetit hat, wir müssen trotzdem was essen. Ich habe einen Salat gemacht. Mit

Oliven, Schafskäse, Zwiebeln, Paprika ... Ach, egal, halt Nahrungsaufnahme."

Schweigend gingen alle in den Salon und setzten sich zu Tisch. Sören fragte nach Sven. In einer unausgesprochenen Übereinkunft war Britt die einzige, die sich um Sven kümmerte. Sören und Henning sprangen nur ein, wenn Sven zur Toilette musste. Dann banden sie ihn los, flankierten ihn die paar Meter durch den Salon und warteten vor der Badezimmertür, um ihn dann wieder in der Kabine anzubinden und einzuschließen. Beim ersten Gang hatte Sven seine Aufpasser ausgelacht: „Wohin, bitteschön, soll ich denn abhauen?" Den zweiten und dritten Gang jedoch absolvierte er ebenso schweigend wie seine Begleiter. Allen war klar, dass es bei der Vorsichtsmaßnahme nicht um die Vermeidung seiner Flucht ging. Es ging um die Vermeidung von Gewalt. Denn inmitten dieses Schweigens hatte sich ein Geruch von Angst und Gefahr eingenistet.

Die Männer dünsteten Schweiß und unterdrückte Aggressivität aus. Keiner hatte die übliche Morgentoilette für nötig befunden. Lediglich Julias Blut, in dem sie sich bei ihrer Auseinandersetzung gewälzt hatten, war sorgfältig abgewaschen worden. Den Tatort hatte Sören inzwischen abgeschlossen, um nicht noch mehr Spuren zu vernichten. Nun teilten sich sieben Personen das vordere Bad. Nur Nadine hatte gegen Mittag ausgiebig geduscht. So ausgiebig, dass zu befürchten stand, sie würde die kompletten Wasservorräte der Swan verbrauchen. Als sie aus der Dusche kam, war ihre Haut krebsrot vom Schrubben. Den Rest des Tages ging sie immer wieder zum Waschbecken und wusch minutenlang ihre Hände.

Beim Abendessen versuchte Sören einen letzten Rest Normalität herzustellen. Schleppend fing er an zu reden, thematisierte Wind und Wetter und die bislang zu wenigen unter Motor zurückgelegten Seemeilen. Schließlich kam er etwas besser in Fluss, verfiel in einen belanglosen Plauderton, hörte nicht mehr auf zu reden, erzählte banale Segel-Anekdoten, bat um den Pfeffer, fragte höflich nach Getränkewünschen.

Er bekam nur einsilbige Antworten. Den anderen erschienen seine Konversationsversuche unter den gegebenen Umständen weniger als willkommene Ablenkung denn als Farce. Schließlich gab er erschöpft auf und verfiel ebenfalls wieder in dumpfes Schweigen. Marie half Britt beim Abräumen. Henning nahm eine Flasche spanischen Brandys aus dem Schrank und begann deutlich absichtsvoll, sich zu betrinken. Er bot niemandem an, mit zu trinken, hielt in der rechten Hand das Glas, in der linken die Flasche und schien beides nicht mehr hergeben zu wollen. Sören teilte die Nachtwachen ein und ließ Henning dabei kommentarlos außen vor. Henning würde in spätestens einer Stunde vollkommen betrunken sein und war damit am Ruderstand nicht zu gebrauchen. Britt bot an, für Henning einzuspringen. Sie hatte zwar keine Ahnung vom Segeln, traute sich aber zu, das unter Motor laufende Schiff auf Kurs zu halten. Mike, Marie und Sören nahmen dankbar an. Auch wenn jeder von ihnen überzeugt war, diese Nacht kein Auge zu tun zu können, verspürten sie doch eine große emotionale und körperliche Erschöpfung.

Während Britt das Abendessen zu Sven brachte, zog Nadine sich wortlos in ihre Kabine zurück. Henning trank stumm weiter. Sören legte sich hin, er hatte die letzte Wache übernommen. Mike ging an Deck, er war für die erste Wache eingeteilt. Unversehens blieb Marie mit Henning allein im Salon zurück. Als er den Blick hob und mit schon schwerer Zunge anhob, sie um Verzeihung zu bitten, stand sie abrupt auf und ging an Deck. Im Westen tauchte der letzte Rest des Sonnenballs glutrot in den Atlantik ein. Die Flammen am Horizont spiegelten sich im Meer, das Licht brach sich auf den sanften Wellen. Marie stellte sich neben Mike, der sich ebenfalls dem Sonnenuntergang zugewandt hatte und das fast kitschig schöne Naturschauspiel betrachtete. Nach einer Weile sagte er: „Es tut mir leid … Das mit Henning und dir. Ich wollte nicht …"

Hilflos brach er ab.

„Mir tut es auch leid. Julias Tod … Alles. Alles tut mir leid." Marie setzte sich mit Blick zum Sonnuntergang. In ihren Augen standen Tränen. Fasziniert bemerkte Mike, dass sich das Sonnenlicht auch in Maries Tränen brach. Sie glitzerten rötlich.

„Deine Mutter ist im Meer ertrunken?"

Mikes Frage kam spontan, ohne nachzudenken. Er wollte nicht über die Ereignisse des heutigen Tages sprechen, doch kaum hatte er seine Frage ausgesprochen, schien sie ihm als Ablenkung von Julias Tod wenig passend. Er setzte an, sich für seine mangelnde

Sensibilität zu entschuldigen, doch Marie unterbrach ihn mit einer kleinen Handbewegung.

„Ist schon okay." Sie wandte den Blick vom Horizont ab und senkte ihn wie ein Lot ins Wasser.

„Wir sind zu dritt rausgefahren. Von unserer Hallig, Kurs Helgoland. Mein Vater, meine Mutter und ich. Im Oktober. Ich war fast 16. Wir waren schon ziemlich weit draußen, als das Wetter umschlug. Der goldene Herbsttag wandelte sich in kürzester Zeit in einen heftigen Sturm. Meine Mutter wollte umkehren. Bernd hat sie ausgelacht. Er genoss das schwere Wetter. ‚Hast du Angst?', hat er mich gefragt. ‚Sollen wir umkehren wie feige Landratten?' Ich hatte keine Angst. Niemals hatte ich Angst, wenn ich mit Bernd im Boot saß. Also habe ich auch gelacht. Meine Mutter hat dann nichts mehr gesagt. Gegen meinen Vater und mich kam sie nicht an. Wir sind also weitergefahren. Bernd war an der Pinne, das Boot tanzte auf den Wellen wie ein Derwisch. Bernd schien großen Spaß daran zu haben, die Wellenkämme hinauf und hinab zu schießen. Doch der Sturm wurde immer stärker, bis Bernd schließlich das Kommando zum Segelreffen gab. Er schoss in den Wind. Meine Mutter stand auf, um die Segel zu reffen. Da kam eine heftige Böe, sie drehte das Heck unseres Bootes, nur ein kleines bisschen, dazu eine große Welle von steuerbord … Bernd versuchte, das Boot unter Kontrolle zu halten und sah nicht, wie Mama auf dem klatschnassen Deck ausrutschte. Sie verlor das Gleichgewicht, versuchte noch, nach dem Großbaum zu greifen oder nach einem Stück Segeltuch, nach irgendeinem Halt, doch da war nichts. Sie griff ins Leere. Ging über Bord. Das Ganze hat nur Sekunden gedauert, aber das Boot war nach vorne geschossen, weg von ihr. Ich habe geschrien, nur geschrien. Ich beugte mich über die Bordwand, wollte nach ihr greifen, doch ich konnte sie nicht erreichen … ich glaubte, sie zu sehen … Ihr Gesicht ganz bleich unter Wasser … Ihren panischen Blick … Die rudernden Hände … Ihre langen Haare, wie sie um den Kopf schwebten … Ich wollte hinterherspringen, doch Bernd riss mich zurück. Er ist sofort eine Q-Wende gefahren, aber der Himmel war von den Wolken verdunkelt. Dann noch eine Wende und noch eine und noch eine … Wir konnten sie nicht finden!"

Mike bemerkte, dass Marie mit aufgerissenen Augen ins Wasser starrte, als würde sie ihre Mutter darin suchen. Er bedauerte schon, Marie darauf angesprochen zu haben und legte beruhigend eine Hand auf ihren Unterarm, doch sie bemerkte es nicht.

„Bernd hat auch geschrien, wie ein angeschossenes Tier hat er gebrüllt. Dann ist er ins Wasser gesprungen und fing zu tauchen an. Ich wollte auch ins Wasser und nach ihr suchen, aber ich musste an Bord bleiben, einer musste doch an Bord bleiben!"

Marie sprach immer hastiger und brüchiger. Sie beugte den Oberkörper nach vorne, als wolle sie sich in die Tiefe stürzen. Die Tränen liefen ihr nun ungehemmt über die Wangen, doch sie glitzerten nicht mehr. Die Sonne war untergegangen, das Wasser um sie herum nun tief blauschwarz.

„Ich weiß nicht, wie oft er getaucht ist. Wie oft ich

gewendet habe und hin- und hergefahren bin. Und versucht habe, ihn nicht auch noch aus den Augen zu verlieren. Wenn er getaucht ist und weg war, habe ich geschrien. Die ganze Zeit. Aus Angst, dass ich ihn auch verliere. Dass ich ganz allein bin in dem Boot. In dem Sturm. Dann ist Bernd direkt neben dem Boot wieder aufgetaucht und hat mich angeschaut. Ich habe es in seinem Blick gesehen. Er wollte mich allein lassen. Wollte sich verabschieden und dann hinabsinken lassen zu ihr. Er wollte lieber bei ihr sein als bei mir. Ich habe ihn angefleht, geweint … Bin um ihn herumgefahren … bettelnd … Da hat er sich von mir an Bord ziehen lassen. Den Blick werde ich nie vergessen. Ich weiß nicht, wie wir es zurückgeschafft haben. Irgendwie. Dann war es vorbei. Alles war vorbei. Wir konnten nicht mehr miteinander reden. Wir konnten uns nicht mal mehr ansehen. Ich habe mir die Schuld gegeben. Weil ich gelacht hatte über Mutters Angst vor dem Sturm. Weil ich Bernd vertraut hatte wie einem Gott. Ich hatte geglaubt, dass niemals etwas passieren kann, wenn ich bei ihm bin. Als ich meine eigene Schuld nicht mehr ertragen konnte, habe ich ihm die Schuld gegeben. Ich fing an, ihn zu hassen, weil er mich gefragt hat, ob ich Angst hätte. Weil nicht er die Segel gerefft hat. Und er hat mich gehasst, weil ich ihn nicht zu ihr hinabgelassen habe. Weil ich ihn zum Leben zwang. Da bin ich weggegangen. Zu meinen Großeltern. Die haben mich dann aufs Internat geschickt. Den Namen Sund habe ich abgelegt. Seitdem heiße ich Brodersen. Wie meine Mutter."

Marie starrte immer noch ins Wasser. Sie zitterte am ganzen Leib.

„Seitdem hast du Angst vor dem offenen Meer, nicht wahr?“, fragte Mike leise.

„Wer keine Angst vor dem Meer hat, der kennt es nicht oder ist dumm.“

Mike hatte dem nichts entgegenzusetzen, also schwieg er.

Gemeinsam sahen sie zu, wie die Schatten der Nacht sich über die See senkten. Maries Zittern ebbte langsam ab, sie atmete wieder ruhiger. Nach einer kleinen Weile fragte sie ihn zaghaft, wie es ihm wegen Julia ging.

„Weiß nicht“, gab er zur Antwort. „Es ist alles ... extrem heftig, extrem scheußlich. Dass sie so sterben muss ... Es ist einfach unfassbar ... Ich begreife es nicht. Aber so was sagt man immer in solchen Fällen. Und es klingt nur sinnlos und hohl.“

Mike stand auf, entfernte sich ein paar Schritte und lehnte sich an die Reling, den Blick ziellos in die Weite gerichtet. Er wollte nicht weiterreden. Er wollte schon gar nicht, dass Marie in ihn hineinsehen konnte. Dass sie verstand, was mit ihm los war. Denn das zurzeit bei ihm vorherrschende Gefühl war Ekel vor sich selbst. Er trauerte nicht in dem Maße um Julia, wie er es für richtig hielt, der ganz große Schmerz wollte sich nicht einfinden. Er war geschockt und traurig, aber nicht verzweifelt oder am Boden zerstört. Seit einiger Zeit schon hatte er vermutet, dass Julia ihn mit einem der Wendelstein-Brüder betrog, er hatte nur nicht gewusst, ob sein Nebenbuhler Sören oder Henning war. Tim traute er bei aller Verantwortungslosigkeit eine solche Kumpel-Schweinerei nicht zu, den anderen beiden schon. Nur deswegen hatte er der Reise zugestimmt. Er hatte die Wahrheit herausfinden wollen. Bis vor wenigen Tagen war es lediglich ein diffuses Gefühl gewesen, da hatte er noch gehofft, dass er sich irrte. Doch als er in der ersten Nacht an Bord durch das belauschte Gespräch Gewissheit erlangte, hatte er sich innerlich von Julia verabschiedet. Jeder weitere Tag, an dem Julia seinen Gesprächsangeboten mit blöden Ausreden ausgewichen war, war eine zusätzliche Enttäuschung gewesen. Nun gab es keine Möglichkeit zur Aussprache mehr. Julia war tot. Ermordet. Ein paar Meter von ihm entfernt hing sie halb nackt in den Seilen an der Reling, eingewickelt wie ein Paket. Spätestens morgen würde die Leiche anfangen, sich zu zersetzen. Nein, Mike wusste wirklich nicht genau, wie er sich fühlte.

Marie verstand, dass Mike allein sein wollte. Sie ging unter Deck, auch wenn sie keinerlei Lust verspürte, Henning oder Nadine über den Weg zu laufen. Sie hatte halbwegs Glück. Nadine war in ihrer Kabine, lediglich Henning saß immer noch am Tisch und beschäftigte sich mit dem Leeren der Brandy-Flasche. Er hob nicht einmal den Kopf, als Marie den Salon durchquerte. Marie schloss ihre Kabinentür hinter sich ab und atmete erleichtert aus. Eine lautstarke Auseinandersetzung mit dem betrunkenen Henning hätte sie jetzt nicht auch noch ertragen. Drei, vier Tage bis zu den Kapverdischen Inseln, falls die Flaute anhielt, vielleicht fünf. Dann würde dieser Albtraum vorbei sein, und sie musste weder Henning noch Nadine jemals wiedersehen. Auch Marie wusste nicht genau, wie sie sich fühlte. Alles schien sich zu überlagern wie ein doppelt oder dreifach belichteter Film. Ihr Kopf schmerzte, als würde er sich weigern, die Eindrücke der letzten Stunden aufnehmen und verarbeiten zu wollen. Sie legte sich hin und versuchte ein wenig zu schlafen. Doch es war immer noch viel zu heiß, um Ruhe zu finden.

Der Fahrtwind strich zwar durch das geöffnete Bullauge herein, brachte aber kaum Abkühlung. Marie schwitzte und wälzte sich unruhig hin und her. Plötzlich überfiel sie die Sehnsucht nach ihrer Mutter so heftig wie schon seit Jahren nicht mehr. Wie gerne würde sie jetzt mit ihr reden, die vertraute, sanfte Stimme hören und ihr Parfüm riechen. Marie fühlte sich so abgrundtief einsam wie direkt nach ihrem Tod. Emotional hatte sie auch den Vater nach dem Unfall verloren, und bei den Großeltern fühlte sie sich so fremd wie im Internat. Henning war der erste und einzige Mensch, zu dem sie seit damals wirkliche Nähe aufgebaut hatte. Eine Nähe, die sie nun nicht mehr ertragen konnte. Sie versuchte, sich zu entspannen, so unmöglich ihr das auch schien. Doch während sie sich noch gegen den Ansturm der Bilder und Gedanken wehrte, fiel sie in einen tiefen Schlaf.

Unterdessen saß Henning vor der inzwischen fast vollständig geleerten Flasche und brütete düstere Gedanken aus. Der Alkohol entfaltete seine ganze brachiale

Wirkung in der Hitze unter Deck. Er wirkte wie eine Lupe, fand Henning. Mit anständig Promille im Blut konzentrierte man sich auf einen Gedanken oder ein Gefühl, und alles wurde groß und größer, bis die Ränder der Außenwelt verschwammen und schließlich verschwanden und sonst nichts mehr zu sehen war außer dem einen. Durch die Fokussierung konnte man in der einen und einzig wichtigen Sache Details erkennen und erspüren, die einem nüchtern völlig verborgen blieben. Man selbst wuchs auch, wurde groß und größer, bis man der Größte war. Blöderweise wurde man auch schwerer, das war beim Alk anders als beim Koks. Henning regte sich kurz auf, weil Sören seinen Stoff in den Ausguss gekippt hatte. Kurz kicherte er über die blöde Marie, die ihm tatsächlich die Story abgekauft hatte, es sei Tims Koks. Aber der Gedanke an Marie verschwamm schnell wieder an den Rändern seines Tunnelblicks. Er könnte jetzt verdammt gut eine Nase brauchen!

Henning füllte sein Glas auf und trank es leer und füllte es wieder auf. „Scheiß-Piss-Sören!“, rief er Richtung Kabine, dann wandte er sich mit vom Brandy befeuerter, emotionaler Inbrunst seinem Problem zu, das unter der Lupe lag, und steigerte sich in eine wohltuende Sentimentalität hinein: Es war sein Baby gewesen, auch wenn er es zuerst nicht hatte haben wollen, war es sein Baby gewesen, dessen Herz im Bauch der toten Julia zu schlagen aufgehört hatte. Natürlich litt er! Auch wenn ihm das keiner glaubte. Wieso hassten sie ihn eigentlich alle? Sören sowieso, und Mike auch.

Mike konnte es natürlich nicht ertragen, dass Julia lieber mit ihm, Henning, zusammen gewesen wäre. Und Nadine, diese Giftspritze, die hasste ihn schon lange, weil er ihr unverblümt gesteckt hatte, wie langweilig der Sex mit ihr war. Klinisch und künstlich. Sie achtete selbst beim Poppen darauf, nur Positionen einzunehmen, in denen sie vorteilhaft aussah. Blöde Bratze! Marie hasste ihn jetzt natürlich auch. Sogar sein eigener Vater hasste ihn!

Henning begann, verzweifelt zu kichern: Sollten sie ihn doch hassen! Ihm war das schnuppe. Er würde sein Ding durchziehen, das hatte er schon immer getan, und das würde er auch nicht ändern, bloß um sich bei den ganzen Weicheiern einzuschleimen wie sein rückgratloser Bruder Sören. Er würde ihnen allen die Rechnung für ihre Verachtung schon noch präsentieren, die würden sich noch wundern, verdammt wundern würden sie sich, und zwar alle, und beginnen würde er jetzt mit Sven.

Henning erhob sich schwerfällig, torkelte zur Kombüse und nahm ein Messer aus der Schublade. Er wollte Klarheit schaffen. Ihm lief das alles viel zu lasch ab. Was notwendig war, passierte nicht. Um ihn herum nur elende Gelähmtheit, abwägende Vorsicht und defensive Unentschiedenheit in der Meinung und der Handlungsweise. Warum machten sich alle immer ins Hemd, wenn es schwierig wurde? Sich auf ein „Vielleicht" und „Wer weiß" zurückzuziehen und alles andere den Behörden zu überlassen, die sie erst in drei bis fünf Tagen erreichen würden, das war mangelnde

Zivilcourage, das war Feigheit! Was gab es groß zu überlegen? Seiner Meinung nach lagen die Dinge mehr oder weniger klar auf der Hand. Sie mussten nur mal angepackt werden.

Henning nahm das Messer fest in seine rechte Faust und öffnete die Tür zu Svens Kabine. Sven saß auf dem Boden, hing in seinen Handfesseln, die ihn hinterrücks ans Stockbett fixierten und schlief, selbst in dieser unbequemen Haltung. Henning versetzte Svens Oberschenkel einen heftigen Tritt. Sven schreckte auf, blinzelte kurz verschlafen und sah Henning an.

„Was soll das?"

Dann bemerkte er das Messer in Hennings Hand. Schlagartig war er wach, spannte jeden Muskel an.

Henning fuchtelte betrunken mit dem Messer vor Svens Gesicht herum. „Warum hast du sie umgebracht? Sie hat dir nichts getan! Sag mir verdammt noch mal, was passiert ist!"

Sven begann, trotz der Bedrohung, zu lachen.

„Alter, du hast echt keinen Plan! So blöd wie du kann man gar nicht sein! Und jetzt leg das Messer weg, sonst tust du dir selbst noch weh, so hacke wie du bist!"

Henning beugte sich zu Sven hinab und schlug ihm mit dem Handrücken ins Gesicht. Svens Unterlippe platzte auf. Dennoch provozierte er weiter.

„Was hab ich mit dem ganzen Scheiß zu tun? Wieso denkt ihr, ich hab die Blondine gekillt? Vielleicht warst du es ja, Alter! Immerhin war die Ische von dir schwanger! Oder hab ich mich da verhört?"

„Sag … es … mir …!" Jedes Wort unterstrich Henning mit einem derben Schlag in Svens Gesicht. Er verspürte einen fantastischen Rausch der Überlegenheit.

Sven hörte auf, über die Attacke zu spotten. Er begriff, dass sein Gegenüber völlig außer Kontrolle war. Also schrie er um Hilfe, da er sich aufgrund seiner Fesseln nicht wehren konnte. Henning setzte das Messer an Svens Hauptschlagader. Sven wich zurück, so weit seine Fesselung das zuließ.

„Komm runter! Dreh jetzt nicht durch!" Die arrogante Selbstsicherheit war aus seinem Tonfall gewichen.

Henning erhöhte den Druck des Messers auf Svens Hals. Die dünne Haut riss, erste Blutstropfen quollen hervor. Plötzlich wurde Henning aus seiner gebückten Haltung hochgerissen.

Sören nahm seinen Bruder in den Schwitzkasten und schrie ihn an. „Kannst du nicht ein einziges Mal was richtig machen, Arschloch?"

Mike war durch Svens Hilferufe ebenfalls alarmiert herbeigeeilt. Da Henning das Messer nicht freiwillig losließ, drehte er es ihm gewaltsam aus der Hand. Henning trat um sich, tobte und fluchte und bäumte sich mit der Kraft eines Volltrunkenen auf. Doch Sören und Mike behielten die Oberhand, verfrachteten ihn in Sörens Kabine und schlossen ihn ein. Dort randalierte er noch eine Weile herum, dann wurde es still.

Inzwischen waren auch Nadine, Britt und Marie im Salon. Ratlos sahen sich alle an. Britt nahm Verbandsmaterial aus dem Erste-Hilfe-Kasten, ging zu Sven und versorgte stumm seine Halswunde.

„Florence Nightingale, wusste ich's doch", sagte

Nadine. „Von mir aus hätte Henning dem Killer ruhig die Kehle durchschneiden können. Dann würde ich besser schlafen."

„Halt die Klappe! Haltet bitte einfach alle die Klappe!" Sören schrie so laut, dass seine Stimme kippte. Er schien am Rande seiner Kräfte.

Britt ignorierte Nadine und schloss die Tür zu Svens Kabine. Mike ging wieder an Deck, Nadine zog sich beleidigt in ihre Kabine zurück. Sören ließ sich auf den Stuhl am Kartentisch fallen und probierte zum wiederholten Male die komplette Kommunikationstechnik durch. Schließlich konzentrierte er sich auf den Funk. Natürlich bekam er keine Verbindung, nicht mal ein Knacken in der Leitung war zu hören. Er wusste, wie absolut sinnlos es war, dennoch versuchte er es unter einem abstrusen Zwang wieder und wieder und sprach statt in den fehlenden Hörer ins Nichts.

„Mayday … mayday … mayday …"

Marie sah ihm zu. Es war ein erschreckendes Bild, ganz so, als würde nun auch noch Sören den Verstand verlieren. Mit immer brüchiger werdender Stimme wiederholte er unaufhaltsam den internationalen Seenotruf.

„Mayday … mayday … mayday …"

Marie ertrug die gespenstische Situation nicht länger. Sie ging zu ihm hin und legte sanft ihre Hand auf seine Schulter.

„Hör auf, Sören, hör auf damit. Bitte."

Sören gehorchte wie in Trance. Er legte seine Hände vor sich auf dem Tisch ab und starrte sie verwundert an, als wären es fremde Wesen, die er noch nie zu Gesicht bekommen hatte.

„Du hast recht. Es hat keinen Zweck. Die Leitungen sind tot. Alles tot …“

„Geh ins Bett. Du musst dich ausruhen.“

Sören schüttelte den Kopf.

„Ich hab keine Lust, neben dem besoffenen Henning zu liegen.“

„Dann nimm Mikes Kabine, bis du ihn ablöst. Er hat bestimmt nichts dagegen.“

Sören nickte. Er erhob sich kraftlos, ging zu Mikes Heckkabine und schloss die Tür hinter sich. Es kehrte wieder Ruhe an Bord ein. Hennings Schnarchen war leise zu hören. Der Motor der Dorada tuckerte friedlich vor sich hin. Marie schaute den Niedergang hoch. Durch die offene Luke sah sie ein paar Sterne am Himmel. Sie funkelten kalt und gleichgültig.

Armin konnte nicht schlafen. Dabei war er der Meinung, dass ausreichender Schlaf die beste, wenn nicht unabdingbare Voraussetzung zum Erfolg sei. In den letzten Jahren musste er nachts häufiger aufstehen, um Wasser zu lassen. Deswegen ging er inzwischen noch früher ins Bett und schlief nach einer kurzen Lektüre meist problemlos ein.

Diese Nacht war es ihm nicht gelungen. Quälende Grübeleien hielten ihn wach. Norma hatte gestern gesagt, sie würde sich sehr um ihren Sohn sorgen, wenn er so plötzlich verschwände. Armin war spontan verblüfft gewesen. Von allein wäre er niemals auf diesen Gedanken verfallen. Seit Tim im Alter von vier Jahren auf Mallorca einen Sturz in den leeren Swimmingpool eines Freundes unbeschadet überlebt hatte, hatte Armin sich keine existenziellen Sorgen mehr um ihn gemacht. Er wies Norma auf die unzuverlässige Art seines Jüngsten hin, um sich für sein Versäumnis zu entschuldigen. Norma hatte nur mit den Schultern gezuckt, „trotzdem" gesagt, war mit dem Staubsauger quasi unter das Sofa gekrochen und damit nicht mehr ansprechbar gewesen. Aber auch wenn Normas moralische Intervention eine scheinbar beiläufige war, bohrte in Armin seitdem ein kleiner Zweifel an seiner Theorie, Tim würde auf Sylt, Goa, Ibiza oder sonst wo Party machen. Er war ein wenig genervt von seiner Empfänglichkeit für Normas salopp dahin geworfene Bemerkungen. Aus unerfindlichen Gründen maß er ihnen mehr Bedeutung zu, als er es für vernünftig hielt. Also stand er nach dieser elend schlaflosen Nacht auf und suchte im Internet die Telefonnummer von Doktor Reinhard Mackenroth heraus, einem renommierten Berliner Juristen und zudem Vater von Robert Mackenroth, Tims bestem Freund. Wenn einer etwas über Tims Verbleib wusste, dann Robert, genannt Macke. Es war zwar erst kurz vor sieben Uhr am Morgen, doch Armin verschwendete keinen Gedanken daran, dass er um diese Uhrzeit stören könnte.

Nach einem von Doktor Mackenroth entsprechend knapp gehaltenen Telefonat wusste Armin, dass der Herr Doktor von seinem Zögling ebenso enttäuscht war wie er von dem seinigen. Zwar hatten sie ein, zwei formelhaft lobende Bemerkungen über ihre kreativen Sprösslinge an der Filmhochschule ausgetauscht, doch Armin hatte sehr deutlich Mackenroths Unterton gehört, der die Berliner Boheme, den bevorzugten Tummelplatz ihrer beider Söhne, in eine Randgruppe der Gesellschaft verwies, quasi als schmuddeliges, konturloses und zudem vollkommen sinnfreies Ornament. Auch wenn Herr Doktor Mackenroth ihm sozusagen zwischen den Zeilen aus der Seele sprach, hatte Armin zurzeit keine Verwendung für derlei elterliche Allianzen. Wichtig war nur, dass er nun im Besitz von Roberts Handynummer war. Der meldete sich verärgert, nachdem Armin ihn mit mehrfachen Anrufen terrorisierte.

„Was soll der Scheiß? Es ist mitten in der Nacht!"

„Früher Vogel fängt den Wurm. Wenn Ihnen die Würmer egal sind, warum schalten Sie Ihr Handy nicht einfach ab? Im Übrigen scheint die Sonne schon seit Stunden. Ich bin Armin Wendelstein. Spreche ich mit Robert Mackenroth?"

„Oh … Äh ja, hallo, Herr Wendelstein, hier Robert. Is' was mit Tim?"

„Das würde ich gerne von Ihnen wissen. Haben Sie eine Ahnung, wo er sich befindet?"

„Der schippert mit seinen Brüdern und Britt in die Karibik."

„Eben nicht. Uns hat er eine Nachricht geschickt, dass er mit einer Band namens Panther Pearls auf Tour ist, um einen Film zu drehen."

„Echt? Mit den Panther Pearls? Wie cool ist das denn? Obwohl …"

Armin hörte förmlich, wie es in Roberts verschlafenen Gehirnzellen arbeitete. Er wollte nichts Falsches sagen, seinen Freund nicht in irgendeine Scheiße reiten. Also hielt er sich bedeckt.

„Klar … wenn Tim das sagt …"

„Davon wissen Sie aber nichts?"

„Nicht direkt. Aber kann schon sein …"

„Jetzt reden Sie keinen Blödsinn! Ich habe beim Management dieser Band nachgefragt, die behaupten, noch nie von ihm gehört zu haben!"

Robert knickte ein.

„Also, mir wäre das auch neu. Das mit den Pearls."

„Wann haben Sie Tim das letzte Mal gesehen? Oder von ihm gehört?"

„Am Abend, bevor er nach Gran Canaria fliegen wollte. Wir haben uns in einer Kneipe das Hertha-Spiel angesehen und dann noch ein paar Biere getrunken. Tim ist gegen halb zwei abgedampft. Wollte früh ins Bett, damit er den Flieger nicht verpennt."

„Halb zwei nennen Sie früh?" Armin Wendelstein war selbst überrascht über seine spontane Abschweifung, aber die Lebenseinstellung dieser Jugend verblüffte und verärgerte ihn immer wieder aufs Neue.

„Herr Wendelstein, was ist denn nun mit Tim?" Roberts Stimme klang verwirrt.

„Das will ich herausfinden. Er ist weder auf dem Schiff bei seinen Brüdern noch mit dieser Chaoten-Band auf Tour. Also muss er sonst wo sein."

„Das hätte er mir gesagt! Ich bin sein bester Freund!"

„Genau das macht mir Sorgen."

„Jetzt werden Sie mal nicht persönlich!"

Himmel, dachte Armin Wendelstein, wie blöd kann man sein? Doch er ging nicht auf das Missverständnis ein.

„Ihr Vater sagte, Sie sind in Magdeburg bei Ihrer Schwester?"

„Ja, die hat gestern geworfen. Ich bin Onkel geworden. Und da unser werter Herr Vater keine Zeit hat, seinen ersten Enkel zu begrüßen und seine Tochter zu beglückwünschen, weil er vor Gericht einen Scheiß-Bonzen von seinem Kack-Steuerbetrug entlasten muss, bin ich hier."

Armin Wendelstein mutmaßte, dass Robert am Tourette-Syndrom litt, doch er ließ es dabei bewenden und kommentierte die Fäkalausdrücke nicht.

„Soweit ich weiß, haben Sie einen Schlüssel zu Tims

Berliner Wohnung. Ich erwarte Sie dort in vier Stunden. Schaffen Sie das?“

„Äh …“

Armin Wendelstein legte auf, noch bevor Robert irgendwelche Einwände äußern konnte. Er duschte sich eilig, zog sich an, packte die Notwendigkeiten für ein bis zwei Übernachtungen in einen kleinen Koffer und bestieg seinen Mercedes.

Zu seinem Ärger traf Robert erst eine knappe halbe Stunde nach ihm in Berlin Mitte vor Tims Wohnung ein. Es regnete Hunde und Katzen. Armin hatte im Wagen gewartet und extrem schlechte Laune. Auf der knappen Distanz von seinem Parkplatz bis hin zur Haustür war er gründlich nass geworden, das Wasser lief ihm hinten in den Kragen seines Sakkos und am Rücken herunter. Er hasste dieses klamme Gefühl. Und er hasste es, hier zu sein statt in seiner Firma, wo es weiß Gott wichtigere Dinge zu tun gab, als seinem nutzlosesten Sohn hinterherzuschnüffeln. Denn Armin erwartete trotz der von Norma implantierten Sorge immer noch, dass er hier in Berlin kein echtes Problem vorfinden würde, sondern nur das übliche Ärgernis.

„Musste noch nach Hause fahren, den Schlüssel holen.“ Robert wirkte trotz seiner mehrstündigen Anreise aus Magdeburg immer noch verschlafen. Seine halblangen, braunen Haare waren ungekämmt, Ohren und Oberlippe von Metallringen durchbohrt, die Hose hing knapp über Anushöhe. Erleichtert nahm Armin zur Kenntnis, dass ihm durch karierte Boxershorts wenigstens der Blick auf Roberts Poritzenverlauf verwehrt wurde. Nun konnte er Herrn Doktor Mackenroth noch besser verstehen.

Zusammen gingen sie zum Hinterhaus und stiegen in Bohnerwachs-geschwängerter Luft über knarzende, mit weinroten Sisalmatten bedeckte Holztreppen in den dritten Stock auf.

Armin war noch nie in der Berliner Wohnung seines jüngsten Sohnes gewesen. Er wusste nicht genau, was er erwartet hatte. Schmutziges Geschirr in der Spüle vermutlich. Pizzakartons in der Ecke. Leere Bier- und Weinflaschen. Vielleicht Werbeplakate mit sexuellen Motiven. Nichts dergleichen. Die loftartige Wohnung war karg, aber stilvoll eingerichtet und geradezu penibel aufgeräumt. In der Küche kein Müll in der Mülltüte, kein benutztes Geschirr, weder im Waschbecken noch in der Spülmaschine. Im Schlafzimmer auf dem Bett stand ein Koffer. Der Koffer war geöffnet und mit Kleidung, Schuhen und Kosmetik angefüllt. Ganz oben lag ein Buch über die Karibik. Der fein säuberlich gepackte Inhalt wies eindeutig auf den geplanten Segelurlaub hin.

Das Bett schien unbenutzt.

„Tim wollte also tatsächlich nach Gran Canaria fliegen … Zumindest sieht sein Koffer so aus …“, murmelte Armin.

„Genau das hat er mir erzählt. Er hat sich richtig drauf gefreut,“ stimmte Macke zu. „Sein Flieger ging morgens schon verdammt früh.“

„Er hat ihn aber nicht bestiegen, das habe ich recherchiert.“

„Wieso sollte sich Tim das mitten in der Nacht anders überlegen? So ganz plötzlich, nachdem wir uns getrennt haben? Gab doch null Anlass für so'n Rückzieher."

„Und warum sollte er seinen Brüdern diese bescheuerte SMS wegen dieser Band schicken?" Armins Stimme schwankte zwischen Verärgerung und Unruhe.

Robert nickte besorgt.

„Wenn Sie mich fragen … Da sag ich nur: Scheiße, da stimmt was nicht!"

Armin konnte nicht anders, er musste dem nutzlosen Robert recht geben. Hier stimmte etwas ganz und gar nicht.

Sturm

Einige Stunden, bevor Armin Wendelstein seiner durch Norma angefachten Sorge um Tim nachging und nach Berlin fuhr, war auf dem Atlantik noch tiefe, blauschwarze Nacht. Die Reflexionen der Positionslichter glitzerten auf dem schwarzen Wasser. Noch waren die Sichel des Mondes und ein paar wenige Sterne zu sehen, doch der Himmel zog sich immer mehr zu.

Henning saß im Halbschlaf am Ruder, hatte das Steuerrad mit einem Tampen an einer Winsch festgezurrt, um den Kurs zu halten, da der Autopilot seit der Sabotage des Stromnetzes nicht mehr funktionierte. Die Maschine lief ruhig ihre Umdrehungen, die Dorada machte etwa zehn Knoten. Vor der Nachtwache hatten sie gemeinsam die bislang gerefften Segel gehisst, damit Henning, falls etwas Wind aufkam, Fahrt machen konnte. Doch noch hingen sie schlaff am Rigg. Eine lange, kaum wahrnehmbare Dünung kam aus Nordost. Nur der sanfte Fahrtwind strich über das Deck und pendelte das Großsegel sacht nach Lee.

Sören kam nach oben, um nach dem Rechten zu sehen.

„Was soll'n der Scheiß?" Er wies auf den Tampen am Steuerrad.

„Haben wir 'ne Windsteueranlage oder einen strombetriebenen Autopiloten an Bord? Na? Strombetrieben, genau! Und haben wir Strom?"

„Dann mach wenigstens einen anständigen Knoten! Damit würdest du durch jede Segelprüfung rasseln."

„Hauptsache, es hält“, gab Henning müde zur Antwort.

Normalerweise würde er auf Vorhaltungen dieser Art gereizt reagieren, doch im Moment hatte er keine Lust zu streiten.

„Du checkst den Kurs hoffentlich regelmäßig?“ Sören gab keine Ruhe.

„Über den Kompass. Alle 60 Minuten. Mit Vermerk in der Seekarte. Außerdem selbstredend Kontrolle über das netzunabhängige GPS des Handys. Das wird allerdings nicht mehr lange funktionieren, der Akku kackt bald ab. Und aufladen ist ja nicht ohne Strom. Was dann?“

„Dann übernimmt Mike. Oder ich.“

„Super, dass dann ein Profi ans Ruder kommt“, gab Henning nun doch genervt zurück. „Oberskipper wie ihr, die brauchen zum Navigieren nichts als den Schwanz in der Hand.“

Sören gab keine Antwort. Er lehnte ein paar Minuten stumm an der Reling, sah über das Meer und schließlich zum Schiffsbug. Inzwischen wehte ein unangenehmer Verwesungsgeruch von dort über das Schiff. „Heck wäre besser gewesen“, murmelte er.

Henning wusste sofort, was er meinte.

„Frag mal die Mädels. Zu nah am Niedergang, am Ruder, am Tisch, an uns, an allem.“

Sören stieß sich von der Reling ab und ging Richtung Niedergang.

„Ich versuch noch ’ne Runde zu schlafen. Du kannst ja ein paar Knoten üben, wenn dir langweilig wird.“

Bis auf Henning waren nun alle unter Deck in ihren heißen und stickigen Kabinen und versuchten auszuruhen, so weit das unter diesen angespannten Bedingungen möglich war. Mike starrte gequält in die Dunkelheit, schlief immer wieder oberflächlich ein und fuhr kurz darauf schweißgebadet hoch. Nadine und Britt stellten sich beide schlafend, um sich nicht miteinander unterhalten zu müssen. Sven versuchte angestrengt, wach zu bleiben und möglichst geräuschlos seine Fesseln Millimeter um Millimeter zu lockern. Er wusste zwar nicht genau, was er tun wollte, wenn er frei war. Schließlich waren die anderen in der Überzahl, und weg konnte er auch nicht. Doch sein derzeitiger Zustand ging ihm immens gegen den Strich.

Auch Marie konnte kaum ein Auge zutun. Sie lag in ihrer Koje und wälzte sich unruhig hin und her. Innerhalb der letzten 24 Stunden war ihr bisheriges Leben komplett zusammengebrochen. Ihre Liebe zu Henning lag in Trümmern, ihre Freundschaft zu Nadine ebenso – die einzigen beiden Menschen, deren Nähe sie in den letzten Jahren zugelassen hatte. Dennoch stellte sich zu ihrer Verwunderung kein Gefühl plötzlicher Einsamkeit ein. Sie machte sich stattdessen Vorwürfe, dass sie fast so etwas wie Erleichterung über die Ereignisse empfand, die der gewaltsame Tod von Julia nach sich gezogen hatte. In die geplante Verlobung mit Henning hatte sie zwar indirekt eingewilligt, doch nun wusste sie, dass die falschen Gründe dafür ausschlaggebend gewesen waren: Anpassung an das übliche Prozedere, Anpassung an die Wünsche Hennings und seines übermächtigen Vaters Armin, ebenso wie an die spießigen Vorstellungen ihrer Großeltern, die eine Einheirat Maries in die Familie der Wendelsteins mehr als begrüßen würden. Sie selbst hatte überhaupt nicht nachgedacht, nicht in sich hineingehorcht, sondern nur getan, was man von ihr erwartete. Auch das Scheitern ihrer Freundschaft zu Nadine bedauerte sie kaum. Schon viel zu lange war offensichtlich, wie wenig sie gemeinsam hatten und mit welch dürftigen Banden diese Verbindung geknüpft war. Marie beschloss, endlich damit aufzuhören, ein ganz normales, bürgerliches Leben zu führen, nur weil sie unter keinen Umständen wie ihr Vater werden wollte. Was sie bei ihrem Vater bisher als freien Fall in grenzenlosen Egoismus unter Verzicht auf jegliche soziale Bindungen verunglimpft hatte – und zwar exakt im Tonfall ihrer Großeltern, die den Schwiegersohn hassten – konnte sie nun umdefinieren als Unabhängigkeit, die als einziges Positionslicht den eigenen Willen akzeptierte. Marie hörte Sören in der Kabine nebenan schnarchen. Wie absurd ihr plötzlich der Gedanke erschien, ein Mitglied der Familie Wendelstein sein zu wollen! Vier Männer, die in mehr oder weniger unterschwelligem Groll mit- und gegeneinander lebten und ihren Gefühlen mit Zynismus auswichen. Zum ersten Mal seit Jahren spürte Marie sich selbst, fühlte sich autark und wusste zumindest, was sie nicht wollte. Es war wie eine Erlösung.

Der innere Aufruhr, der die Passagiere unter Deck mehr oder weniger wach hielt, fand am Morgen gegen fünf Uhr in der Natur seine äußere Entsprechung. Von

Henning in der lichtlosen Nacht unbemerkt hatten sich dicke Wolkenhaufen aufgetürmt und den Blick auf das Firmament verhangen. Kein Stern mehr war am Himmel zu sehen.

Als leichter Wind aufkam, erwachte Henning aus seinem Dämmerschlaf. Er streckte sich müde, sah zum leise flatternden Großsegel. Wenn sie heute gute Fahrt machten, konnten sie in wenigen Tagen auf den Kapverdischen Inseln sein, und der Spuk hätte endlich sein Ende. Sein Blick fiel vom Großsegel auf die festgezurrte Plane am Bug. Man konnte Julias Leiche nicht sehen. Aber man konnte sie immer deutlicher riechen. Wenn die Sonne heute im Zenit stand und auf die Dorada herunterbrannte, würde der Geruch bald unerträglich sein. Abrupt wandte Henning sich ab, ging nach unten, um sich einen Kaffee zu kochen. Unter Deck herrschte gespenstische Stille. Leise hantierte er in der Kombüse am Gaskocher. Er hoffte, dass die anderen fest schliefen. Sie gingen ihm allesamt auf die Nerven. Sören mit seiner arroganten Skipper-Attitüde, Marie mit ihrer moralinsauren Miene, Mike mit seinem billigen Naturburschencharme. Nadine mit ihrem Gezeter und Britt mit der aufgesetzten Mädchenhaftigkeit waren keinen Deut besser. Bis das Wasser kochte, zog er sich ins Badezimmer zurück und blätterte, während er auf der Toilette saß, in einer Hochglanzgazette für exklusive Männermode. Kurz glaubte er, ein leises Tappen von Füßen im Salon zu hören, doch als er aus dem Bad trat, war niemand zu sehen. In aller Ruhe brühte er seinen Kaffee auf, genoss die Stille und den Duft, der die Kombüse durchzog. Von draußen hörte er ein Klatschen auf dem Wasser. Sicher waren wieder Delfine unterwegs, die das Boot neugierig ein Stück begleiteten.

Zurück an Deck lehnte er sich mit dem Unterarm auf den Relingdraht, schlürfte in der Dunkelheit seinen Kaffee und sinnierte darüber, wie anders die Fahrt hätte verlaufen sollen. Nicht nur für Julia, sondern auch und vor allem für ihn. Das mit Julia war tragisch und hatte seine Pläne vollkommen durcheinandergebracht, doch noch sah Henning einige Möglichkeiten, alles wieder in eine ihm genehme Richtung zu lenken. Dabei betrachtete er die Versöhnung mit Marie als sein geringstes Problem.

Plötzlich ging alles blitzschnell. Das Rigg begann zu fauchen, durch die Seereling ging ein leichtes Vibrieren, das Henning in seinem Arm spüren konnte. Überrascht drehte er den Kopf, sah in den Himmel und hinaus aufs schwarze Meer. Doch es war nichts zu sehen, nur die monochrome Düsternis der nächtlichen See. Der Wind war schnell aufgekommen, und nun fiel die erste starke Böe in die Segel – für Henning völlig unerwartet, da er kaum auf die bereits stärkere Krängung und die höhere Geschwindigkeit geachtet hatte. Ein Adrenalinstoß pumpte durch seinen Körper, auf einen Schlag war er hellwach. Auch wenn schnell aufkommende Winde in der Nacht schwieriger vorauszuahnen sind, er hätte es spüren müssen. Der unerfahrene Segler erkennt die ersten Anzeichen nicht, denn die Nacht lullt den Novizen ein, macht ihn blind. Doch er war kein Anfänger, auch wenn Sören ihn so behandelte. Henning fluchte leise. Der Druck in den Segeln hatte längst zugenommen, die See war aufgewühlt. Als die erste große Welle die Dorada erwischte, brach es schlagartig auf Henning hernieder. Die Yacht legte sich jäh auf die Seite, Reling und Schanzkleid rauschten schon durchs Salzwasser. Henning verlor seinen Halt, sein Kaffeebecher knallte aufs Deck. Instinktiv griff er an die Cockpitschanz und die Winsch – die nächsten festen Teile an Bord, die ihm Halt boten. Mit beiden Händen krallte er sich fest, ging in die Hocke, um nicht weiter gegen die Reling gepresst zu werden und womöglich über Bord zu gehen.

Unter Deck waren dumpfes Gepolter und das Geklirre herunterfallenden Geschirrs zu hören. Aus Nadines Kabine kamen erschreckte Schreie, die Tür der vorderen Nasszelle klappte auf und krachte gegen die Salonvertäfelung. Marie stieß mit Sören zusammen, der ebenso eilig wie sie aus seiner Kabine gestürzt kam. Auf den festgeschraubten Tisch und an die Wände gestützt hangelten sie sich vor Richtung Niedergang. Auch Britt kam aus der Kabine, die Tür schlug hinter ihr wieder fest ins Schloss.

„Was ist los?“

Sören und Marie gaben keine Antwort, sie waren zu sehr damit beschäftigt, sich schnellstmöglich ihren Weg durchs Chaos zu bahnen. Bücher flogen durch die Gegend, nicht weggeräumte Tassen fielen vom Tisch, der Stapel mit den Seekarten lag verstreut auf den Bodendielen neben der Navi-Ecke.

Schon im Niedergang schrie Sören, der sofort wusste, dass der Wind rapide aufgefrischt hatte, nach oben.

„Geh in den Wind, du Idiot!"

„Der hört dich nicht!", rief Marie, während sie große Mühe hatte, die Folgen einer erneuten Böe auszubalancieren.

Das Schiff krängte nun noch mehr und nahm deutlich Fahrt auf. Marie und Sören hangelten sich hintereinander den Niedergang hoch.

Als wüsste sie es nicht besser, schrie nun auch Marie.

„Steuer das Schiff mit dem Bug in den Wind!"

Auch ihr Rufen wurde vom Wind zerfetzt. Als sie endlich an Deck waren, sahen sie, dass Henning sich krampfhaft an Reling und Winsch festklammerte und sich aus der extremen Schräglage noch nicht zum Steuerrad hatte vorkämpfen können.

Wasser strömte übers Deck. Das Schiff wurde immer schneller, der Wind nahm weiter zu, das Heulen aus dem Rigg verstärkte sich … dann ließ der Wind kurz nach, das Schiff richtete sich in Lee einer Welle machtvoll auf. Sören und Henning erreichten gleichzeitig das Steuerruder. Der Motor lief nicht mehr, Henning bemerkte im Augenwinkel, dass der Knopf allerdings immer noch auf ‚on' stand. Er schaltete ab und versuchte dann Sören zu helfen, der hektisch an dem Knoten herumfummelte, mit dem Henning das Ruder festgesetzt hatte.

„Was für ein verdammter …!", fluchte Sören lautstark. „Ich hab dir schon zig Mal gesagt, du sollst so einen Mist nicht machen! Und dann noch dieser Scheißknoten!"

Der nicht seemännisch geschlagene Knoten saß fest

und zog sich immer weiter zu. Die nächste Böe war noch stärker als vorher, das Schiff luvte ohne Zutun erneut an.

„Was macht ihr?“, schrie Mike gegen den Wind an.

Er hievte sich den Niedergang hoch, dicht gefolgt von Britt, die panisch nach oben blickte.

„Bleib gefälligst unten oder nimm dir einen Lifebelt!“, herrschte Mike sie an.

Britt nickte erschrocken, blieb im einigermaßen windgeschützten Niedergang stehen und krallte sich fest. „Kentern wir?“, schrie sie angstvoll.

„Wird man sehen.“ Mike schnallte sich seinen Lifebelt um, den er in der freien Hand hielt, während er sich auf der obersten Treppenstufe mit Füßen und Schultern im Niedergang einklemmte, um nicht das Gleichgewicht zu verlieren. Beruhigt sah er, dass Marie und Sören ihre Lifebelts schon trugen. Glücklicherweise hatten sie schon lange vor dem Sturm Sorgleinen gespannt.

„Das Ruder ist blockiert, sie können nicht steuern!“, rief Marie zu Mike hinüber. Sie hatte sich in eine Sorgleine eingepickt und war unterwegs zur Großschotwinsch. Mike verstand und folgte ihr.

Während Sören und Henning weiterhin verzweifelt versuchten, den Knoten zu lösen, krängte die Dorada inzwischen dermaßen, dass sie zu kentern drohte. Sören verließ das Steuerrad, rannte, so schnell es die Schräglage des Schiffes zuließ, zum Niedergang, schubste Britt dort so unsanft beiseite, dass sie aufschreiend die Stufen herunter- polterte, und tauchte unter Deck ab. Es ging um Leben und Tod, und es blieben nur wenige Sekunden. Marie und Mike kamen an der Winsch an und ließen die Großschot kontrolliert ausrauschen. Das Schiff richtete sich auf. Fast gleichzeitig langte Sören wieder an Deck an, hastete mit großen Schritten über den nassen Boden, rutschte aus, fiel hin, rappelte sich hoch, hangelte sich laut fluchend zum Steuerrad und durchtrennte mit einem Messer den Tampen. Das Ruder sauste herum.

„Halt' das Schiff gefälligst hoch am Wind, du Idiot! Weißt du, was das heißt, oder muss ich dir das auch noch erklären?" Sörens Wut auf Henning war nicht mehr zu bremsen.

Der Wind heulte und tobte weiter, und auch wenn das Schiff jetzt wieder zu steuern war, bestand noch immer Gefahr, die Kontrolle zu verlieren. Als die Dorada die enormen Wellen hoch und runter schoss, sich krachend in die Wellentäler senkte, schlug das Großsegel wie wild, weil Wellen und Druck dem Wind plötzlich die Kraft nahmen, nur um ihn Sekunden später wieder mit brutaler Kraft durch die Takelage peitschen zu lassen.

Die Wände aus Wasser ringsum wuchsen immer höher an. Hatte die Dorada im Hafen von Gran Canaria noch wie ein sicheres Bollwerk gewirkt, das allen Wetterbedingungen trotzen konnte, so war sie jetzt nur noch wehrloser Spielball in der Wucht des Ozeans. Henning wandte all seine Kraft auf, das Ruder zu halten, Sören half ihm dabei.

„Wir müssen das Großsegel eindrehen!", rief Marie gegen den brüllenden Wind zu Mike.

Das Schiff schob sich die Wellen hoch, Wellen, die genauso plötzlich gekommen waren wie der Wind. Es schien, als ob sie von Minute zu Minute höher wurden. Das Wasser tobte über Deck, goss sich den Niedergang hinab. Alle an Deck waren bis auf die Haut durchnässt. In dem Lärm von Wind, Wasser und schreiendem Rigg war die Verständigung kaum möglich. Sören hangelte sich zu Marie und Mike vor.

„Das Großsegel nicht ganz einholen! Ich brauch noch was, um Fahrt zu machen. Wir reffen!"

„Das sind locker acht Windstärken, mit Drückern deutlich darüber!", schrie Mike durch den ohrenbetäubenden Höllenspektakel.

„Wir reffen auf ein Drittel, das geht schon!" Sören wollte keinen Widerspruch hören.

Mike wandte sich an Marie, er wollte keine Zeit mit fruchtlosen Diskussionen verschwenden.

„Du reffst ein, aber drück den Outhaul-Knopf vorsichtig, alles kontrolliert, denk dran, dass du die Zugkraft nicht spürst … lieber mehr Lose … Ich mache die Großschot. Alles klar?"

Sören schrie zu Henning.

„Du bleibst hoch am Wind! Auf keinen Fall durch den Wind gehen!"

Henning zeigte den Daumen nach oben und legte sich weiter ins Ruder.

Marie kniete sich auf Mikes Zeichen vor die Knöpfe der Reffeinrichtung und gab Lose auf das Schothorn. Das Großsegel fing an zu flattern, der Baum begann zu schlagen. Mike holte die Lose aus der Großschot.

Vorsichtig drückte Marie den Knopf der Reffanlage. Das Großsegel wurde langsam Stück für Stück in den Mast gezogen. Sören ging es nicht schnell genug, die Wellen waren inzwischen knapp fünf Meter hoch. Er drängte Marie beiseite, übernahm ihre Position, gab jedoch dem Schothorn nicht genug Spiel. Das Schiff holte über, Marie stolperte und ging zu Boden, wobei sie sich die Stirn aufschlug. Nur ihre Sicherungsleine rettete sie davor, über Bord zu rutschen. Mike hätte ihr gerne geholfen, doch Marie war ein Segelprofi. Sie wusste, dass in solch einer Situation jeder auf sich selbst Acht geben musste. Sören suchte mit der freien Hand nach Halt und blieb dabei mit dem Finger einen Augenblick zu lange auf dem Reffknopf. Mit einem lauten, trockenen Geräusch riss das Großsegel im Unterliek ein, der Wind erledigte den Rest, das Tuch riss von unten nach oben mittendurch. Der noch nicht eingereffte Teil des Segels fing an zu schlagen und stimmte laut in das Konzert der tosenden Geräusche mit ein. Das hintere Ende des Tuches wurde vom Wind nach Lee gedrückt und hing, nur noch vom Unterliekstrecker gehalten, über der Seereling im Wasser. Sören schrie alle Flüche, die er im Laufe seines Lebens gehört hatte, aus sich heraus, teils über den entstandenen Materialschaden entsetzt, teils über seine eigene Schuld daran verärgert. Um Hennings bislang sehr angespannte Mundwinkel spielte ein kleines gehässiges Lächeln.

Mit Maries Hilfe zog Mike den Rest des über Bord hängenden Segels zurück an Deck, schraubte den Schäkel des Unterliekstreckers los und warf die Segelreste den Niedergang hinunter.

„Ohne Druck aufs Schothorn kriegen wir das nicht mehr gerefft“, rief er zu Sören.

Marie schüttelte den Kopf und rief lautstark gegen den Wind an: „Das gibt nur ’ne Wurst und blockiert, und dann kriegen wir den Rest gar nicht mehr rein oder raus! Ich könnte versuchen, das lose Tuch mit dem Spifall einzufangen und am Mast zu fixieren.“ Sie blickte fragend zu Mike, womit endgültig klar war, wem sie hier die größte Segelkompetenz zutraute.

„Was?“, schrie Sören. Er stand nur zwei Meter von den beiden entfernt, konnte jedoch kein Wort verstehen.

„Gute Idee“, rief Mike zu Marie. „Aber ich mache das. Du gibst mir Lose auf das Spifall, ich geh nach vorne, pick das aus und wickele es um den Mast. Wird ein bisschen vertrackt mit den Salingen, aber das klappt schon. Danach setzen wir das Vorsegel klein, und dann läuft sicher alles wieder …“

Mike grinste Marie an, obwohl der Wind um sie immer noch brüllte und die Dorada in den meterhohen Wellen herumwarf wie eine kleine Nussschale. Doch er sah, dass Marie keine Angst hatte, sondern klar und entschlossen die Situation beurteilte. Sören blickte immer noch fragend zu den beiden, doch Mike hatte keine Zeit für Erklärungen. Er zog seinen Sicherungsgurt fest, hakte sich in die Sorgleine und hangelte sich aufs Vorschiff. Während sich Mike und Marie Hand in Hand bemühten, die wild flatternden Segelreste mit dem Spifall um den Mast zu wickeln, trat plötzlich Sven zu ihnen.

„Mike, kann ich dir irgendwas helfen?"

Mike sah ihn kurz perplex an und wickelte weiter, ohne sich helfen zu lassen. Nun waren auch Henning und Sören auf Sven aufmerksam geworden.

„Scheiße, was soll das?", schrie Sören. Er musste jedoch am Ruder bleiben und konnte nicht eingreifen. Henning wollte sich auf Sven stürzen, verlor aber schon beim ersten Schritt durch eine erneute Böe, die eine meterhohe Welle wie eine Breitseite gegen die Dorada klatschte, das Gleichgewicht und schlidderte über Deck.

Sven lachte ihn lauthals aus.

„Mach dir nicht ins Hemd! Schiebst du echt Panik, ich könnte dich killen, während hier alle zugucken, wie du mit deinem mickrigen Arsch das Deck polierst? Dann muss ich ja auch noch alle Zeugen beseitigen! Ganz schön viel Drecksarbeit!"

Außer Sven lachte niemand. Allerdings hatten sie auch keine Zeit, ihn mit gemeinsamen Kräften wieder unter Deck zu bringen und in seiner Kabine zu fixieren. Also ließen sie ihn vorerst, wo er war, und konzentrierten sich auf das Kontrollieren des Schiffes im Sturm, der weiterhin mit unverminderter Gewalt wütete. Da sie Sven nicht dabei helfen ließen, baute er sich wie ein Türsteher vor dem Niedergang auf, hielt sich fest und sah mit erstaunlicher Seelenruhe zu, wie die anderen sich abmühten und schließlich auch das Vorsegel verkleinerten.

Etwa eine Stunde später ließ der Orkan nach. Von

Osten zeigten sich die ersten Strahlen der aufgehenden Sonne. Dort war ein schmaler Streifen klaren Himmels zu sehen. Der Wind blies immer noch kräftig genug, sodass sie allein mit dem Vorsegel gute Fahrt machten, aber das Schlimmste war vorüber. Alle atmeten auf. Marie schüttelte ihre schmerzenden Hände aus. In der Hektik hatte sie keine Handschuhe anziehen können. Nun zeigten sich blutige Striemen auf den Handinnenflächen, verursacht von den nassen Tauen. Sören setzte das Steuerruder mit einem fachgerechten Knoten fest und zog sein nasses Shirt aus. Britt kam an Deck.

„Haben wir's überstanden?"

Henning sah sie mit finsterer Miene an.

„Kommt drauf an, was. Hast du den Arsch losgebunden?"

Britt nickte.

„Eine Frage von Humanismus. Ihr habt doch sicher alle ‚Titanic' gesehen? Dann wisst ihr ja, wie mies es ist, wenn man jemanden unter Deck ankettet, während das Schiff zu kentern droht. Das geht gar nicht!"

„Dein Humanismus in Ehren", mischte sich Sören ein. „Aber an Bord entscheidet der Skipper solche Fragen und sonst keiner, ist das jetzt ein für alle Mal klar?"

Britt hielt Sörens wütendem Blick ohne ein Zeichen von Unsicherheit stand.

„Du hast keine Zeit gehabt."

Sören war nicht gewillt, länger mit Britt zu diskutieren, sein Standpunkt war schließlich klar. Er wandte sich an Sven.

„Ich hoffe, du hast genug frische Luft geschnappt.

Denn jetzt geht es wieder in die Kabine, wenn möglich ohne großen Aufstand."

Sofort stellten sich Henning und Mike neben Sören und signalisierten Sven ihre Bereitschaft, nötigenfalls auch wieder Gewalt anzuwenden.

Sven hob abwehrend die Hände.

„Macht euch keine Umstände wegen mir. Ich ziehe mich freiwillig in meine Gemächer zurück." Er deutete vor Britt eine Verbeugung an. „Herzlichen Dank für den erfrischenden Freigang."

Dann kletterte er den Niedergang hinunter und ließ sich ohne Protest von Sören und Henning wieder an sein Kabinenbett fesseln. Marie folgte unter Deck, um trockene Klamotten anzuziehen. Doch kurz darauf, noch bevor sie sich umgezogen hatte, kam sie wieder an Deck. Mike, Henning und Sören saßen auf den Sitzbänken beim Cockpit, wärmten sich in der noch frühen, aber schon kraftvollen Sonne auf und ließen sich von Britt frischen Kaffee eingießen. Mike bemerkte als erster, wie blass Marie war.

„Alles klar bei dir? Es ist vorbei, wir haben's überlebt. Komm setz dich, und trink einen Kaffee, der wird dir guttun."

Marie schüttelte den Kopf. Mit brüchiger Stimme fragte sie in die Runde: „Wo ist eigentlich Nadine?"

Sören merkte auf: „Wieso? Unten in ihrer Kabine ..."

„Nein. Nicht in ihrer Kabine, nicht im Salon oder Bad, nirgends. Und hier oben ist sie offensichtlich auch nicht."

Kratzen und Schaben

Kratzen. Er muss einfach nur kratzen. Ohne aufzugeben, ohne jemals aufzuhören. Dann wird alles gut. Vielleicht nicht heute. Aber bald. Bestimmt. Ganz bestimmt.

An diesem Morgen hat Tim nach einer weiteren fiebrigen und von schrecklichen Träumen und Schmerzen geplagten Nacht zum wiederholten Mal seit seiner Ankunft in der Schute einen Erkundungsrundgang durch die Düsternis gemacht. Kniend, tastend, besonders aufmerksam den Boden absuchend. Er hat nicht auf einen Ausgang gehofft, auf ein Loch etwa, das sich erweitern ließe, um dann abzutauchen in den Fluss oder den See oder was auch immer sich unter dem hinteren, nicht festgesetzten Teil der Schute befindet, wo ab und zu leise Wasser gegen die Stahlwände schwappt. Nein, so unverschämt groß sind seine Hoffnungen nicht. Er will nur etwas tun. Sich beschäftigen. Nicht hilflos herumsitzen und auf den Tod warten. So weit ist er noch nicht. Obwohl er in manchen Minuten kurz davor steht. Etwa, wenn er an seiner aufgequollenen Hand riecht. Oder wenn draußen die Sonne untergeht und selbst der letzte kleine Lichtstrahl, der durch die Ritzen fällt, verschwindet und ihn in einer undurchdringlichen sirupartigen Dunkelheit zurücklässt, die ihn erstickt. Oder wenn die Sonne aufgeht und die winzigen Lichtstrahlen, die sein Gefängnis wie Spinnfäden durchziehen, seine Dunkelheit in dicke Scheiben schneiden und glitzernde Grüße senden aus der anderen Welt, der Welt da draußen, die auch ohne ihn goldgelben leuchtet und flirrt und duftet und zwitschert und aus der er ausgeschlossen ist, während der Stahl und die Dunkelheit und der Gestank ihn hier drinnen einschließen. Oder wenn er an den Zettel denkt, der ihm empfiehlt, das Wasser für einen Monat einzuteilen. Oder wenn er daran denkt, dass er nicht versteht, was passiert. Warum es passiert. Warum es *ihm* passiert. Warum alles, was bisher passiert ist, passiert ist. Warum er es nicht hat kommen sehen, auch wenn er nicht weiß, was. Warum er es nicht verhindert hat, auch wenn er nicht weiß, was. Dann hat er keine Kraft, keine Lust mehr. Will einfach nur sitzen bleiben, müde sein dürfen, noch müder werden, bis zur totalen Kapitulation. Eine bequeme Lösung. Wenn da nicht die letzte Konsequenz wäre. Sterben. Aufhören zu sein. Das ist unvorstellbar. Das Nichts ist einfach unvorstellbar für Tim. Er überlegt, ob es möglicherweise eine Frage des Alters ist, sich das Nichts vorstellen zu können. Vielleicht erfährt man im Lauf eines erfüllten Lebens so viel von Allem, dass man eine Vorstellung vom Nichts bekommt. Er ist weit davon entfernt. Zu jung für alles, und erst recht zu jung für gar nichts. Es gibt noch so viel, das er will. Früher hat er nie darüber nachgedacht. Jetzt schon. Immer wieder denkt er darüber nach. Wenn er die in den Lichtstrahlen schwebenden Staubteilchen beobachtet, wenn er sein Dauerbrot mit den Ratten teilt, wenn er seine Beulen von den Mückenstichen mit Spucke einreibt, dann schweifen seine Gedanken ab. Dabei fällt ihm dieses Buch ein. 1 000 Plätze, die man gesehen haben muss, bevor man stirbt. Er hat das Buch nie gelesen, warum auch, er ist jung und hat Zeit. Alles hat Zeit. Hat er immer gedacht. Jetzt allerdings fragt er sich, wie viel Zeit noch? Und er fragt sich, was drin steht in dem Buch. Was muss man gesehen und erlebt haben, um friedvoll seinen Abschied nehmen zu können? Sicher sind die Geysire in Island erwähnt. Und die Wasserfälle in Venezuela. Die Chinesische Mauer. Das Tadsch Mahal. Die hängenden Gärten von Semiramis ... Tim vermutet, dass er ein paar Weltwunder vermischt mit den üblichen Reisezielen, die in aller Öffentlichkeit als exklusive Geheimtipps gehandelt werden. Was aber will er, Tim Wendelstein, noch einmal sehen? Da ist Britt: ihr schlanker Körper, eine reine Versuchung, ihre makellose, perlmuttfarbene Haut, Augen klar wie ein Bergsee, die Haare schwarz wie die Unterwelt, in der Orpheus seine Eurydike verlor ... Tim liebt die griechischen Mythen und Sagen. Seine Mutter hat sie ihm früher immer als Gutenachtgeschichten vorgelesen, immer und immer wieder wollte er sie hören. Er würde gerne die Irrfahrten des Odysseus neu verfilmen. Als coolen Horrortrip eines koksenden Backpackers. Aber er schweift schon wieder ab. Was will er hören, bevor er abkratzt? Da gibt es natürlich jede Menge cooler Musik, die er auf seine Wunschliste setzen könnte. Zu gerne hätte er sein Handy dabei. Dann könnte er Musik hören. Tim muss lachen. Wenn er sein Handy hätte, würde er wohl eher Hilfe rufen, statt sich Musik reinzuziehen. Aber er hat es ja nicht. Also noch mal überlegen. Wenn er ganz ehrlich ist, dann scheiß auf

House oder Techno oder sonst was. Er will das Meer noch einmal rauschen hören. Und was will er schmecken? Gambas al ajillo und statt eines edlen Weißweins lieber ein eiskaltes Bier dazu. Riechen? Eine Frau! Britt! Fühlen? Die ganze Welt auf einmal, und wenn es nur für eine Sekunde ist!

Während Tim kriechend über den schwindenden Sinn seines Seins nachdenkt, wird ihm plötzlich bewusst, wie er gleichzeitig dem Wahnsinn entgegenkrabbelt. Es fällt ihm immer schwerer, einen klaren Gedanken zu fassen und ihn auch noch konsequent zu verfolgen. Außerdem ist es total ekelhaft, in dieser stinkenden Brühe herumzurutschen, die schmerzhaft pochende Linke nach oben in die Luft zu strecken und mit der Rechten im Brackwasser herumzuwühlen auf der Suche nach irgendetwas.

Aber dann hat es sich gelohnt. Er weiß nicht, wie lange er gesucht hat. Die Minuten verstreichen hier nicht im Minutentakt. Sie zerdehnen sich in endlose Zähigkeit. Aber er tut etwas Sinnvolles. Zumindest will er daran glauben. Auch wenn seine Ausbeute karg ist. Er hat ein paar Münzen, ein langes Stück angefaultes Tau, eine zerfressene Plastikente und einen kleinen Haken aus dem schlammigen Wasser gefischt. Er befühlt den Haken, hält ihn in einen Lichtstreifen. Es ist eine Art Doppelhaken, aufgesetzt auf einen kleinen Holzgriff. Tim hat so etwas schon einmal gesehen, auch wenn er sich nicht mehr genau erinnert, wo und in welchem Zusammenhang. Vielleicht in der Hamburger Speicherstadt im Hafenmuseum. Mit diesen Dingern haben die Hafenarbeiter früher die Säcke und sonstige Packstücke von Ladungen gegriffen und gelöscht. Sie heißen Grieben oder Griepen oder so ähnlich. Seine Griepe ist verrostet. Aber immer noch scharf an den Spitzen.

Nun kratzt er. Er hat sich die größte aller Ritzen ausgesucht, durch die das meiste Tageslicht sickert. Vor gefühlten Ewigkeiten hat er an genau dieser Stelle versucht, mit dem Fuß tretend und drückend durch die Roststellen zu brechen, aber es war ihm nicht gelungen. Jetzt hat er einen anderen Plan. Er will den winzigen, angerosteten Riss aufkratzen, der gerade mal zwei Zentimeter lang und maximal einen halben breit ist. Er will ihn vergrößern, an den Rändern auffransen, aufbiegen, bis er hinaussehen kann. Bis er freier atmen kann, rufen kann. Und dann noch weiter und weiter vergrößern, bis er einen Arm hinausstrecken kann und dann das Bein und den ganzen Rest seines geschundenen Körpers. Das wird schon.

Er muss nur kratzen. Einfach nur kratzen.

Damit er die nötige Kraft für das mühsame Unterfangen findet, gönnt er sich ein kräftiges Frühstück, bestehend aus einer ganzen Tagesration Brot und Dauerwurst und trinkt dazu noch viel zu viel Wasser. Die auf dem Zettel geforderte Rationierung verwirft er. Er wird keinesfalls einen Monat hier vor sich hin schimmeln. Seine linke Hand schmerzt immer mehr, er fürchtet eine Blutvergiftung. Wenn er die Entführung überleben will, muss er hier raus, er muss sich aus eigener Kraft befreien. Die Hoffnung auf eine baldige Lösegeldzahlung seines Vaters hat er begraben. Vielleicht hat sein Vater einen Herzinfarkt bekommen, als die Erpresser ihm seinen Finger geschickt haben. Oder einen Schlaganfall. Und jetzt ist keiner da, der sich um die Zahlung kümmert. Seine Brüder sind weit weg auf dem Atlantik.

Tim verwirft dieses Szenario als unwahrscheinlich. Armin strotzt für sein Alter vor Gesundheit und lässt sich nicht so leicht schocken. Bei der nächsten Überlegung stockt Tim kurz der Atem: Vielleicht *will* sein Vater gar nicht zahlen! Weil er sich nicht erpressen lässt, von nichts und niemandem! Tim schüttelt den Kopf. Okay, Armin hält ihn für einen kompletten Vollpfosten und Schmarotzer an der Gesellschaft, was nur logisch ist, wenn man Armins Bruttosozialprodukt-orientierte Denkweise in Betracht zieht. Von wegen früher Vogel fängt den Wurm, ja leck mich am Arsch. Aber nein. Nein, er würde trotzdem zahlen für seinen Sohn, alles andere wäre eine Art unehrenhafter Skandal oder so was in der Art. Aber irgendetwas läuft hier schief, ganz schief. Wenn alles normal laufen würde, wäre er längst wieder frei. Es läuft nicht normal. Alles ist verkehrt. Tim stoppt sich. Er will nicht schon wieder in die Gedankenschleife geraten. Die macht ihn nur wahnsinnig. Es ist egal, was läuft oder nicht läuft oder schiefläuft. Er muss das Problem lösen. Und zwar ganz für sich allein. Zu seiner Zufriedenheit regnet es immer noch. Der Wasserpegel in der unteren Hälfte der Schute ist etwas gestiegen und hat, zumindest empfindet er das so, den Gestank verdünnt. Auch die Temperatur ist erträglich.

Also fängt er an mit seiner neuen Lebensaufgabe:

kratzen und schaben. Er setzt den Haken leicht schräg an und schabt von oben nach unten, immer wieder von oben nach unten. Das Geräusch ist extrem unangenehm. Als er mit dem Schaben beginnt, hört er, wie die Vögel in der Umgebung erschrocken wegflattern.

Nach einer halben Stunde hat er den Riss um etwa einen Millimeter in der Breite und in der Länge vergrößert. Tim ist verzweifelt. Wenn es in dem Tempo weitergeht, dann kratzt und schabt er noch ewig. Nur, dass er nicht ewig leben wird. Er hat nicht mehr viel Zeit. Und er hat nicht mehr viel Kraft. Zeigefinger und Daumen seiner rechten Hand sind an den Griffstellen durchgescheuert. Noch blutet es nicht, aber der Schweiß brennt in der wunden Haut wie Salzsäure.

Tim robbt zu seinem Shirt, das über dem noch vollen Wasserkanister hängt, reißt es mit den Zähnen in Fetzen und bindet zwei Streifen davon um die betroffenen Finger der rechten Hand. Die verletzte linke Hand, die er für diesen Vorgang zur Hilfe nehmen muss, ist schwer zu kontrollieren. Seit er mit der rechten kratzt, spürt er die linke fast nicht mehr. Er riecht sie nur noch.

Nachdem die gesunde Hand umwickelt ist, schabt er weiter. Mehrere Stunden später hat er den Riss so weit aufgekratzt, dass er einigermaßen gut hindurch sehen kann. Welch ein Triumph überkommt ihn, als er grünlich-gelbes Schilf erblickt, das sich sanft im Sommerwind wiegt. Tränen des Glücks strömen ihm über die Wangen. Er kann sich kaum von dem Anblick trennen, sieht hinaus, stiert und starrt, zwingt sich, seinen Blick abzuwenden, presst die Lippen gegen das kleine Loch, saugt die frische Luft gierig ein, starrt wieder mit einem Auge hinaus, lächelt, und saugt wieder Luft ein wie ein Ertrinkender. Er glaubt, niemals genug davon bekommen zu können, von diesem winzigen Ausschnitt freier Natur, von diesem kleinen Strom reiner Luft, als er dann doch wieder die Erschöpfung spürt. In gekrümmter Stellung sinkt Tim direkt vor dem winzigen Riss in einen tiefen Schlaf, während die Ratten weiter hinten gierig seine Vorratskiste umstreifen.

Mensch über Bord

Die Sonne stand in ihrem Zenit und brannte glühend auf den Atlantik. Seit Stunden segelten sie das Revier ab, das sie seit Beginn des Sturms befahren hatten. Sie kreuzten mit leichter Brise. Mike und Sören arbeiteten bei den Wendemanövern Hand in Hand. Henning saß im Bugkorb, gemeinsam mit ihm hielten Marie auf backbord und Britt auf Steuerbord angestrengt Ausschau nach Nadine. Keiner sagte etwas. Sie alle vermuteten, Nadine sei während des Sturms unbemerkt von den anderen an Deck gekommen und über Bord gestürzt, weil sie sich nicht in die Sorgleine eingepickt hatte. Zwar hatte Sören ihnen allen dieses Grundprinzip bei stürmischem Wetter vor Beginn ihres Törns eingeschärft, doch Nadine neigte zur Panik, und Panik führt in den meisten Fällen zu irrationalem Verhalten und lebensgefährlichen Versäumnissen.

Doch auch ein anderer, sehr beängstigender Gedanke arbeitete unausgesprochen in ihren Köpfen: die Sorge, dass Nadine wie Julia einem Mord zum Opfer gefallen sein könnte. Keiner von ihnen glaubte noch, Nadine lebend zu finden, selbst die Chance, ihren toten Körper zu bergen, war äußerst gering. Dennoch suchten sie in einer stillen moralischen Übereinkunft weiter. Marie verließ ihren Posten keine Sekunde, nicht einmal, um etwas zu trinken. Sie stand an der Reling, steif, unbeweglich und starrte aufs Meer. Ihre unbedeckten Schultern und der Nacken waren von der Sonne gerötet.

Als Mike ihr seine Baseballmütze brachte, um sie vor

einem Sonnenstich zu schützen, schüttelte sie nur den Kopf. Er achtete nicht darauf und setzte ihr die Mütze auf. Sie ließ es geschehen, als hätte sie es nicht einmal bemerkt. Mike vermutete, dass Marie sich in dem düsteren Abgrund befand, in dem sie ihre Mutter ans Meer verloren hatte. Sie durchlebte den Schock erneut. Denn auch als Sören am späten Nachmittag die Dorada in den inzwischen kaum noch vorhandenen Wind schießen ließ und damit die Suche beendete, blieb Marie stur an der Reling stehen, die Augen auf die Wasseroberfläche geheftet. Britt und Henning verließen ihre Posten und kamen mit verschlossenen Mienen zu Sören.

„Es hat keinen Zweck, wir finden sie nicht." Sören wirkte schuldbewusst.

„Hab ich von Anfang an gesagt", murmelte Henning ohne Triumph in der Stimme.

Sören wandte sich an Mike.

„Kannst du unseren Kurs bitte neu bestimmen? Ich brauch 'ne Pause." Er blinzelte in den Himmel. „Kein Wölkchen mehr zu sehen. Und kaum noch ein Lufthauch. Schätze, wir müssen unter Motor weiter."

„Weiter, weiter und bloß nicht zurückblicken!" Marie war unbemerkt zu den vieren getreten. Sie hörte sich bitter an, wenn nicht wütend. „Wir können Nadine doch nicht da draußen lassen, wir können nicht einfach so tun, als wäre nichts, einfach weiter, das geht nicht, das ist …" Sie brach um Worte ringend ab.

Die anderen sahen sie nur an. Marie begann, zu zittern, als friere sie, dann legte sie beide Hände vors Gesicht und schluchzte laut und tränenlos auf. Henning wollte instinktiv den Arm um sie legen, doch Marie schlug ihm die Hand weg.

„Fass mich nicht an!"

Getroffen wandte Henning sich ab und ging nach unten. Sören und Britt folgten ihm stumm. Marie ging zurück zu ihrem Beobachtungsposten und starrte wieder aufs Meer. Mike stellte sich neben sie, sagte aber nichts. Nach einigen Minuten hatte Marie sich wieder gefasst. Sie sah Mike ernst an.

„Ich bin sonst nicht so hysterisch."

„Es ist nicht deine Schuld. Nichts ist deine Schuld."

Marie blickte wieder aufs Wasser.

„Ich hätte mich mit ihr versöhnt. Morgen. Oder übermorgen."

„Selbst wenn sie ein verlogenes Miststück war."

Marie warf Mike einen vorwurfsvollen Blick zu. Mike zuckte mit den Schultern.

„Ich weiß, man soll nichts Schlechtes über Tote sagen. Wieso eigentlich nicht? Nadine war eine elende, egoistische, verwöhnte Ätzkuh. Basta."

„Im Internat haben die anderen Mädchen sie nur ‚bitch' genannt. Viele von den Jungs auch. Die Jungs, die am schärfsten auf sie waren, haben am lautesten geschrien." Maries Stimme war ganz leise geworden. Mike konnte ihr abwesendes Flüstern kaum verstehen.

„Aber das war sie nicht. Auch wenn sie sich alle Mühe gegeben hat, jedes Vorurteil gegen sie zu bestätigen. Je mehr sich alle die Mäuler über sie zerrissen haben, desto wilder hat sie es getrieben. Nachts hat sie dann manchmal geweint."

Marie sah Mike nun fest an.

„Wir haben uns ein Zimmer geteilt … Wenn sie weinen musste, ist sie so sauer auf sich selbst geworden, dass sie sich mit ihrer Nagelfeile geritzt hat. Selten so sehr, dass Blut geflossen ist. Aber immer so, dass es wehgetan hat."

Marie schwieg kurz und blickte aufs Meer, dann fuhr sie fort. „Meine Großeltern haben mich nach dem Tod meiner Mutter ins Internat gesteckt, weil sie nichts mit einem verstockten, depressiven Teenager anzufangen wussten. Nadine wurde von ihrer Mutter ins Internat geschickt. Weil ihr Vater, als sie zwölf war, angefangen hatte, vor ihr zu masturbieren. Als die Mutter ihn dabei erwischte, flippte sie vollkommen aus. Nadine saß stumm dabei. Statt dass ihre Mutter sich von ihrem reichen Macker scheiden ließ und ihn anzeigte, hat die Mutter Nadine beschimpft und weggeschickt. Nadine hat gesagt, ihre Mutter hat sie bloß entfernt, weil sie die jüngere Nebenbuhlerin fürchtete."

„Und sie hatte keine Stinkwut auf ihren Vater, das Schwein?"

Marie schüttelte den Kopf.

„Für den hat sie zuerst alle möglichen Entschuldigungen gefunden: Er hat sie ja nie angefasst. Er hat sie wirklich geliebt. Und sie ihn. Er brauchte das, weil seine Alte ihn nicht rangelassen hat. Und so weiter … Als sie ein paar Jahre älter war und langsam begriff, was er ihr angetan hatte, versuchte sie, ihn zu hassen. Es gelang ihr nicht. Dafür hat sie dann sich selbst gehasst. Und übrigens auch jeden Kerl, der auf sie, die Schlampe, reingefallen ist. In ihr drin war nichts als Hass und Verachtung."

„Mann, ist das krank!"

„Stimmt. Nadine hat von klein auf gelernt, dass man sich die Liebe von Männern über Sex erarbeitet. Dieses Muster kann sie einfach nicht ablegen. Sie zeigt immer nur ihre Luder-Fassade. Und ich weiß genau, wie beschissen sie sich deswegen fühlt." Marie schluckte.

„Oder gefühlt hat", fügte sie fast tonlos hinzu.

„Das wusste ich nicht", sagte Mike.

„So ist das doch immer. Was weiß man schon von den anderen? Vielleicht soll man deswegen nicht schlecht über Tote reden."

Mike schwieg betroffen. Er fragte sich, was ihm von Julia alles verborgen geblieben war. Er hatte sie für ähnlich oberflächlich gehalten wie Nadine, zumindest in den letzten Monaten, in denen seine Gefühle für sie immer mehr in die Gleichgültigkeit drifteten. Vielleicht war seine aufkeimende Verachtung für ihren Charakter nur eine bequeme Ausflucht gewesen vor der Tatsache, dass er sie einfach nicht mehr liebte und sich das auch hätte eingestehen müssen. Plötzlich fühlte er sich schäbig. Auch wegen seiner Äußerungen über Nadine.

Der Wind hatte inzwischen gänzlich nachgelassen, die Dorada schaukelte nur noch sanft auf den kobaltblauen, immer flacher werdenden Wellen.

Mike betrachtete Marie. Sie wirkte erschöpft. Plötzlich hatte er das Gefühl, sie beschützen zu müssen. Er legte ihr die Hand auf die Schulter. Sie ließ es zu.

„Komm, wir gehen nach unten. Du hast den ganzen

Tag nichts getrunken, dein Körper braucht dringend Flüssigkeit. Essen müssen wir auch, selbst wenn wir alle glauben, dass wir keinen Bissen runterbekommen."

Marie nickte und folgte Mike unter Deck. Sören saß am Kartentisch und schrieb in das Logbuch. Britt kam mit einem leeren Teller und einer Wasserflasche aus Svens Kabine. Henning brütete in einer Ecke vor sich hin. Als Mike den Tisch deckte, setzten sich alle zu einer stummen Brotzeit dazu. Es war kein gemeinschaftliches Essen, sondern reine Nahrungsaufnahme. Danach teilte Sören mit knappen Worten die kommenden Wachen ein. Mit keinem Wort wurde die abgebrochene Suche nach Nadine erwähnt.

Als Mike, Marie und Sören wieder an Deck kamen, hing das Vorsegel schlaff am Mast. Es herrschte totale Flaute.

„Wir müssen unter Motor weiter", sagte Sören. Er ging zum Steuerruder und drehte den Knopf für die Maschine. Der Motor sprang stotternd an, Sören kuppelte ein, die Maschine drehte kurz und soff ab. Sören probierte es ein zweites und drittes Mal mit dem gleichen Ergebnis.

„Na, super! Als hätten wir nicht schon genug Ärger", schimpfte er ungeduldig.

„Klingt, als würde der Propeller abwürgen", sagte Mike.

Sören versuchte es noch einmal. Es war eindeutig, dass der Motor ansprang, aber nicht drehen konnte.

„Ich geh runter", sagte Mike.

Sören reichte ihm sein Messer, das er seit dem Sturm

am Hosenbund trug. Marie ließ die Badeplattform herunter. Mike zog sein Shirt aus. Schuhe trug er keine, seit sie auf Gran Canaria abgelegt hatten. Er zurrte die Taucherbrille fest, sprang ins Wasser, nahm einen tiefen Atemzug und tauchte ab.

Kaum war er auch nur einen Meter nach unten getaucht, spürte er, wie sich die Temperatur merklich abkühlte. Es war wunderbar erfrischend. Das Messer in der Hand schwamm er zwei Züge unter die Dorada. Im Schatten unter dem Schiffsrumpf war es dunkel, aber er konnte schemenhaft sehen, dass sich etwas im Propeller verfangen hatte. Noch ein, zwei Schwimmzüge …

Mike schrie unter Wasser entsetzt auf. Mit geweiteten Augen, die nicht glauben wollten, was sie sahen, atmete er unüberlegt ein, schluckte Wasser, fing an zu strampeln, schwamm panisch rückwärts, weg vom Propeller, weg vom Rumpf, tauchte hektisch auf, hustete, spuckte Wasser, schnappte nach Luft.

„Was ist los?“, rief Sören.

Marie spürte, wie eine eiskalte Hand sie im Nacken packte. Das gleiche Gefühl, das sie am gestrigen Morgen hatte daran hindern wollen, sich zur Badezimmertür umzudrehen, las sie in Mikes Augen. Und wieder fühlte sie eben jene Angst, die ein Kind nicht unters Bett sehen lässt, um sich davon zu überzeugen, dass da kein Monster ist. Es gab sie nämlich, die Monster, und das Wissen darum war stärker als jede Logik. Sie wartete Mikes Antwort nicht ab, denn sie begriff, dass er in genau diesem Schockzustand war. Sie sprang ins Wasser und kraulte zu ihm. Inzwischen bekam er wieder einigermaßen Luft. Marie vergewisserte sich mit einem Blick, dass er die Kontrolle zurückgewonnen hatte und wollte abtauchen. Doch mit einem eisenharten Griff um ihr Handgelenk hielt er sie auf.

„Nein“, keuchte er. „Nein! Du gehst zurück an Bord. Sören soll kommen. Er muss mir helfen. Du nicht! Geh weg!“

Mikes Ton war genauso unmissverständlich wie sein Blick. Marie wusste sofort, was los war. Sie wusste auch, dass Mike recht hatte. Das würde sie nicht schaffen. Auf gar keinen Fall. Obwohl sie beim schnellen Schwimmen etwas Meerwasser geschluckt hatte, war ihr Mund plötzlich ganz trocken. Sie blickte Mike fragend an, und auch wenn sie die Antwort schon kannte, formulierte sie stumm einen Namen. Er nickte. Vor wenigen Sekunden noch hatte Marie das Wasser als angenehm kühl empfunden. Jetzt war es eisig. Ihre Zähne begannen unwillkürlich zu klappern. Sie schwamm zurück und kletterte die Badeleiter hoch, die Sören inzwischen heruntergelassen hatte.

„Was ist denn jetzt schon wieder los, verdammt?“

„Nadine. Mike hat Nadine gefunden.“

„Spinnst du?“ Sören wandte sich von Marie ab, als hätte sie den Verstand verloren.

„Mike, was ist?“, rief er.

Mike winkte ihn ins Wasser.

Marie zitterte immer noch, obwohl die Sonne heiß herabbrannte.

„Du musst Mike beim Bergen helfen.“

Sören schüttelte den Kopf. Seiner Meinung nach war

Marie von Sinnen. Dennoch sprang er ins Wasser und schwamm zu Mike.

„Dreht ihr jetzt alle ab? Was ist denn da unten?"

Mike gab keine Antwort, er tauchte einfach ab. Sören folgte ihm, nun mit dem mulmigen Gefühl, Marie könnte die Wahrheit gesagt haben.

Er war kaum unten, da sah er sie: Nadine hing tot am Schiffspropeller. Barfuß, in weißem Shirt und ihren pinkfarbenen Bermudas. Das rechte Auge fehlte durch Fischfraß, die leere Höhle war an den Rändern weiträumig angeknabbert, sodass der Wangenknochen halb bloß lag und die restliche Haut daran in Fetzen herunterhing. Das linke Auge war weit aufgerissen, der Mund ebenfalls geöffnet wie in einem letzten entsetzten Schrei. Ihre blonden Haare schwebten in der minimalen Bewegung des Wassers wie ein Heiligenschein um ihren Kopf. Ihr Shirt war am oberen Rand zerrissen und gab den Blick auf ihr rechtes Schulterblatt frei. Die Haut war weiß, als hätte das Meerwasser alle Bräune herausgewaschen. Fast hätte sie friedlich wie eine träumende Meerjungfrau ausgesehen, wären da nicht die angefressene Gesichtshälfte und ihr vom Propeller zerfetzter, rechter Arm gewesen. Die Hand baumelte im rechten Winkel vom Unterarm herab, sie war am Gelenk fast vollständig abgerissen und hing nur noch an zwei Sehnen. Die Wunde wurde von einem hungrigen Raubfisch attackiert. Mike vertrieb das Tier mit einem wütenden Tritt. Die Muräne zog sich erschrocken ein paar Meter zurück, lauerte aber aufmerksam, ob ihre Beute wieder freigegeben wurde. Mike begann mit dem Messer Nadines Sicherungsleine vom Lifebelt loszuschneiden, die sich um dem Propeller gewickelt hatte.

Sören wollte ihm helfen, doch er hatte keine Luft mehr. Er spürte förmlich, wie Nadines grausiger Anblick seine Gefäße verengen ließ, wie sich sein Blut zur Körpermitte zurückzog und er kurz vor einer Ohnmacht stand. Mit letzter Konzentration tauchte er auf und schnappte nach Luft. Kaum war er wieder bei Atem, kam Mike neben ihm an die Wasseroberfläche. Nadines Leiche zog er an dem Rest des Lifebelts hinter sich her.

„Alles okay?“, fragte er.

Sören nickte. Er zwang sich, seine Atmung unter Kontrolle zu bringen, dann packte er mit an. Gemeinsam schleppten sie Nadines Körper zur Badeplattform, wo Marie bereitstand. Noch hielt Mike die Leiche unter Wasser.

„Du musst das nicht tun, Marie.“

„Doch.“ Sie nickte. „Ich muss.“

Sie kniete sich auf die Plattform, beugte sich nach unten und griff nach der Leiche. Obwohl es eines erheblichen Kraftaufwands bedurfte, zog sie Nadine so sanft es ging zu sich heran.

Sören kletterte auf die Plattform, Mike blieb unten, um zu schieben. Im Wasser hatte sich Nadines Körper leicht bewegen lassen. Doch kaum versuchte Marie, ihn nach oben auf die Plattform zu ziehen, fühlte er sich zentnerschwer an und schien sich zu weigern, sein nasses Grab zu verlassen. Marie und Sören zogen mit all ihren Kräften, Mike balancierte von unten aus. Schließlich hatten sie es geschafft. Nur die fast gänzlich lose Hand hatte sich beim letzten, heftigen Ruck am Rand der Plattform verkantet und riss durch das Gezerre ganz ab. Mike sah es erst, als sie langsam an ihm vorbeischwamm und absank. Er tauchte hinterher und bekam sie schnell zu fassen. Mit betretener Miene, als hätte er einen fatalen Fehler gemacht und sei schuld an dem Abriss der Gliedmaße, legte er die Hand auf die Plattform neben Nadines Körper. Marie bemerkte es nicht einmal, sie starrte geschockt in Nadines zerstörtes Gesicht, dessen ehemalige Schönheit nur noch auf der linken Hälfte zu erahnen war.

In diesem Moment tauchte Britts Gesicht oben an der Reling auf. Sie sah auf die Plattform hinab. „Oh, mein Gott!" Mit zwei Schritten war sie bei den anderen und schob Marie sanft beiseite. „Geh unter Deck und trink einen Cognac, du bist total bleich. Ich helfe den Jungs."

Wieder einmal war Marie dankbar für Britts sensible, ruhige Art. Dennoch wollte sie nicht weichen. Sie hatte das Gefühl, weder zaudern noch zögern zu dürfen – für Nadine. Gemeinsam trugen sie die Leiche nach vorne zum Bug und legten sie dort auf den Boden.

Nun kam auch Henning dazu, der das Gepolter von unten gehört hatte. Auch er war bestürzt, als er die Leiche sah. „Mann, scheiße, hätt' ich nicht gedacht, dass sie noch mal auftaucht."

„Kannst du dich bitte mal etwas pietätvoller ausdrücken?" Sören warf Henning einen wütenden Blick zu, informierte ihn dann aber ohne weitere Maßregelung über den speziellen Fundort der Leiche. Henning besah sich den Rest des aufgerissenen Lifebelts.

„Da sagt man immer, die Dinger retten Leben … Schon krass."

„Sie muss am Bug über Bord gegangen sein", vermutete Mike.

„Wieso?" Britt verstand Mikes Gedankengang nicht.

„Wenn sie am Heck rausgefallen wäre, hätte sie nie und nimmer in die Nähe des Propellers geraten können", erklärte Marie. Sie setzte sich weinend neben Nadines Leiche auf den Boden und hielt ihre unversehrte linke Hand fest, als könne sie ihr jetzt noch Beistand leisten. Sie verspürte das Bedürfnis, es wieder gut zu machen, alles zu heilen, sie wollte am liebsten die Zeit zurückdrehen, um einen Tag oder ein paar Monate oder Jahre, am besten bis zurück in Nadines Kindheit, dorthin, wo das Elend begann, und dann die Weichen neu stellen, das kleine Mädchen retten, bevor die erwachsene Frau zugrunde gehen konnte. Doch es war zu spät. Wie immer war sie zu spät.

„Auch von Steuerbord und Backbord aus ist das mehr als unwahrscheinlich", ergänzte Mike. Er schüttelte den Kopf. „Nein, ich halte das für ausgeschlossen. Sie war vorne am Bug, ging über Bord, ist vom Schiff überfahren worden, unter dem Kiel längs …"

„Und sah vielleicht noch den Propeller auf sich zukommen. Da hat sie instinktiv die rechte Hand zur Abwehr gehoben, ist damit in den Propeller geraten … Und dann hat sich die Leine darin verfangen, und sie konnte nicht auftauchen.“ Auch Henning stimmte Mikes Sichtweise zu.

„Ich habe sie überhaupt nicht an Bord gesehen während des Sturms“, sagte Marie leise.

„Ich auch nicht“, sagte Sören. „Aber es war so hektisch, weil ein gewisser Idiot unser Ruder festgebunden hatte …“

„Bin ich jetzt auch noch daran schuld, dass Nadine tot ist?“ Henning unterbrach Sören aufgebracht. „Ja klar, ich bin an *allem* schuld! An Vulkanausbrüchen, Erdbeben, Tsunamis und an der globalen Erwärmung! Und wer hat unser Großsegel gefetzt? War ich das auch?“

„Hört auf!“ Mike hatte genug von den giftigen Auseinandersetzungen der Brüder. „Wir stehen hier vor einer Toten! Der zweiten in zwei Tagen übrigens, falls ihr dieses kleine Detail übersehen haben solltet.“

Sofort kehrte Ruhe ein.

Marie riss sich zusammen, wischte ihre Tränen entschlossen weg, und besah die Leiche genauer. Die anderen standen hinter ihrem Rücken, sodass sie nicht genau sehen konnten, was Marie tat. Schließlich drehte Marie Nadines Körper vom Rücken auf den Bauch. Am Hinterkopf klaffte, gut sichtbar zwischen den nassen Haaren, eine offene, rot geränderte Wunde. „Sie muss mit dem Kopf auf irgendetwas aufgeschlagen sein.“

„Lass mal sehen.“ Mike kniete sich neben Marie und besah sich die Wunde. Abgesehen von einem tiefen, etwa zwei Zentimeter langen Riss war nicht viel zu erkennen, das Salzwasser hatte die offene Stelle fein säuberlich ausgespült.

„Und wenn sie nicht auf irgendetwas aufgeschlagen ist, sondern irgendetwas auf *ihr* aufgeschlagen ist?“, sagte Mike so leise zu Marie, dass die anderen es nicht hören konnten.

„Das würden wir vermutlich nicht unterscheiden können“, erwiderte Marie ebenso leise.

„Was brabbelt ihr da?“, wollte Sören wissen.

Mike erhob sich und wandte sich an Britt.

„Hast du Nadine während des Sturms an Bord gesehen?“

„Als das Unwetter losging und alles aus den Regalen gefallen ist, bin ich aus der Kabine raus und hinter Mike nach oben. Nadine war da im Bad, soweit ich weiß.“

„Worauf willst du hinaus?“, fragte Henning Mike.

Mike zuckte mit den Schultern.

„Ich kann mir gut vorstellen, dass Nadine nicht mit Sven alleine unten bleiben wollte und hinter uns her gekommen ist. Es ist ebenfalls nicht unwahrscheinlich, dass keiner von uns gesehen hat, was am Bug vor sich ging. Ich habe jedenfalls auf rein gar nichts geachtet außer auf das Reffen.“

„Warum sagst du nicht klar und deutlich, was du denkst?“ Henning verstand plötzlich. „Hat irgendjemand von uns bemerkt, wann genau Sven an Bord gekommen ist? Immerhin hat unsere Menschenrechtsbeauftragte seine Fesseln gelöst. Er könnte Nadine über die Reling geschubst haben, das ist es doch, was du meinst, oder?“

Mike zuckte die Schultern.

„War nur so ein Gedanke. Paranoia vermutlich. Schätze, Nadine ging über Bord, weil sie nicht in die Sorgleine eingepickt war. Das ist das Wahrscheinlichste. Alles andere ist reine Spekulation …

Sören mischte sich ein.

„Wir werden vermutlich nie erfahren, was genau passiert ist. Also werde ich Unfall als Todesursache ins Logbuch eintragen."

Marie hob Nadines rechten Arm an, an dem die Hand fehlte. Kurz unter dem Ellbogen waren deutlich Druckstellen zu sehen. Dann hob sie die unversehrte linke Hand an. Zwei der künstlichen Fingernägel waren abgebrochen.

„Das kann am Propeller passiert sein", warf Sören ein.

„Dann wäre die Hand verletzt."

„Vielleicht sind sie am Schiffsrumpf abgebrochen. Als sie versucht hat, irgendwo Halt zu finden", warf Britt ein.

„Gut möglich", bestätigte Marie. „Aber wie lässt sich das hier erklären?" Sie drehte Nadine wieder auf den Rücken, hob ihr halb zerrissenes Shirt an und wies auf eine tiefe, aber ebenfalls vom Meerwasser sauber ausgewaschene Stichwunde, die sich knapp oberhalb des Hosenbundes befand.

„Scheiße", flüsterte Sören. „Verfluchte Scheiße."

Geruch

Die Sonne brennt auf die Schute, es sind bestimmt über 30 Grad Celsius im Inneren seines stählernen Gefängnisses. Tims Hand stinkt erbärmlich, er kann es fast nicht mehr ertragen. Allerdings stinkt nicht nur seine Hand. Sein ganzer Körper stinkt, die gesamte Schute ist prall voll mit Gestank. Am ersten Tag seines unfreiwilligen Aufenthalts hier hat er Durchfall gehabt, vermutlich vom Koks oder den Drogen, die ihm seine Entführer gegeben haben. Da hat er sich gedacht, dass es klüger ist, seine Notdurft in der unteren Hälfte der Schute zu verrichten, dort, wo sie sich absenkt und das Wasser über zehn Zentimeter hoch steht. Das Wasser wird den Gestank absorbieren, hat er gedacht. Inzwischen jedoch schwimmt immer mehr Kot herum, es schnürt ihm fast die Luft ab. Manchmal, wenn er etwas essen will, ist sein Hunger so groß, dass er das Essen herunterschlingt und den Gestank vergisst. Dann jedoch dringt ihm mitten im Kauen der Gestank in Mund und Nase, und er muss würgen und kann nicht weiter essen, weil ihm übel ist.

Kürzlich hat er mit Macke einen Film gesehen, einen Hollywoodfilm über einen Extremsportler, der irgendwo in Utah oder sonst wo in den Canyons rumgeklettert ist und in eine Felsspalte fiel. Da hing er dann tagelang, weil sein Unterarm festgeklemmt war zwischen zwei Felsblöcken und er ihn nicht losbekam. Tim erinnert sich, dass der Typ Durst hatte und seinen Urin in einer Flasche aufgenommen und ihn getrunken hat. Aber gekackt hat der Typ in dem Film kein einziges Mal, zumindest kann sich Tim nicht daran erinnern. Der Typ hat dann mit einem winzigen Messer seinen Unterarm abgeschnitten und ist aus dem Canyon rausgekrabbelt, wo er auf Wanderer traf, die ihm geholfen und ihn ins Krankenhaus gebracht haben. War angeblich 'ne wahre Geschichte. Am Ende hat man gesehen, wie der Typ jetzt mit so 'ner Prothese weiter kraxelt und schwimmt und so. Immer noch voll auf dem Sport-Trip. Als wär nix gewesen.

Tim würde seine Hand auch gerne absägen, weil sie so stinkt. Er hat schreckliche Angst, an der Infektion zu sterben. Er spürt, wie sein Fieber steigt. Manchmal wacht er auf und weiß nicht, wie viel Zeit vergangen ist. Er vermutet, dass er zwischendurch immer wieder das Bewusstsein verliert. Vielleicht wäre es gut, wenn er sich die Hand absäbeln würde. Mit einem metallenen Dosendeckel. Aber im Gegensatz zu dem Typen in dem Film ist er dann nicht aus seinem Gefängnis raus. Und trifft nicht draußen auf hilfreiche Spaziergänger, die ihn ins Krankenhaus bringen, um seinen frischen Stummel zu versorgen. Er würde vermutlich innerhalb kürzester Zeit verbluten, wenn er sich die Hand abnimmt.

Heute Morgen hat er einen scharfkantigen Dosendeckel genommen und damit ein bisschen an seinem Handgelenk gekratzt. Nur, um es mal zu probieren. Ob er es kann. Da hat er so lauf aufgeschrien, dass Hans und Franz und Uma die Flucht ergriffen haben und erst Stunden später zurückgekommen sind. Er vermutet zumindest, dass es Stunden waren. Er ist nämlich ohnmächtig geworden. Er weiß nicht wie lange. Er weiß nur: Er kann das nicht. Das mit der Hand. Das tut scheiß weh. Der Schmerz ist jenseits aller Vorstellungskraft. Noch viel schlimmer als der Gestank. Er weiß jetzt, er ist ein Feigling. Ein stinkender Feigling.

Es wird heißer und heißer in der Schute. Tim kann kaum noch atmen. Der Schweiß läuft ihm in Strömen den Körper herunter. Die Stechmücken feiern ein Fest und besaufen sich an seinem Blut. Nur um etwas zu tun, krabbelt er die Schute einmal hinab und dann wieder hinauf. Es strengt ihn an. Bei jeder kleinen Anstrengung wird ihm schwindlig. Er keucht, vor seinen Augen flimmert es. Inzwischen ist er ganz sicher, dass er hier verrecken wird. Falls er nicht an einer durch seine eiternde Hand ausgelösten Sepsis stirbt, werden ihn die Stechmücken aussaugen. Plötzlich beginnt er hysterisch zu lachen. Die scheiß Stechmücken werden mit ihm verrecken, weil sie so blöd sind, sein vergiftetes Blut zu trinken. Sie werden eine nach der anderen tot umfallen und mit ihren widerlichen Beinen nach oben im Brackwasser zwischen seiner Scheiße schwimmen. Tim kann gar nicht mehr aufhören zu lachen. Er lacht und lacht, bis er merkt, dass er weint. Als er keine Kraft mehr hat zu weinen, wird es ganz still in der Schute. Nur das Sirren der Mücken ist zu hören. Weder plätschert der Fluss noch rauscht das Schilf. Es herrscht absolute Windstille.

Doch dann, ganz plötzlich, ein leises Trommeln. Tim sieht sich um, kann aber den Grund dafür nicht erkennen. Das Trommeln wird lauter und schneller. Da begreift Tim, welch einen Segen ihm die Natur schickt: Es regnet. Zuerst ein sanftes Tröpfeln, dann prasselt ein heftiger Sommerregen hernieder, die Tropfen klopfen rhythmisch auf die Schute. Tim schleppt sich so schnell er kann zu einem kleinen rostigen Riss in der Bordwand und versucht, etwas zu erkennen. Sehen kann er nichts, aber riechen. Er riecht feuchte Erde. Es riecht herrlich. Noch nie hat er etwas so Gutes gerochen. Nun scheint auch Wind aufzukommen. Er hört kurz Blätterrauschen oder das Rascheln von Schilf. Dann hört er nur noch den Regen, der immer lauter und mächtiger wird. Er bringt ihm Abwechslung und Abkühlung. Tim ist glücklich, er kann sich nicht erinnern, wann er jemals ein solches Glück empfunden hätte.

Ein Detektiv

Armin Wendelstein hatte die Situation reiflich bedacht und alle bekannten und unbekannten Faktoren versucht abzuschätzen und einzuordnen. Da er im Raum Kiel zu bekannt war, als dass er auf absolute Diskretion hoffen konnte, hatte er beschlossen, gleich hier in Berlin einen Privatdetektiv mit der rätselhaften Angelegenheit zu beauftragen. Doch so sehr ihm diese Maßnahme unsinnig erschien, wie auch widerstrebte, das Verschwinden seines jüngsten Sohnes ließ ihm keine Ruhe. Doktor Mackenroth, der von Robert in die Sachverhalte eingeweiht worden war, hatte ihm mit seinen weitverzweigten Kontakten bei der Suche nach dem besten Mann für diese Aufgabe geholfen.

Nun saß Armin in einer ruhigen Nische im Café Einstein, ignorierte den an die Fensterscheiben prasselnden Starkregen und das entspannte Treiben um sich herum und sah zum wiederholten Male auf die Uhr. Wenn dieser Typ auch nur eine Minute zu spät kam, würde er sich einen anderen suchen. Armins innere Unruhe und der Ärger darüber, Zeit und Geld einem vermutlich schwachsinnigen Unterfangen widmen zu müssen, machten ihn missmutig. Als er von seiner Armbanduhr aufsah, stand ein gut gekleideter, leicht angegrauter Mittvierziger an seinem Tisch.

„Herr Wendelstein?“

Armin nickte und bot seinem Gegenüber Platz an.

„Sie sind Karl Franke?

Der Mann nickte, reichte Armin die Hand und setzte

sich. Armin musterte ihn kurz: mittelgroß, sportliche Figur, unauffälliger, aber teurer Anzug, etwas zu weiche Gesichtszüge, trotz dicker Schlupflider wachsame Augen und gepflegte Hände ohne Schmuck und Ehering. Armin winkte dem Kellner, wartete, bis Franke bestellt hatte, und begann dann ohne Umschweife.

„Herr Mackenroth hat Sie als zuverlässig und diskret empfohlen. Beides ist für mich von äußerster Bedeutung."

Franke nickte nur, was Armin als angenehm empfand. Menschen, die sich eilfertig selbst ins beste Licht rückten, waren ihm suspekt.

„Dann lassen Sie mich gleich zur Sache kommen."

Franke hob kurz die Hand.

„Bevor Sie mich über Ihr Problem informieren, zuerst meine Konditionen – ich nehme 1200 Euro Tagessatz plus Spesen."

Nun nickte Armin ohne weiteren Kommentar. Wer Geld hat, muss nicht darüber reden.

„Mein jüngster Sohn Tim ist verschwunden. Ich möchte, dass Sie ihn finden. So schnell wie möglich."

Armin weihte Franke in die Umstände von Tims Verschwinden ein, erzählte ihm von dem Segeltörn, von Tims kurzfristiger Absage an seine Brüder per SMS und der Lüge über seinen Job bei den Panther Pearls.

„Wieso hat Ihr Sohn ausgerechnet eine dermaßen bekannte Band für seine Schwindelei benutzt? Das fliegt doch viel zu leicht auf. Warum nicht eine völlig unbekannte Band oder noch besser, eine erfundene, bei der man nicht nachfragen kann?"

„Er wollte seiner Ausrede wohl Gewicht verleihen. Wenn es sich nicht um eine wirklich bedeutende Sache handeln würde, wobei mir persönlich die angebliche Bedeutung dieser Band bislang verborgen geblieben ist, aber das tut hier wohl nichts zur Sache, dann hätten ihm seine Brüder nicht geglaubt, dass er dafür den Törn sausen lässt. Außerdem ist Tim absolut sorglos, um nicht zu sagen töricht … Er hat vermutlich nicht damit gerechnet, dass ich beim Tour-Management dieser Band anrufe."

„Verstehe. Was vermuten Sie, wo Ihr Sohn abgeblieben ist?"

Armin nippte an seinem Kaffee und tupfte sich die Lippen mit der Serviette ab. „Zuerst habe ich gedacht, dass er sich mit irgendwelchen jungen Frauen in der Weltgeschichte herumtreibt und mein Geld zum Fenster herauswirft."

„Aber?"

Armin runzelte kurz die Stirn. Er mochte keine Zwischenfragen.

„Ich war hier in Berlin in seiner Wohnung."

Armin berichtete von seinem Anruf bei Robert, der aufgeräumten Wohnung, dem für den familiären Segeltörn gepackten Koffer und dem unbenutzten Bett. Nur das Auto war weg, das hatte er nach seinem Besuch in der Wohnung kontrolliert. Dennoch glaubte er ebenso wenig wie Robert, dass Tim seinem besten Freund geänderte Reisepläne vorenthalten hätte.

Franke fasste zusammen: „Es sieht also so aus, als habe Tim in jener Nacht nach dem Hertha-Spiel nicht in seiner Wohnung übernachtet. Seine Corvette steht nicht in der Garage, das haben Sie überprüft. Er hat auch seinen Koffer nicht abgeholt, was gegen ein geplantes Verschwinden spricht, mit wem und wohin auch immer. Der letzte, der ihn gesehen hat, ist – soweit wir bislang wissen – sein Freund Robert."

Franke machte ein kleine Pause und blickte Armin direkt in die Augen, als er weiter sprach.

„Sie sind vermögend, Herr Wendelstein, wie ich mich informiert habe. Ich muss Ihnen deshalb jetzt die üblichen Fragen stellen: Haben Sie Feinde? Haben Sie Drohungen erhalten? Glauben Sie an eine Entführung?"

Armin schüttelte widerwillig den Kopf.

„Selbstverständlich habe ich Feinde. Nur wagt es keiner, mir offen zu drohen! Eine Entführung? Blödsinn! Dann hätte sich doch schon jemand mit einer Lösegeldforderung bei mir gemeldet! Immerhin ist Tim seit fünf Tagen verschwunden. Nein, nein, der macht sich irgendwo einen Lenz, und ich will, dass Sie ihn zu mir nach Kiel schleifen!"

„Warum melden Sie Ihren Sohn bei der Polizei nicht als vermisst?"

Armin sah Franke widerwillig an. „Ich halte diese Frage für äußerst naiv."

Franke lächelte.

„Verzeihen Sie, aber auch das gehört zur Standard-Prozedur. Mir ist klar, dass Sie jedes Aufsehen vermeiden wollen, sonst hätten Sie mich nicht angerufen. Sie sagten, Tims Freundin ist mit Ihren anderen beiden

Söhnen an Bord gegangen, weil auch sie davon ausging, dass Tim noch nachkommt?"

„In der Tat. Da sieht man, wie sprunghaft und unzuverlässig mein Jüngster ist. Im Übrigen würden Sie von der jungen Dame vermutlich nicht viel erfahren, selbst wenn sie hier in Berlin geblieben wäre. Die beiden kennen sich erst seit Kurzem. Mein Sohn wechselt seine Freundinnen wie andere ihre Unterhosen."

„Ich würde gerne mit ihren anderen Söhnen auf dem Schiff reden, ebenso wie mit der Freundin. Vielleicht gibt es ja ein Detail, das bislang übersehen wurde."

„Das ist zurzeit leider nicht möglich. Ich habe die Yacht seit Tagen nicht erreicht. Irgendetwas mit der Kommunikationstechnik scheint nicht zu stimmen."

Franke runzelte die Stirn. „Seit wie vielen Tagen genau?"

„Vorgestern am späten Abend habe ich eine Mail geschickt, die bislang nicht beantwortet wurde. Deswegen habe ich gestern mehrfach über das Satellitentelefon angerufen. Es konnte keine Verbindung hergestellt werden."

„Könnten Sie außer Reichweite sein?"

„Ich habe das Iridium Satellitensystem installieren lassen. Das Beste. Weltweite Abdeckung. Zudem ein Anbieter mit hervorragendem Netz. Manchmal werden Verbindungen unterbrochen, aber dass man sie überhaupt nicht herstellen kann, ist ungewöhnlich. Außerdem sind sie auch über Funk nicht zu erreichen."

„Und das macht Ihnen zusätzliche Sorgen?"

„Nein, es ärgert mich. Ich traue meinen beiden älteren Söhnen durchaus zu, dass sie die Kommunikation nur anschalten, wenn sie selbst Bedarf haben, ansonsten aber vom Netz gehen, um ihre Ruhe vor mir zu haben."

„Das klingt etwas bitter ..."

„Zu Recht. Meine Söhne sind unzuverlässig, eitel und verweichlicht! Und der Jüngste ist der Schlimmste von allen."

Karl Franke ließ dieses vernichtende Urteil kurz auf sich wirken, dann kehrte er zurück zum für ihn Wesentlichen.

„Sie sehen also keinen Zusammenhang zwischen dem Verschwinden Ihres Jüngsten und der Nicht-Erreichbarkeit der anderen beiden?"

Armin stutzte kurz. Der Gedanke schien ihm vollkommen neu. Doch dann schüttelte er energisch den Kopf.

„Papperlapapp! Da liegen tausende Kilometer dazwischen. Das Schiff ist brandneu und extrem zuverlässig, die Barfußroute ohne große Probleme zu segeln. Auch ist neben meinen Söhnen noch ein hervorragender Skipper an Bord. Zudem habe ich mit Sören am Abend des Tages, an dem sie in Las Palmas ablegten, gesprochen. Da hatten sie schon gute Fahrt gemacht, und alles war in bester Ordnung. Wenn man davon absieht, dass Sören mir da noch Tims Fehlen verschwiegen hat."

„Warum eigentlich? Wenn er eh nicht vorhatte, Tim zu decken ...?"

„Ein lächerliches kleines Machtspielchen. Kümmern Sie sich nicht um Sören und Henning. Konzentrieren Sie sich auf Tim."

Franke schwieg ein paar Sekunden und verarbeitete die eingeholten Informationen. „Dann fange ich am besten bei Robert Mackenroth und mit der Suche nach der Corvette an. Wie kann ich Sie erreichen?“

„Ich werde noch ein, zwei Tage in Berlin im Adlon bleiben, da ich auf zügige Ergebnisse von Ihnen hoffe. Falls meine Hoffnungen in diesem Punkt enttäuscht werden, fahre ich zurück nach Kiel. Ich hasse dieses schmuddelige Berlin!“

Armin und Franke tauschten Visitenkarten aus. Franke erhob sich, nickte Armin zum Abschied kurz zu und ging. Sein Kaffee lief wohl schon auf die Spesenrechnung. Armin blieb noch sitzen. Er bestellte sich einen Cognac, um das ungute Gefühl, das ihn während des Gesprächs mit Franke beschlichen hatte, herunterzuspülen. Denn der Gedanke, dass Tims Verschwinden und die Unerreichbarkeit der Yacht miteinander zu tun haben könnten, gefiel ihm ganz und gar nicht.

Misstrauen

Kaum hatte Sören begriffen, dass auch Nadine keineswegs eines natürlichen Todes durch Ertrinken gestorben war, wirbelte er herum zu Britt.

„Du blöde Kuh! Wenn du diesen Irren nicht losgebunden hättest, wäre Nadine noch am Leben!"

Noch bevor die anderen dazwischengehen konnten, schlug er Britt in seiner plötzlichen Wut so fest mit der flachen Hand ins Gesicht, dass sie knappe zwei Meter rückwärts flog und mit dem Rücken gegen die Reling krachte. Britt wirkte den Bruchteil einer Sekunde überrascht, dann wurde ihr Blick kalt. So schnell wie sie gefallen war, sprang sie wieder auf die Füße und trat Sören mit voller Wucht in die Weichteile.

„Niemand schlägt mich, hast du gehört? Niemand!"

Sören sackte mit einem dumpfen Ächzen zusammen. Das Ganze war so schnell gegangen, dass die anderen noch völlig perplex danebenstanden, während Britt auf Sören hinab sah, offensichtlich über sich selbst erschrocken. Dann beugte sie sich über ihn und entschuldigte sich mit wieder ruhiger Stimme.

„Das wollte ich nicht, wirklich nicht! Es ist nur, weil …" Verstört brach sie ab und wollte Sören aufhelfen, doch er schlug ihre Hand weg und rappelte sich von allein hoch.

„Können wir jetzt alle mal wieder runterkommen?", forderte Mike.

„Halt du doch die Klappe, du gehst mir dermaßen auf den Sack", giftete Henning.

Britt entfernte sich von den anderen und setzte sich ans Heck. Marie ging zu ihr.

„Was war *das* denn? Klar, Sören hätte dich nicht schlagen dürfen, auf gar keinen Fall! Aber … Wow! So eine Reaktion hätte ich dir nicht zugetraut!“ Marie musste unwillkürlich grinsen.

„Das war … ein Reflex. Weißt du, mein Vater … Der hat mich als Kind immer verprügelt. Ganz schlimm, ein paar Mal musste ich sogar ins Krankenhaus. Ich konnte mich ja nicht wehren. Und meine Mutter hat mir nicht geholfen. Sonst wär sie dran gewesen. Die hat selber 'ne Höllenangst gehabt. Als ich dann 17 war, und er mich wieder geprügelt hat, da hab ich meinen Hockeyschläger genommen und mich gewehrt. Ich habe ihm den Arm und das Nasenbein gebrochen. Seitdem hat er mich nie wieder angerührt. Keiner darf das, keiner darf mich schlagen, verstehst du?“

Marie legte tröstlich den Arm um Britt. „Ja. Das verstehe ich.“

„Aber Sören hat recht. Wenn ich diesen Sven nicht losgebunden hätte … Oh, mein Gott, ich … wieso hab ich das bloß getan?“

„Du hast es gut gemeint. Und im Grunde war es auch richtig. Wenn wir gekentert wären, und die Gefahr bestand durchaus, dann muss jeder eine Chance haben, sich zu retten, auch ein Mörder.“

Inzwischen hatte Henning Sörens Kamera an Deck geholt und machte Aufnahmen von Nadines Leiche. Sören stand noch immer gebückt an der Reling, hielt sich mit schmerzverzerrtem Gesicht den Schritt und atmete tief ein und aus. Mike drehte und wendete Nadines Körper, sodass Henning jedes sichtbare Detail aufnehmen konnte.

Als die beiden mit ihrer Dokumentation fertig waren, ging es auch Sören so weit besser, dass er, breitbeinig humpelnd, helfen konnte. Sie zerrten ein zweites Segeltuch aus den Beständen, um Nadine darin einzuwickeln, wie sie es gestern am frühen Morgen mit Julia getan hatten, und verzurrten das neue Leichenpaket direkt neben Julia an der Reling. Dieses Mal ging es schneller als am Tag zuvor, fast so, als hätten sie schon makabre Übung in den erforderlichen Handgriffen. Kurz darauf versank die Sonne blutrot am Horizont.

Sören entschuldigte sich knapp und wenig überzeugend bei Britt für seinen Übergriff, dann bat er alle in den Salon. Sie setzten sich um den Tisch. Sören teilte Gläser und Mineralwasser aus, Henning nahm sich demonstrativ eine Flasche Whisky. Sören begann zu reden, doch seine übliche Kapitänsattitüde fiel ihm schwer, er klang schwach und hilflos, so sehr er sich auch um Festigkeit bemühte.

„Wir müssen versuchen, ohne weitere Zwischenfälle bis zu den Kapverden zu kommen."

„Das gelingt uns sicher am besten, wenn wir den Müll namens Sven über Bord kippen", meinte Henning.

Marie giftete ihn an. „Das ist ja mal wieder typisch für dich! Statt dich mit Problemen auseinanderzusetzen, willst du ihnen aus dem Weg gehen. Dafür würdest du sogar jemanden umbringen, Hauptsache, du wirst nicht weiter belästigt, was?!"

„Von mir aus kannst du gleich hinterherspringen! Dir und deiner Moralkacke möchte ich nämlich am liebsten auch aus dem Weg gehen. Und zwar endgültig! Klappt nur nicht auf diesem beschissenen kleinen Boot!“ Henning kippte sich einen satt eingeschenkten Whisky hinter die Binde.

„Ich bin mir gar nicht so sicher, ob Sven des Rätsels Lösung ist“, merkte Mike an.

Henning schenkte sich nach und stöhnte genervt auf.

„Geht das schon wieder los? Vermutlich war ich es, oder? Ich hab Julia und Nadine gekillt. Und als nächstes bist du dran, Mike.“

Mike gab keine Antwort und wandte sich stattdessen an Britt.

„Du hast Sven losgebunden, als der Sturm tobte, oder?“

Britt nickte.

„Das Schiff hat sich plötzlich so auf die Seite gelegt, dass das totale Chaos ausgebrochen ist. Da hab ich Angst bekommen. Sven hat geschrien, dass ihn einer losbinden soll. Dass er nicht angekettet verrecken will. Da hab ich gedacht, das stimmt, das kann man nicht machen, das wär, als würde man ihn wie ein Kätzchen im Sack ersäufen.“

„Süßes Kätzchen. Herzallerliebst“, warf Henning ein und kippte noch einen kräftigen Schluck.

Sören nahm ihm die Flasche weg.

„Du hast ein echtes Drogenproblem, Brüderchen.“

Henning grinste. „Stimmt. Seit du mein Koks weggekippt hast.“

„Worauf willst du hinaus, Mike?“ Marie kümmerte sich nicht um das kindische Gerangel der Brüder.

„Henning, du hast den Motor abgeschaltet, als Wind aufkam, oder?“ Mike fixierte Henning ernst.

„Klar, hab ich. Die Segel waren ja gesetzt.“ Henning wandte sich an Sören. „Was im Übrigen ’ne richtig beschissene Idee von dir war.“

„Nur, um dir faulem Sack Arbeit zu ersparen, falls während deiner Ruderwache Wind aufkommt. Sonst hättest du uns garantiert alle geweckt, weil du nicht Manns genug bist, alleine Segel zu setzen.“

„Zurück zum Thema“, mahnte Mike. „Wann genau hast du den Motor abgeschaltet?“

„Alter, du nervst! Hab ich auf die Uhr geguckt, damit ich dir Rechenschaft ablegen kann? Nö!“

„Es ist aber verdammt wichtig!“, beharrte Mike. „Nadines Verletzungen sind nur zu erklären, wenn sie in den laufenden Propeller geraten ist. Falls also der Motor schon abgeschaltet war, bevor die Dorada richtig gekrängt und Britt Sven deswegen losgebunden hat, kann Sven nicht der Mörder sein, weil Nadine dann schon im Propeller hing.“

Henning starrte Mike überrascht an. Erst jetzt wurde ihm und auch den anderen klar, welche Tragweite Mikes Frage hatte.

„Ich war oben, es war alles ruhig, wir liefen unter Motor.“ Henning überlegte nun ernsthaft. „Die Segel hingen schlaff, allerdings ist mir aufgefallen, dass der Himmel sich langsam zuzog. Sah aber nicht bedrohlich aus. Ich bin runter, um mir einen Kaffee zu machen.

Ach ja, während das Wasser kochte, war ich auf'm Klo. Da hab ich kurz gedacht, ich hätte was gehört. Schritte oder so. Kann aber auch 'n Irrtum gewesen sein. Dann bin ich mit meinem Kaffee wieder hoch. Und kurz darauf brach die Hölle los, von einer Sekunde auf die andere."

„Heißt das, dass der Motor da noch lief?"

„Mann, ich hing an der Cockpitschanz, damit ich nicht über Bord gehe! Hat 'n paar Momente gedauert, bis ich wieder am …" Henning stutzte. „Als ich am Steuerruder war, lief der Motor nicht mehr. Aber der Schalter war auf ‚On'. Ich hab nicht drüber nachgedacht, sondern auf ‚Off' gedreht."

„Kam dir das nicht komisch vor?", fragte Sören.

„Ich hatte da gerade ein paar ganz andere Probleme als den scheiß Schalter!"

„Stimmt. Zum Beispiel diesen Knoten am Ruder, der nicht aufging, und mit dem du uns beinahe alle versenkt hättest!"

„Hört endlich auf damit!", mischte sich Marie ein. „Das heißt also, bei der ersten heftigen Böe hatte der Motor schon gestoppt und zwar ohne, dass du ihn abgeschaltet hattest, verstehe ich das richtig? Dann wäre Nadine *vor* dem Sturm über Bord gegangen und in den Propeller geraten."

Alle blickten Britt an.

„Ich habe Sven wirklich erst losgebunden, als der Sturm losging. Das einzige, was ich dazu noch sagen kann, ist … Na ja, seine Fesseln saßen nicht richtig fest, als ich sie aufgemacht habe. Ich dachte, er hat sie ein bisschen gelockert, aber in dem Moment war das ja egal."

„Dann gibt es nur zwei Möglichkeiten", fasste Mike zusammen. „Entweder Sven war vorher schon frei …

„… weil Henning mal wieder einen scheiß Knoten gemacht hat …", merkte Sören an.

Mike ignorierte den Einwurf und fuhr fort: „… und hat Nadine umgebracht. Oder es war jemand anders. Einer von uns hier am Tisch."

Alle schwiegen betroffen und gingen die Konsequenzen aus den neuesten Erkenntnissen durch. Plötzlich war ihnen klar, dass es keinerlei Sicherheit an Bord mehr gab. Sie waren ausgeliefert, jeder für sich ganz allein. Das Misstrauen zog Wände zwischen ihnen hoch. Jedes Gespräch, das noch geführt werden würde, war vergiftet. Jedes Wort konnte gelogen sein. Nach wenigen Minuten erhob sich Sören.

„Nützt alles nix, wir müssen Sven in die Mangel nehmen. Mike, du hilfst mir."

Mike sah nicht ganz wohl bei dem Gedanken aus, doch er nickte und erhob sich mit Sören. Die beiden banden Sven von seinem Kabinenbett los, zerrten ihn in den Salon und fesselten seine Hände hinterrücks an einen Stuhl vor der Kombüse, direkt gegenüber des Tisches.

„Oha, ein Tribunal", höhnte Sven. „Ich sage kein Wort ohne meine Anwälte Smith & Wesson."

„Bitte sei vernünftig", bat Britt. „Wir versuchen doch nur herauszubekommen, was hier vor sich geht. Und warum. Wenn du es nicht warst, was du ja die ganze

Zeit behauptest, dann hilf uns und beantworte ein paar Fragen."

„Leg dich gehackt, dumme Nuss! Ist doch egal, was ich sage … Ihr braucht nur einen Sündenbock!"

Henning sprang auf, griff mit der rechten Hand an Svens Stirn und zwang seinen Kopf nach hinten. Gleichzeitig drückte er ihm den linken Ellbogen auf den Kehlkopf.

„Jetzt mach dein Maul auf und sag uns, warum du Julia und Nadine gekillt hast!"

Sven befand sich in einer schmerzhaften Position, dennoch grinste er verächtlich und spuckte Henning ins Gesicht.

„Was willst du, du Wurst? So weit ich das mitbekommen habe, bist du der einzige hier, der für beide Weiber ein Motiv hat! Die eine hast du geschwängert, die andere hat deiner Maus deine Fickaffären verraten und dir damit die fette Geldhochzeit versaut!"

Henning holte mit dem Unterarm aus und ließ seinen Ellbogen unter Svens Kiefer krachen, sodass Svens Kopf gegen die Wandvertäfelung der Kombüse krachte.

„Du hast null Peilung, du Loser! Ich brauche keine reiche Tussi, ich hab selbst Schotter bis zum Abwinken!"

Marie wollte dazwischengehen und Henning von weiteren Gewalttaten abhalten, doch Sören hielt sie auf ihrem Stuhl fest. Fast schien es Marie, als hätte er Vergnügen an der Auseinandersetzung der beiden.

„Ach, hast du? Tatsächlich? Oder ist das nur dein Papi, der die Kohle hat?" Sven grinste Henning weiterhin an, obwohl der ihm gerade übel mitgespielt hatte und nicht aussah, als wolle er damit aufhören. Hennings Augen verengten sich, dann ließ er plötzlich von Sven ab, setzte sich zurück an den Tisch, zog die Whiskyflasche heran und goss sich ein weiteres Glas ein.

„Schaut ihn euch an", höhnte Sven unverdrossen weiter. „Ein labiler Charakter. Cholerisch, arrogant, aggressiv und hängt an der Flasche. Wenn das mal nicht der Prototyp des Mörders im Affekt ist!"

„Es reicht!", ging Britt lautstark dazwischen.

„Du hast mir gar nichts zu sagen!", schrie Sven zurück. Dann wandte er sich an die anderen: „Ihr geht mir alle dermaßen auf den Wecker, ihr verwöhnten Weicheier, ihr Schleimscheißer, ihr Upperclass-Wichser!"

„Da haben wir's", meinte Henning. „Krankhafter Sozialneid. Am liebsten würde er uns alle killen, einen nach dem anderen. Nur aus Hass. Weil er so ein Unterschichten-Arsch ist, der vermutlich nicht mal Hartz IV bekommt. Und jetzt flippt er aus, weil die Weicheier ihn ausgetrickst haben."

„Ihr mich ausgetrickst? Ihr mich?!"

Svens Gesicht lief unter seiner Bräune rot an vor Wut. Aus heiterem Himmel kippt er den Stuhl nach vorne, kam auf seine Füße, rammte seinen Körper von gut 90 Kilo Kampfgewicht samt Stuhl rückwärts gegen den Küchentresen. Der Stuhl zerbarst lärmend in seine Einzelteile, Holzsplitter flogen durch die Gegend. Sven zog blitzschnell seine hinter dem Rücken gefesselten Hände unter den Beinen hindurch vor den Körper, sprang zu Britt, die ihm am nächsten stand, legte von hinten seine

Fesseln um ihren Hals, kreuzte hinter ihrem Kopf seine Hände, wodurch sich seine Fesseln eng um ihre Kehle legten und schnürte ihr so die Luft ab. Das Ganze war so schnell und überraschend abgelaufen, dass keiner hatte reagieren können. Sören und Mike waren aufgesprungen, jedoch nicht schnell genug um den Tisch herumgekommen, um eingreifen zu können.

„Halt! Wenn ihr noch einen Schritt näher kommt, breche ich ihr das Genick! Ist ganz einfach. Knackt leise, und aus die Maus."

Sven zog die Fesseln noch fester um Britts Hals, indem er leicht seine Hände drehte, sodass der Druck auf den Seilen erhöht wurde. Britt würgte, rang nach Atem, griff mit beiden Händen nach oben und versuchte vergeblich, Svens eisernen Griff zu lockern. Sie grub ihre Fingernägel tief in Svens nackte Unterarme, bis Blut aus den Wunden quoll, doch Sven reagierte nicht einmal darauf. Gleichzeitig trat sie mit den Beinen nach hinten. Ihre Versuche, sich zu befreien, sahen bemitleidenswert aus. Zierlich wie sie war, wirkte sie vor Svens muskulösem Körper wie ein zappelndes Insekt.

„Lass sie los! Lass sie sofort los!", schrie Marie.

„Du hast mir gar nichts zu sagen! Keiner von euch!"

Dennoch lockerte Sven den Griff ein wenig und ließ Britt Luft schnappen. „Wenn ich wollte, könnte ich euch allen dermaßen den Arsch aufreißen, noch bevor ihr merkt, dass ich nicht mehr auf meinem Stuhl sitze. So, und jetzt fragt mal, wieso ich mich von euch luschigen Nullnummern hab fesseln und einsperren lassen! Nur, weil ich sowieso nicht wegkann. Weil wir, wie es so schön heißt, in einem Boot sitzen und ich keinen Bock auf Stress habe. Bleib ich also in Ruhe in meiner Kabine und lass mir von der kleinen Kellnerin hier das Futter bringen. Auch recht."

„Schön. Dann kannst du Britt ja jetzt loslassen und dich wieder an deinen Bettpfosten begeben", meinte Mike betont ruhig.

„Nix da. Denn jetzt liegt die Sache ein bisschen anders. Ihr habt die zweite Leiche an Bord. Bei der ersten toten Tusse hab ich noch gedacht, okay, da hat einer aus privaten Gründen zu viel Dampf abgelassen. Geht mich nix an, interessiert mich nicht. Also halt ich die Füße still, und warte, bis die Chose aufgeklärt wird. Null Stress für mich, klar? Aber für mich sieht das inzwischen nicht mehr so aus, als wär das Thema damit durch. Und da ich weder weiß, was hier los ist, noch wer wen warum killt, habe ich keinen Bock, gefesselt auf dem Boden rumzusitzen, wenn der Mörder auf die Idee kommt, dass ich nun dran bin."

Mike machte einen vorsichtigen Schritt auf Sven zu.

„Verstehe. Aber was ist dein Plan? Willst du die nächsten Tage hier stehenbleiben mit deinen Händen um Britts Hals? Oder was?"

Sven ließ Britt unvermittelt los und gab ihr einen kräftigen Schubs nach vorne, sodass sie gegen Marie prallte. Sie rieb sich den geröteten Hals und schnappte noch einmal gründlich nach Luft.

„Mike hat recht. Wir können das jetzt erneut durchexerzieren", sagte Sören. „Wir drei gegen dich. Klar, du bist der große Zampano, und wir sind die Würstchen.

Aber immerhin haben wir es schon mal geschafft, dich kleinzukriegen."

„Da war ich nicht drauf gefasst. Jetzt bin ich es. Und glaubt mir, dieses Mal geht es nicht ohne ernsthafte Verletzungen ab." Sven griff mit einer blitzschnellen Bewegung hinter sich auf die Arbeitsfläche der Kombüse und hatte plötzlich ein großes Fleischmesser in der Hand. Sören, der unmittelbar vor ihm stand, wich einen Schritt zurück. Angst stand in seinen Augen.

„Leute, so kommen wir nicht weiter!" Marie versuchte zu beschwichtigen. Auch sie war von Angst gepackt. Die Situation konnte leicht aus dem Ruder laufen, falls sie Sven nicht wieder unter Kontrolle bekamen. Am bedrohlichsten schien ihr dabei, dass Sven vollkommen ruhig und überlegt wirkte. Er würde keine Sekunde zögern, von dem Messer Gebrauch zu machen. Sie sah ihn an und bemühte sich um eine feste, klare Stimme.

„Ich kann deinen Standpunkt verstehen – falls du wirklich nicht der Mörder sein solltest."

Keiner bemerkte, wie Britt sich leise Richtung Sörens Kabine davonstahl.

„Ich hab ein Alibi, schon vergessen? Als diese Nadine hops ging, saß ich noch gefesselt in meiner Kabine."

„Deine Fesseln waren gelockert, als Britt dich losgebunden hat. Du hättest schon vorher an Deck schleichen können. Während Henning auf der Toilette war."

„Ach, leckt mich doch!"

„Ungern. Wie stellst du dir das jetzt vor? Du spazierst hier gemütlich auf dem Schiff herum, bis wir auf den Kapverden ankommen? Mit einem Messer in der

Hand? Und wir sollen das akzeptieren, einfach so?", fragte Sören.

„Nicht mit mir", sagte Henning. „Wir werfen das Schwein über Bord, dann ist Ruhe. Habt ihr nicht gesehen? Der hätte gerade auch Britt fast umgebracht! Was braucht ihr denn noch, um sicher zu sein?!"

„Da gebe ich dir absolut recht!" Britt kam aus Sörens Kabine heraus. In ihren Händen hielt sie eine Taucherharpune aus Karbon. Sie zielte auf Svens Brust. „Leg das Messer zurück."

Sven erbleichte. „Das ist jetzt nicht dein Ernst."

„Und ob. Wenn du nicht mitspielst, drücke ich ab."

„Du willst zulassen, dass die Ärsche mich über Bord werfen?"

„Ist nicht meine erste Idee. Aber wenn es nicht anders geht … Ich würde allerdings viel lieber einen Kompromiss vorschlagen."

Britt sah fragend in die Runde. Keiner bewegte sich. Sven hatte immer noch angriffsbereit das Messer in seiner Hand und stand bedrohlich nah an Sören und Mike. Keiner der beiden wollte es riskieren, Sven anzugreifen, da sie nicht sicher waren, ob Britt es tatsächlich wagen würde, den Stahlpfeil der Harpune in Svens Körper zu jagen.

Sören nickte Britt langsam zu: „Okay, sag an."

„Sven legt das Messer weg und lässt sich ohne Gegenwehr in seiner Kabine einschließen. Dafür wird er nicht mehr gefesselt, damit er sich dort frei bewegen und wehren kann, falls jemand mit einer Tötungsabsicht in seine Kabine kommen sollte."

„Bist du irre?", blökte Henning los. „Hier läuft niemand rum mit beschissenen Tötungsabsichten außer diesem Spacko! Hast du das nicht gemerkt, als er seine Wurstgriffel um deinen Hals gelegt hat?"

„Ich finde Britts Idee gut", mischte sich Marie ein. Alles, was Sven dazu brachte, das Messer wegzulegen und damit die gefährliche Lage zu deeskalieren, war hilfreich.

„Ich auch", stimmte Mike zu. „Zumal die Wahrscheinlichkeit, dass Sven Julia und Nadine umgebracht hat, meiner Meinung nach durch die Umstände von Nadines Tod erheblich gesunken ist."

„Endlich mal jemand, der denken kann", sagte Sven. Er ließ das Messer zumindest ein wenig sinken und schien angestrengt nachzudenken.

„Okay. Ich bin einverstanden. Aber nur, weil es mir zu stressig ist, den ganzen Tag darauf zu achten, wer von euch Pappnasen hinter meinem Rücken herumlungert. Was sagt der Skipper?"

Sören nickte.

„Und ich kann mich darauf verlassen, dass ihr nicht wie die Schmeißfliegen über mich herfallt? Ich würde euch im Übrigen dringend davon abraten."

„Mein Wort", sagte Sören.

Sven sah auf das Messer.

„Das Messer nehme ich lieber mit. Was gilt schon das Wort eines Arschlochs? Und meiner Meinung nach seid ihr alle Arschlöcher. Also falls jemand ohne Einladung in meine Kabine kommen will, soll er sich das gut überlegen."

Mit dem Messer in der Hand bewegte er sich rückwärts auf seine Kabine zu, wobei er seine Widersacher genau im Auge behielt. Kurz bevor er hineinging, fixierte er Britt.

„Wir sprechen uns noch, Kleines.“ Dann schloss er die Tür hinter sich.

Sören verriegelte die Tür von außen.

„Danke, Britt. Das wäre sonst bestimmt übel ausgegangen.“

„Gott sei Dank hat er es nicht drauf ankommen lassen. Ich hätte garantiert nicht abdrücken können“, sagte Britt leise und stellte die Harpune beiseite.

Henning setzte sich an den Tisch und kippte einen weiteren Whisky hinunter. Er lachte bitter auf. „Schon lustig, wie unsere mildtätige Mutter Teresa zur bewaffneten Lara Croft mutiert, oder? Ein echt spaßiges Bild.“

„Du bist so ein Arschloch, Henning“, fand Marie.

Sie drehte sich um und stieg nach oben an Deck. Die Sonne war inzwischen untergegangen. Einige wenige Sterne funkelten am Himmel. Marie setzte sich ans Heck, ließ ihre Beine über die Bordwand baumeln und starrte auf die schwarzen Wellen, die die Dorada gleichmäßig hoben und senkten. Als sie Schritte hinter sich hörte, erschrak sie, sprang auf und wirbelte ängstlich herum. Mike stand vor ihr und hob beschwichtigend die Hände.

„Ich weiß, wir sind alle nervös. Aber ich bin’s nur. Ich muss den Kurs kontrollieren.“

Marie setzte sich wieder hin, entspannte sich aber nur halb.

„Du bist es. Ja. Mike. Aber wer ist Mike? Kenne ich dich? Seit wann? Wie gut? Ich kenne dich nicht. Überhaupt nicht. Ich weiß nichts von dir. Wie kann ich sicher sein, dass du nicht Julia und Nadine umgebracht hast? Jeder hier an Bord ist mir inzwischen fremd. Nur noch Hass, Misstrauen und Angst. Selbst ich bin mir fremd."

„Du glaubst also auch nicht mehr, dass es Sven war?" Mike setzte sich neben Marie, hielt allerdings gebührend Abstand, damit sie sich nicht bedrängt oder gar bedroht fühlen konnte.

Marie schüttelte den Kopf.

„Ich sehe da keinen Sinn. Wo ist das Motiv? Er hat die beiden erst hier an Bord kennengelernt. Hennings Quatsch vom Sozialneid … Ich bitte dich, das halte ich für ausgemachten Blödsinn. Und wenn es kein Motiv gibt … Um zwei Frauen so brutal und ohne Grund zu töten, müsste er ein total kranker Psychopath sein. Und den Eindruck macht er nicht auf mich. Leider", fügte sie leise hinzu.

„Wieso leider? Weil dann als einzig logische Schlussfolgerung übrig bleibt, dass es einer von uns war?"

Marie nickte.

„Ich frage mich, was schlimmer ist: ein Psychopath an Bord, der in seiner Kabine eingeschlossen ist, oder ein angeblich harmloser Mensch, der frei herumläuft, mich anlächelt, mit mir Kaffee trinkt und mir im nächsten Moment ein Messer zwischen die Rippen jagt. Einer, dem ich vertraut habe. Vielleicht sogar einer, den ich mal geliebt habe."

Sie sah Mike in die Augen: „Oder einer, den ich vielleicht lieben könnte."

Noch bevor Mike etwas dazu sagen konnte, rief Sören nach ihnen. Sie gingen nach unten.

„Wir haben gerade darüber gesprochen, alle Kabinen zu durchsuchen, nicht nur wie bisher die von Sven. Ne Idee von Britt", informierte Sören die beiden.

„Und wonach suchen wir?", fragte Mike.

„Nach allem, was uns Aufschluss über irgendeinen Zusammenhang zu den Morden geben könnte. Ein Beweisstück, ein Motiv, irgendeinen Hinweis … Wir nehmen unsere Kabinen gegenseitig unter die Lupe, und zwar gründlich. In Zweier-Teams, damit hinterher keiner behaupten kann, es sei etwas manipuliert worden. Zumal hier inzwischen jeder jedem misstraut. Und das zu Recht. Vermutlich finden wir nichts, aber wir haben es zumindest versucht. Es muss euch nur klar sein, dass es ab jetzt keine Privatsphäre mehr gibt." Britt blickte fragend in die Runde.

Marie gab Britt recht.

„Ich stimme allem zu, was uns weiter bringen könnte. Mich macht diese Untätigkeit nämlich wahnsinnig."

„Ich finde es auch okay", antwortete Henning. „Britt und ich stellen Maries und Sörens und meine Kabine auf den Kopf. Sören und Marie durchsuchen Mikes Bude. Und dann nehmen sich Mike und Sören Britts Kabine vor, okay? Dazwischen muss jeder von uns eine halbe Stunde ans Ruder, bis wir nach der Durchsuchungsaktion wieder zum normalen Wachwechsel übergehen. Svens Domizil können wir außen vor lassen, das haben wir schon gründlich gecheckt. Und Sven sollte auch in keines der Zweier-Teams. Ich nehme nicht an, dass einer von uns Wert drauf legt, mit ihm beim Durchsuchen einer Kabine allein zu sein."

Alle nickten den Plan und die Aufteilung ab. Nur Marie war überrascht, dass Henning sich nicht wie üblich gegen jeden sinnvollen Gedanken stemmte und ausgerechnet Britt als Partnerin wählte. Andererseits verabscheute er sie selbst, seinen Bruder und Mike inzwischen vermutlich so sehr, dass er mit keinem von ihnen ein Team bilden wollte. Sie schlug vor, das Ganze auf den nächsten Morgen zu verlegen, damit sie Tageslicht hatten. Doch Sören war dagegen. Zu groß war die Gefahr, dass in der Zwischenzeit eventuell vorhandene Beweismittel über Bord gingen. Nachdem Mike endlich wieder den Motor angeworfen und das Schiff auf Kurs Richtung Kap Verde gebracht hatte, machten sie sich an die Schnüffelarbeit.

Knappe zwei Stunden später hatten Sören, Marie und Mike in alternierenden Teams sowohl Britts als auch Mikes Kabine aufs Genaueste untersucht. Nichts, aber auch rein gar nichts, wies auf eine Verwicklung einer der beiden Personen in die Morde hin. Henning war mit Britt noch immer in Sörens Kabine zugange, die beiden ließen sich Zeit. Schließlich ging Sören genervt hinein.

„Was macht ihr denn so lange? Wir sind seit einer halben Stunde fertig!"

„Ich habe deine Pornoheftsammlung unterm Bett studiert, das dauert halt", feixte Henning.

„Mäßig witzig."

Henning und Britt kamen aus Sörens Kabine heraus. Britt setzte sich an den Tisch und sah die anderen erwartungsvoll an.

„Habt ihr was gefunden?"

„Nada", sagte Sören. „Niente. Ihr wohl auch nicht, zumindest nicht bei mir, das weiß ich."

Britt wirkte enttäuscht. Marie setzte sich zu ihr. „War'n Versuch wert."

Britt zuckte mit den Schultern.

„Was haltet ihr davon, wenn wir mal wieder Nahrung zu uns nehmen? Also ich kippe um, wenn ich nicht zumindest 'ne Suppe bekomme."

Gemeinsam bereiteten sie einen Salat und ein paar Antipasti vor und deckten den Tisch. Jeder, der zum Schnippeln oder Schneiden ein Messer in die Hand nahm, wurde von den anderen genauestens beobachtet, man ging betont beiläufig auf Sicherheitsabstand. Misstrauen und Paranoia vergifteten die Luft, die Hände zitterten, die Nerven lagen blank, es kam wegen Kleinigkeiten wie etwa der letzten Olive auf dem Teller zu Reibereien.

Als Sören Svens Kabinentür aufschloss, um ihm Essen und Getränke rein zu reichen, stellte sich Henning mit der Harpune neben die Tür und behielt jede Bewegung Svens im Auge. Nach dem Vorfall am Nachmittag war Britt automatisch von ihrer bislang freiwillig übernommenen Aufgabe der Gefangenenversorgung entbunden. Keiner hatte sie deswegen befragt, es erschien allen eine Selbstverständlichkeit, und auch Britt protestierte nicht. Ihr Hals war inzwischen grün und blau von den Stricken, mit denen Sven sie gewürgt hatte.

Sven nahm seine Lieferung entgegen, warf Henning ein spöttisches Augenzwinkern zu und schloss die Tür, nachdem er allen einen gesegneten Appetit gewünscht hatte. Henning stellte die Harpune in Griffnähe und setzte sich mit Sören zu den anderen an den Tisch. Beim Essen versuchte keiner, ein belangloses Gespräch zu beginnen, um Alltag vorzutäuschen. Schließlich sprach Sören die bedrohliche Stimmung an. „Ich habe gerade überlegt, ob wir über Nacht zusammenbleiben sollten. Aus Sicherheitsgründen."

„Du meinst, um uns gegenseitig zu überwachen?", fragte Mike bitter. „Damit keinem etwas getan werden kann, oder damit keiner etwas tun kann? Schutz oder Kontrolle? Woran denkst du?"

Sören nickte trotzig.

„An beides. Du selbst hast doch daran gezweifelt, dass Sven für die Morde hier an Bord verantwortlich ist. Deine Argumente waren leider nur zu gut. Wir kennen uns seit Jahren, Mike. Aber ich weiß nicht, ob ich dir noch über den Weg traue. Ich traue ja nicht mal mehr meinem eigenen Bruder!"

„Als hättest du das jemals", höhnte Henning.

„Wie stellst du dir das vor? Einer ist oben am Ruder, und der Rest sitzt hier im Salon und behält sich misstrauisch im Auge?", fragte Marie. „Das halten wir keine zwei Tage durch. Wir müssen schlafen."

„Mach mal. Der Schlaf ist der Bruder des Todes", merkte Henning trocken an.

Mike wies ihn genervt zurecht.

„Du gehst mir auf den Sack, Henning! Marie hat recht. Also hör gefälligst auf, so zu tun, als wäre irgendwas lustig an unserer Situation! Dir geht der Arsch genauso auf Grundeis wie uns allen!"

In Hennings Augen funkelte es bedrohlich, er sah aus, als wolle er jede Sekunde auf Mike losgehen.

Marie lenkte mit einem Vorschlag ab. „Wir können ja abwechselnd schlafen. Einer ist oben allein am Ruder, einer geht in die Kabine und pennt ein paar Stunden. Die anderen wachen hier zusammen. Dann wird gewechselt."

„Könnt ihr machen, wie ihr wollt. Ich übernehme die erste Ruderwache, danach schließ ich mich in die Kabine ein, haue mich hin, und gut is'. Wenn ich wieder ans Steuer muss, weckt mich. Ansonsten leckt mich." Henning erhob sich, nahm ein Messer aus dem Messerblock, wog es abschätzend in der Hand, steckte es hinten in seinen Gürtel, warf den anderen einen warnenden Blick zu, und ging nach oben an Deck.

„Was für ein asoziales Arschloch", merkte Mike an.

Marie nickte.

„Man lernt Menschen am besten in der Krise kennen. Mir ist jetzt klar, dass ich Henning überhaupt nicht kannte. Aber was ist mit euch? Einer von uns ist ein Mörder. Wenn mir das jemand vor einer Woche gesagt hätte, ich hätte ihn für geistesgestört gehalten. Für uns alle war es doch bislang nur zu bequem, Sven für den Mörder zu halten. Aber jetzt? Geht das noch? Wer ist es? Und warum? Ich frage mich die ganze Zeit, warum?

Okay, Henning hätte ein Motiv. Ich auch, wie wir wissen. Ich war es nicht, also heißt das für mich, dass logischerweise nur noch Henning bleibt? Weil ihr anderen kein Motiv habt? Ist das so? Habt ihr wirklich keins?"

Marie redete immer leiser, so als hätte sie die Anwesenheit der anderen ausgeblendet und würde lediglich eine Bestandsaufnahme für sich selbst versuchen. Dabei schlang sie die Arme fest um ihren Oberkörper und wiegte sich sanft hin und her wie ein verhaltensgestörtes Kind. Die anderen betrachteten sie besorgt. Doch langsam hörte sie mit der Bewegung wieder auf, ihr ins Leere gerichteter Blick kehrte zurück in die Wirklichkeit.

„Ich rieche sie, ich rieche, wie Julia und Nadine sich dort oben zersetzen. Der Geruch fällt durch die Bullaugen. Oder er sickert durch das Teak. Mir ist, als sei schon das ganze Schiff mit Verwesung durchtränkt."

Mike wollte ihr sanft die Hand auf den Unterarm legen, um sie zu beruhigen, doch Marie schlug seine Hand abrupt weg.

„Fass mich nicht an!", schrie sie, der Hysterie nahe.

„Du brauchst Schlaf, Marie, leg dich hin", bat Mike.

„Ich finde Maries Vorschlag durchaus praktikabel", meldete sich die bislang schweigsame Britt zu Wort. „Und ich bin mit Mike dafür, dass Marie die erste Schlafrunde übernimmt." Sie wandte sich direkt an Marie.

„Sorry, aber du siehst echt furchtbar aus."

„Danke." Marie versuchte ein Lächeln. Es misslang gründlich. Sie sah Sören fragend an, der nickte knapp und stützte seinen Kopf in die Hände. Auch er sah völlig fertig aus.

Während Marie sich mit schweren Gliedern erhob, um eine Runde zu schlafen, sagte Sören frustriert: „Ich wünschte, wir hätten irgendwas Belastendes gefunden. Mir egal, bei wem, ich hab da keinerlei Präferenzen mehr. Aber dieser Zustand der Ungewissheit ist nicht zu ertragen!"

„Seien wir ehrlich, ein Erfolg unserer Durchsuchung war extrem unwahrscheinlich", fügte Mike hinzu. „Unser Mörder geht ziemlich planvoll vor, zumindest in der Vertuschung seiner Taten. Das Schiff ist fachmännisch sabotiert, und nirgends auch nur der geringste brauchbare Hinweis."

Marie stand schon vor ihrer Kabinentür.

„Andererseits glaube ich, dass die Morde selbst im Affekt begangen worden sind. Zumindest der an Julia. Unsere gesamte Kommunikation ist zwar gezielt lahmgelegt worden, aber so wie es aussieht auch in großer Eile. Da wurde nicht säuberlich geplant, sondern einfach alles Wichtige rausgerissen und über Bord geworfen. Wie lange braucht man, um die Kabel zu durchtrennen, die Hörer rauszureißen und mitsamt Satellitentelefon über Bord zu werfen? Dazu noch das Blut weg duschen, umziehen, die Klamotten entsorgen … Das dauert ein paar Minuten, selbst für jemanden, der sich verdammt gut auskennt, was unser Mörder offensichtlich tut. Auf einem Schiff, wo jede Sekunde jemand aus einer Kabine kommen kann und oben jemand am Ruder steht, ein geradezu wahnwitziges Risiko. Deshalb tippe ich auf eine ungeplante Tat. Für die es einen Grund gegeben haben muss."

Ohne eine Antwort abzuwarten wandte Marie sich um, ging in ihre Kabine und schloss hinter sich ab. Sören sah ihr nachdenklich hinterher, während Mike Maries Gedanken weiter verfolgte.

„Maries Überlegungen erscheinen mir logisch. Zumindest, was Julia betrifft. Aber was war mit Nadine? Okay, auch hier war das Risiko, bei der Tat entdeckt zu werden, sehr groß, vielleicht sogar noch größer. Aber zwei Morde im Affekt an zwei aufeinanderfolgenden Tagen? Ohne einen Plan dahinter? Aus plötzlicher Wut? Oder absurdem Hass? Das macht nur ein Wahnsinniger! Und ich habe, ehrlich gesagt, nicht das Gefühl, dass einer von uns zum Wahnsinn neigt. Außer möglicherweise Sven. Über ihn können wir so gut wie nichts sagen, außer dass er ein sehr hohes Aggressionspotenzial hat. Aber wir anderen? Wir sind allesamt ganz durchschnittliche Typen. Okay, Henning hat ein erhöhtes Arschlochpotenzial, aber er ist auch ein Feigling. Und Feiglinge schlitzen niemandem die Kehle auf."

„Wir sind aber keine Fachleute für Wahnsinnige", gab Sören zu bedenken. „Woran erkennt man die? Am irren Blick oder Schaum vor dem Mund? Ich bitte dich, das hilft uns alles nicht weiter. Man hört das doch immer wieder: Da tickt einer aus, und hinterher wundern sich alle und erzählen, was dieser durchgeknallte Amokläufer doch für ein netter Mensch und Nachbar war."

„Ein Merkmal ist auf jeden Fall asoziales Verhalten", merkte Britt leise an.

Automatisch sahen Sören und Mike zur Luke, die an Deck führte. Sören schüttelte den Kopf.

„Mir gehts wie Mike. Ich halte Henning nicht für fähig, zwei sinnlose Morde zu begehen."

„Sinnlos sind sie nur, solange wir den Sinn nicht erkennen", sagte Mike. „Vielleicht steckt etwas ganz anderes als blinder Hass oder Wut dahinter, etwas, von dem wir keinen blassen Schimmer haben." Er sah fragend zu Sören und erschrak.

„Sören, was ist mit dir? Du bist käseweiß! Siehst aus, als müsstest du gleich kotzen …"

Sören erhob sich wankend.

„Schon okay, ich brauch einfach nur frische Luft. Der Gestank hier unten ist nicht zum Aushalten." Mit wackligen Beinen ging er an Deck.

Mike lächelte Britt an. „Na gut, dann passe ich eben auf dich auf."

„Und ich auf dich." Britt lächelte zurück.

Der Mond schien durch eines der Fenster fahl in den Salon und warf ein kaltes Licht auf das Lächeln der beiden.

Die Nacht verlief ohne besondere Vorkommnisse. Sogar Henning fügte sich nach seinem anfänglichem Egotrip in den von Sören festgelegten Wach- und Schlafwechsel ein. Dennoch sah man am nächsten Morgen die Zeichen der Ereignisse tief in die Gesichter eingegraben. Alle waren übermüdet, gereizt und mürrisch bis hin zur offenen Feindseligkeit. Als die ersten zaghaften Strahlen der Sonne den Horizont hochkletterten und die wenigen Schleierwolken von unten in einem tiefen Orange einfärbten, fanden sie sich trotz der frühen Stunde im Salon ein. Keiner konnte mehr schlafen. Argwohn und Angst hatte bei ihnen allen den Geist in ständige Alarmbereitschaft versetzt und gönnten dem Körper kaum noch Pausen. Wer in der Nacht aus purer Erschöpfung für die wenigen erlaubten Stunden eingeschlafen war, hatte sich unruhig hin- und hergewälzt und war schweißgebadet wieder wach geworden, ohne sich auch nur einen Deut erholt oder gar gekräftigt zu fühlen.

Das Frühstück nahm jeder für sich ein. Keiner verspürte Lust, sich mit den anderen an einen Tisch zu setzen und eine Zusammengehörigkeit vorzugaukeln, die es längst nicht mehr gab. Das gestrige Abendessen schien das endgültig letzte Geselligkeitsexperiment gewesen zu sein, das zwar relativ friedlich verlaufen war, aber dennoch hatte deutlich werden lassen, dass jeder gegen jeden ein- und aufgestellt war. Das gemeinsame Essen als sozialer Akt war dem schwelenden Misstrauen zum Opfer gefallen.

Mike unternahm zwar einen hilflosen Versuch, mit Marie einen Kaffee zu trinken und noch einmal die Diskussion des Vorabends aufzufrischen. Doch sie schüttelte nur den Kopf, nahm ihre Tasse, ging nach oben und setzte sich im Schneidersitz auf die Dingi-Garage ans Heck – mit dem Rücken zu den festgezurrten Leichen im Bug, den Blick starr auf die sanfte Dünung des Meeres gerichtet. Mike übernahm das Steuerruder und sah sich gelegentlich nach ihr um. Doch Marie veränderte ihre Position nicht, sie war wie in Stein gemeißelt.

Noch wehte eine kühle Brise über den Atlantik, doch schon in wenigen Stunden würde die Sonne erbarmungslos vom knallblauen Himmel herunterbrennen, die wenigen, noch vorhandenen Schönwetterwolken verdunsten. Dann würde sich der über das Schiff wabernde Verwesungsgeruch verstärken und damit die eh schon bloß liegenden Nerven der Besatzung weiter strapazieren.

Keiner beachtete mehr die Delfine, die gelegentlich neben der Dorada auftauchten und sie neugierig und verspielt ein Stück des Wegs begleiteten. Die fliegenden Fische, die sich auf Deck verirrten und dort zappelnd nach Luft schnappten, wurden achtlos mit den Füßen zurück ins Meer gekickt. Nur noch Sören und Mike kümmerten sich darum, die seemännische Ordnung auf dem Schiff aufrechtzuerhalten. Sie kontrollierten in regelmäßigen Abständen das laufende und stehende Gut, das Tauwerk und auf was sonst noch zu achten war. Alle anderen schienen zeitweilig in Apathie zu verfallen und taten nur die allernötigsten Handgriffe, die ihnen von Sören aufgetragen wurden. Als Sven, der als einziger noch über einen funktionierenden Schlaf verfügte, sich Stunden später endlich rührte, war zum ersten Mal für diesen Tag gemeinsames Handeln und damit Kommunikation erforderlich. Sven trommelte von innen an seine Kabinentür und verlangte, ins Bad gelassen zu werden, um pinkeln und sich frisch machen zu können. Zudem hatte er Hunger und Durst.

Marie kam auf Mikes Zuruf endlich wieder in Bewegung und übernahm das Steuerruder, damit Mike sich nach unten begeben konnte, um Sören und Henning zu unterstützen. Henning nahm die Harpune in Anschlag und stellte sich in Position, Sören schloss die Tür auf. Mike machte sich wachsamen Auges in der Kombüse zu schaffen und half Britt, einige Lebensmittel für Sven bereitzustellen. Als Sören die Tür öffnete, stand Sven mit freiem Oberkörper, seinem Kosmetikbeutel in der einen und dem Messer in der anderen Hand im Türrahmen und grinste die Brüder an. Er wirkte als Einziger an Bord ausgeruht und im Vollbesitz seiner Kräfte.

„Na, ihr Luschis, gut geschlafen?"

„Halt die Klappe und geh pissen. Dann bekommst du Futter und gehst wieder zurück in die Zelle", erwiderte Henning.

Als Sven den Salon durchquerte, wichen Sören und Henning zurück, immer auf Sicherheitsabstand bedacht. Die Vorsichtsmaßnahme amüsierte Sven. Er machte einen plötzlichen Ausfallschritt auf Henning zu, fuchtelte mit dem Messer vor ihm herum und lachte sich kaputt, weil Henning, wie von Sven beabsichtigt, erschrak, einen Satz zurück machte und dabei über einen Stuhl stolperte.

„Mach dir nicht ins Höschen", höhnte Sven und verschwand in der vorderen Nasszelle.

Henning war weiß vor Wut im Gesicht.

„Lass dich nicht provozieren. Noch zwei Tage, und wir übergeben der Kerl an die kapverdische Kripo", mahnte Sören.

Henning drückte Mike wortlos die Harpune in die Hand und ging nach oben, wo er Marie ignorierte und sich nach vorne zum Bugkorb bewegte.

Sven ließ sich ausgiebig Zeit mit seiner Morgentoilette. Als er geduscht und rasiert zurück in den Salon kam – das Messer hatte er nun griffbereit in den vorderen Bund seiner Jeans gesteckt – schob Britt ihm wortlos einen Teller mit dem vorbereiteten Frühstück und eine Flasche Cola hin.

„Danke, Schatz!" Sven lächelte sie an. „Was macht dein Hals?"

„Das wirst du mir büßen …"

Sven deutete eine Verbeugung an.

„Klingt sexy! Ich stehe dir jederzeit voll und ganz zur Verfügung." Er nahm den Teller und die Flasche und bewegte sich auf den Niedergang zu.

„Was soll das?", fragte Sören irritiert. „Wir haben eine Abmachung!"

„Scheiß auf deine Abmachung. Ich frühstücke an Deck. Brauch frische Luft. Soweit die Luft da oben frisch ist mit den scheiß Leichen am Bug. Wieso habt ihr Penner die nicht am Heck verzurrt? Idioten!" Sven drehte Sören, Mike und Britt den Rücken zu und ging an Deck.

Sören sah Mike auffordernd an.

„Was soll ich machen? Ihn harpunieren, weil er an Deck frühstücken will?“ Mike schüttelte missmutig den Kopf.

„Aber wir können ihn nicht mit Marie und Henning da oben allein lassen. Henning ist zurzeit wie ’ne Stange Dynamit mit ’ner ganz kurzen Zündschnur!“

Sören wandte sich an Britt. „Und du kommst auch mit.“

Britt schien das nicht zu passen.

„Ich komm hier unten schon klar, was soll mir denn passieren, wenn ihr alle an Deck seid?“

Sören schüttelte energisch den Kopf.

„Mir egal. Vielleicht holt dich der Klabautermann. Jedenfalls bleibt keiner mehr auch nur eine Sekunde allein!“

Da hörten sie auch schon Henning von oben rufen.

„Wer hat dem Pisser denn erlaubt, an Deck zu kommen? Leg das Messer weg, du Arsch!“

Alarmiert sahen sich Sören und Mike an. Sören griff die Harpune. In Windeseile nahmen sie die paar Stufen des Niedergangs, Britt folgte ihnen genervt.

Sven saß am Tisch und biss genüsslich in sein Brot. Sein aufmerksam flackernder Blick, der zwischen dem direkt vor ihm liegenden Messer und Henning hin- und herwanderte, widersprach jedoch der betont lässigen Haltung, mit der er in den Polstern lümmelte. Henning hatte sich in sicherer Entfernung vor ihm aufgebaut und funkelte ihn hasserfüllt an. Kaum war er sich Sörens und Mikes Rückendeckung gewiss, begann er Sven herauszufordern. „Ich will, dass du sofort wieder nach unten verschwindest und dich einschließen lässt, hörst du?“

„Gehört hab ich's wohl, allein mir fehlt der Wille“, gab Sven in höhnisch-hochmütigem Tonfall zurück.

Henning sah zu Sören und Mike.

„Dann müssen wir wohl etwas nachhelfen, oder?“

Mike stöhnte genervt auf. „Nicht schon wieder diese Nummer!“

Sören wirkte unentschlossen.

Marie drehte relativ desinteressiert den Kopf und beobachtete die Männer aus ihrer nur etwa zwei Meter entfernten Position am Steuerruder.

„Lasst ihn in Ruhe essen. Wo ist das Problem?“, mischte sich Britt deeskalierend ein.

„Oh Mann, ihr habt's immer noch nicht begriffen, was?“

Henning nahm Sören die Harpune aus der Hand und richtete sie auf Sven. „Der Kerl ist ein Killer! Als Britt ihn zu Beginn des Sturms losgebunden hat, waren seine Fesseln schon gelockert! Sein angebliches Alibi ist doch für die Katz, Leute! Und ihr lasst den Typen hier frei rumspazieren mit 'nem riesen Fleischmesser in der Hand! Seid ihr noch ganz klar im Kopf?“

Da Sören sich immer noch nicht recht entscheiden konnte, wie er mit der Situation umgehen wollte, sprach Mike beruhigend auf Henning ein.

„Bleib ruhig, Alter. Wir haben uns darauf geeinigt,

dass Sven sich in seiner Kabine einschließen lässt, bis wir die Kapverden erreicht haben. Da kann sich dann die Polizei um alles kümmern. Bis dahin bleiben wir bei unserer Verfahrensweise.“ Er wandte sich an Sven.

„Das tun wir doch, oder sehe ich das falsch? Du schnappst kurz frische Luft, und dann gehst du wieder nach unten.“

Sven legte sein Brot weg und beide Hände auf die Tischplatte. Die Rechte befand sich nun direkt neben dem Messer.

„Schätze ich hab's mir anders überlegt. Den Tag verbringe ich hier oben. Wenn ich müde bin, gehe ich wieder runter. Ich putze mir brav die Zähne und gehe ins Körbchen. Dann könnt ihr von mir aus die Tür wieder abschließen.“

„Seht ihr? Der scheißt auf unsere Abmachung!“

Henning war außer sich vor Wut und hob die Harpune auf Anschlag. Er stand leicht seitlich zu Sven auf steuerbord.

Plötzlich setzte sich Britt direkt neben Sven und drehte ihren Oberkörper so, dass Henning kein freies Schussfeld mehr hatte.

„Alles gut, nimm die Harpune runter, Henning. Es passiert nichts, siehst du?“

Nun erhob sich auch Marie und trat zu den anderen.

„Geh bitte da weg“, bat sie Britt bemüht ruhig.

Sie kannte das Funkeln in Hennings Augen und wusste, dass er dann unberechenbar sein konnte. Sie hatte diesen Blick bei ihm zwar erst ein einziges Mal gesehen, aber umso intensiver war er ihr ins Gedächtnis gebrannt. Damals war sie mit Henning in einer Szene-Bar in Hamburg gewesen, wo er mit seinem Seidenschal und seiner „Mir gehört die Welt"-Attitüde unangenehm auffiel. Dann hatte einer der anwesenden Gäste, die in der Mehrheit breitschultrig, tätowiert und auf der Suche nach Stunk waren, Marie heftig angebaggert. Marie war ausgewichen und hatte die Bar einfach verlassen wollen, doch Henning musste unbedingt den Macker spielen. Er baute sich vor seinem Gegner auf und beleidigte ihn nach Kräften. Darin war er gut, verdammt gut. Dazu funkelte er ihn mit genau diesem Blick an, und Marie begriff, dass es keine Sekunde um sie ging, sondern ausschließlich um die niedrigsten Revierpinkler-Instinkte. Noch bevor der Typ nach einem kurzen und schnörkellosen Wortwechsel seine gezückte Faust in Hennings Gesicht landen konnte, hatte Henning einen Bierkrug genommen und ihn in der vernarbten Visage seines Kontrahenten zertrümmert. Dann hatte er Marie blitzschnell am Arm gepackt und aus dem Laden gezerrt. Marie war entnervt mit einem Taxi nach Hause gefahren, und Henning hatte sich bis morgens in einen Siegesrausch hinein gesoffen. Seitdem wusste sie, dass er Gefallen an einem der Raserei verwandten Zustand finden konnte, der gerade im Risiko der Selbstzerstörung seinen höchsten Reiz besaß.

Genau jetzt war er in diesem Zustand.

„Ja, geh da weg, Britt", wiederholte Henning scharf. „Oder stehst du drauf, wenn der Typ dich würgt?"

„Sie fährt voll drauf ab", warf Sven ein.

Britt sah Sven mit Unschuldsmiene an. „Das wirst du nicht tun, oder?"

Sven grinste, ließ aber nicht den Blick von Henning. „Nur wenn du drauf bestehst. Aber dem Vollspacko da drüben, dem dreh ich gleich den Hals um, wenn er die Harpune nicht sofort weglegt. Ich hab nämlich langsam die Schnauze voll von dem Theater. Also beweg dich aus der Schusslinie, Schätzchen, nicht, dass du noch was abbekommst."

„Ja, genau, beweg dich aus der Schusslinie, Schätzchen", wiederholte Henning.

Britt blickte Sven und dann Henning prüfend an. Sie begriff, erhob sich mit langsamen, beschwichtigenden Bewegungen und ging vom Tisch weg.

„Henning, lass es, der macht dich alle, du hast keine Chance", sagte sie leise im Rückwärtsgang.

Doch Henning hörte weder auf sie noch auf Mikes und Maries hektisch ausgesprochene Warnungen. Er fühlte sich sicher mit der Harpune im Anschlag, er fühlte sich überlegen mit seiner ganzen Biografie im Anschlag, und er würde keineswegs vor diesem dummen Proll, und sei er noch so muskelbepackt, auch nur einen Zentimeter zurückweichen. Henning verteidigte nicht nur die Abmachung, er verteidigte die gesellschaftliche Hierarchie, in der er glaubte oben zu stehen. Also forderte er Sven ein letztes Mal unmissverständlich auf, sofort nach unten zu gehen, wo er hingehöre, und sich einschließen zu lassen.

Sven gab keine Antwort. Er fixierte Henning mit zusammengekniffenen Augen. Die anderen hielten den

Atem an, denn es war nur allzu deutlich, dass ein Zurückweichen für keinen der beiden Kontrahenten an diesem Punkt mehr infrage kam.

Als Henning seinen Finger am Abzug krümmte, griff Sven zum Messer und warf mit großer Wucht. Die Bewegungen des Greifens und Werfens waren so schnell, dass man sie nicht voneinander unterscheiden konnte. Das Messer erreichte sein Ziel in der Millisekunde, in der Henning abdrückte, und bohrte sich tief in seine Brust. Durch den Aufprall verzog Henning die Harpune seitlich, sodass sein Pfeil an Sven vorbeipfiff und sich hinter ihm mit hellem Krachen in die Schottwand neben dem Niedergang bohrte. Henning wirkte verblüfft. Er sackte mit einem leisen Röcheln in sich zusammen, wie in Zeitlupe ging er zu Boden. Sein weißes Shirt färbte sich rot. Marie schlug entsetzt die Hand vor dem Mund. Sören schrie schmerzvoll auf, als sei er selbst von dem Messer durchbohrt worden.

Mike war als erster neben Henning, kniete sich hin und übersah dabei, dass Sven ebenfalls einen Hechtsprung zu Henning machte. Sven trat dem schon knienden Mike mit voller Wucht auf das rechte Schulterblatt, sodass Mike, den die Attacke völlig unvorbereitet traf, das Gleichgewicht verlor, nach vorne geschleudert wurde und mit dem Kopf gegen die Reling prallte. Während Mike sich schüttelte und laut fluchend aufrappelte, bückte Sven sich über Henning und zog mit einem entschlossenen Ruck das Messer aus seiner Brust heraus. Das Ganze dauerte nur wenige Sekunden. Doch die reichten Sören, um den Pfeil aus der Schottwand der Kajüte zu ziehen, die Harpune aufzuheben, nachzuladen und den Pfeil ohne groß anzulegen mit einem lauten, hasserfüllten Aufschrei dem sich wieder aufrichtenden Sven in den Rücken zu jagen. Er traf ihn genau zwischen die Schulterblätter. Svens massiger Körper fiel auf Henning und begrub ihn unter sich.

Marie und Britt standen geschockt daneben. Marie zitterte am ganzen Leib.

„Was macht ihr da? Seid ihr wahnsinnig?"

Britt hingegen wiederholte mit fassungslosem Blick immer wieder murmelnd: „Nein … nein … nein …"

Sören ließ die Harpune wie ein glühendes Eisen fallen und starrte auf die beiden übereinanderliegenden Körper. Mike, der inzwischen seine kurze Benommenheit abgeschüttelt hatte, kroch hin und bot alle seine Kraft auf, Sven von Henning herunterzuzerren. Doch es war schwierig. Er wagte es nicht, den mit Widerhaken bestückten Pfeil aus der Wunde zu ziehen, konnte Sven aufgrund des Pfeils allerdings auch nicht einfach herumrollen und auf den Rücken drehen.

„Verdammt noch mal, Sören, hilf mir endlich!"

Sören schüttelte den Kopf und bewegte sich keinen Millimeter. Er war nicht ganz bei sich. Da gab sich Britt einen Ruck und half Mike. Sie war viel kräftiger, als sie aufgrund ihrer Zierlichkeit schien. Gemeinsam schafften sie es, Sven in eine seitliche, halb sitzende Stellung zu wuchten. Dabei kippte sein Kopf nach hinten, der Kiefer klappte herunter. Seine Augen waren geöffnet, doch ohne jeglichen Glanz. Sven war tot.

Mike konstatierte das mit einem kurzen Blick und

wandte sich sofort wieder Henning zu, der nun freilag. Eilig zog Mike sein Shirt aus und presste es auf Hennings klaffende Wunde, aus der das Blut nur so sprudelte. Er brüllte Marie an: „Komm her, tu was! Er lebt noch!“

Marie erwachte aus ihrer Erstarrung und kniete sich ebenfalls neben Henning. Sie hob vorsichtig Mikes auf Hennings Brustkorb zusammengeknülltes Shirt an und besah sich die Wunde. Auf einen Schlag war sie hellwach und agierte professionell.

„Knapp am Herz vorbei. Ich muss sofort einen Druckverband anlegen. Britt, hol den Verbandskasten. Mike, ich brauch von dem festen Tape, mit dem wir die Segel flicken!“

Britt hörte nicht zu. Sie kniete neben Sven, hielt seinen Kopf in beiden Händen und betrachtete ihn. Völlig unter Schock sagte sie mit der Verblüffung eines Kindes, das zum ersten Mal einen leblosen Frosch oder Hamster vor sich hat: „Er ist tot. Er ist wirklich tot!“

Mike stand auf, schüttelte sie heftig, um sie ins Geschehen zurückzuholen und blökte sie an, den Verbandskasten zu holen. Endlich reagierte sie. Mike rannte nach dem Tape.

Nachdem Marie den bewusstlosen Henning notdürftig verbunden hatte, wollte Mike ihn unter Deck schleppen und ihn in Sörens und seine Kabine betten. Marie war dagegen. Sie konnte mögliche innere Verletzungen nicht einschätzen, deswegen hielt sie es für geraten, Henning auf keinen Fall den schmalen Niedergang hinunter zu bugsieren. Das Risiko war zu groß.

Also trug Mike einige Polster der Sonnenliegen heran und baute Henning im Schatten der Persenning ein möglichst bequemes Lager. Ganz vorsichtig hoben sie ihn hinauf. Marie lagerte Hennings Beine hoch, um seinen fallenden Blutdruck zu stützen. Sören half nicht. Er war nicht zu gebrauchen, stand am Steuerrad und tat so, als sei nichts passiert. Er stand ganz offensichtlich unter Schock.

Britt erging es ähnlich. Sie saß wieder neben Svens Leiche und stierte dumpf brütend vor sich hin, ungeachtet der inzwischen im Zenit stehenden Sonne, die glühend auf sie niederbrannte. Das Messer allerdings, das Sven beim Sturz aus der Hand gefallen war, hatte sie in ihren Gürtel gesteckt. Marie fand das seltsam, passte es doch so gar nicht zu der sanften Kindergärtnerin. Aber gut so, dachte sie, dann ist endlich auch bei Britt angekommen, dass es hier ums nackte Überleben geht. Ihr Versuch, Henning und Sven aufzuhalten, indem sie sich dicht neben Sven in die Schusslinie setzte, war nicht mutig, sondern naiv, wenn nicht wahnsinnig gewesen. Und genutzt hatte es auch nichts.

Marie fühlte Hennings Puls, er war schwach, aber beschleunigt. Seine Haut glänzte feucht und blass und war trotz der herrschenden Hitze kühl.

„Was denkst du?“, fragte Mike.

„Organische Verletzungen kann ich nicht beurteilen, ohne nachzusehen. Ich traue mich im Moment aber nicht, den Druckverband zu lösen, weil dann noch mehr Blut austritt. Ich fürchte sowieso, dass wir es schon mit einem Volumenmangelschock zu tun haben!“

Mike sah sie fragend an.

„Einen Liter Blutverlust kann der Körper einigermaßen kompensieren …"

„Henning hat erheblich mehr verloren!"

„Eben. Dann versucht der Körper, diesen Blutverlust physiologisch auszugleichen. Durch höhere Pumpleistung des Herzens, Ausschüttung der Alarmhormone Adrenalin und Noradrenalin. Das klingt erst mal ganz praktisch gedacht von der Natur, führt letztlich aber neben dem Anstieg der Herzfrequenz auch zu einer Engerstellung der Gefäße …"

„Kannst du's mal weniger kompliziert machen? Hoher Blutverlust ist scheiße, klar. Was für Probleme haben wir sonst noch zu erwarten?"

„Tachykardie, oder weniger kompliziert: totaler Herzkasper, dazu Minderversorgung aller Gewebe mit Sauerstoff mit entsprechenden Folgen wie Bewusstseinsstörungen, Hirnschädigung, zudem Ausfall der Nierenfunktion, Multiorganversagen und schließlich Tod. Oder septischer Schock. Mit den gleichen Konsequenzen, wenn er nicht in kürzester Zeit intensivmedizinisch betreut wird."

Mike lief unter höchster Anspannung hin und her.

„Wie lange haben wir?"

„Keine Ahnung. Ich weiß nicht, was das Messer neben dem Blutverlust noch angerichtet hat. Je schneller er Hilfe bekommt, desto besser. Mehr kann ich nicht sagen."

„Wir laufen schon unter Vollkraft. Normalerweise würde ich das Groß als Stützsegel einsetzen, aber das hängt ja leider in Fetzen. Und die Fock lohnt nicht, die bringt nicht genug Vortrieb."

„Ich weiß", sagte Marie leise. „Ich weiß."

Dann blickte sie auf Henning. Zum ersten Mal, seit sie ihn kannte, sah er schwach und schutzbedürftig aus. Er lag einfach so da, wie eine leere Hülle.

Chippie

Tim liegt auf dem Boden. Alles schmerzt. Der Rücken. Die Glieder. Die Augen. Die Haut. Der Magen. Der Hals. Die stinkende Hand. Auch die gesunde Hand schmerzt, aufgerieben vom Kratzen und Schaben. Tim hat aufgegeben. Er will nicht weiter kratzen und schaben. Es hat keinen Sinn. Nichts hat mehr einen Sinn. Er hat alles aufgegeben. Alles. Er hat sich aufgegeben. Ihm wird bewusst, dass er alles ist. Wenn er *sich* aufgibt, gibt er *alles* auf. Das war ihm nie klar. Er hat nie darüber nachgedacht. Wenn er jetzt darüber nachdenkt, fragt er sich, wieso das so ist. Dass er sich selbst alles ist. Und es darüber hinaus nichts gibt. Keine Hoffnung, keine Zukunft, kein Sein. Wenn er an diesem Punkt mit seinen Gedanken angelangt ist, lacht er, weil er keine Möglichkeit mehr findet, weiter zu denken. Er weiß jetzt, dass er kein Darüber hinaus über seine Existenz denken kann. Dann fragt er sich kurz, ob er aus Verlegenheit lacht oder aus Überzeugung. Aber auch das ist letztlich egal. Er will nur noch da liegen und sterben. Endlich Ruhe. Keine Aufgaben mehr, keine Pflichten, keine Anstrengungen. Die Hoffnung stirbt zuletzt und mit ihr alles andere.

Tim fragt sich, ob seine Leiche je gefunden wird. Und wenn ja, ob Hans und Franz und Uma ihn vorher schon bis auf die Knochen abgenagt haben. Ob man ihn dann anhand seiner DNA identifizieren kann? Bestimmt. Aber vielleicht werden nicht mal seine Knochen gefunden. Wie lange dauert es, bis ein Vermisster für tot erklärt wird? Sein Vater wird sich bestimmt darum kümmern. Damit alles seine Ordnung hat. Immer muss alles seine Ordnung haben.

Tim lacht wieder laut auf. Er weiß noch gut, wie der Vater sich früher aufgeregt hat, wenn er von der Werft nach Hause kam und das Spielzeug seiner Kinder im Wohnzimmer herumlag. Sie sollen doch nicht im Wohnzimmer spielen, dafür haben sie ihre eigenen Zimmer! Es muss eben alles seine Ordnung haben. Es muss alles *Armins* Ordnung haben. Tim sieht den zornigen Armin vor sich stehen. Oder besser gesagt: Er sieht ihn über sich. Tim ist ganz klein und sitzt auf dem Boden. Armin steht da und sagt etwas. In Tims Augen ist Armin ein hünenhaftes Wesen mit der Stimme eines Werwolfs. Armin wirft einen schweren Schatten auf Tim. Der Schatten ist so dunkel, dass Tim Angst hat, davon verschluckt zu werden. Wenn Armin etwas sagt, versteht Tim die Worte nicht. Er hört nur ein bedrohliches Knurren. Tim ist froh, als Karina hereinkommt und ihn auf den Arm nimmt. Sie riecht so gut. Und ihre Haut ist so zart wie Mamas nachtblaues Seidenkleid, das immer noch in ihrem Schrank hängt, obwohl sie schon lange im Himmel ist. Karina ist das neue Kindermädchen. Das vierte schon. Er ist jedes Mal traurig, wenn eines seiner Kindermädchen geht. Sie bleiben nie lange. Sie haben auch Angst vor Armins Schatten. Nur Karina, die hat keine Angst. Die bleibt, weil sie ihn lieb hat. Karina schenkt ihm sogar ein Kätzchen. Der Schatten knurrt, doch Karina lacht das Knurren einfach weg. Tim nennt sein Kätzchen Chippie. Aber Chippie bleibt auch nicht lange. Eines Tages döst Chippie in der Auffahrt, wo Armins schwarzer Wagen geparkt ist. Henning sitzt allein im Wagen hinter dem Lenkrad und tut so, als wäre er Rennfahrer. Wie wild kurbelt er am Lenkrad und ahmt mit dem Mund laut Motorengeräusche nach. Dann ist er plötzlich still und sieht lange auf den einen Meter vor dem Wagen in der Sonne schlafenden Chippie. Da macht er den Motor an, Chippie hebt nur gelangweilt den Kopf und blinzelt in die Sonne. Henning gibt Gas und überfährt Chippie. Tim sieht es, er sieht es genau. Schreiend rennt er hin. Chippie ist in der Mitte ganz platt, aus seinem Maul rinnt eine dünner Streifen Blut. Tim ist sehr böse auf Henning und redet ein paar Tage lang kein Wort mit ihm. Der Vater freut sich, dass das blöde Viech kaputt ist. Tim sagt niemandem, dass Henning das mit Absicht getan hat. Nach ein paar Tagen spricht er auch wieder mit ihm. Mit wem soll er denn sonst sprechen? Karina ist lieb, aber ein Mädchen. Er hat keinen Freund außer Henning. Sören ist langweilig und will nicht mit ihm spielen. Henning ist zwar böse und gemein und zieht ihn oft an den Haaren und den Ohren und boxt ihn auf den Oberarm und in den Magen, aber er ist nicht langweilig. Tim freut sich, dass er bald in die Schule kommt. Dort findet er andere Freunde. Bessere.

Tim liegt auf dem Boden. Alles schmerzt. Der Rücken. Die Glieder. Die Augen. Die Haut. Tim hat aufgegeben. Es hat keinen Sinn. Nichts hat mehr einen Sinn.

In der Schule ist es super. Tim findet ganz schnell ganz viele Freunde. Bald sind auch Mädchen dabei. Langsam findet er Mädchen toll. Sie sind zwar komisch, aber auch faszinierend. Sie riechen viel besser als Jungs, sogar nach dem Sportunterricht. Einmal, da küsst ihn die Suse auf den Mund. Das ist ein bisschen feucht und sehr toll. Er will jetzt ganz oft küssen. Henning lacht ihn aus. Er findet Mädchen blöd. Die haben keine Ahnung von Autos. Tim findet es blöd, dass Henning ihm die Mädchen vermiesen will. Er wird Henning nichts mehr von ihnen erzählen. Ein paar Jahre später nutzt ihm sein Schweigen nichts mehr. Denn Henning sieht, was los ist, er sieht alles. Er vermiest Tim die Mädchen nicht mehr. Er spannt sie ihm aus, weil er größer und älter ist, funktioniert das ganz gut. Dann spannt Sören Henning ein Mädchen aus, was bestimmt nur funktioniert, weil Sören größer und älter als Henning ist. Henning boxt Sören in den Magen und spuckt das Mädchen an. Danach lacht er wieder. Ein paar Jahre später lacht Tim. Keiner spannt ihm mehr die Mädchen aus, auch nicht Henning. Jetzt kann er küssen, wen er will. Alle wollen sie von ihm geküsst werden.

Noch ein paar Jahre später liegt Tim am Boden einer alten, verrosteten Schute, aus der es kein Entrinnen gibt. Alles schmerzt. Nichts hat mehr einen Sinn. Und ganz plötzlich, zum ersten Mal, seit er lebt, fragt er sich, was denn bisher einen Sinn in seinem Dasein ergab. Ihm fällt nichts ein. Gar nichts. Er will nur noch da liegen und sterben.

Überraschung

Armin Wendelstein saß am Gendarmenmarkt und trank einen Cappuccino, in dem viel zu viel Milch war. Nur knapp hatte er einen der letzten freien Tische in der Sonne bekommen können. Der Platz war voller lästiger Touristen. Zudem nervten ihn die Spatzen, die über und zwischen den Tischen herumschwirrten und frech versuchten, Kuchenkrümel von den Tellern zu stibitzen. Armin ärgerte sich außerdem über Norma. Am gestrigen Abend hatte er sie angerufen und gebeten, nach Berlin zu kommen. Doch sie hatte mit dem Hinweis auf ihre anderen beruflichen Verpflichtungen abgelehnt, was ihm wieder einmal klar machte, dass Norma die einzige in seinem Leben war, die er nicht kaufen konnte. Manchmal nervte ihn diese Autarkie. Gerade jetzt hätte er besser geschlafen, wenn er sie an seiner Seite gehabt hätte. Nie konnte er besser schlafen, als wenn sie bei ihm zu Hause war und vor oder nach dem Sex mit ihm summend im Wohnzimmer und in der Küche herumhantierte und ihrer Arbeit nachkam. Andererseits war er froh über ihre Absage. Wie hätte sie sich in diesem First Class Hotel bewegt? Vermutlich hätte sie sauber gemacht.

Armin sah auf die Uhr. Er war einige Minuten zu früh. Doch der Privatdetektiv war auch dieses Mal überpünktlich. Kaum blickte Armin von seiner Uhr hoch, näherte sich Franke seinem Tisch. Die beiden begrüßten sich knapp, Franke setzte sich dazu und bestellte bei der Kellnerin ein Mineralwasser.

„Sie haben Neuigkeiten?“, begann Armin ohne Umschweife.

„Einige. Verzeihen Sie bitte, dass wir uns hier an diesem belebten Platz treffen, aber das hat seine Gründe. Doch dazu später. Ich konnte herausfinden, wo Tims Corvette abgeblieben ist.“

Er wartete, bis die Kellnerin, die das Mineralwasser gebracht hatte, wieder außer Hörweite war.

„Der Wagen wurde von einem in der Szene bekannten Kleinkriminellen zu einem Hehler gebracht, mit dem ich in Kontakt stehe, und befindet sich inzwischen auf den üblichen verschlungenen Pfaden ins osteuropäische Ausland.“

Armin war enttäuscht, er hatte auf mehr gehofft.

„Bringt uns das irgendwie weiter? Das Auto war zwar teuer, aber Wagendiebstahl ist für mich im Moment kaum von Bedeutung.“

„Das Interessante daran ist, dass dieser Kleinkriminelle, nennen wir ihn der Einfachheit halber Müller, also dieser Müller hat behauptet, den Wagen nicht wie üblich gestohlen, sondern als Bezahlung für eine Art Dienstleistung bekommen zu haben.“

„Von wem? Von meinem Sohn?“

„Das weiß ich leider nicht. Auch ist mir nicht bekannt, welcher Art diese Dienstleistung war. Fakt ist aber, dass der Wagen weder aufgebrochen noch kurzgeschlossen war, wie mir der Hehler berichtete. Müller hat ihm sogar Autoschlüssel und Fahrzeugschein überreicht. Nur den Kraftfahrzeugbrief hatte er nicht. Aber das stört die Jungs in der speziellen Werkstatt wenig.“

„Was schließen Sie daraus? Dass dieser Müller etwas für meinen Sohn Tim erledigt hat? Blödsinn! Tim würde niemals freiwillig sein Auto raus rücken, die Corvette ist für ihn eine Art Penisverlängerung."

„Ich denke in eine andere Richtung. Schlüssel und Schein waren in den Händen ihres Sohnes. Die meisten Menschen tragen beides bei sich. Die Wohnung ist nicht durchwühlt, also muss jemand ihrem Sohn Schlüssel und Papiere abgenommen haben. Ich nehme nicht an, dass das Müller war, sondern dass er beides von seinem Auftraggeber bekam. Herr Wendelstein, es tut mir leid, aber ich bin mir inzwischen ziemlich sicher, dass ihr Sohn entführt wurde. Auch wenn es noch keine Lösegeldforderung gibt. Vermutlich hat Müller dabei geholfen, Vorbereitungen getroffen oder ein Versteck organisiert. Möglicherweise sogar ohne zu ahnen, worum es sich genau handelt. Kapitalverbrechen sind nicht Müllers Kragenweite, er ist einfach nur ein kleiner Autoschieber."

„Können Sie dieses Subjekt nicht finden und befragen?"

Franke nahm einen großen Schluck von seinem Wasser. „Ich hab's versucht. Aber er ist wie vom Erdboden verschluckt."

„Und der Hehler? Er hat auf Ihr Betreiben hin inzwischen bestimmt veranlasst, dass die Corvette zurückgebracht wird?"

Nun lächelte Franke zum ersten Mal. „Sie haben mich beauftragt, ihren Sohn zu finden, nicht das Auto. Zudem funktionieren meine Verbindungen nur so gut, weil ich gewissen Geschäftsleuten im Milieu nicht auf die Füße trete. Eine Art Stillhalteabkommen gegen die ein oder andere Information. Informationen sind für mich jederzeit wichtiger als verschwundene Autos, selbst wenn es sich um eine Corvette handelt oder eine ähnlich illustre Penisverlängerung aus Blech."

Armin wedelte unwillig mit der Hand, um zu zeigen, wie lästig ihm selbst das Autothema war.

„Geschenkt. Was haben Sie sonst noch? Ich hoffe sehr, dass das nicht alles war."

„Keineswegs. Doch lassen Sie mich zunächst eine Frage stellen: Haben Sie inzwischen etwas von Ihren anderen beiden Söhnen oder sonst jemandem auf der Yacht gehört?"

Armin trommelte ungeduldig mit den Fingern auf die Tischplatte. „Nein. Allerdings habe ich mit der Küstenwache von Gran Canaria Kontakt aufgenommen. Ich wollte wissen, ob in den letzten Tagen ein Notruf eingegangen ist. Oder ob ein anderes Schiff, das in den betreffenden Gewässern unterwegs ist, etwas gemeldet hat. Nichts. Ich habe meine Recherche ausgedehnt. Ohne Ergebnis. Weder auf den Kanaren noch auf den Kapverden hat man etwas Ungewöhnliches vernommen. Es gab keine Notrufe, keine alarmierenden Berichte von anderen Seglern über schweres Wetter auf der Barfußroute, auf der sich die Dorada befindet. Ein Sturm wurde gemeldet, allerdings nicht von einer Stärke, die erfahrenen Seglern zu große Schwierigkeiten bereiten dürfte. Also absolut nichts Ungewöhnliches. Dennoch möchte ich Sie beauftragen, nach der Yacht zu forschen. Sind Sie in der Lage, die Dorada zu finden? Chartern Sie einen Piloten, ein Flugzeug, was auch immer nötig ist. Kosten spielen keine Rolle. Aber ich brauche Kontakt zum Schiff, ich muss wissen, was da los ist, dringend."

Franke blickte Armin ernst an. „Ich sage es Ihnen ganz offen. Das Meer ist nicht mein Metier, und mit Segeln kenn ich mich auch nicht aus. Ich habe nicht mal eine auch nur ungefähre Vorstellung, wie ich Ihre Dorada finden könnte."

„So schwierig ist das nicht", sagte Armin mürrisch. „Der Kurs ist klar. Die Swan ist ein schnelles Schiff, doch die Jungs haben genügend Zeit und trödeln vermutlich etwas herum, gehen schwimmen und so einen Quatsch. Also legen wir durchschnittlich 150 Etmal zugrunde …"

„Was ist Etmal?"

„Eine Maßeinheit für die von Mittag bis Mittag zurückgelegten Seemeilen. Sie sind seit sechs Tagen unterwegs, also mindestens 900 Seemeilen gesegelt."

„Das sind ungefähr 1600 bis 1700 Kilometer, nicht wahr? Also außerhalb der Reichweite eines üblichen Helikopters."

Armin nickte.

„Wir brauchen eine Turboprop, um sie zu suchen. Oder ähnliches."

„Das sollte kein Problem sein. Allerdings habe ich keine guten Kontakte zu spanischen Behörden – für die offiziellen Wege."

„Gehen Sie die inoffiziellen."

„Natürlich gäbe es Möglichkeiten, aber …"

Franke überlegte kurz.

„Falls Sie mit dieser Aufgabe nicht lieber jemand anderen betrauen möchten, was ich empfehlen würde, brauche ich einen Fachmann, zu Wasser und in der Luft. Einen, der sich auskennt, der das Suchgebiet einkreisen und eine Operation vorbereiten kann, ohne die Behörden allzu aufmerksam zu machen. Es bleibt dabei, dass Sie keine Polizei einschalten wollen?"

„Dabei bleibt es. Erst recht, wenn es sich um die spanische Polizei handelt."

„Nun gut. Ich dachte allerdings eher an die deutschen Behörden. Wir müssen davon ausgehen, dass Ihr Sohn Tim entführt wurde. Da kann die Polizei erheblich mehr Logistik und Manpower in die Suche investieren als ich. Mein einziger Vorteil sind gute Kontakte. Aber bei einer Entführung rate ich definitiv, die Kripo einzuschalten."

„Muss ich das?", war Armins einzige Frage.

Franke schüttelte den Kopf.

„Nach Paragraf 138 StGB sind Sie nur verpflichtet, das Verbrechen anzuzeigen, wenn es noch verhindert werden kann. Sie könnten sich höchstens der Strafvereitelung schuldig machen. Es sei denn, wenn ich Paragraf 258 zitieren darf: Wegen Strafvereitelung wird nicht bestraft, wer durch die Tat zugleich ganz oder zum Teil vereiteln will, dass er selbst bestraft oder einer Maßnahme unterworfen wird oder dass eine gegen ihn verhängte Strafe oder Maßnahme vollstreckt wird. Wäre das der Fall?"

„Lassen Sie das mal meine Sorge sein“, stellte Armin genervt klar. „Kümmern Sie sich um die Anmietung eines Flugzeugs. Das ist ja wohl nichts Illegales.“

„Verstehe. Aber wenn man eine Turboprop anmietet und auf ein Rollfeld bringt, werden ein paar Fragen gestellt. Zumindest lenkt man etwas Aufmerksamkeit auf sich. Und gecharterte Piloten quatschen vermutlich.“ Franke sah Armin abwartend an.

„Keine Fragen, keine Aufmerksamkeit, kein Gequatsche.“

Franke nickte.

„Okay. Ich brauche also nicht nur einen Segelkundigen, sondern einen, der nicht viel fragt und es nicht so genau nimmt mit den spanischen Gesetzen. Zumindest für die Operation vor dem Start. Dazu einen vertrauenswürdigen Piloten. Außerhalb der Dreimeilenzone brauchen wir dann noch einen ganz anderen Spezialisten. Denn gesetzt den Fall, wir finden das Schiff, was dann? Kontaktversuche über Funk funktionieren nicht. Also müssen wir jemanden absetzen, was auf dem offenen Meer verdammt gefährlich ist und einen Vollprofi erfordert. Kann ein paar Tage dauern, bis ich ein passendes Team zusammengestellt habe. Und selbst dann wird es eine langwierige und möglicherweise erfolglose, aber definitiv sehr teure Aktion.“

Armin überlegte.

„Ich wüsste da vielleicht jemanden. Aber ich muss erst ein paar Telefonate führen, dann gebe ich Ihnen Bescheid.“

„Gut.“ Franke nippte an seinem Getränk. „Doch

wenn Sie mir die Frage gestatten, woher Ihre plötzliche Sorge um den Verbleib der Yacht und Ihrer anderen beiden Söhne? Gestern noch wollten Sie, dass ich mich ausschließlich um ihren Jüngsten kümmere. Und wenn nirgendwo ein Notruf zu vermelden war … Sie sagten, an Bord gibt es die leistungsfähigsten Kommunikationsmittel. Die fallen doch nicht alle auf einmal aus. Kein Notruf, keine außergewöhnliche Meldung von anderen Schiffen. Was, glauben Sie, könnte passiert sein?"

„Nur so ein diffuses Gefühl."

In Frankes Gesicht stand deutlich geschrieben, wie wenig er Armin Wendelstein diffuse Gefühle als Entscheidungsgrundlage zutraute. Er beharrte nicht weiter auf dem Thema.

„Was, wenn sie aus irgendeinem Grund von der vorgesehenen Route abgewichen sind?"

„Dann können wir suchen, bis wir schwarz werden", sagte Armin.

Beiläufig sah Franke zum zweiten Mal, seit er am Tisch saß, auf seine Armbanduhr.

„Langweile ich Sie?", fragte Armin verärgert.

„Im Gegenteil, es ist nur … Ich erwarte noch jemanden." Franke sah an Armin vorbei über den Platz. „Ah, da kommt sie ja."

Armin blickte sich verärgert über die mangelhafte Information um, und sah eine junge, hübsche Frau mit schwarzen Haaren auf ihren Tisch zukommen. Sie trat schüchtern heran, gab Franke die Hand und nickte Armin verunsichert zu.

„Wegen dieser jungen Dame treffen wir uns hier, Herr Wendelstein. Ich wollte ihr aus Zeitgründen für uns alle große Wege ersparen“, sagte Franke. „Sie arbeitet nämlich hier um die Ecke. In einem Kindergarten. Darf ich vorstellen: Das ist Britt Berger, die Freundin ihres Sohnes Tim.“

Armin starrte die junge Frau an.

„Wieso …? Ich verstehe nicht. Britt ist an Bord der Yacht! Das haben mir sowohl Sören als auch Henning bestätigt!“

Zum ersten Mal meldete sich Britt zu Wort.

„Glauben Sie mir, ich bin Tims Freundin. Ich kann Ihnen die Nachricht zeigen, mit der er mir die Reise abgesagt hat. Eigentlich wollten wir zusammen nach Gran Canaria fliegen. Aber dann … In der Nacht davor hat er per SMS mit mir Schluss gemacht. Ich weiß bis heute nicht, warum. Ich versteh das alles nicht!“

Franke fügte hinzu: „Britt hat mir bestätigt, dass sie weder Sören noch Henning jemals gesehen hat. Sie sollten sich erst auf Gran Canaria kennenlernen. Wenn aber Sören und Henning nicht aus irgendeinem Grund über Britts Anwesenheit auf der Dorada gelogen haben, dann ist eine andere Frau anstelle von Britt mit an Bord gegangen. Und es stellt sich die Frage: Wer ist die Frau? Und was macht sie dort?“

Irritation

Marie wachte bei Henning und flößte ihm immer wieder etwas Wasser ein. Henning lag unruhig fiebernd auf seinem improvisierten Krankenlager. Er zerrte ständig an dem Druckverband, der ihm offensichtlich das Atmen erschwerte. Marie redete ihm zu und versuchte, ihm die Hände festzuhalten. Doch er hörte sie nicht, und sie bekam ihn auch nicht in den Griff, sodass sie schließlich Mike bat, ihr zu helfen, Hennings Hände an die Geländer der Sitzgruppe zu binden. Als sein widerstrebender Körper die Fixierung endlich akzeptiert hatte, beruhigte sich Henning ein bisschen und fiel schließlich in einen erschöpften Schlaf. Marie hoffte, dass der Schlaf ihn kräftigen würde. Sein Zustand war besorgniserregend. Der Puls raste weiterhin, und seine Haut bekam einen bläulich-grauen Ton, was ein deutliches Zeichen für die von Marie befürchtete Unterversorgung mit Sauerstoff war. Sie fürchtete um sein Leben. Auch wenn er ihr in den letzten Tagen fremd geworden war und sie sich nicht mehr an das Gefühl erinnern konnte, ihn geliebt zu haben, so wünschte sie ihm dennoch nicht den Tod. Zu viele waren schon gestorben, ohne dass sie das Wie und Warum begriff. Das Ganze war ein Albtraum, aus dem sie nur zu gerne erwachen würde. Doch sie wusste, es würde kein Erwachen geben.

Vom Bug hörte sie Schleifgeräusche und dumpfes Gepolter. Mike war mit Sörens und Britts Hilfe dabei, Sven neben Julia und Nadine auf dem Vorderdeck zu verpacken und an der Reling zu befestigen. Langsam gingen ihnen die Planen aus. Kein Wort war zu hören, sie arbeiteten schweigend. Plötzlich hörte Marie einen entsetzten Ausruf von Sören, kurz darauf übergab er sich über die Reling. Marie warf einen prüfenden Blick zu Henning, dann ging sie zum Bug, um zu sehen, was passiert war.

Sören kotzte das wenige aus, was er in den letzten Stunden zu sich genommen hatte. Mike und Britt standen angewidert neben den verzurrten Paketen. Beide hielten sich die Hand vor den Mund und starrten zu Boden. Mit Sven waren sie noch nicht weit gekommen. Er lag in ein Segel verschnürt an Deck, war aber noch nicht an der Reling befestigt. Nun nahm auch Marie den entsetzlichen Geruch wahr. Während Mike wortlos an ihr vorbeilief, ging sie zu Britt.

Britt blickte kurz auf und zeigte dann auf das Teakdeck.

„Sören wollte Sven an Julia festmachen. Er hat eines ihrer Taue gelöst und wollte es um Sven herumschlingen. Dabei hat er zu fest angezogen. Und dann … Ich glaube, ich muss auch gleich kotzen."

Durch den Druck, den Sören auf die Plane und auf Julias sich zersetzenden Leichnam ausgeübt hatte, war etwa ein Liter Verwesungsflüssigkeit aus dem Paket geflossen und schwamm nun stinkend über das Deck.

Marie gab sich einen Ruck und verschloss vorsichtig die kleine Öffnung in Julias Verpackung, aus der immer noch Flüssigkeit heraussickerte, indem sie die offenen Enden der Plane nach innen schlug und das Tau neu, aber ohne allzu großen Druck befestigte. Sie wusste besser als Sören, in welchem Zustand sich die Leiche inzwischen befand. Das Fleisch löste sich langsam von den Kochen und rutschte in weichen Klumpen auf den Boden der Plane. Wenn sie auf Kap Verde ankamen, würden vermutlich weder Julia noch Nadine in einem Stück zu bergen sein.

Mike kam mit einem Eimer an einem langen Seil, schöpfte Meerwasser und goss es über den Boden. Ein Mal, zwei Mal, er hörte nicht auf, bis das ganze Deck auf der betroffenen Backbordseite überschwemmt war. Marie holte das schärfste Putzmittel aus der Kajüte und zwei Schrubber. Dann schrubbten sie und Mike abwechselnd, während Britt immer wieder mit Meerwasser nachspülte. Sören, der sich trotz der Hitze fröstelnd an den Tisch neben Henning gesetzt hatte, protestierte schwach.

„Ihr ruiniert das Teak mit dem Putzmittel!"

Keiner reagierte auf den Einwurf. Sörens Sorge um das Schiff war unter den gegebenen Umständen einfach nur absurd.

Nachdem sie mit Putzen fertig waren, kontrollierte Mike Kurs und Position. Dann holte er ein paar Flaschen Wasser und Gläser und bat Sören, Marie und Britt an den Tisch unter das Sonnensegel. Alle gehorchten ohne Widerrede, womit unausgesprochen die Funktion des Skippers von Sören zu Mike wechselte. Sören hatte mit der Ermordung Svens jedes Recht auf die auch moralisch verantwortungsvolle Führungsposition verwirkt, zudem war er weder willens noch in der Lage, eine vernünftige Entscheidung zu fällen. Er saß schweißgebadet und kalkweiß am Tisch und knabberte an seinen bislang perfekt manikürten Fingernägeln.

„Mike, ich musste das tun, ich musste …“, murmelte er, ohne jemanden anzusehen. „Henning ist doch mein Bruder, ich musste das tun. Außerdem hätte Sven uns sonst alle umgebracht!“ Plötzlich sah er hoch und blickte Mike bittend in die Augen. Er hoffte auf Absolution, zumindest auf Verständnis.

Doch Mike erlöste ihn nicht.

„Auch das muss die Polizei klären. Wird nur ganz schön schwierig, auf Notwehr zu plädieren, wo du Sven die Harpune in den Rücken gejagt hast.“

„Das schon. Aber es gibt auch so was wie Nothilfe. Wenn Sören Sven nicht erschossen hätte, wer weiß, auf wen er als Nächsten losgegangen wäre“, bemerkte Marie. Sören tat ihr leid. Zudem hatte sie einen ganz ähnlichen Impuls verspürt, als Sven das Messer nach Henning warf. Auch sie würde alles Mögliche tun, damit dieser Wahnsinn ein Ende fand.

Sören warf ihr einen dankbaren Blick zu.

Marie wandte sich an Mike: „Wir sind alle am Durchdrehen. Nützt keinem was, wenn wir uns auch noch gegenseitig fertigmachen.“

„Sind ja nicht mehr viele übrig zum Fertigmachen“, erwiderte Mike. Er warf einen Blick auf Henning. „Wie gehts ihm?“

„Unverändert.“

„Okay. Wir versuchen weiterhin, so schnell wie möglich zu den Kapverden zu kommen. Mit viel Wind rechne ich bei der Wetterlage nicht, wir fahren also weiter unter Motor. Ohne weitere Zwischenfälle könnten wir morgen Abend oder irgendwann in der Nacht anlanden."

„Hoffentlich hält Henning so lange durch."

„Kannst du nicht irgendwas tun? Ich gebe dir, was du willst, 'ne Million! Oder zehn, aber tu was, rette ihn!" Sören flehte Marie geradezu an.

Marie schüttelte hilflos den Kopf. „Tut mir leid, Sören."

Sören fing an zu weinen, stand auf und ging nach unten.

Marie sah zu Britt, die stumm daneben saß und nur hin und wieder an ihrem Wasser nippte. „Wie geht es dir? Du sagst gar nichts. Kommst du klar?"

„Klar komme ich klar." Britt wirkte kühl und vollkommen unbeteiligt. „Macht euch um mich mal keine Sorgen."

Sie stand auf, ging aufs Vorderdeck an den Leichen vorbei und kletterte in den Bugkorb. Mike sah ihr nachdenklich hinterher.

„Ich glaube, Britt ist die nächste, die durchdreht. So ungerührt wie die tut, ist sie garantiert nicht."

„Ein Schutzmechanismus. Gut für sie, wenn es funktioniert." Marie schwieg kurz, dann sagte sie schuldbewusst: „Ich habe sie überredet mitzukommen. Hätte ich das bloß gelassen."

„Du konntest nicht wissen, was passiert. Das konnte keiner."

Auch Mike schwieg eine Weile und sah grübelnd auf

das ultramarinblaue Meer, das die Dorada in einer sanften Dünung auf- und abwiegte.

„Glaubst du, jetzt wo Sven tot ist, haben wir Ruhe auf dem Schiff?“, fragte Marie in die Stille hinein.

„Da ist sie wieder, die Frage nach dem Mörder von Julia und Nadine … Zumindest ist die Gefahr inzwischen extrem minimiert. Henning ist außer Gefecht gesetzt. Sören nur noch ein sabbernder, heulender Lappen. Der hat seine gesamte Tatkraft in diesen einzigen Schuss gelegt. Bleiben nur noch wir drei. Und jetzt sei bitte nicht beleidigt, aber dir und Britt traue ich keinen Mord zu. Ihr seid viel zu nett. Also fühle ich mich plötzlich verdammt sicher. Aber das gilt nur für mich. Ihr müsst weiterhin Angst haben. Und zwar vor mir. Pass gut auf, wer weiß, vielleicht bin ich irre und stehe drauf, Frauen abzustechen.“

„Du bist zynisch“, kritisierte Marie.

Mike lachte bitter auf.

„Sagen wir so: Falls ich jemals ein unschuldig-sonniges Gemüt gehabt haben sollte, was ich bezweifele, dann hätte ich es spätestens heute verloren. Und zwar auf Nimmerwiedersehen.“

Wieder schwiegen beide eine Weile.

„Wir werden bestimmt nie überwinden, was hier passiert ist, oder?“

„Falls wir es überleben … Ich weiß nicht. Die menschliche Seele kann unglaublich viel verdrängen.“

Plötzlich legte Mike seine Hand auf Maries und sah ihr in die Augen.

„Ich sollte dir wünschen, ganz weit weg zu sein.

Irgendwo in Sicherheit. An einem schönen, von Palmen gesäumten Strand, an der Seite eines Mannes, der dir Cocktails mit bunten Schirmchen bringt und dir den Rücken eincremt. Aber ich bin froh, dass du hier bist. Verdammt froh. Ganz schön egoistisch, oder?"

Marie lächelte ihn an.

„Ja. Unglaublich egoistisch." Sie entzog ihm ihre Hand und stand auf. „Ich sehe nach Henning."

Mike nickte und ging zum Steuerruder.

Henning schlief noch. Sein Puls schlug nun etwas ruhiger, auch die Blutung hatte aufgehört. Marie überlegte, ob sie den Verband wechseln und nach der Stichwunde sehen sollte, entschied sich aber dagegen. Jede Minute, die Henning ungestört ruhen konnte, würde ihn vielleicht soweit kräftigen, dass er die Reise überleben konnte. Sie sah zum Vorderdeck. Britt hatte den Bugkorb in der Zwischenzeit verlassen und saß neben der in ein Segeltuch gewickelten Leiche von Sven auf dem Deck. Sie wandte Marie und Mike den Rücken zu und sah nach vorne. Marie ging zu ihr und setzte sich neben sie.

„Es tut mir unendlich leid, dass ich dich zu der Reise überredet habe", begann sie zaghaft. Britt gab keine Antwort.

Die Sonne würde bald im Wasser versinken. Der Osten war von einem dunstigen Grau verhangen, man konnte nicht erkennen, wo das Meer in den Himmel überging. Doch im Westen war alles klar konturiert. Ein schmaler Wolkenstreifen hing tief am Horizont, in den lang gezogenen Lücken glühte die Abendsonne in loderndem Orange. Darüber leuchtete der Himmel in einem intensiven Türkis. Das Licht war unglaublich. Obwohl es nicht mehr sehr hell war, bekam Marie den Eindruck von unglaublicher Tiefenschärfe. Das Weiß des Schiffes schmerzte fast in den Augen, jedes Kräuseln der Wellen schien sichtbar wie eine einzeln wahrnehmbare Struktur. Die Sonnenstrahlen, die nun fast waagrecht auf das Meer schienen, ließen die Wasseroberfläche in einem silbrig-satten Rosa schimmern. Nie hatte Marie ein solch intensives Rosa auf der See gesehen. Ganz plötzlich wurde ihr klar, dass das Meer ihr keine Angst mehr einflößte. Ihre frühere, tiefe Liebe zum Ozean war trotz der entsetzlichen Ereignisse auf dieser Reise zurückgekehrt. Marie fand den Zeitpunkt dieser Erkenntnis reichlich unpassend, dennoch nahm sie es als Geschenk.

Britt war ebenso versunken in den prächtigen Anblick des Farbenspiels. Zumindest wirkte sie komplett abwesend.

„Darf ich dich etwas fragen, Britt?"

„Nur zu."

„Wieso sitzt du hier bei Svens Leiche und hast die Hand auf die Plane gelegt, als müsstest du ihn beschützen?"

„Ich halte Totenwache."

„Aber wieso ausgerechnet bei Sven? Bei Julia und Nadine hast du das nicht gemacht."

„Warum sollte ich? Die beiden waren blöde Fotzen."

Marie sah Britt irritiert an. In einem ersten Impuls wollte sie protestierend darauf hinweisen, dass Nadine immerhin ihre beste Freundin gewesen war, selbst wenn sie mit Henning gevögelt und ihr dessen Affäre mit Julia verschwiegen hatte. Aber irgendetwas hielt sie davon ab. Worum ging es gerade? Marie war sich nicht sicher. Denn unter Britts knapper, aber überraschend harscher Aussage lag eine zweite Ebene verborgen, die eine Art leisen, warnenden Brummton in Maries Hirn erzeugte.

„Und was war Sven?“, fragte sie.

Britt drehte den Kopf zu Marie und lächelte sie kalt an.

Marie wusste nicht wieso, aber plötzlich lief es ihr eisig den Rücken herunter. Sie begriff intuitiv, dass Britts seltsames Verhalten keine Folge eines Schocks durch die Ereignisse war. Britt wirkte ganz bei sich, ruhte in sich selbst. Schlagartig wurde Marie klar, dass sie nicht die mindeste Ahnung hatte, wer da vor ihr saß. Wer war Britt? Sie erschien ihr vollkommen fremd. Jedenfalls war sie plötzlich nicht mehr die süße, schüchterne und allzeit um Frieden und Eintracht bemühte Kindergärtnerin.

Lärm

Der Regen macht ihn wahnsinnig, schier wahnsinnig. Dieses unaufhörliche Trommeln auf das Metalldach und die Metallwände, es ist so laut, so furchtbar laut. Der Hohlraum im Inneren der Schute verstärkt das Geräusch um ein Vielfaches, es ist, als würde er inmitten einer voll aufgedrehten Lautsprecherbox sitzen, und er ist nur noch eine zitternde Membran, zum Zerreißen gespannt. Es tost und saust und braust und schlägt und scheppert. Sein Kopf droht zu zerspringen. Sein Herz und die vereiterte Hand pochen im Rhythmus des Regens, sein Blut peitscht durch die Venen wie weiß schäumendes Wildwasser.

Tim will sich die Ohren zuhalten, weil er es nicht mehr erträgt, das Geräusch, aber er kann auf die linke Hand keinen Druck ausüben, und nur das rechte Ohr zuhalten, bringt ihm gar nichts, wie er schnell feststellt. Er fängt an zu schreien, damit seine Stimme das Stakkato der Tropfen übertönt, doch der Regen hat den längeren Atem, und Tim muss klein beigeben, und er bekommt Angst, dass er im Lärm ertrinkt, dass er sich verliert, dass er aufhört zu sein, obwohl sein Herz noch schlägt wie verrückt, und er hört nichts mehr außer dem Regen, dem nicht enden wollenden Regen, er hört kein Getrippel von Hans und Franz und Uma mehr, er weiß nicht, ob sie noch da sind oder ob sie ihn im Stich gelassen haben, und er hört kein Vogelgezwitscher, dieses absolut fantastische Geräusch, das ihm neben dem in seine Schute dringenden Abglanz der auf- und untergehenden Sonne der einzige Beweis war, dass sich da draußen eine Welt weiterdreht, dass sie existiert, noch nicht untergegangen ist und er das letzte und verlassenste Wesen auf Erden.

Die Vögel sind verstummt. Er kann sie nicht sehen und nicht hören. Was gibt es dann noch für einen Beweis ihrer Existenz? Oder seiner? Er kann nicht einmal mehr sein eigenes Atmen hören, das ist das Schlimmste. Das Geräusch seines Atmens ist ihm die letzten Tage und Nächte meditatives Metrum gewesen. Es hat ihn beruhigt, geglättet, gestärkt und ihm mit jedem Anheben und Absenken des Brustkorbs bestätigt, dass er lebt. Es hat ihn vor der Stille gerettet.

Tim wünscht sich die Stille zurück. Er kann sich gar nicht mehr vorstellen, dass sie ihn geängstigt hat. Dass er glaubte, in ihr zu ersticken und gegen sie angesungen hat, so wie jetzt gegen den Lärm. Es erscheint ihm widersinnig, die Stille zu verfluchen, wo sie doch ein solch kostbarer Segen ist. Die Stille mag er vor Jahren, oder war es erst vor Tagen, als passive Bedrohung betrachtet haben, er erinnert sich nicht mehr genau, warum eigentlich. Aber dieser Lärm, das ist eine aktive Bedrohung. Eine aktive und aggressive. Der Lärm wird ihn zertrümmern, ihn atomisieren. Denn nichts mehr außer dem Lärm existiert, es gibt kein Ausweichen, von dem Lärm wird er aufgesaugt oder weggeblasen, es ist jedenfalls eine Gewalt, und in ihm wird alles ausgelöscht wie in einem schwarzen Loch. Er hört nichts mehr, nur noch alles. Kakofonie, die betäubende Gleichzeitigkeit aller Geräusche. Er spürt nichts mehr, sich nicht mehr, weil sein Körper inzwischen jenseits aller Schmerzgrenzen ist. Und er sieht sich in der Dunkelheit nicht. Er riecht sich nicht einmal mehr, zu sehr hat er sich an den eigenen Gestank gewöhnt. Nun kann er sich auch nicht mehr hören. Das war sein letzter Kontakt zu sich selbst. Vorbei. Er ist nicht sicher, ob er überhaupt noch atmet. Er löst sich auf, vollständig. Es ist so weit. Das muss das Ende sein.

Neuigkeiten

Armin lief hektisch in seiner Suite im Adlon auf und ab. Die letzten beiden Stunden hatte er mit nervigen Telefonaten und umfassenden Organisationen verbracht. Nun war vorerst alles erledigt, was er tun konnte, und genau das machte ihn nervös. Inzwischen war er fest davon überzeugt, dass Tims Verschwinden in direktem Zusammenhang mit der Nicht-Erreichbarkeit der Dorada stand. Dazu noch diese fremde Passagierin, die aus bislang unbekannten Gründen mit an Bord gegangen war. Wussten Sören und Henning, dass diese Frau nicht Britt war? Wohl kaum. Aber falls ja, warum hatte Sören ihm dann geschrieben, dass Britt an Bord sei? Was, wenn die beiden keine Ahnung von der wahren Identität der Frau hatten? Armin hatte keinen blassen Schimmer, was das alles bedeutete, aber er war inzwischen in höchster Alarmbereitschaft. Die obskuren Vorgänge und die Hintergründe entzogen sich seiner Kenntnis und damit seiner Kontrolle. Wenn Armin etwas auf den Tod nicht ausstehen konnte, dann war es Kontrollverlust. Also war er tätig geworden. Vor etwa einer halben Stunde hatte Franke angerufen und sein Kommen angekündigt. Nun wartete Armin ungeduldig auf neue Hiobsbotschaften. Zumindest hatte Franke etwas in der Art angedeutet. Entsprechend besorgt sah er auch aus, als er die Suite betrat. Er grüßte knapp, zog einen USB-Stick aus seiner Aktentasche und schob ihn in ein kleines Laptop ein, das er ebenfalls bei sich trug.

„Sie sehen jetzt die Aufnahme einer Überwachungskamera vom Flughafen Fuhlsbüttel in Hamburg. Ich habe zwar keine guten Kontakte zu den spanischen Behörden, aber dafür außerordentlich wertvolle zur deutschen Lufthansa. Wie wertvoll werden Sie auf meiner Spesenrechnung unter dem Punkt Informationsbeschaffung sehen."

Franke spulte einige Minuten Filmmaterial vor und behielt dabei genau den Timecode im unteren Bildrand im Auge. An einem bestimmten Punkt ließ er die Aufnahme in Normalgeschwindigkeit laufen.

„Gehe ich recht in der Annahme, dass das Ihr Sohn Henning ist?" Franke hielt das Bild an.

Armin starrte auf den Bildschirm und nickte.

„Die junge Frau hinter Henning ist Marie Brodersen."

Franke ließ die Aufnahme weiter laufen. Armin sah konzentriert auf den Bildschirm.

„Das hier ist die Freundin von Marie, die sie auch mitgenommen haben, die Juwelier-Burmester! Und dahinter stehen Mike, einer meiner leitenden Ingenieure, und seine Freundin, ich hab vergessen, wie sie heißt."

„Laut Passagierliste Julia Strobel. Damit hätten wir alle aus Hamburg zusammen. Hier auf den Aufnahmen sieht es nicht aus, als hätten die fünf bereits noch eine weitere Person in ihrer Gruppe. Was auch nicht zu vermuten war, ich wollte nur sichergehen. Aber nun passen Sie auf!"

Franke schloss das Dokument und öffnete ein zweites.

„Das sind die Aufnahmen vom Flug Berlin-Las Palmas,

der eine halbe Stunde früher gestartet ist. Erkennen Sie jemanden? Achten Sie bitte nur auf die jungen, dunkelhaarigen Frauen!"

Armin sah sich die Aufnahmen zweimal an, doch es war niemand dabei, den er schon einmal gesehen hatte. Schließlich spulte Franke fast ganz an den Anfang des Films zurück, hielt bei einer zierlichen, dunkelhaarigen jungen Frau an und ging auf Standbild.

„Hat eine gewisse Ähnlichkeit mit Britt Berger, finden Sie nicht?"

„Nun ja. Vielleicht auf den ersten Blick. Schlank, klein, schwarze Haare, die gleiche Frisur. Das wars dann aber auch."

Franke vergrößerte das Standbild und zoomte an das Gesicht der Frau heran. Sie war ein ganz anderer Typ als Britt Berger. Schmalere und härtete Gesichtszüge, dafür aber vollere Lippen.

„Der erste Blick wird Ihren Söhnen Henning und Sören genügt haben. Was wissen sie denn von Britt? Vermutlich nur das, was Tim ihnen erzählt hat. Und was erzählen Männer, wenn sie verliebt sind? Britt ist hübsch, klein, hat tolle schwarze Haare und einen süßen Pagenschnitt. Das kommt doch hin, oder?"

Armin stand auf und goss sich einen Whisky aus der Minibar ein. Er hatte ein extrem ungutes Gefühl.

„Wollen Sie auch einen?"

Franke schüttelte den Kopf. Armin setzte sich wieder zu ihm und sah auf den Bildschirm.

„Sie vermuten also, dass das die Frau ist, die sich unter Vorspiegelung falscher Tatsachen auf die Dorada geschmuggelt hat. Wie kommen Sie darauf? Steht sie als Britt Berger in der Passagierliste?"

„Das nicht. Ein zu großes Risiko und zudem nicht notwendig. Sie hat unter ihrem eigenen Namen gebucht. Übrigens schon eine Woche, bevor Tim verschwand. Was für eine längere Planung spricht, auch wenn wir immer noch nicht wissen, worin genau dieser Plan besteht. Aber falls eine falsche Britt aus Berlin angereist und an Bord gegangen ist, dann diese Frau. Und das nicht nur, weil sie der äußeren Erscheinung entspricht."

Franke griff zu seiner Aktentasche und nahm eine Art Dossier heraus, das er auf den Tisch legte.

„Ich bekam das Video vor drei Stunden. Dann habe ich es einem Freund beim BKA geschickt, damit der es durch die Gesichtserkennungssoftware laufen lässt. War nur so eine Idee, falls jemand einschlägig Bekanntes auf dem Flug war. Und Bingo! Bei dieser Frau haben alle Glocken gebimmelt."

Armin nahm das Dossier in die Hand. Es war dick.

„Fassen Sie mir den Inhalt der Akte zusammen, so knapp und informativ es geht."

„Die Frau heißt Kara Wiebke, geboren 1984 in Leipzig. Ich erspare Ihnen die Details und komme zum Wesentlichen. Wiebke machte Abitur, ging zur Bundeswehr. Nach der Grundausbildung war sie ein halbes Jahr in Afghanistan stationiert. Dort war man anscheinend heilfroh, als sie wieder ausmusterte, zumindest legt das die Aussage ihres damaligen Vorgesetzten nahe. Wiebke ging dann zur Marine in Rostock und absolvierte mit

Bravour eine Ausbildung zur Kampfschwimmerin und -taucherin. Vor sieben Jahren wurde sie auf eins der Schiffe befehligt, die vor Somalia patrouillierten, um die Handelsschifffahrt vor Piraterie zu schützen. Es kam zu einem Kampfeinsatz. Danach, nur sechs Wochen nach Dienstantritt, wurde Kara Wiebke unehrenhaft entlassen. Genaues findet sich nicht in den Akten, aber mein Gewährsmann beim BKA hat ein informelles Telefonat geführt. Um es kurz zu machen: Man munkelt, dass Wiebke eine sadistische Soziopathin ist, die skrupellos über Leichen geht, wenn es für sie von Vorteil ist."

Armin schüttelte fassungslos den Kopf.

„Verdammt noch mal, was hat das mit meinen Söhnen zu tun?"

Franke fixierte Armin mit scharfem Blick.

„Wenn diese Frau auf der Dorada ist, dann nur, weil es dort irgendetwas zu holen gibt. Aber es geht noch weiter. Nach ihrer Entlassung aus der Bundesmarine hat Kara Wiebke in verschiedenen Ländern unter diversen Flaggen und Kommandos als Söldnerin gearbeitet. Dabei hat sie schon am Anfang dieser zweifelhaften Karriere einen gewissen Sven Friedrich aus Cuxhaven kennengelernt, mit dem sie sich ab dem Zeitpunkt immer im Doppelpack buchen ließ. Das Ganze ist recht gut dokumentiert, weil Wiebke und Friedrich neben anderen Vergehen auch im Verdacht stehen, per Segelboot illegale Diamanten aus Westafrika nach Europa zu schmuggeln. Wobei Wiebke wohl das Hirn ist und Friedrich die Muskeln mitbringt."

Franke klappte sein Laptop zu.

„Wollen Sie vielleicht jetzt die Polizei einschalten?"

Armin war wie erschlagen.

„Ich begreife das nicht. Ich begreife das einfach nicht."

Auch wenn Armin Wendelstein nun zum ersten Mal seine übliche Überheblichkeit vermissen ließ, blieb Franke sachlich. „Ich weiß nicht, was Sie zu verbergen haben, Herr Wendelstein, und es geht mich auch nichts an. Aber diese ganze Geschichte bekommt durch die mutmaßliche Beteiligung eines kriminellen Kalibers wie Kara Wiebke eine ganz neue Brisanz. Also überlegen Sie bitte in Ruhe, welche Schritte Sie ergreifen wollen. Und gehen Sie davon aus, dass Ihr Sohn Tim auf die ein oder andere Art aus dem Weg geräumt wurde, weil er der einzige an Bord gewesen wäre, der die falsche Britt hätte identifizieren können."

„Was meinen Sie mit ‚aus dem Weg geräumt'?" Armin sah den Privatdetektiv an, als sei er ihm plötzlich unglaublich zuwider.

Franke zuckte bedauernd mit den Schultern.

„Das Fehlen einer Lösegeldforderung macht mir große Sorgen, das will ich Ihnen nicht verhehlen. Ich bin allerdings fest davon überzeugt, dass die Lösung des Rätsels auf der Yacht liegt. Wollen Sie mir dazu etwas sagen? Je mehr ich weiß, desto gezielter und effizienter kann ich handeln."

Armin kippte seinen Whisky auf ex und überging Frankes Frage.

„Der Spezialist, den Sie brauchen, ist unterwegs nach Las Palmas, um von dort aus per Flugzeug die Dorada zu suchen. Er wird in wenigen Stunden landen."

„Ich bin beeindruckt. Dann muss ich ihm nur noch einen Piloten und eine Chartermaschine besorgen?"

„Einen Piloten hat er dabei. Die beiden arbeiten seit Jahren zusammen und vertrauen sich gegenseitig."

Armin schob Franke einen Zettel über den Tisch.

„Der Pilot hätte gerne dieses Flugzeug oder ein gleich leistungsstarkes. Es sollte morgen früh, sobald es hell wird, vollgetankt bereitstehen. Hier steht auch die Nummer des Privatflughafens, an den Sie sich wenden sollten. Wenn Sie sich bitte darum kümmern würden. Sie chartern die Turboprop über Ihre Agentur, mein Name sollte nirgends auftauchen."

„Selbstverständlich." Franke nahm den Zettel, sah kurz drauf und steckte ihn ein. „Das sollte kein Problem sein."

„Sobald die beiden in Las Palmas gelandet sind, wird sich der Spezialist telefonisch bei Ihnen melden und fragen, ob alles geklappt hat. Sie halten ständigen Kontakt und geben mir umgehend Bescheid, sobald sich etwas tut."

„Warum erstattet der Mann Ihnen nicht direkt Bericht? Das wäre einfacher. Dann kann ich mich ganz auf die weitere Suche nach Tim konzentrieren."

„Sie tun beides. Ich möchte so wenig wie möglich in Erscheinung treten. Zudem ist mir der Kerl zuwider. Aber es geht jetzt nicht um Sympathien, sondern um Effizienz. Im Übrigen bitte ich Sie, ihm kein Wort von all dem zu sagen, was Sie mir gerade präsentiert haben. Nichts von irgendeiner fremden Passagierin, schon gar nichts Detailliertes über diese Kriminelle. Zumal es sich nur um Mutmaßungen handelt. Noch wissen wir nicht, ob diese Frau wirklich an Bord ist."

„Okay. Was genau weiß Ihr Spezialist denn? Und was darf er wissen?"

„Es gibt keinen Kontakt zur Yacht mehr, und ich mache mir Sorgen. Das wars. Er soll nur die Yacht aufspüren. Und nachsehen, was los ist."

„Wie das?" Franke sah noch einmal auf den Zettel. „Die gewünschte Maschine ist kein Wasserflugzeug."

„Ich habe ihn nicht gefragt, aber ich vermute, er wird abspringen, falls nötig. Sie hatten selbst gesagt, dass das der einzige Weg sein wird, Kontakt aufzunehmen."

„Stimmt. Aber auf offener See ist das ziemlich verrückt. Ich hoffe, Ihr Mann hat die entsprechende Spezialausbildung."

„Davon gehe ich aus. Und nun Schluss damit. Oder sehen Sie eine andere Möglichkeit?"

„Leider nein. Nur, damit ich Bescheid weiß: Mit wem werde ich es zu tun haben? Mit einem halsbrecherischen Söldner, der für Geld alles tut und das ohne zu fragen?"

Armin schüttelte den Kopf. „Ein Söldner? Nein. Etwas viel Effektiveres."

Marie hatte die Irritation, die sie wegen Britts kaltem Lächeln erfasst hatte, so gut sie konnte verborgen und war wieder zurück an Hennings Krankenlager gegangen. Dort versuchte sie zu fassen, was genau sie so verwirrte. Sie begriff nicht, wieso Britt ihr plötzlich so anders erschienen war. Hatte sie sich geirrt? War es nicht doch eher so, dass Britt unter Schock stand und völlig irrational reagierte? Oder reagierte sie selbst irrational auf eine unwesentliche Veränderung? Marie war verunsichert. Doch der Brummton blieb und ließ ihr keine Ruhe. Inzwischen war es tiefe Nacht, in wenigen Stunden würde es schon wieder hell werden. Sören hatte sich hingelegt, Mike stand ans Steuerrad gelehnt und schien im Stehen ein wenig zu dösen. Auch er war vollkommen erschöpft. Sie alle litten unter Schlafmangel und völlig überreizten Nerven. Ja, das musste es sein, dachte Marie, sie hatte sich Britts seltsame Wandlung nur eingebildet. Angst, Panik und Paranoia führten zu verzerrter Wahrnehmung.

Behutsam flößte sie Henning wieder etwas Wasser ein. Da er inzwischen relativ ruhig dalag, hatte sie ihm die Hände losgebunden. Er versuchte nicht mehr, sich den Druckverband vom Leib zu reißen, sondern lag bewegungslos da und atmete flach. Manchmal war ein leises Blubbern zu hören, sodass Marie befürchtete, es könnte langsam Blut in die Lunge eindringen. Leise redete sie auf ihn ein, durchzuhalten. Nur noch diesen Tag, diesen einen Tag! Sie hoffte inbrünstig, dass er die heutige und letzte Etappe bis nach Kap Verde überlebte. Sie hatten schon mehr als genug Leichen an Bord. Die Swan 70, gebaut für renommierte Regatten und luxuriöse Segeltörns, war zu einem Totenschiff geworden, auf dem es nach Blut und Verwesung stank.

Marie blickte zum Bug. Dort hatte sich Britt neben Svens Leiche in eine Decke gewickelt und war eingeschlafen. Auch sie lag wie tot da, das Mondlicht ließ ihr braun gebranntes Gesicht fahl erscheinen. Jetzt, da Britt so friedlich schlief, sah sie wieder aus wie die harmlose, freundliche Kindergärtnerin, als die Marie sie kennengelernt hatte. Warum nur hatte sie sich ausgerechnet neben Svens Leiche zum Schlafen gelegt? So eine Art Stockholm-Syndrom? Während sie noch darüber nachgrübelte, sank Maries Kopf auf Hennings Lager, und auch sie fiel in einen erschöpften Schlaf.

Einige Stunden später wurde sie vom Licht der Sonne geweckt. Die Dorada machte weiterhin volle Fahrt und durchschnitt mit ihrem Bug die in der Morgensonne glitzernden Wellen. Wie schon am gestrigen Tag wehte der Wind nur sehr schwach. Maries Nacken schmerzte höllisch, der gesamte Rücken tat ihr von der halb sitzenden, halb liegenden Schlafposition weh.

„Es sah unbequem aus, aber ich wollte dich nicht wecken. Gut, dass du überhaupt mal gepennt hast“, rief Mike ihr vom Steuerruder zu.

„Und du? Stehst du immer noch am Steuer oder schon wieder?“

Mike blickte düster.

„Immer noch. Ich wollte dich keine Sekunde aus den

Augen lassen. Aber jetzt kann ich mir ja mal einen Kaffee machen. Willst du auch einen?"

Marie nickte und rieb sich den verkrampften Nacken. Sie sah sich um.

„Wo ist Britt?"

„Duschen."

„Und Sören?"

„Der sitzt in der Kombüse und knabbert an seinen Fingernägeln."

Marie runzelte die Stirn. Der Brummton wurde lauter.

„Wir sollten die beiden nicht alleine da unten lassen."

„Keine Sorge, Sören tut ihr bestimmt nichts. Der ist völlig fertig. Kommt mir fast so vor, als hätte er mit dem Pfeil, den er Sven in den Rücken gejagt hat, sein Ego mit aufgespießt. Nichts mehr übrig von unserem arroganten Skipper, nur noch ein Trümmerhaufen. Keine Bedrohung für Britt. Aber falls ich mich irren sollte … Ich geh jetzt eh Kaffee kochen. Außerdem kann Britt sich, glaube ich, besser wehren, als wir denken." Damit verließ er das Deck und stieg den Niedergang hinunter.

„Das glaube ich inzwischen auch", sagte Marie beunruhigt, doch Mike hörte sie nicht mehr.

Sie sah nach Henning. Sein Atem ging stoßweise, die Gesichtsfarbe wechselte immer mehr ins Bläuliche. Marie fluchte leise, benetzte ein Tuch, kühlte ihm die fiebrige Stirn und gab ihm etwas zu trinken. Henning hustete und öffnete kurz die Augen. Sie waren glasig. Er schien Marie nicht zu erkennen, flüsterte etwas Unverständliches und stürzte wieder zurück in seinen dämmrigen Abgrund.

Kurz darauf kam Sören an Deck. Mike hatte recht, er war ein Schatten seiner Selbst. Seine Augen waren umschattet, das Gesicht aufgedunsen, auch sein Gang war verändert. Sören schien kleiner geworden zu sein, was nicht nur an den hängenden Schultern lag. Mit einer Tasse Kaffee in der Hand schlurfte er kraftlos zum Tisch, kauerte sich in die Polster und warf einen Blick zu Henning. „Er sieht nicht gut aus", fand er. „Wird er durchhalten?"

„Ich hoffe es", gab Marie zweifelnd zurück.

Mike stieß mit zwei Tassen Kaffee zu den beiden und stellte eine für Marie hin. Sie nickte ihm dankend zu. Normalerweise trank sie ihren Kaffee erst, nachdem sie die Zähne geputzt und sich gewaschen hatte, doch derlei Bemühungen um zivilisiertes Benehmen waren ihr inzwischen vollkommen egal. Zudem wollte sie die Gelegenheit nutzen, mit Mike und Sören allein zu sein. Von unten war das Geräusch der Dusche zu hören.

„Ich würde gerne mit euch über Britt reden", begann sie.

Sören und Mike sahen sie fragend an.

„Ich weiß nicht … Ihr haltet mich vielleicht für verrückt", begann Marie zaghaft. „Aber ich habe das Gefühl, mit Britt stimmt was nicht. Findet ihr es nicht seltsam, dass sie die Nacht über bei Sven Totenwache gehalten hat?"

„Sie hat sich die ganze Zeit so zusammengerissen und war dermaßen tapfer … Schätze, gestern das war dann doch zu viel für sie. Britt redet nicht viel, da bricht sich die Verstörung halt anders Bahn. Mach dir keine Sorgen um sie, die wird schon wieder", sagte Mike beruhigend.

Sören stimmte ihm mit einem Nicken zu. Er machte nicht den Anschein, als wäre er an dem Gesprächsthema interessiert.

„Das meine ich nicht", fuhr Marie fort. „Ich mache mir keine Sorgen. Zumindest nicht *um* sie. Eher *wegen* ihr. Könnte es sein, dass wir die ganze Zeit blind waren? Von Anfang an hat sie sich um Sven gekümmert, hat ihm zu essen und zu trinken gebracht, war ganz häufig allein mit ihm in seiner Kabine."

„Worauf willst du hinaus?", fragte Mike. „Glaubst du, sie hat sich in Sven verknallt?"

Marie schüttelte den Kopf. „Nein, ich denke eher …"

Noch bevor sie den Satz beenden konnte, stand plötzlich Britt im Niedergang. Dabei hatte Marie sehr wohl auf das Geräusch in der Dusche geachtet. Das Wasser lief noch.

„Ihr redet über mich?" Britt lächelte, kam aber keinen Schritt näher.

„Du hast vergessen, die Dusche auszuschalten", erwiderte Marie.

„Na so was", sagte Britt, machte aber keinerlei Anstalten, das Versäumnis nachzuholen. Sie blieb im Niedergang stehen und fixierte die drei. „Was redet ihr denn so über mich?"

Marie hörte wieder den warnenden Brummton in ihrem Kopf, er wurde lauter. Britt blickte sie mit dem gleichen kalten Lächeln an wie gestern Abend neben Svens Leiche.

„Ich frage mich, ob du Sven vielleicht kanntest. Schon vor unserer Reise."

Mike blickte irritiert zwischen Marie und Britt hin und her. Er spürte, dass etwas Ungutes vor sich ging, konnte aber noch nicht einschätzen, was es war und wohin es führen würde. Auch Sören schien plötzlich wieder anwesend. Es arbeitete sichtlich in ihm.

Mit einer langsamen, kontrollierten Bewegung griff Britt hinter sich. Plötzlich hielt sie die Harpune in ihrer Hand. Mike wollte erschrocken aufspringen, doch Britt legte an.

„Schön brav sitzen bleiben, alle drei! Wie weit sind wir noch von den Kapverden entfernt, Mike? Höchstens 80 bis 100 Seemeilen, kommt das hin?"

Mike nickte. „Was soll das Britt? Drehst du jetzt ab?"

„Keineswegs. Es wird nur bald Zeit für mich." Sie wandte sich an Sören. „Wo ist das Geld?"

Sören wurde blass. Mike und Marie sahen Sören verblüfft an: „Welches Geld?"

Britt kam Sören zuvor.

„Die zwölf Millionen Schwarzgeld, die der alte Wendelstein hier an Bord versteckt hat. Und die sein Sohn Sören für ihn ins Steuerparadies der Caymans schippert. Das Ganze getarnt als Überführung einer teuren Yacht in Kombination mit einer Vergnügungsreise für die liebe Familie. Wendelstein Senior will auf den Caymans nicht nur seinen Geburtstag feiern, sondern satte zwölf Millionen, die er an der Steuer vorbeigeschmuggelt hat."

Marie stand der Mund offen. Sie brachte kein Wort heraus.

„Ist das wahr?“ Mike sah Sören scharf an.

Sören achtete nicht auf ihn.

„Woher weißt du das?“, fragte er Britt.

„Es stimmt also?“ Marie hatte ihre Sprache wiedergefunden. „Das stimmt echt? Ich fasse es nicht!“

Auch Sören war fassungslos.

„Du kannst es unmöglich von Tim wissen! Ich habe mit meinem Vater nur zweimal darüber gesprochen und zwar zu Hause in Kiel. Tim war nicht da, er war in Berlin. Und mein Vater hätte es ihm nie im Leben gesagt, ihm nicht und auch Henning nicht. Auf die beiden ist kein Verlass!“

„Aber auf dich, was?“, schrie Mike in einem plötzlichen Ausbruch von fassungsloser Wut. „Sind Julia und Nadine wegen der scheiß Kohle umgebracht worden? Und du hast die ganze Zeit keinen Ton gesagt?“ Mike war kurz davor, Sören an den Kragen zu gehen. Er war außer sich.

Sören verteidigte sich aggressiv.

„Wieso sollte ich annehmen, dass Julia und Nadine deswegen getötet wurden! Keiner wusste von dem Geld! Ich hab gedacht, wir haben einen Irren an Bord, und zwar Sven! Und der konnte ja wohl kaum von dem Geld wissen! Also mach mich nicht so blöd an!“

Marie wandte sich wieder an Britt.

„Hat Sven zu dir gehört? War das Ganze ein abgekartetes Spiel? Von Anfang an? Was war mit dem Schiffbruch? Echt? Oder alles geplant?“

„Du bist ein schlaues Ding, Marie“, sagte Britt. „Ich hätte dich zuerst aus dem Weg räumen sollen.“

„Dann warst du es also." Mike starrte sie fassungslos an.

Sören schien gar nichts zu begreifen.

„Aber warum, Britt, warum? Sie haben dir doch nichts getan!"

Marie schrie Sören an.

„Das ist nicht Britt, raffst du das endlich?! Ich weiß nicht, wer das ist, aber es ist *nicht* Britt!"

„Und wieder hat Marie den vollen Durchblick, gratuliere!" Britt grinste Marie spöttisch an.

„Wer bist du?", fragte Mike. „Und warum hast du Julia und Nadine umgebracht? Oder war das doch Sven?"

Die angebliche Britt ging ein paar Schritte seitlich, ohne die drei aus den Augen zu lassen, und setzte sich entspannt auf die Backskiste. Die Harpune baumelte lässig in ihrem Arm, blieb jedoch weiterhin auf Mike, Sören und Marie gerichtet.

„Mein Name ist Kara. Weitere Details sind überflüssig. Nadine musste ich leider über Bord werfen, weil sie ein vertrauliches Gespräch zwischen mir und Sven mitbekommen hat. Die dumme Kuh ist sofort nach oben gerannt, um bei Sören zu petzen. Also musste ich sie erledigen."

„Und Julia?" Mike fragte leise, seine Stimme krächzte. „War das Sven?"

Kara lachte.

„Der hat zuerst nicht mal was davon gewusst. Hat tatsächlich gedacht, dass wir in ein privates Eifersuchtsdrama von euch Schickis geraten sind. Er war nur genervt, weil uns die ganze Scheiße das nächtliche Durchsuchen des Schiffes erschwert hat. Aber ich hab ihm gesagt, er soll die Füße stillhalten. Das ganze Chaos hat schließlich hübsch von unseren Aktivitäten abgelenkt. Und solange ihr Sven für den Mörder gehalten habt, war ich aus dem Schneider."

„Warum Julia? Hat sie euch beim Suchen erwischt?"

Kara winkte ab.

„Nicht mal. Sie kam aufgebracht ins Bad gestürmt, wo ich gerade am Pinkeln war, und drückte mir'n Spruch. Sie hätte es doch geahnt! Weil Tim ihr von Britts makelloser Haut vorgeschwärmt hatte. Und bei mir hatte sie am Abend davor ein paar fette Narben auf dem Rücken gesehen. Als ich geduscht habe. Blöde Angewohnheit von mir, das Bad nicht abzuschließen. Echt blöde Angewohnheit von Julia, ohne Anklopfen hereinzukommen. Das hat sie stutzig gemacht. Als ich dann am nächsten Morgen auf dem Klo saß, hat sie die Gelegenheit wahrgenommen, mein Gepäck durchwühlt und Tims Handy gefunden. Mit seinen Initialen auf der Rückseite! Hält die mir das scheiß Teil unter die Nase! Bescheuerte Idee von ihr. Ihre letzte."

Marie erschrak, als sie ein lautes Stöhnen hinter sich hörte. Henning war aufgewacht und hatte sich halb aufgerichtet. Die rechte Hand presste er auf seine Wunde.

„Was ist hier los? Wieso hast du Tims Handy?", fragte er.

„Henning, bitte leg dich wieder hin!", bat Marie eindringlich. „Deine Wunde kann aufbrechen! Leg dich hin!"

Henning schüttelte energisch den Kopf.

„Wo ist Tim? Verdammt noch mal, rede! Du hast gesagt, er ist bei den ‚Panther Pearls'!"

„Das ist nicht Britt, Henning! Sie kann keine Nachricht von Tim bekommen haben! Schon gar nicht von seinem Handy! Das ist nicht Britt, Henning!" Sören schrie es fast.

„Das weiß ich, du Idiot!", gab Henning zur Antwort.

„Jetzt haltet alle mal die Fresse, klar?!", rief Kara dazwischen und wandte sich gefährlich ruhig an Sören. „Du sagst mir jetzt, wo die Kohle ist. Sven und ich haben alles durchsucht."

„Sven und du?" Henning begriff nicht ganz. Er war zu Beginn des Gesprächs noch bewusstlos gewesen.

„Die findest du nie", gab Sören Kara höhnisch zur Antwort.

„Möchtest du dein Leben drauf verwetten?" Kara erhob sich und ging einen Schritt auf die Gruppe zu. Sie stellte sich breitbeinig hin, hob die Harpune, klemmte sie gekonnt zwischen Arm und Oberkörper ein, und zielte mit der rechten Hand auf Sören. Mit der linken langte sie hinter ihren Rücken, zog das Messer und zwei weitere Harpunenpfeile aus dem Gürtel und legte alles in unmittelbarer Griffnähe ab.

„Sag's ihr nicht!", rief Marie. „Wenn sie das Geld hat, bringt sie uns alle um!"

„Mal sehen, vielleicht mache ich das sowieso." Kara zuckte gleichgültig mit den Schultern. „War zwar anders geplant, ist aber irgendwie aus dem Ruder gelaufen. Eigentlich wollte ich mich auf Santa Lucia in aller Gemütsruhe mit Sven und der Kohle verpissen. Aber dann haben Julia und Nadine rumgenervt. Der ganze schöne Plan im Eimer. Viel Pech. Zumindest für euch."

„Mit Sven?", keuchte Henning überrascht. Das Sprechen fiel ihm schwer. „Mit Sven?"

Marie versuchte, ihn sanft auf die Polster zu drücken, doch er wehrte sich mit der wenigen Kraft, die ihm noch geblieben war.

„Die beiden haben unter einer Decke gesteckt. Von Anfang an. Der Schiffbruch von Sven war anscheinend nur ein Fake", erklärte Sören.

„Wo ist Tim? Jetzt sag mir endlich, wo Tim ist", flehte Henning Richtung Kara.

„Mann, Henning, was hast du bloß mit Tim? Der ist auf seiner scheiß Tournee!", fluchte Sören ungeduldig.

„Ganz genau, du Schlaumeier", warf Mike bitter ein. „Das hat er euch doch selbst gesimst, als wir auf Gran Canaria ankamen! Und das, obwohl sein Handy schon längst im Gepäck dieser Irren lag, die ebenfalls in Las Palmas im Hotel saß! Merkst du noch was, du Penner?"

Sören wurde blass. Erst jetzt begriff er seinen Denkfehler. Doch er konnte nicht nachhaken, denn Kara schleuderte ein dickes Stück schweren Tampen auf den Tisch, an dem sie saßen. Zwei Kaffeetassen gingen zu Bruch, der Kaffee spritzte ihnen in hohem Bogen auf die Shirts, Scherben flogen herum.

„Habe ich jetzt wieder eure geschätzte Aufmerksamkeit?", rief Kara.

Die hatte sie.

„Okay, also noch ein letztes Mal, Sören. Wo ist das Geld versteckt?“ Kara krümmte den Finger am Abzug.

Sören stand die Panik ins Gesicht geschrieben.

„Nicht schießen! Es ist in der Bilge.“

„Du lügst!“, erwiderte Kara. „Dort haben wir alles abgesucht!“

„Es ist in die Bordwand einlaminiert. Nicht zu sehen. Falls der spanische Zoll aus irgendwelchen Gründen vorm Ablegen eine Durchsuchung vorgenommen hätte.“

Kara pfiff anerkennend durch die Zähne.

„Verstehe. Gar nicht blöd. Klar, dass wir uns da den Arsch abgesucht haben. Zwölf Mios sind immerhin kein ganz kleines Paket. Das heißt also, euer Papi hätte auf den Caymans die Bordwand dieser schönen Yacht aufgekloppt?“

Sören sah sie verächtlich an.

„Was wäre der Schaden schon gegen die zwölf Millionen? Ein Dreck! Außerdem kann man die laminierten Streifen im Trockendock schön sauber von den unterlegten Glasfasermatten lösen, ohne die Bordwand groß zu demolieren. Wenn man die exakten Positionen kennt, das richtige Werkzeug und die entsprechende Zeit hat. Wie auf den Caymans. Aber versuch die Kohle hier mal auf offener See aus dem Schiffsrumpf zu schneiden. Das schaffst du nicht, ohne eine Leckage zu verursachen. Dann gehst du mit uns baden, verstehst du? Also vergiss das Geld und gib auf!“

„Danke für die wertvollen Hinweise, Arschloch. Das hier ist für Sven!“

Marie schrie in der gleichen Sekunde auf, in der Kara abdrückte. Sören konnte nicht mehr reagieren. Der Pfeil durchbohrte ihn, trat an seinem Rücken wieder aus und nagelte ihn an die hölzerne Umrandung der Sitzgruppe. Er war sofort tot.

Eilig griff Kara nach dem zweiten, neben ihr liegenden Pfeil. Doch sie war nicht schnell genug. Noch bevor sie das Stahlgeschoss richtig auflegen konnte, war Mike aufgesprungen und warf sich mit einem wuchtigen Satz auf sie. Die beiden krachten gegen die Bordwand. Kara musste die Harpune fallen lassen, um sich gegen Mikes Umklammerung zu wehren. Marie griff nach der Harpune und dem Pfeil und legte auf. Sie versuchte zu zielen, doch es war unmöglich. Kara und Mike rollten übereinander über das Deck, sodass Marie bei einem Schuss ebenso gut Mike hätte treffen können.

Mike hatte große Schwierigkeiten, Kara zu überwältigen. Sie war zwar erheblich kleiner und leichter als er, aber vollends austrainiert, zudem setzte sie ihre Kampfausbildung ein. Als Mike es schaffte, seine Hände um ihren Hals zu legen und sie würgte, versuchte sie nicht, seinen Griff zu lockern, wie es unerfahrene Menschen reflexhaft taten, sondern legte ihre eigenen Hände auf seine Wangen und drückte mit beiden Daumen seine Augen in die Augenhöhlen. Gleichzeitig zog sie das rechte Knie hoch und rammte es in Mikes Unterleib. Mike musste loslassen, ging in die Knie und krümmte sich keuchend vor Schmerz zusammen. Für eine kurze Sekunde hatte Marie freies Schussfeld, doch noch bevor sie die Gelegenheit realisierte, vollführte Kara eine seitliche Rolle, kam kurz in die Hocke, hatte plötzlich das Messer in der Hand und rollte in einer fließenden Bewegung den einen Meter zurück zu Mike, der nach Luft schnappend auf dem Boden lag, die Hände im Schritt. Marie sah die drohende Gefahr und drückte bei Karas letzter Rolle ab. Der Pfeil verfehlte Kara und blieb im Holz stecken. Marie schnappte sich den dritten Pfeil, hatte jedoch keine Zeit mehr zum Auflegen. Kara griff mit der Linken in Mikes Haarschopf, drückte ihm das Knie zwischen die Schulterblätter, riss seinen Kopf zurück und drückte ihm mit ihrer Rechten die Schneide an die Kehle.

„Schluss jetzt, sonst schlitze ich ihm die Kehle auf! Lass die Harpune fallen! Den Pfeil auch! Sofort!"

Marie blinzelte angestrengt ins Gegenlicht, ihre Sonnenbrille lag unter Deck. Zudem rann ihr der Schweiß in Strömen von der Stirn in die Augen, sie konnte kaum etwas sehen. Ihre gesamte Muskulatur war angespannt. Ihre Hände zitterten. Die Harpune und die Verantwortung wogen zentnerschwer in ihren Händen.

„Tu es nicht", rief Mike, immer noch nach Luft japsend. „Sie tötet mich sowieso, und dann schießt du!"

„Aufhören", wimmerte Henning. „Hör auf, Kara, bitte!"

Henning konnte seine Hilflosigkeit während des ganzen Geschehens nicht ertragen und versuchte, aufzustehen und einzugreifen. Dabei stürzte er vor Schwäche und fiel neben seinem Lager zu Boden. Er röchelte.

Kara verstärkte den Druck auf Mikes Kehle, bis ein

erster Blutstropfen hervortrat. Sie sah Marie auffordernd an.

Marie ließ Harpune und Pfeil fallen. Mike stöhnte enttäuscht auf.

„Du bewegst dich jetzt ganz langsam von Henning weg und stellst dich an die Reling“, befahl Kara. Marie gehorchte.

Kara zerrte Mike, das Messer weiterhin an seiner Kehle, zu Hennings Lager. Dort wechselte sie die Taktik, stieß Mike mit dem Fuß in den Rücken, sodass er in Maries Richtung flog. Gleichzeitig ging sie zu Henning, hievte ihn mit erstaunlicher Kraft wieder zurück auf sein Lager und hielt ihm das Messer an den Hals.

Henning griff nach ihrer Hand, um das Messer von sich wegzuschieben, doch er war zu schwach, um Kara etwas entgegenzusetzen. Sie gab ihm wie einem Kleinkind einen beiläufigen Klaps auf die Finger.

„Lass das, Henning!“

Henning spürte seine Hilflosigkeit und ließ seine Hand wieder kraftlos auf das Lager fallen.

Kara konzentrierte sich ungebrochen auf Marie und Mike.

„Marie, du nimmst ein Seil und bindest Mike die Hände auf den Rücken und die Füße zusammen und fixierst ihn an der Reling. Ich bitte um feste und professionelle Knoten, ich werde sie kontrollieren. Also versuch nicht, mich zu verarschen!“

Marie tat, was sie gesagt hatte, und verschnürte Mike mit entsprechenden seemännischen Knoten. Mike ließ es zwar geschehen, bat sie aber leise, es nicht zu tun.

„Dann bist du ganz allein mit dieser Wahnsinnigen, Marie!“

„Ich kann nicht anders. Sie bringt Henning vor unseren Augen um, ohne mit der Wimper zucken, das weißt du.“

Als Mike festgebunden war, sah Marie zu Henning. Seine Wunde war wieder aufgebrochen, der Druckverband schon tiefrot gefärbt. Aus seinen Mundwinkeln trat rosa Schaum.

„Scheiße“, fluchte Marie verzweifelt. „Er verblutet uns!“

Bittend sah sie zu Kara. „Ich muss den Verband erneuern!“

Kara nickte. „Mach halt.“

Marie rannte unter Deck zum Erste-Hilfe-Kasten, während Kara Mikes Fesselung kontrollierte und zufrieden nickte. Dann holte sie die Harpune, zog den Pfeil aus dem Teak und ging zu Sören. Aufgrund der Widerhaken konnte sie den Pfeil, mit dem sie Sören an die Umrandung der Sitzgruppe getackert hatte, nicht einfach nach vorne aus seinem Körper ziehen. Also zog sie mit einer kraftvollen, ruckartigen Bewegung Sörens Leiche über die gesamte Länge des Pfeils nach vorne zu sich hin, bis der Körper den Pfeil freigab, der noch im Holz steckte. Sie ließ Sörens Leiche zu Boden fallen und zog den Pfeil aus dem Holz. Mike sah angewidert weg.

Marie kam eilig nach oben und löste den alten, inzwischen durchtränkten Druckverband. Nachdem sie ihn so schnell sie konnte, erneuert hatte, verlangsamte sich die Blutung zwar, doch sie kam nicht zum Stillstand. Henning hatte erneut das Bewusstsein verloren, kam aber wieder zu sich, als Marie ihm die Lippen mit Mineralwasser benetzte.

Kara nahm Marie die Wasserflasche aus der Hand und trank mit gierigen Schlucken. Den Rest goss sie sich über den Kopf.

Die Sonne knallte ihnen auf die Schädel, es war unglaublich heiß, selbst der Fahrtwind brachte kaum Kühlung.

Marie wagte es nicht, etwas gegen Kara zu unternehmen. Sie hatte begriffen, dass Kara ihr weit überlegen war, zumal sie immer noch bewaffnet war.

„So, nun zu dir", sagte Kara zu Marie. Kara nahm mehrere Tampen aus der Backskiste und warf einen davon Marie zu.

„Du bindest dir jetzt die Füße zusammen, und zwar so, dass du maximal noch Schritte von ein paar Zentimetern machen kannst."

Marie nahm den Tampen und verschnürte ihre Füße.

„Fein", lobte Kara zufrieden. „Jetzt dreh dich um und halte die Hände nach hinten. Und keine dummen Scherze!"

Kara nahm das Messer zwischen die Zähne und band Marie die Hände auf den Rücken zusammen. Dann fixierte sie sie an der Backbord-Reling, gegenüber von Mike.

„Wunderbar, diese Ruhe!", sagte Kara lächelnd. „Und jetzt mache ich endlich, was ich schon die ganze Zeit machen wollte!"

Kara ging auf der Steuerbordseite Richtung Vorderdeck und bückte sich dort, sodass Marie sie nicht mehr sehen konnte. Ein paar Minuten später war ein zweifaches Platschen zu hören.

„Wirft sie etwa Nadine und Julia über Bord?“, fragte Marie entsetzt.

Mike nickte nur.

Da sah Marie auch schon die beiden in Planen eingepackten Leichen an der Dorada vorbeitreiben. Aufgrund der Faulgase gingen sie nicht unter, sondern schwammen auf der Meeresoberfläche wie kleine dunkle Inseln.

Kurz darauf kam Kara zurück aufs Achterdeck.

„Schluss mit dem elenden Gestank, das hält doch kein Schwein aus!“

Dann ließ sie die Badeplattform herunter, zerrte Sörens und Svens Leichen zum Heck, was ihr bei Sven aufgrund seines Gewichts erheblich schwerer fiel. Sörens Körper verpasste sie einen verächtlichen Fußtritt, sodass er von der Plattform ins Meer fiel. Svens Körper hingegen rollte sie sanft zur Kante und murmelte noch etwas, bevor sie auch ihn über Bord ließ. Die Fische würden sich schnell ihrer annehmen.

„So. Klar Schiff.“ Kara ging zum Steuerstand und schaltete den Motor aus.

„Was soll das?“, rief Marie. „Wir müssen so schnell wie möglich auf die Kapverden! Sonst stirbt Henning!“

„Das tut er sowieso, da kannst du noch zehnmal den Verband erneuern. Ich schätze, er hat noch ein, zwei Stunden, mehr nicht. Schau ihn dir doch mal an.“

Marie vermutete, dass Kara recht hatte. Dennoch wollte sie die Hoffnung nicht aufgeben. Sie sah zu Henning. Er weinte.

„Wie kannst du nur so eiskalt sein!“

„Für zwölf Millionen kann ich jede Menge“, erwiderte Kara. „Aber um es noch einmal zu betonen: Das war so nicht geplant. Ich wollte niemanden töten. Leider wurde ich durch die Umstände dazu gezwungen.“

„Was hast du jetzt vor? An die Kohle kommst du nicht ran, wenn die einlaminiert ist“, meinte Mike.

Kara setzte sich an den Tisch und legte die Füße darauf. Sie wirkte nun völlig entspannt.

„Das sehe ich mir erst mal in aller Ruhe an. Wenn ich mir einen Überblick über die Lage verschafft habe, gehts weiter zu den Kapverden. Ihr werdet allerdings sicher Verständnis dafür haben, wenn ich keinen großen Hafen anlaufe, sondern das Boot kurz vor der Küste verlasse. Das wäre Plan A. Der tritt in Kraft, falls ich das Geld mitnehmen kann. Ihr werdet sicher irgendwann von Fischern gefunden und losgebunden, also keine Panik. Sorry, das klingt alles ein wenig improvisiert, aber ich muss ja permanent umdisponieren. Echt lästig, das sag ich euch.“

„Und falls du das Geld nicht aus der Bilge schneiden kannst? Was dann, du Schlaumeier? Dann war alles umsonst!“ Mike schien richtig Freude an dieser Option zu haben.

„Dann tritt Plan B in Kraft. Ich gehe von Bord und verschwinde erst mal. Vorher gebe ich euch die Möglichkeit, euch loszubinden. Damit ihr in einen Hafen einlaufen und der Polizei erzählen könnt, dass alle fehlenden Passagiere beim Sturm über Bord gegangen sind. Oder sich gegenseitig massakriert haben, das ist mir schnuppe. Lasst euch was einfallen, nur erwähnt mich bitte nicht."

„Du bist noch bescheuerter als ich dachte", sagte Mike kopfschüttelnd. „Warum sollten wir das tun?"

„Deswegen."

Kara griff in ihre Jeans und förderte ein kleines Ledersäckchen zutage. Sie öffnete das Säckchen und zeigte Henning den Inhalt. Es war ein kleiner Gegenstand, in dicker Plastikfolie vakuumverpackt. Henning erkannte sofort, was es war und heulte auf wie ein angeschossener Wolf. Kara erhob sich und zeigte das Päckchen auch Marie und Mike. Es war Tims abgetrennter Finger mit seinem Siegelring.

Vorbereitungen

Armin war zurück nach Kiel gefahren. Auf Gran Canaria war laut Franke erst mal alles glattgegangen, das Flugzeug befand sich in der Luft. Franke kümmerte sich in Berlin weiter um die Suche nach Tim, indem er seine undurchsichtigen Kontakte nutzte, um an Müller heranzukommen und etwas über dessen Auftraggeber zu erfahren. Der Detektiv war sicher, dass diese Wiebke und ihr Komplize hinter den ganzen Vorgängen steckten.

Seit gestern fragte sich Armin, ob Sören so blöd gewesen war, irgendjemandem von dem Geld zu erzählen. Vielleicht Henning oder sogar Tim. Armin war sicher gewesen, dass er Sören in der Beziehung vertrauen konnte. Zumal es ihn äußerst zufriedengestellt hatte, durch den verantwortungsvollen Geheimauftrag in eine bevorzugte Stellung bei seinem Vater zu gelangen. Doch nun war Armin nicht mehr von Sörens Schweigsamkeit überzeugt. Irgendetwas musste durchgesickert sein, was für ihn jede Menge unangenehmer Konsequenzen mit sich bringen konnte. Deswegen saß er nun mit Joachim Borck, seinem Anwalt, zusammen und hatte ihn beauftragt, so schnell wie möglich die Werft in Kiel zu verkaufen, alle in Deutschland angelegten Werte flüssig zu machen und auf sein Konto auf den Caymans zu transferieren. Er selbst hatte seinen Flug auf die Caymans, den er für die erste Oktoberwoche gebucht hatte, auf übermorgen umgebucht.

„Du willst dich also vom Acker machen, Armin“,

konstatierte Joachim. Er war der einzige, der so mit ihm reden durfte. Sie kannten sich seit knapp 40 Jahren und hatten gemeinsam jede Menge legaler und nicht ganz legaler Transaktionen durchgezogen.

Dennoch traf Armin die Unverblümtheit, mit der Joachim die Dinge beim Namen nannte. Unversehens ging er in die Defensive.

„Was soll ich denn tun? Hier sitzen und auf den Haftbefehl wegen Steuerhinterziehung warten? Wem wäre damit geholfen? Niemandem! Ich gebe diesem Franke noch zwei Tage, um die Sache aufzuklären und Tim und die Dorada zu finden. Er arbeitet ziemlich effektiv, ich habe also Hoffnung."

„Und wenn er nichts herausfindet?" Joachim Borck schwenkte nachdenklich seinen Cognac. Armin hatte ihnen beiden großzügig eingeschenkt.

„Dann bin ich erst mal weg, und du leitest alles, was wir besprochen haben, in die Wege. Falls sich die Dinge letztlich doch noch in Wohlgefallen auflösen, gebe ich dir sofort Bescheid, und du stoppst alle Abverkäufe. Dann komme ich zurück." Armin erhob sich und ging unruhig auf und ab. „Glaubst du, mir gefällt das? Ich wünschte, ich könnte mehr tun! Meine drei Söhne sind in Gefahr! Und so wenig ich von ihnen halte, sie sind meine Söhne!"

Joachim schüttelte den Kopf.

„Mach mir nichts vor, Armin, dazu kennen wir uns zu lange. Du willst deine Haut retten und sonst nichts! Warum hast du die Sache nicht längst der Polizei gemeldet?"

Armin fuchtelte unwillig mit den Armen in der Luft.

„Du weißt, wie die Spanier sind! Erinnerst du dich noch, als dieser Serbe von der Werft in Marbella verschwunden ist? Mit den Schultern haben sie gezuckt! Wenn es sich um Ausländer handelt, tun die gar nichts, erst recht nicht, wenn es sich um stinkreiche Deutsche wie mich handelt!“

„Wir sind nicht in Spanien. Ich rede von Tim. Er ist verschleppt worden, sitzt irgendwo und hofft auf Hilfe. Vermutlich hier in Deutschland. Vielleicht sogar in Berlin.“

Frustriert setzte sich Armin wieder hin. Er atmete tief durch und nahm einen Schluck Cognac.

„Pass auf“, sagte er ermattet. „Wir warten die zwei Tage ab. Wenn wir von Franke nichts Entscheidendes hören, fliege ich. Sobald ich in der Maschine sitze, meldest du Tim vermisst. Du hast mein volles Vertrauen, das weißt du.“

„Die Polizei wird mich fragen, warum der Vater in die Karibik fliegt, während sein Sohn mutmaßlich entführt wurde. Wirft kein gutes Licht auf dich.“

Armin nickte. „Stimmt. Sag ihnen was von unaufschiebbaren Geschäften.“

„Dann stehst du erst recht als Arschloch da!“

Armin schwenkte seinen Cognac und schwieg eine Weile. Dann sagte er leise: „Ich *bin* ein Arschloch.“

Schuld und Sühne

Der Wind hatte sich fast völlig gelegt, die Dorada dümpelte in der Flaute auf der im Licht der Sonne funkelnden Meeresoberfläche. Abgesehen von den kaum merklichen Wellen, die gegen den Rumpf der Yacht schwappten, herrschte Totenstille. Henning starrte immer noch geschockt auf den Finger, den Kara auf dem Tisch neben seinem Krankenlager abgelegt hatte.

„Was hast du mit ihm gemacht?“, flüsterte er heiser.

„Wonach sieht's denn aus?“, fragte Kara höhnisch zurück. „Tim befindet sich in meinem sicheren Gewahrsam. Der Finger dient als Motivationshilfe für euch. Damit ihr wisst, dass ich es ernst meine.“

„Warum?“, fragte Henning leise. Sein Gesicht war nun kalkweiß, nur die Lippen schimmerten blau.

„Ich arbeite gerne mit Netz und doppeltem Boden. Man kann die Dinge ja noch so gut planen, aber dann geht doch was schief. Leider ist jede Menge schiefgegangen. Aber ich habe ja Tim. Und falls ich wider Erwarten die zwölf Mios nicht mit von Bord nehmen kann, dann wird Papa Wendelstein sie mir halt überweisen müssen. Auf ein Konto meiner Wahl, zu einem Zeitpunkt meiner Wahl.“

„Lebt Tim überhaupt noch?“, fragte Marie.

„Tut er.“

„Das beweist der Finger aber nicht“, warf Mike ein.

„Stimmt. Aber da müsst ihr mir schon vertrauen, so schwer es euch auch fällt. Ich will die zwölf Millionen, egal wie. Sonst seht ihr Tim nicht lebend wieder.“

Mike überlegte.

„Dann hat Tim also doch von dem Geld gewusst und es dir gesagt? Freiwillig? Oder hat ihn das den Finger gekostet?"

Marie und Mike, festgezurrt an den gegenüberliegenden Relings, konnten kaum hören, wie Henning unter größten Mühen zu flüstern begann.

„Sie weiß es von mir. Ich habe Vater und Sören belauscht, als sie darüber sprachen."

„Sag mir, dass das nicht wahr ist", sagte Marie. Ihr letzter, winziger Rest Glaube an Henning löste sich gerade in Luft auf.

„Oh doch, Marie", mischte sich Kara ein. „Dein Kerl vögelt alles, was bei drei nicht auf den Bäumen ist. Und besonders gerne mich, nicht wahr, Henning?"

Henning sah sie voller Hass an.

„Was hast du mit Tim gemacht? Du hast mir versprochen, dass ihm nichts passiert!"

„Ich brauchte eine Rückversicherung. Falls du mich linken willst oder sonst was schiefläuft. Hab ich richtig gemacht, wie man sieht. Ich hab nur jetzt leider keine Zeit mehr, noch länger mit euch zu plaudern. Muss in die Bilge. Ihr habt euch ja genug zu erzählen. Also dann, viel Spaß noch."

Sie nahm die Harpune, die Pfeile und das Messer und kletterte den Niedergang hinunter.

„Woher kennst du die Frau, Henning?", fragte Mike. „Wer ist sie? Und was, zur Hölle, hast du getan?"

Henning sah Marie mit einem Blick an, den sie noch nie zuvor bei ihm beobachtet hatte. In diesem

Blick lagen nachtschwarze Abgründe voller Scham und Schuld.

„Marie, du musst mir glauben, ich hab das alles nicht gewollt … Ich … Ich habe Schulden, Spielschulden … Sehr viel … Bei Leuten, die dir den Kopf abschneiden, wenn du nicht zahlst …“ Er röchelte, brach ab und hustete mit hellrotem Blut vermengte Flüssigkeit aus.

Auch wenn Marie Henning zu hassen begann wegen all dem, was er getan hatte, sein lebensbedrohlicher Zustand machte ihr schreckliche Angst.

„Nicht sprechen, Henning, du darfst nicht sprechen!“

Von unten hörten sie, wie Kara systematisch die Bordinnenwände auf der Suche nach den laminierten Millionen abklopfte.

Henning schüttelte den Kopf und hustete sich unter Schmerzen frei. „Lass mich, es ist zu spät … viel zu spät … für alles! Oh, mein Gott, was habe ich bloß getan?“ Henning fing wieder zu weinen an. Dann riss er sich zusammen und sprach weiter.

„Ich habe Kara vor ein paar Monaten kennengelernt, als ich in Rostock einen Kunden besucht habe … Abends in einer Kneipe … Wir haben … es ergab sich so … eine Affäre … Kurz vor unserer Abreise habe ich das mit dem Schwarzgeld mitbekommen. Und Kara …“ Er hustete wieder Blut. „Sie hat gesagt, sie hilft mir. Sie hatte die Idee, als Britt an Bord zu gehen. Hat behauptet, sie kennt den Manager der Panther Pearls …“

Wieder musste Henning abbrechen, er bekam kaum noch Luft.

„Sei still jetzt bitte, du kannst uns das alles später erzählen“, flehte Marie.

„Verdammt, es gibt kein Später mehr für mich, Marie, raff das doch endlich“, zischte Henning.

„Ich habe ihr 20 000 Euro gegeben, damit sie diesen Manager besticht und die Band Tim als Videoproducer mit auf Tour nimmt.“

„Die Kohle hat sie garantiert eingesackt“, sagte Mike.

Henning nickte.

„Dann hat Kara dieser Britt per SMS die Reise abgesagt und am Flughafen in Berlin darauf geachtet, dass sie nicht doch auftaucht. Ist sie aber nicht.“

Henning schnappte nach Luft. Seine Lippen waren dunkelblau angelaufen.

„Wir wollten unterwegs nach Versteck von Geld suchen …“, fuhr er angestrengt fort. Seine Stimme wurde immer leiser. „Dann … Kara in St. Lucia von Bord. Sören hätte den Verlust erst auf Caymans bemerkt.“ Hennings Atem ging stoßweise, die Lunge röchelte und blubberte.

Marie schritt nicht mehr ein. Sie hatte begriffen, dass Henning sein Gewissen erleichtern wollte und ließ ihn weiterreden, auch wenn er kaum noch genug Luft hatte, vollständige Sätze zu formulieren.

„Ich wusste ja nicht, dass … in … Bilge laminiert. Auf mich … kein Verdacht … Und bei Polizei kann Armin Diebstahl nicht melden.“

„Und wenn ein wenig Gras über die Sache gewachsen wäre, wolltest du dich irgendwo mit Kara treffen und die Beute teilen?“, fragte Mike.

Henning nickte.

Mike schüttelte fassungslos den Kopf: „Du hättest dieser Frau zwölf Millionen anvertraut? Wie bescheuert bist du eigentlich?"

Henning sagte so leise, dass es kaum zu hören war: „Hab gedacht, sie liebt mich. Aber sie hat mich ... belogen und betrogen. Ich wusste nichts von Sven ... Dass die sich kennen ... dass die beiden zusammen ..."

Das Klopfen von unten wurde lauter und wütender.

„Hoffentlich schlägt die Irre kein Loch in den Rumpf, und wir saufen mit gefesselten Händen und Füßen ab!" Mikes Stimme klang weniger angstvoll als zornig.

Henning zwang sich, ein paar Mal möglichst ruhig ein- und aus zu atmen, dann ließ er sich langsam von seinem Lager zu Boden gleiten.

„Verdammt, was machst du? Bleib liegen!", zischte Marie ihn entsetzt an. Sie wusste selbst nicht, woher sie den letzten Rest Hoffnung nahm, Henning könnte trotz seines bedrohlichen Zustands überleben, wenn sie es in den nächsten Stunden bis nach Kap Verde schaffen würden.

Henning legte einen Finger auf seine Lippen und bedeutete ihr so zu schweigen. Langsam, ganz langsam zog er sich auf beide Ellbogen gestützt über Deck. Seine Wunde war aufgebrochen, selbst der neue Druckverband konnte das aus ihm herausströmende Blut nicht mehr stoppen. Auf seinem quälend langsamen und mühsamen Weg von seinem Krankenlager hin zur Steuerbord-Backskiste zog er breite, rote Schlieren über die Teakplanken. Als das Klopfen von unten aufhörte, blieb er ruhig liegen, damit Kara keine Schleifgeräusche hören konnte. Sie hielten alle drei die Luft an.

Nach endlosen Sekunden der Angst klopfte es weiter, und Henning setzte seinen Weg fort. Zentimeter um Zentimeter. Als er endlich an der Backskiste ankam, schienen ihn seine letzten Kräfte verlassen zu wollen. Doch mit einem Röcheln stemmte er sich halb hoch, öffnete den Deckel und kramte leise in der Kiste herum.

Mike wollte seine Augen nicht trauen, als Henning von ganz unten ein altes, verrostetes Schweizer Messer hervorzog. Henning zeigte es triumphierend auch Marie, dann kroch er zu Mike, dem er erheblich näher war. Es schien ewig zu dauern.

Marie blickte immer wieder ängstlich zum Niedergang, obwohl Kara immer noch hörbar die Bilge abklopfte. Henning zog sich halb an der Reling hoch und begann, Mikes Handfesseln aufzuschneiden. Mike half mit, indem er daran zerrte, so fest er konnte. Kaum hatte er seine Hände frei, nahm er Henning das Messer aus der Hand und säbelte seine Fußfesseln auf. Dann schlich er quer über Deck, am Niedergang vorbei und befreite Marie. Henning war währenddessen einfach liegen geblieben, er schaffte es keinen Millimeter mehr weiter. Kaum war auch Marie frei, stahlen sich die beiden wieder zurück zu Henning. Marie setzte sich neben ihn, drehte ihn auf den Rücken und bettete seinen Kopf in ihren Schoß.

„Danke", flüsterte sie weinend.

Henning sah ihr in die Augen.

„Bitte, verzeih mir … Bitte …"

Marie gab ihm einen Kuss auf die Stirn. „Es ist gut, Henning, alles ist gut …“

Henning legte eine Hand auf Mikes Unterarm. Mike spürte sie fast nicht, so leicht war sie.

„Pass auf Marie auf, ja?“, bat Henning.

Mike nickte.

„Und rettet Tim! Versprecht mir, dass ihr Tim …“

Henning konnte den Satz nicht mehr beenden. Er war tot. Marie schloss ihm die Augen und legte ihn vorsichtig auf den Boden. Tränen strömten ihr die Wangen herab. Sie sah Mike an.

„Er hat große Schuld auf sich geladen … Aber … Hat er einen solchen Tod verdient? Hat überhaupt irgendjemand einen solchen Tod verdient?“

Mike zog sie stumm in seine Arme und hielt sie fest. Sie ließ es geschehen. Das Klopfen von unten stoppte und wich einem unangenehm kratzenden Geräusch. Zusätzlich fluchte Kara lauthals. Marie wischte sich mit den Handrücken über die nassen Augen und sah Mike an. „Was machen wir jetzt?“, flüsterte sie.

Mike blickte entschlossen. Es war an der Zeit zu handeln. „Wir schließen die Luken und den Niedergang und sperren Kara unter Deck ein. Es sind nur noch etwa sechs, sieben Stunden bis zu den Kapverden, das sollten wir schaffen.“

„Sie wird alles unternehmen, um das zu verhindern.“

„Hast du eine bessere Idee? Ich habe jedenfalls keine Lust, diese Kampfsau noch mal näher als bis auf zwei Meter an mich heranzulassen.“

„Die Backskisten müssen wir auch verriegeln. Da

kann man über die inneren Stauklappen bis in den Salon klettern. Und auch heraus."

Mike nickte.

„Zuerst den Niedergang. Bis sie das realisiert, haben wir auch die Backskisten dicht."

Gemeinsam schlichen sie mittschiffs. Marie kümmerte sich um die Decksluken, Mike schloss am Niedergang schnell Steckschott und Schiebeluken und verriegelte sie. Dann sicherten sie die Backskisten. Das Klopfen und Kratzen von unten stoppte abrupt. Kara bemerkte, dass an Bord etwas vor sich ging.

Mike warf den Motor an, brachte das Schiff auf Kurs und ging auf volle Kraft. Kara schrie wütend etwas von unten. Sie hörten sie durch den Salon poltern, dann schlug sie gegen den verschlossenen Niedergang.

„Ich mach euch kalt! Das überlebt ihr nicht, ihr Arschlöcher!"

Marie begann zu zittern. Sie stand neben Mike am Steuerruder und krallte ihre Finger in seinen Unterarm. Kurz darauf hörten sie ein Scheppern und erneutes Fluchen in der Nähe der Steuerbord-Backskiste. Kara hatte entdeckt, dass ihr auch dieser Notausgang verschlossen war. Dann war es kurz still.

„Was macht sie jetzt?" Marie war völlig verkrampft, sie hielt ihre Anspannung kaum aus. Niemals hätte sie gedacht, mal eine solche Furcht vor einer kleinen, zierlichen Frau haben zu können.

„Ich habe keine Ahnung. Hoffentlich wird sie nicht …" Mike konnte den Satz nicht zu Ende sprechen. Der Motor stotterte, dann stoppte er.

„Doch sie wird", seufzte Mike.

„So, ihr Penner, das Absperrventil ist geschlossen, jetzt ist Schluss mit der fröhlichen Fahrt!", rief Kara von unten. „Wenn ihr weiter wollt, müsst ihr runterkommen! Ansonsten komme ich gleich hoch. Nicht weglaufen! Ich freu mich schon auf euch!"

„Verdammter Mist!", fluchte Mike und schlug wütend mit der Hand gegen das Steuerrad.

Marie zuckte mit den Achseln.

„Hätte mich auch gewundert, wenn sie nicht auf diese simple Idee kommt. Setzen wir die Fock?"

Der Wind strich mit höchstens vier Knoten kaum merklich über den Atlantik. Sie würden nur sehr, sehr langsam vorwärtskommen, aber es war besser als nichts. Während sie das Vorsegel hissten, hörten sie von unten verstärkt Lärm. Wütende Schläge erschütterten die Dorada so heftig, dass das gesamte Rigg zitterte. Mike lauschte kurz, dann lief er zur Backbord-Backskiste und öffnete sie. Er wühlte angespannt darin herum.

„Was suchst du?"

„Das Beil", sagte Mike. „Es ist nicht da."

Marie erbleichte. „Es ist unten. Henning hat es im Salon unter die Sitzbank gelegt. Falls es Stress mit Sven gibt. Also hat sie es jetzt. Sie schlägt damit die Bordwand auf, um an das Geld zu kommen."

„So blöd kann sie nicht sein. Wenn sie ein Loch reinhaut, säuft sie ab! Ich werde sie nämlich garantiert nicht mit in die Rettungsinsel nehmen."

Maries Augen waren panisch aufgerissen, ihre Stimme überschlug sich.

„Das ist der doch egal, die ist komplett irre! Außerdem kann sie mit dem Beil den Niedergang aufbrechen! Sie bringt uns um! Sie wird uns töten, Mike! Sie hat die Harpune, jede Menge Messer aus der Kombüse und die Axt!“

„Marie, beruhige dich“, bat Mike eindringlich. „Atme langsamer, du hyperventilierst!“

Mikes beschwichtigende Art zeigte Wirkung. Marie bezwang ihre Angst und trank etwas Wasser. Langsam entspannte sie sich. Doch der Lärm von unten wurde immer lauter. Mike musste einsehen, dass Marie mit ihren Befürchtungen richtig lag. Kara war absolut unberechenbar in ihrer Gier nach dem Geld. Sie würde jedes Risiko eingehen, selbst ein wahnwitziges. Er sah sich suchend auf Deck um, nahm einen Bootshaken und reichte ihn Marie. Marie wog die Stange in der Hand. Sie war leicht, aber aus sehr stabilem Metall. Mike zog eine schwere Winschkurbel ab und legte sie griffbereit neben den Niedergang.

„Soll sie doch kommen. Sobald sie den Kopf hier rausstreckt, brate ich ihr eins über. Wir werden jedenfalls nicht kampflos aufgeben“, sagte er mit entschlossener Stimme.

Die Sonne kletterte langsam Richtung Zenit, glühte sich durch die hohen, dunstigen Wolkenschichten und trocknete sie aus. Bald würde der Himmel klar und blau sein und die Sonne rücksichtslos sengen. Der Bug der Dorada schnitt sich unendlich langsam durch den Atlantik, der Vortrieb durch die Fock war minimal. Der permanente Lärm, den Kara unter Deck veranstaltete, ängstigte Marie. Kara schlug mindestens eine Stunde auf die Bilge ein. Dann herrschte ganz plötzlich gespenstische Stille. Maries Anspannung wuchs ins Unerträgliche. Sie hielt den Atem an und blickte fragend zu Mike. Nur das Klatschen einiger fliegender Fische und ein leises Sirren im Rigg waren zu hören. Kurz darauf krachte der erste, kraftvolle Axthieb von innen auf das Steckschott des Niedergangs.

Fluten

Es hört nicht auf, es hört einfach nicht auf zu regnen. Es ist, als bestünde die ganze Welt nur noch aus Wasser. Aus Wasser und Stahlwänden. Nichts mehr sonst existiert, nicht einmal mehr Schmerz. Selbst die Luft ist flüssig. Tim spürt nur noch Wasser, er sieht, hört, riecht und atmet es. Von allen Seiten will das Wasser zu Tim, es will in ihn hinein, um auch ihn zu verflüssigen. Das weiß er. Er hat den perfiden Plan des Wassers durchschaut. Aber noch hält er stand. Er hockt auf einem Kanister am höchstgelegenen Punkt in seiner Schute, hat den Rücken an die Wand gelehnt, ein Bein an den Körper herangezogen und hält es mit dem rechten Arm fest. Der linke Arm ist nicht mehr zu gebrauchen. Er ist dick angeschwollen und stinkt. Bestimmt wird er schon schwarz. Der Arm fault ihm ab, das steht fest. Tim findet das widerlich, aber wenigstens spürt er keine Schmerzen mehr.

Zurzeit hat er jedoch andere Probleme. Der verdammte Regen, das verdammte Wasser. Er friert, er hat Schüttelfrost, seine Zähne klappern. Alle paar Minuten greift er zu seinem Shirt, das er über die Schultern gelegt hat und versucht, sich trocken zu reiben. Er will trocken bleiben, damit das Wasser ihn nicht verflüssigt. Aber das Shirt ist auch schon nass. Der Regen dringt in kleinen Sturzbächen durch die Löcher und Ritzen in das Stahldach ein. Am Anfang hat er sich gefreut. Er hat seine Wasserkanister darunter gehalten, es floss, als hätte jemand einen Hahn aufgedreht, und er hat die Kanister aufgefüllt und sich dabei gigantisch gut gefühlt. Gelacht hat er und einen Triumph über das Schicksal empfunden. Die Kanister sind immer noch voll, er trinkt nicht daraus, auch wenn er sehr großen Durst verspürt. Aber er darf nicht zulassen, dass das Wasser ihn auch noch von innen angreifen kann. Das Wasser dringt ja schon von oben und von unten mit aller Macht in die Schute ein. Im unteren Teil der Schute sind nicht nur die überall vorhandenen Risse, sondern auch Löcher im Stahlboden, das weiß er. Sie sind nicht groß genug für ihn. Er kann nicht hindurchschlüpfen wie die Ratten. Aber durch diese Löcher drückt das Wasser in Massen herein. Die untere Hälfte der schräg liegenden Schute ist schon zu zwei Dritteln vollgelaufen. Auf seiner erhöhten Sitzposition ist es noch nicht so schlimm. Das Wasser geht ihm bis zur Hälfte seiner Oberschenkel, wenn er sich hinstellt. Aber er muss sich immer wieder hinsetzen, weil er nicht genug Kraft hat, um lange zu stehen. Vom Stehen wird ihm schwindlig. Er setzt sich dann auf einen seiner Kanister. Wenn er sitzt, reicht ihm das Wasser fast bis zur Taille. Deswegen hat er leider nicht mehr das Gefühl, auf einem Feldherrnhügel zu sitzen. Ein überschwemmter Feldherrnhügel ist ein Scheiß. Er würde gerne einen Damm um sich herum bauen, einen Deich. Aber er hat nichts zum Bauen. Gar nichts. Also sitzt er einfach nur da und beobachtet lauernd das angreifende Wasser.

Der Feind geht geschickt vor. Schleichend. Das Wasser denkt, er würde nicht bemerken, wie es sich ausbreitet, wie der Pegel langsam steigt. Aber er ist ja nicht blöd. Er hat auch bemerkt, dass das Wasser erheblich schneller gestiegen ist, als er kurz eingenickt war. Das findet Tim besonders heimtückisch. Deswegen achtet er jetzt darauf, nicht mehr einzuschlafen. Leider hat er noch keinen Plan zur Gegenwehr. Er weiß nicht, was er machen soll, wenn das Wasser noch weiter steigt. Aber er kann sich das nicht vorstellen. So viel Pech für einen einzigen Menschen, das erscheint ihm vollkommen unrealistisch. Das kann einfach nicht sein. Deshalb wird es bald aufhören zu regnen. Und dann verpisst sich das Wasser wieder. Es will ihn nur nerven. Ihm Angst machen. Aber das klappt nicht. Er ist wachsam. Er passt auf. Manchmal wird er wütend. Dann spuckt er ins Wasser und zwar total verächtlich. Aber jetzt kann er nicht mehr spucken. Sein Mund ist zu trocken. Aber trinken wird er nicht, nein, auf keinen Fall. Das Wasser kommt nicht in ihn hinein! Tim greift nach seinem Shirt und reibt sich das Gesicht und den Oberkörper ab. Alles ist feucht, alles. Das Wasser kondensiert auf seiner Haut und versucht, durch seine Poren ins Körperinnere zu gelangen. Aber Tim passt auf. Er ist wachsam.

Trauma

Da der Autopilot schon seit Tagen ausgefallen war, belegte Mike das Steuerruder mit einem Knoten, um den Kurs zu halten. Dann stellten sich Mike und Marie zu beiden Seiten des Niedergangs auf, um Kara zu empfangen. Marie hielt den Bootshaken krampfhaft umklammert, Mike war mit der Winschkurbel bewaffnet. Beim vierten Beilhieb flogen die ersten Holzsplitter aus dem Steckschott. Kara bearbeitete nun Steckschott und Schiebluke abwechselnd. Sie arbeitete rhythmisch und kraftvoll. Kurz darauf brach die Axt durch. Marie musste sich abwenden und ihre Augen mit der Hand bedecken, um nicht von den herumfliegenden Holzspänen getroffen zu werden. Mike hob die massive Kurbel hoch, um sie mit aller Wucht niedersausen zu lassen, falls Kara es wagte, den Kopf aus dem Niedergang zu strecken.

Kurz war es still. Dann flog das schon von der Axt zerfetzte Steckschott mit lautem Krachen auseinander und wurde aus der Verankerung gerissen, nur ein zwei Sekunden später schien die Schiebluke zu explodieren. Kara hatte die beiden Holzhindernisse, die sie von Deck trennten, mit dem im Salon befindlichen Feuerlöscher gerammt und quasi weggesprengt. Ihr Weg an Deck war nun frei.

Zuerst geschah nichts. Da sie fast direkt auf die Sonne zusegelten, lag der Niedergang im Vollschatten. Weder Mike noch Marie konnten irgendetwas erkennen, sie waren vom Sonnenlicht geblendet. Die plötzliche Stille war unheimlich. Marie lief es kalt den Rücken herunter, obwohl die Sonne inzwischen mit voller Kraft brannte.

„Was machen wir jetzt? Wir können doch nicht runtergehen, oder?“ Ihre Stimme klang heiser, ihr Mund war völlig ausgetrocknet.

„Die überlegt genauso wie wir, was sie tun soll.“

Quälende Minuten war keine Bewegung vernehmbar. Dann hörte Marie unvermutet ein weit entferntes Brummen.

„Was ist das?“, fragte Marie.

„Was?“ Mike starrte angespannt in das Dunkel des Niedergangs. Seine Gesichtszüge waren verhärtet, Schweißtropfen flossen ihm über Stirn und Schläfen.

„Dieses Brummen. Hört sich an wie …“ Marie hob den Kopf und suchte den Himmel ab.

„Da! Ein Flugzeug!“

Überrascht blickte auch Mike nach oben und sah, wie sich eine kleine Maschine in extrem niedriger Flughöhe auf die Dorada zubewegte.

Doch auch Kara hatte Maries verblüfften Ausruf gehört und nutzte die Chance, wohl wissend, dass ihre Gegner zumindest für ein, zwei Sekunden abgelenkt seit würden. Mit einem Satz nahm sie die paar Stufen des Niedergangs. In jeder Hand hatte sie ein großes Filetiermesser.

Sie war erst halb an Deck, da bohrte sie schon dem über ihr stehenden Mike eines der Messer in den rechten Oberschenkel und zog es mit der gleichen Bewegung wieder heraus. Mike schrie auf und schwang die Winschkurbel, die er, perplex über das tief fliegende

Flugzeug, hatte sinken lassen. Er traf Kara statt wie geplant am Kopf nur auf der linken Schulter. Sie war nun ganz an Deck und hatte sich von ihm weggedreht, um Marie zu attackieren. Marie wich vor Schreck über Karas plötzlichen Angriff einen Schritt zurück und stolperte über die Sitzbank. Dadurch erwischte sie Kara nur knapp mit dem Bootshaken, den sie im Fallen schwang. Kara trat ihr mit dem rechten Fuß in den Unterleib, sodass Marie auf den Polstern zusammensackte. Den Schwung des Tritts nutzend, wirbelte Kara um ihre eigene Achse herum und kam wieder vor Mike zu stehen. Er schlug noch einmal mit der Winsch zu und traf sie diesmal von vorne auf das linke Schlüsselbein. Er glaubte, den Knochen knacken zu hören.

Das Flugzeug schoss über die Dorada hinweg und begann zu kreisen. Es ging immer tiefer.

Auf der Yacht tobte der Kampf weiter. Sie hörten zwar alle, dass ihnen jemand aus dem Flugzeug per Megafon etwas Unverständliches zurief, doch keiner achtete darauf. Auch nur einen Blick zu dem Flugzeug zu riskieren oder ihm gar Signale zu geben, konnte den Tod bedeuten.

Marie rappelte sich hoch und sah, wie sich Kara mit einem Hechtsprung auf Mike stürzte, beide Messer voraus. Auch wenn Kara sicher unter 60 Kilogramm wog, so brachte ihn doch die Wucht ihres Sprungs aus dem Gleichgewicht. Gemeinsam krachten sie gegen die Backbordreling. Gewissermaßen im Flug konnte Mike nur Karas rechte Hand gezielt abwehren, das Messer in ihrer linken bohrte sich in seine Schulter. Marie sprang hinterher und knallte die Stange mit dem Bootshaken auf Karas Rücken. Kara schien es nicht einmal zu bemerken. Aus der Hocke heraus fegte sie Mike, der sich gerade aufrappeln wollte, mit einem Bein von seinen Füßen. Er schlug wieder auf der Reling auf und hing mit dem Oberkörper schon über Bord. Kara ließ blitzschnell ein Messer fallen, griff in Mikes über dem Boden schwebende Beine und drückte sie mit einem Ruck nach oben. Mike fiel über Bord, schlug dumpf gegen die Außenwand und klatschte auf der Wasseroberfläche auf.

Marie brüllte verzweifelt auf und rammte die vordere Spitze des Bootshakens in Karas Nierengegend. Kara knickte mit einem Schmerzensschrei ein und ließ dabei auch das zweite Messer fallen. Marie griff nach der Winsch, die Mike bei Karas Angriff verloren hatte, und hob den Arm. In dem Moment, als sie Kara die Winsch mit Wucht über den Schädel ziehen wollte, drehte Kara sich um. Sie war aufgrund des schmerzhaften Nierenstiches für einen entscheidenden Wimpernschlag ausgeliefert, und sie wusste es.

„Wenn du mir jetzt den Schädel einschlägst, wird Tim sterben!“

Doch Marie zögerte nicht. Mike war verletzt über Bord gegangen und brauchte sie. Jetzt. Sofort. Sie schlug Kara die Winschkurbel mit aller Kraft an die Schläfe. Kara fiel bewusstlos auf den Boden, etwas Blut sickerte ihr aus dem Ohr.

Marie hastete über Deck, griff einen Rettungskragen und warf ihn am Heck so weit sie konnte über Bord.

Es ging um Sekunden. Hektisch suchte sie die Wasseroberfläche ab und entdeckte Mike, schon etwa 200 Meter entfernt. Für einen Notstopp war es viel zu spät. Noch schwamm Mike, aber sie wusste, dass er mit seinen Verletzungen nicht lange durchhalten würde. Sie sprang zum Steuerstand, leitete eine Wende ein. Bei dem minimalen Wind und lediglich der Fock als Segel hätte sie die Sofortmaßnahmen zur Bergung lieber unter Motor durchgeführt. Doch sie hatte weder Zeit noch die Möglichkeit, unter Deck zu rennen und das Absperrventil des Motors zu öffnen. Sie durfte Mike keinesfalls aus den Augen verlieren. Aus lauter Verzweiflung stieß sie wütende Flüche aus, weil die Dorada sich nur im Schneckentempo bewegte.

Dabei sah sie im Augenwinkel, dass die Turboprop in einem geradezu luftakrobatischen Tiefflug bis auf etwa zehn Meter herunterging und Kurs auf Mike nahm, der versuchte, den Rettungskragen zu erreichen. Marie bekam Angst, dass das Flugzeug am Abschmieren war und Mike mit in den Abgrund reißen könnte. Marie schrie einfach nur, sie schrie und schrie. Dann sah sie, wie Mike in den Wellen verschwand, noch bevor das Flugzeug ihn erreichte. Und sie sah das blasse Gesicht ihrer Mutter und deren vor Entsetzen geweitete Augen, als sie in der kobaltblauen Kälte der Nordsee versank. Für ein paar Sekunden war sie wie gelähmt, ihre Hände krampften sich um das Steuerrad und verweigerten ihren Dienst. Doch in einem inneren Aufbäumen schüttelte sie die gespenstischen Bilder ab und lenkte weiter auf Mike zu.

Dann sprang jemand in Mikes unmittelbarer Nähe aus dem Flugzeug und kraulte kraftvoll zu der Stelle, an der er untergegangen war. Marie fuhr auf die Luvseite des Schwimmers und dreht das Boot in den Wind, um die Fahrt herauszunehmen. Sofort killte die Fock, die Dorada dümpelte auf dem Wasser. Sie war nur noch ein paar Meter von dem Schwimmer weg, der von seinem ersten Tauchgang hochkam. Ohne Mike. Marie kletterte über die Reling und wollte ins Wasser springen, um nach Mike zu suchen.

„Das wirst du nicht tun! Du bleibst an Bord!“, rief der Schwimmer.

Fassungslos erkannte Marie ihren Vater.

„Dann hol ihn mir hoch, verdammt, hol ihn mir!“, schrie sie zurück.

Bernd Sund nickte ihr zu und tauchte wieder ab.

Marie spürte nicht, wie ihr die Tränen die Wangen herunterliefen. Sie spürte nicht, dass sie ihre Hände so fest um den Relingdraht krallte, dass sie sich die Haut aufscheuerte. Sie dachte auch keine Sekunde darüber nach, wo ihr Vater plötzlich herkam und wie er sie gefunden hatte. Und sie bemerkte nicht, wie Kara hinter ihrem Rücken aus ihrer Ohnmacht erwachte, die Situation erfasste, das immer noch kreisende Flugzeug kurz beobachtete und dabei ihre Optionen durch ging.

Maries Blick war stur aufs Wasser gerichtet, sie stierte auf die sich kräuselnde Fläche, um jede geringste Bewegung zu sehen, jeden Schatten, jedes Bläschen, das aufstieg. Sie wandte sich auch nicht um, als hinter ihr leise die Hydraulik der Dingi-Garage surrte. Das Geräusch drang nicht in ihr Bewusstsein, denn sie war durchdrungen von der panischen Angst, Mike zu verlieren. Nicht auch noch ihn! Erst als sie hörte, wie das Beiboot gestartet wurde, wandte sie kurz den Kopf. Sie sah Kara höhnisch winkend wegfahren, neben sich eine große, bauchig gefüllte Tasche. Marie war es egal, sie dachte nicht an Tim, nicht an die Millionen, nicht an Rache, sie dachte nur an Mike. In diesem Moment begriff sie, dass sie ihn liebte.

Bernd tauchte japsend auf. Unter seinem Arm hatte er den bewusstlosen Mike eingeklemmt. Marie lief ans Heck und warf Bernd ein Seil zu. Er fing es mit der freien Hand auf, und ließ sich von Marie ans Schiff ziehen. Da Kara die Dingi-Garage geöffnet hatte, war auch gleichzeitig die Badeplattform schon heruntergelassen. Mit vereinten Kräften hievten sie Mike auf die Plattform. Marie begann sofort mit Wiederbelebungsmaßnahmen, während auch Bernd auf die Badeplattform kletterte. Er trug einen Trockenanzug mit einer wasserdichten Tasche an der Hüfte, Flossen und ein Tauchermesser an der Wade. Kaum war er auf der Plattform, zog er sich die Flossen aus und schubste Marie unsanft beiseite.

„Lass mich, hol du den Verbandskasten! Wer ist sonst noch an Bord?"

„Keiner mehr. Nur noch wir."

Bernd sah sie überrascht an, sagte jedoch nichts. Er kniete sich neben Mike und führte Maries Mund-zu-Mund-Beatmung weiter. Marie gehorchte ohne Widerspruch, denn Mike blutete aus Oberschenkel und

Schulter. Als Marie zurückkam, hustete Mike gerade den halben Atlantik aus.

„Wo ist Kara?", fragte er als erstes.

„Weg. Mit dem Dingi", antwortete Marie knapp. „Und nun halt bitte den Mund und schon deine Kräfte."

„Weg ist gut. Sehr gut." Mike grinste Marie an und ließ sich von ihr verbinden. „Und wer ist der Kerl, der mich aus dem Wasser gezogen hat?"

„Halt still, ich muss dich verbinden!"

Unterdessen gab Bernd dem nun auf fast komfortablen 80 Metern Höhe kreisenden Flugzeug ein entwarnendes Signal. Die Turboprop drehte ab, ging auf normale Flughöhe und entfernte sich.

Wenig später lag Mike an Deck auf den Polstern. Er war zwar etwas geschwächt, hatte aber nur ungefährliche Fleischwunden davongetragen, die relativ schnell ausheilen würden. Sein Puls ging ruhig und stabil, sodass sich Marie keine Sorgen mehr um ihn machte, zumal er nicht annähernd so viel Blut verloren hatte wie Henning. Sie saß neben ihm und hielt ihm die Hand, als wolle sie nie wieder loslassen.

Bernd war unter Deck und sah nach dem Motor. Als er wieder den Niedergang hochkam, hatte er drei Flaschen Bier unterm Arm.

„Was ist denn in der Bilge passiert? Die Bordinnenwand ist vollkommen demoliert. Wir haben sogar ein kleines Leck! Nicht tragisch, aber ich hab schon mal die Lenzpumpen angeworfen." Er stellte die Bierflaschen neben Marie und Mike ab.

„Ich sehe mir das mal an“, sagte Marie und ging nach unten. Mike folgte ihr humpelnd.

Unterdessen ging Bernd schulterzuckend zum Cockpit und schaltete den Motor ein. Sofort schnurrte er los. Bernd legte Kurs Kap Verde an.

Die Bordinnenwand war von Karas Axthieben und ihrem Gekratze mit dem Messer total zerschrammt. Doch sie war noch einigermaßen umsichtig vorgegangen und hatte nur einen einzigen Riss verursacht, durch den Wasser eindrang. Es bestand keine unmittelbare Gefahr, die Lenzpumpen verrichteten ihre Arbeit. Zudem waren genügend Auftriebskörper aus Polystyrol im Boot verteilt. Sie würden es selbst ohne Reparaturarbeiten problemlos bis zu den Kapverdischen Inseln schaffen.

Mike zog eine herabhängende Glasfasermatte beiseite. „Schau mal, sie hat es nicht geschafft, alles mitzunehmen.“

Auch Marie sah an einer Schnittfläche einen Packen Geldscheine hervorquellen.

„Einfach unglaublich, dass deswegen fünf Leute sterben mussten.“

„Hoffen wir, dass wenigstens Tim überlebt“, sagte Mike.

Marie nickte. „Komm, wir gehen wieder nach oben, du musst dich hinlegen.“

Sie stützte Mike und führte ihn zum Niedergang.

Als sie wieder an Deck kamen, befahl Bernd Marie, die Fock einzuholen. Sie nickte, brachte Mike aber noch zur Sitzgruppe. Nur widerwillig ließ sie ihn los.

Kaum war Marie auf dem Vorderdeck, wandte sich Mike neugierig an Bernd.

„Danke übrigens fürs Rausfischen! Wie bist du denn aus dem Flugzeug gekommen? Doch nicht etwa gesprungen? Ich hab den Stunt ja leider verpasst, weil ich am Tauchen war. Und wer bist du überhaupt?"

„Du fragst ganz schön viel auf einmal." Endlich schälte Bernd seinen Oberkörper aus dem Trockenanzug.

„Auf diesem Boot weiß man nie, wie lange man noch Zeit zum Fragen hat." Mike wies mit dem Daumen auf Hennings Leiche, die während des Wendemanövers über Deck gerollt war und nun direkt neben dem Steuerstand lag.

„Darum kümmere ich mich gleich. Eins nach dem anderen." Bernd zog aus seiner am Gürtel befestigten Tasche ein Satellitentelefon heraus und wählte eine Nummer: „Hey, ich bin's. Alles klar an Bord. Nur noch zwei Überlebende. Marie und …" Er sah Mike fragend an.

„Mike. Mike Janssen."

„Und Mike Janssen. Wir nehmen Kurs Kap Verde, wir treffen uns in Mindelo. Gib du in Berlin Bescheid, okay? … Ja, alles roger. Bis dann." Bernd legte auf.

„Wo habt ihr denn eine Plane?", fragte er Mike.

„Alle weg", sagte Mike bitter. „Über Bord. Mit den anderen Leichen."

Bernd band das Ruder fest, hob Henning auf und legte ihn in die leere Dingi-Garage. Marie kam vom Vorderdeck zurück und fuhr die Badeplattform hoch, die die Dingi-Garage verschloss. Hennings Körper war nun sicher und trocken verstaut. Dann setzten sich die beiden zu Mike. Bernd öffnete die Bierflaschen und reichte jedem eine.

„Alkohol ist jetzt keine so gute Idee“, mahnte Marie mit Blick auf den geschwächten Mike.

„Stell dich nicht so an, der Kerl hält was aus“, sagte Bernd.

Mike blickte verwirrt zu den beiden.

„Sagt mal, ihr zwei, kann es sein, dass ihr euch ziemlich gut kennt?“ Er sah Marie fragend an. „Das ist doch nicht etwa …“

„Doch. Ist er. Mein Vater.“

„Bernd Sund. Hallo, Mike.“ Bernd streckte Mike die Hand hin.

Der schüttelte sie verblüfft. „Wie hast du uns gefunden?“

„Das würde mich auch interessieren. Wir sind weit ab vom Kurs“, warf Marie ein.

Bernd prostete den beiden zu. Sie tranken einen Schluck.

„Armin Wendelstein rief mich gestern an …“

„Gestern erst?“, unterbrach Mike sauer. „Wir sind schon seit vier Tagen ohne Kontakt!“

„Keine Ahnung, warum er sich erst gestern gemeldet hat. Ich weiß auch nicht, warum er ausgerechnet mich angerufen hat und nicht die Küstenwache. Oder sonst was Offizielles.“

„Dafür hatte er exakt zwölf Millionen Gründe. Aber erzähl du erst mal.“

„Er sagte mir nur, dass er keinen Kontakt mehr zur Dorada aufbauen kann. Er tat so, als sei seine Sorge nicht allzu groß, was aber in krassem Widerspruch stand zu den Maßnahmen, die er ergreifen wollte, um euch zu finden. Das hat mich nervös gemacht. So ein Typ aus Berlin hat alles organisiert. Linienflüge nach Gran Canaria gebucht, die Turboprop gechartert … Geld hat keine Rolle gespielt. Den Piloten hab ich mitgebracht."

„Billy?", fragte Marie.

Bernd nickte und wandte sich erklärend an Mike.

„Keiner kann so tief übers Wasser fliegen. Wir kennen uns seit Jahren. Ist schon 67, der alte Sack. War bis 1973 Spähflieger in Vietnam. Ein echter Irrer. Seit den 90ern ist er als Umweltaktivist tätig. Hat mal Schlagzeilen gemacht, als er im Tiefflug ein paar 1 000 Liter Schweineblut über einem japanischen Walfänger abgelassen hat."

„Cool", fand Mike. „Aber wieso habt ihr uns hier gesucht und nicht Richtung Karibik?"

„Wir sind zuerst eure Route abgeflogen, ziemlich weit sogar. Aber nichts. Also dachte ich mir, wenn der Kontakt am vierten Tag eurer Reise abgebrochen ist, und zwar völlig – kein Satellitentelefon, kein Computer, rein gar nichts mehr – dann muss was Blödes an Bord passiert sein. Wenn was Blödes passiert, dreht ein vernünftiger Skipper ab und nimmt von eurer mutmaßlichen Position an dem Tag Kurs auf die Kapverdischen Inseln, weil die am schnellsten zu erreichen sind."

„Kluger Bernd", sagte Marie leise. „Hab ich mich schon bedankt?"

„Das brauchst du nicht, ich bin dein Vater, trotz allem", erwiderte Bernd ebenso leise. Er blickte ihr nicht in die Augen, als er fortfuhr: „Außerdem schulde ich dir das. Ich schulde dir ein Leben."

„Jetzt nicht mehr", sagte Marie und lächelte Mike an. Sie klickte ihre Bierflasche gegen die von Bernd. Die beiden sahen sich an und tranken. Als Bernd die Flasche wieder absetzte, schimmerten seine Augen feucht. Er räusperte sich unbeholfen.

„So, nun erzählt bitte mal, was hier los war."

Als Bernd von Tims Finger und den bedrohlichen Umständen seines Verschwindens erfuhr, gab er die Information per Satellitentelefon an Franke in Berlin weiter. Weder er noch Marie oder Mike hatten Lust, mit Armin Wendelstein persönlich zu sprechen.

Mike und Marie beendeten ihren langen und blutigen Bericht einige bittere Stunden später. Sie waren vollkommen erschöpft von den letzten Tagen und Nächten und sorgten sich um Tims Schicksal, das so lange ungeklärt blieb, bis sie Kara fanden, die sicher ebenfalls Richtung Kap Verde unterwegs war. Ihre Flucht war Wahnsinn. Der Tank des Dingis fasste nur zehn Liter Diesel, damit konnte sie es unmöglich bis zu den Inseln schaffen. Sie würden sie unterwegs auflesen und sie dann zwingen, ihnen Tims Aufenthaltsort zu verraten.

Die Sonne ging unter und färbte den Himmel und den Atlantik in einem kitschigen Orange ein. Die Kapverdischen Inseln kamen schemenhaft in Sicht. Von Kara und dem Dingi, das sie schon längst hätten einholen müssen, fehlte jede Spur.

Der Ruck

Tim singt wieder. Er findet es irgendwie lässig zu singen, während seine Schute vollläuft und er absäuft. Es ist nicht nur lässig, es ist klassisch und stilvoll. Die Band auf der Titanic soll auch bis zuletzt gespielt haben. In der Kinoversion von Spielberg haben sie sogar noch an Deck gefiedelt, während sich die reichen Säcke in die Rettungsboote drängten. Die Musiker wussten, dass für sie kein Platz ist, sie wussten, dass sie untergehen würden. Genau wie Tim. Er wird auch untergehen, einfach absaufen. Für ihn gibt es kein Rettungsboot. Obwohl er ein reicher Sack ist. Aber das nutzt ihm nichts. Keine Rettung. Nur das stählerne, überflutete Grab einer verrosteten namenlosen Schute, die nicht in die Geschichte eingehen wird, weil sie keinen Eisberg gerammt hat, sondern blöde im Brackwasser festsitzt. Und weil es nicht über 1500 Opfer geben wird, sondern nur eines. Was für ein ruhmloses Ende!

Tim steht das Wasser inzwischen wortwörtlich bis zum Hals. Er kann sich nicht mehr auf seinen Kanister setzen, um sich auszuruhen, dann ist er völlig unter Wasser. Die Schute ist vollgelaufen, und nur weil sie in einer Schräge liegt, kann er auf seiner erhöhten Position, wenn er aufrecht steht, überhaupt noch den Kopf aus dem Wasser strecken. Letzte, graue Streifen Tageslicht fallen durch die Ritzen. Das Wasser sieht schwarz wie Tinte aus. Weil er das schwarze Wasser nicht sehen will, schließt er die Augen. Damit er nicht einmal an das schwarze Wasser denken muss, singt er.

Er singt lautstark gegen das Wasser und den nahenden Tod. „Wir lagen vor Madagaskar und hatten die Pest an Bord. In den Fässern, da faulte das Wasser, und täglich ging einer über Bord …"

Tim singt, so laut er kann. Er schreit geradezu. Zuerst haben seine Beine noch geschlottert vor Angst und Schwäche. Doch je lauter er singt, desto stärker fühlt er sich. Er richtet sich trotzig auf, er wächst ein paar Zentimeter, und sein Kopf ragt etwas mehr aus dem Wasser heraus, sodass er ihn nicht mehr in den Nacken legen muss, um zu singen, ohne dass ihm Wasser in den Mund läuft. Auch wenn das Wasser ihn fast vollständig umspült, hält er noch stand. Er weiß, dass das Wasser ihn hinabziehen will in den unteren Teil der Schute, wo es kein Licht und keine Luft mehr gibt. Dahin, wo der Teufel wohnt und das Vergessen. Wie einfach wäre es, sich gehen zu lassen. Sich dem Fließen und Schwappen und Glucksen und Gluckern anzuvertrauen. Sich sanft hinabgleiten zu lassen ins dämmrige Dunkel, in dem es keine Angst, keine Hoffnung und keinen Kampf mehr gibt. Doch da ist immer noch etwas in ihm, das sich gegen die totale Auflösung, gegen die finale Verflüssigung stemmt.

Dieses Etwas singt.

„Ja, wenn das Schifferklavier an Bord ertönt, ja dann sind die Matrosen so still, ja so still, weil ein jeder nach seiner Heimat sich sehnt, die er gerne einmal wiedersehen will …"

Tim grölt. Er steht kerzengerade im Wasser, die rechte Hand hinter sich an die Stahlwand gedrückt. Was die linke tut, weiß er schon lange nicht mehr. Das ist ihm inzwischen auch egal, Hauptsache, er stirbt aufrecht.

Da übertönt ein Knirschen und Knarzen sein Grölen. Es ist nicht ein Geräusch, es sind viele Geräusche gleichzeitig, es ist ein ohrenbetäubender Lärm. Tim verliert sein eh schon labiles Gleichgewicht, er rutscht von seiner erhöhten Position kurz gänzlich unter Wasser. Er erschrickt, weil alles schwankt, noch im Grölen atmet er Wasser ein, verschluckt sich, fängt an zu husten und mit den Händen zu rudern. Selbst mit dem faulenden linken Arm sucht er instinktiv nach Halt, auch wenn er es nicht bemerkt. Tim verliert sein eh schon labiles Gleichgewicht. Ein Ruck geht durch die Schute, durch sein Dasein. Prustend findet er zurück an den nur noch etwa 30 Zentimeter breiten Streifen Leben über der Wasserlinie. Um Sekunden später, nach ein, zwei wichtigen Atemzügen wieder einzutauchen in das stinkende Brackwasser. Das Knirschen und Knarzen wird lauter. Tim verliert erneut den Boden unter den Füßen. Er will nach einem seiner Kanister greifen, um sich an irgendetwas festzuhalten. Doch beide Kanister sind weggerutscht, er kann sie nicht finden. Panisch rudert er mit Armen und Beinen im Wasser herum. Er schafft es, wieder an die Oberfläche zu gelangen. Seine Füße finden auf einem kleinen Vorsprung in der Rückwand der Schute Halt. Er steht. Streckt den Kopf aus dem Wasser und fährt mit seiner rechten Hand über die Augen, um das Wasser und den Dreck wegzuwischen.

Da sieht er es. Vor dem Ruck hatte er etwa 30 Zentimeter über der Wasserlinie, allerdings in einer Schräge, die nur ein paar Meter weit reichte. Nun sind nur noch etwa zehn bis zwölf Zentimeter übrig. Dafür kann er aber in einer schnurgeraden Linie fast bis zur gegenüberliegenden Wand seines abgewrackten Kohlekahns sehen. Nur aufgrund der dämmrigen Lichtverhältnisse sieht er das Ende der Schute nicht. Aber er weiß, dass sie nicht mehr schräg liegt. Es gluckert und plätschert um ihn herum.

Die Schute hat sich aufgrund des Hochwassers von ihrem Grund gelöst, ist angehoben und weggeschwemmt worden. Sie schwimmt. Im ersten Moment des Begreifens erfasst Tim eine ungeheuerliche Freude. Sein Gefängnis wird durch den Fluss treiben und in die Nähe von Menschen schwimmen. Doch dann wird ihm schlagartig klar, dass der stählerne und überaus löchrige Kahn nicht weit kommen wird. Schon jetzt sind es nur noch etwa zehn Zentimeter bis zur Decke. Wenn die Schute auf einem Fluss schwimmt, braucht es nicht einmal mehr Regen von oben, bis sie vollläuft. Der Fluss dringt von unten ein und wird die schwere Schute innerhalb kürzester Zeit mit seinen nassen Fingern nach unten ziehen. Er wird in dem Stahlgehäuse in den Schlick sinken und niemals gefunden werden. Er wird verrecken.

Tim hält sich mit seiner gesunden rechten Hand an einer der hintersten der oberen Querstreben fest, legt den Kopf in den schmerzenden Nacken und grölt in den schmalen, ihm verbliebenen Streifen Atemluft.

„Wir lagen vor Madagaskar und hatten die Pest an Bord …“

Hiobsbotschaft

Armin saß in seiner Luxusvilla in Düsternbrook, die von Norma heute am späten Nachmittag sauber gemacht worden war. Zum ersten Mal, seit Norma bei ihm putzte, hatte Armin keine Lust verspürt, mit ihr zu schlafen. Er hatte einen Anruf von Franke aus Berlin erhalten. Die Dorada war von Bernd Sund gefunden worden, allerdings weit ab vom Kurs. Mehr wollte Franke per Telefon nicht sagen, er saß im ICE und war unterwegs nach Kiel. Frankes Zurückhaltung am Telefon hatte Armin dermaßen aufgewühlt, dass er Norma unfreundlich gebeten hatte zu gehen.

Seitdem saß er auf glühenden Kohlen. Als Franke endlich eintraf, sah er ihm sofort an, dass er keine guten Nachrichten brachte. Ohne große Formalitäten gingen sie ins Wohnzimmer und setzten sich. Mit einem letzten Rest Höflichkeit bot Armin Franke einen Cognac an.

„Nehmen Sie sich besser auch einen. Einen doppelten."

Armin wurde zornig.

„Verdammt noch mal, nun reden sie schon!"

Dennoch hörte Armin auf Frankes Empfehlung und goss ihnen beiden einen doppelten ein. Erst als er sich gesetzt hatte, begann Franke mit seinem Bericht.

„Ich werde Sie nicht mit sensiblen Vorworten nerven. Ihre beiden Söhne Sören und Henning sind tot …"

Armin fiel sein Glas aus der Hand. Der Cognac ergoss sich auf den Isfahani. Er achtete nicht darauf.

„Was sagen Sie da?", fragte er heiser.

„Tut mir leid, wirklich. Bernd Sund ist wie geplant bei der Dorada abgesprungen. Er rief mich über ein Satellitentelefon an, das er mitgenommen hat. Ich habe auch mit Marie Brodersen, der Tochter von Bernd Sund, und mit Mike Janssen gesprochen."

„Geben Sie mir sofort die Nummer dieses verdammten Telefons! Ich will mit Mike reden!"

Franke fixierte Armin mit prüfendem Blick.

„Das habe ich vorgeschlagen. Aber sowohl Mike Janssen als auch Marie Brodersen haben den direkten Kontakt zu ihnen vorläufig, aber kategorisch abgelehnt."

„Wieso das?"

„Auch Julia Strobel und Nadine Burmester sind tot. Ich nehme an, dass Frau Brodersen und Herr Janssen Sie indirekt für die Tode verantwortlich machen und deswegen erst mal nicht mit Ihnen reden wollen."

Armin starrte Franke verständnislos an.

„Was habe ich damit zu tun? Sind die verrückt geworden?"

„Die Toten wurden von Kara Wiebke ermordet. Außer Ihrem Sohn Henning. Der erlag den Verletzungen einer Messerattacke durch Sven Friedrich …"

Franke wollte fortfahren, doch Armin unterbrach ihn.

„Wie kommt dieser Sven Friedrich an Bord meiner Yacht? Den haben Sie mir auf den Überwachungsvideos von den Flughäfen nicht gezeigt! Haben Sie mir etwas verheimlicht? Oder gar gepfuscht?" Sein Tonfall wurde immer ungnädiger.

Franke verneinte.

„Sie haben ihn am dritten Tag ihrer Reise als angeblichen Schiffbrüchigen von einem havarierten Segelboot gerettet. Das Ganze war jedoch von Wiebke und Friedrich geplant. Um an die zwölf Millionen heranzukommen, die in die Bilge laminiert wurden."

Armin erbleichte.

„Woher wusste dieses kriminelle Gesindel von dem Geld? Nur Sören war darüber informiert." Er sah Franke lauernd an.

„Henning hatte Ihr diesbezügliches Gespräch mit Sören belauscht. Er hatte hohe Spielschulden. Und eine Affäre mit Kara Wiebke."

Armin sackte in seinem Cocktailsessel zusammen.

„Und jetzt sind alle tot?"

Franke gab Armin Zeit, die Nachrichten zu verkraften.

„Alle außer Marie Brodersen und Mike Janssen. Sven Friedrich wurde von Sören mit der Harpune erschossen. Kara Wiebke hat die Dorada mit dem Dingi verlassen. Allerdings weit vor den Kapverden. Von ihr weiß man nicht, wo sie abgeblieben ist."

„Und was ist mit Tim?", fragte Armin leise.

Franke setzte ihn darüber in Kenntnis, dass Tim von Kara entführt worden war und sich an einem bislang unbekannten Ort aufhielt. Ob er noch lebte, war nicht mit Sicherheit zu sagen.

Kurz überlegte Franke, ob er Armin die Geschichte mit dem abgeschnittenen Finger ersparen sollte. Er konnte sich gut vorstellen, was gerade in seinem Auftraggeber vor sich ging: Schock und Schuld schnürten ihm die Kehle zu. Zumindest hoffte Franke das. Er hatte ihn eindringlich darauf hingewiesen, zumindest in Tims Fall die Polizei einzuschalten. Inzwischen hatte Franke begriffen, warum Armin Wendelstein jede Aufmerksamkeit vermeiden wollte. Bei einer Steuerhinterziehung in Millionenhöhe ging er mit an Sicherheit grenzender Wahrscheinlichkeit in den Knast. Doch Franke fand es widerlich, deswegen das Leben seines jüngsten Sohnes zu gefährden. Die Kripo hätte Tim vielleicht finden können. Er zweifelte nicht an seinen eigenen Fähigkeiten, dennoch wusste er um die immensen Vorteile eines großen Polizeiapparats. Jetzt, wo alles klar auf dem Tisch lag, sah Franke keinen Grund, irgendwelche Rücksichten auf seinen Auftraggeber zu nehmen. Schonungslos erzählte er ihm von Tims abgetrenntem Finger.

Abwesend stierte Armin vor sich hin und sagte eine Weile kein Wort. Nachdem er den ersten Schock einigermaßen verkraftet hatte, ließ er sich die ganze Geschichte von Franke noch einmal im Detail erzählen. Franke wusste nicht viel mehr als das, was er schon berichtet hatte. Aber er musste es mehrfach wiederholen, bis jede grauenvolle Einzelheit gänzlich bei Armin angekommen war. Franke sprach sein Beileid aus und verabschiedete sich. Armin brachte ihn nicht zur Tür. Als Franke weg war, stand er auf, löschte das Licht, setzte sich zurück in seinen Sessel und stierte in die Dunkelheit.

Kap Verde

Am späten Abend fuhr die Dorada in den Hafen von Mindelo auf São Vicente ein, dem größten Hafen des Inselarchipels Kap Verde. Marie konnte es kaum glauben, dass die Horrorfahrt nun ein Ende gefunden hatte. Erschöpft lehnte sie sich an Mike, der den Arm um sie legte.

Bernd, der leidlich portugiesisch sprach, kümmerte sich um alles, während Marie mit Mike an Bord blieb. Mike ging es soweit gut. Er bestand darauf, vorerst nicht ins Krankenhaus zu gehen, um Marie zur Seite zu stehen. Bernd übernahm das Einklarieren bei der Hafenmeisterei und bat, der Polizei Bescheid zu geben. Es dauerte ziemlich lange, bis zwei gelangweilte Beamte der Policia Maritim an Bord auftauchten. Als sie aber Hennings Leiche in der Dingi-Garage gesehen und die ersten Angaben über die Vorkommnisse an Bord durch Bernds Übersetzungshilfe von Marie und Mike bekamen, erwachten sie aus ihrer Trägheit und riefen die Kripo an. Wieder mussten Mike und Marie warten, obwohl das Büro der Kriminalpolizei, wie Bernd von früheren Besuchen wusste, in unmittelbarer Nähe der Marina lag. Marie nutzte die Zeit und bereitete mit Bernds Hilfe ein Abendbrot zu. Sie hatten den ganzen Tag noch nichts gegessen.

Es war kurz vor Mitternacht, als die Kripo eintraf. Ein stämmiger Mittfünfziger, braun gebrannt und leicht übergewichtig, mit angegrautem Haar und einem pechschwarzen, dicken Schnurrbart, stellte sich als Fernando

Ramos vor. Er war der leitende Ermittler. Als erstes ließ er von seinem Kollegen die Personalien aufnehmen und alle an Bord befindlichen Pässe einsammeln. Dann mussten Mike, Marie und Bernd die Dorada verlassen. Die Spurensicherung würde sie vom Kiel bis zur Mastspitze untersuchen.

Bernd und Marie wurden weniger gebeten als vielmehr aufgefordert, Ramos aufs Polizeirevier zu begleiten. Marie ging in ihre Kabine und packte eine Tasche mit ein paar persönlichen Dingen. Ein Polizist begleitete sie und achtete darauf, dass sie keine Beweismittel wegnahm oder vernichtete. Mike wurde ins Krankenhaus verfrachtet. Zwar protestierte er, aber Marie gab Ramos recht: Er musste seine Wunden dringend untersuchen und fachmännisch versorgen lassen. Sie würde zu ihm kommen, sobald sie ihre Aussage gemacht hatte.

Das jedoch gestaltete sich schwierig. Glücklicherweise sprach Ramos ein hervorragendes Englisch, sodass Marie auf Bernds Übersetzungshilfe verzichten konnte. Die Sprache war nicht das Problem, die Geschichte war es. Je länger Marie erzählte, desto skeptischer blickte Ramos. Marie begriff langsam, wie unglaubwürdig das Geschehene klang. Auf Gran Canaria hatten sie im Hafen nicht ausklarieren müssen, da die Kanaren zu Spanien und damit zur europäischen Gemeinschaft gehören. Sie konnte also nicht stichhaltig beweisen, dass beim Ablegen in Las Palmas außer ihr und Mike noch fünf andere Menschen an Bord gewesen waren: Julia, Nadine, Sören, Henning und die falsche Britt. Sie konnte ebenso wenig beweisen, dass sie unterwegs einen angeblich Schiffbrüchigen aufgenommen hatten. Das einzige, was Ramos als Beleg für ihre Geschichte in der Hand hielt, waren die Reisepässe der benannten Personen und Hennings Leiche auf der Dorada. Das reichte ihm nicht. Als sie ihm dann auch noch von Britts falscher Identität erzählte, wurde er vollends misstrauisch. Mindestens ebenso hanebüchen fand er die Art und Weise, mit der Bernd Sund angeblich an Bord gekommen war. Niemand sprang aus einem Flugzeug in den Atlantik. Schon aus geringer Höhe waren die Wellen wie Beton. Und kein normaler Pilot konnte so tief fliegen, wie Bernd Sund behauptete.

Ramos vertrat die Meinung, dass sich das Ganze auch völlig anders abgespielt haben konnte: Sie war mit ihrem Verlobten Henning und dem nun im Krankenhaus befindlichen Mike an Bord. Es kam zu Eifersuchtsszenen, Mike hatte allein oder mit ihrer Hilfe Henning getötet, wobei er selbst verletzt worden war, und nun tischten sie ihm eine vollkommen wahnwitzige Geschichte von insgesamt fünf Leichen und zwei deutschen Kriminellen auf, von denen jede Spur fehlte.

Marie war für einen Moment sprachlos. Nie wäre sie auf den Gedanken gekommen, dass sie unter Verdacht geraten könnte, nach allem, was sie durchgemacht hatte. Bernd bemerkte, wie Marie vor Wut rot anlief und anheben wollte, loszupöbeln.

Er beugte sich zu ihr und sagte leise auf Deutsch: „Der will dich nur provozieren, damit du einen Fehler machst, falls du Dreck am Stecken hast. Ist sein Job, also nicht aufregen, das bringt uns nicht weiter, klar?“

Ramos forderte die beiden auf, kein Deutsch zu sprechen, sonst müsste er Bernd des Büros verweisen. Bernd hob entschuldigend die Hände und nickte. Sein kurzes Einschreiten hatte jedoch schon genügt, um Marie zu beruhigen.

„Hören Sie, Señor Ramos“, sagte sie mit ruhiger, sachlicher Stimme. „Ihre Kriminaltechniker werden in der Bilge jede Menge Geld finden. Sie werden sehen, dass sich dort jemand zu schaffen gemacht hat.“

Ramos nickte und zwirbelte entspannt an seinem Schnurrbart. Er wirkte gemütlich wie eine Robbe im Halbschlaf.

„Das glaube ich Ihnen gerne. Aber wer sagt mir, dass Sie das nicht waren?“

Marie überlegte kurz, was sie als Beweis für ihre Geschichte anführen konnte. Sie wollte einfach nur hier fertig werden und zu Mike ins Krankenhaus. Plötzlich fiel ihr etwas ein.

„Lassen Sie mich an Bord gehen. In der Eigner-Kabine liegt Sörens Handy. Er hat Aufnahmen von Julias und Nadines Leichen gemacht!“

„Ich werde veranlassen, dass es uns gebracht wird.“ Ramos griff zum Telefon und sagte etwas auf Portugiesisch.

Während sie auf das Handy warteten, gab Bernd die Telefonnummer von Karl Franke an Ramos. Der würde ihre Angaben bestätigen und ihn sicher auch an Armin Wendelstein verweisen, den Eigner der Yacht und Vater zweier Opfer. Zudem überreichte er ihm die Handynummer seines Piloten Billy Witherspoon, der in São

Pedro gelandet war und nun in Mindelo auf Bernd und weitere Weisungen wartete.

Noch bevor Ramos Franke oder Billy anrufen konnte, kam ein Polizist in Uniform ins Büro und brachte Sörens Handy. Leider war es gesperrt, und Marie wusste die PIN-Nummer nicht. Ramos gab das Handy in die Kriminaltechnik, damit der Code dort geknackt wurde. Er schickte Marie und Bernd auf den Flur, wo sie, bewacht von einem Beamten, wieder warteten.

Marie war unendlich froh, dass ihr Vater bei ihr war. Nicht nur, weil er Mike aus dem Wasser gezogen und sie sicher nach Kap Verde gebracht hatte. Sie war froh, weil er neben ihr saß und schwieg. Seine schlichte Anwesenheit und seine ruhige und souveräne Art beruhigten sie. Ohne ihn hätte sie das Warten nicht ertragen. Sicher hätte sie die Nerven verloren, Ramos beschimpft und wäre über Nacht in einer Zelle gelandet.

Sie warteten immer noch, als plötzlich Mike mit frischen Verbänden und einer Krücke in der Hand über den Flur gehumpelt kam. Seine Wunden waren, wie Marie schon vermutet hatte, ungefährlich und zudem von ihr auf der Yacht schon bestens versorgt worden. Obwohl der Arzt ihn zur Beobachtung über Nacht im Krankenhaus behalten wollte, hatte er sich selbst entlassen. Er war von der gleichen inneren Unruhe getrieben wie Marie und wollte unbedingt bei ihr sein.

Marie berichtete ihm empört von Ramos' absurden Theorien und seinen unverhohlenen Anschuldigungen. Doch Mike blieb so entspannt wie Bernd.

„Das wird sich aufklären, mach dir keine Sorgen."

Bernd grinste Marie an: „Siehst du? Sag ich doch."

Es dauerte eine weitere Stunde, bis Ramos aus seinem Büro kam.

„Ich habe mit Senhor Franke und Senhor Witherspoon telefoniert. Senhor Wendelstein war leider nicht erreichbar. Senhor Franke hat alle ihre Angaben bestätigt und mir sein Material über Kara Wiebke und Sven Friedrich zugemailt. Die Fahndung nach Wiebke läuft, obwohl sie sicher im Atlantik ertrunken ist. Außerdem hat die Spurensicherung das Geld an Bord gefunden. Es handelt sich bislang um drei Millionen Euro, aber sie sind noch nicht fertig. Es scheint noch mehr da zu sein."

„Können wir jetzt gehen?", fragte Marie. Das Geld interessierte sie überhaupt nicht.

Ramos nickte.

„Wir haben Sie ins Hotel Don Paco eingebucht, wo auch dieser verrückte Pilot abgestiegen ist. Bitte halten Sie sich zu unserer Verfügung. Ich werde Sie morgen früh abholen lassen, um Ihre Aussagenprotokolle zu unterschreiben. Es versteht sich von selbst, dass Sie Kap Verde vorher nicht verlassen dürfen."

Marie, Mike und Bernd nickten. Ramos gab allen die Hand und entschuldigte sich bei Marie für sein anfängliches Misstrauen, das er als überaus nützliche Berufskrankheit bezeichnete. Marie lächelte ihn verzeihend an. Sie war einfach nur froh, dass sie endlich gehen durften. Sie wollte duschen und möglichst traumlos schlafen. Sie waren schon fast am Ausgang, als Ramos sie noch einmal aufhielt und ihnen zurief: „Übrigens, ich habe das deutsche Bundeskriminalamt benachrichtigt. Über die Leichen und auch über die Millionen. Vielleicht wollen Sie das Senhor Wendelstein sagen."

„Das weiß er schon", gab Mike im Gehen zurück. „Oder was glauben Sie, warum der unerreichbar ist?"

Aufbäumen

Tim singt nicht mehr. Er hat Mühe, zu atmen und keine Luft mehr zum Singen. Inzwischen muss er auf Zehenspitzen stehen und den Kopf ganz weit in den Nacken legen, um zumindest die Nasenspitze noch über Wasser zu halten. Noch, ein, zwei Zentimeter, und die Brühe überflutet ihn gänzlich.

Ein Käsepapierchen schwimmt an ihm vorbei. Tim erinnert sich an die glücklichen Zeiten, als er mit Hans, Franz und Uma die Panzerplatten und den Streichkäse geteilt hat. Die Ratten haben ihn längst verlassen, haben ihn einfach im Stich gelassen, er ist unendlich enttäuscht von ihnen. Er weint, weil er sich so entsetzlich allein fühlt.

Tim hat nicht nur keine Luft mehr zum Singen, er hat auch keine Lust mehr. Vor ein paar Zentimetern fühlte er sich noch als Held, weil er aufrecht sterben wollte, mit einem Lied auf den Lippen. Er hat sogar geglaubt, sich auf den Tod zu freuen: endlich vorbei, die Qual hat ein Ende. Soll es ihn doch nach unten ziehen, im Schlick kann er sich in alle Ewigkeit ausruhen. Kein Fieber mehr, keine Schmerzen und kein Fäulnisgestank mehr. Er wird schwerelos im Wasser schweben, wird sich verflüssigen und aus den Ritzen der Schute hinausströmen in den Fluss. Dort wird er vorbei an Fischen und Muscheln und Kies und Algen schwimmen, bis er ins Meer gelangt. Dann ist alles gut, einfach alles ist dann gut.

Doch dann ist etwas passiert. Das Wasser hat ihn überfallartig attackiert und sein Herz auf die Größe einer Walnuss zusammengepresst. Es hat so fest gepresst, dass sein Herz kurz stehengeblieben ist. Er hat gedacht, jetzt ist es vorbei, obwohl noch Luft vorhanden ist. Da ist ihm der Schweiß ausgebrochen, aus allen Poren ist er herausgeströmt, er hat gehechelt, ihm ist schwindlig geworden, dann hat sein Herz wieder gepumpt. Seitdem schlägt es wie ein Dampfhammer. Seitdem spürt er Angst, Todesangst. Er will nicht verrecken, er will leben! Er will raus aus diesem verdammten Gefängnis, er will an die Luft, will atmen, will Licht tanken, sich bewegen, sein Gesicht in die Sonne halten und seine nackten Füße in Gras graben.

Tim brüllt einen letzten Schrei der Verzweiflung in den schmalen Luftstreifen, er atmet so tief ein, wie er kann, dann stößt er sich mit beiden Füßen von der Rückwand ab und taucht. Er taucht bis in die gefühlte Mitte der Schute, dorthin, wo er schon so oft tagsüber sehnsüchtig nach oben gesehen hat zu der mittigen Luke, durch die das meiste Licht fällt. Diese Luke, die nicht ganz geschlossen zu sein scheint. Diese Luke, direkt neben der Querverstrebung, die er anfangs versucht hat, zu erreichen, indem er seine Kanister aufeinanderstapelte, die aber trotzdem aufgrund der Höhe der Schute außerhalb seiner Reichweite lag.

Dorthin taucht er. Das Wasser, das er bislang als seinen ärgsten Feind betrachtet hat, trägt ihn nun hinauf zu dem Querbalken, an den er sich mit seiner rechten Hand klammert. Während seine Füße im Nichts strampeln, zieht er sich hoch und presst seinen Mund gegen die Decke der Schute. Noch knapp ein Zentimeter. Er holt Luft und schaut, wo sich die Luke befindet. Sie ist direkt neben seinem Kopf. Er taucht noch einmal, bewegt sich etwa einen Meter zur Seite und zieht sich wieder an der Querstrebe hoch. Nun hat er die richtige Position. Er spannt seine Bauchmuskeln an, er spannt alle seine Muskeln an und hebt die Beine. Sofort gerät sein Kopf vollständig unter Wasser. Es war dumm von ihm, daran nicht zu denken. Das Fieber schwächt nicht nur seinen Körper, es verklebt ihm auch das Hirn.

Wieder lässt er die Beine nach unten baumeln, zieht sich hoch, atmet tief ein. Dann beginnt er die Prozedur von vorne. Er hält sich fest, legt den Kopf zurück und seinen Körper parallel zur Decke der Schute. Mit seinen Füßen tritt er gegen die Luke. Er nimmt keine Rücksicht mehr auf den verstauchten linken Fuß. Die Luke bewegt sich nicht. Er zieht sich wieder hoch, um Luft zu holen. Nur noch ein winziger, wenige Millimeter breiter Streifen. Er muss seine Lippen spitzen, um einzuatmen ohne Wasser aufzunehmen. Er weiß, es ist der letzte Atemzug, den er macht.

Plötzlich überfällt ihn ein Anfall von Zorn, die schlimmsten Schimpfwörter explodieren in seinem Kopf. Er lässt seinen Körper unter Wasser sinken, klammert sich an die Querstrebe und tritt mit aller Wut, die ihn durchströmt, gegen die Luke. Wieder und wieder und immer wieder. Seine Augen treten vor Anstrengung hervor, sein Kopf und seine Lunge drohen zu platzen. Er verkrampft seinen Kiefer, beißt auf die Zähne. Doch dann öffnet er den Mund weit und schreit mit erneuten Fußtritten wütend unter Wasser seine letzte Luft heraus, sodass dicke Blasen aufsteigen. Da gibt die Luke nach. Zuerst ein, zwei Zentimeter, schließlich quietscht es laut, und Tim sieht ein Quadrat Abenddämmerung, das ihm gegen die Dunkelheit in der Schute wie verheißungsvoll gleißendes Licht erscheint. Mit letzter Kraft und letzter Luft hangelt er sich an der Querstrebe entlang und zieht sich hoch.

Er streckt seinen Kopf aus der Luke und atmet ein. Die erste frische Luft seit Tagen, er hat keine Ahnung seit wie vielen Tagen. Es kommt ihm vor, als wäre es die erste Frischluft seines Lebens. Tim stößt seinen zweiten Geburtsschrei aus. Er blickt nach oben und sieht Himmel über sich. Der Himmel ist von dunklen, tiefen Wolken verhangen, es sieht wunderschön aus, so schön wie noch nie. Er blickt zur Seite und sieht sich im sanften Wind wiegende Baumwipfel. Tim will gierig hin- und hersehen, doch er reißt sich von dem Anblick los und beginnt, zu strampeln und zu kämpfen. Er schafft es, den rechten Ellbogen in den Außenwinkel der Luke zu klemmen und zieht sich hoch. Millimeter um Millimeter. Die Panik, es nicht zu schaffen und wieder zurück ins schwarze Wasser zu fallen, verleiht ihm Kraft. Endlos lange Minuten später liegt er mit dem Oberkörper auf dem Dach der Schute, das Gesicht auf dem verrosteten Stahl und ringt nach Luft. Er ruht sich kurz aus, bis er wieder bei Atem ist, dann zieht er die Beine nach und setzt sich auf. Tränen strömen ihm über die Wangen, sein Schluchzen schüttelt den ganzen Körper. Er wischt sich die Augen trocken und staunt. Er saugt alles in sich auf: den Himmel, das letzte, dämmrige Licht des Tages, die Bäume, das Schilf am Ufer, den Wind, den Geruch des Flusses und des Grases, die Geräusche der Vögel und Frösche … Der Fluss ist nicht breit, er wird problemlos ans Ufer schwimmen können, selbst mit nur einem Arm. Er hat nicht viel Zeit für seine Pause, für seine Betrachtungen. Die Schute sinkt. Es gluckst ein wenig, einige Blasen steigen auf, fast sieht es aus, als würde das Wasser um den Stahlkörper herum kurz aufkochen. Tim kann sich gerade noch mit den Füßen von der Schute abstoßen, dann legt er sich waagrecht in den Fluss und beginnt mit langsamen, ruhigen Schwimmbewegungen. Er ist frei. Zum ersten Mal in seinem Leben.

Verhaftung

Die Nacht senkte sich über Düsternbrook. Armin erhob sich ächzend aus seinem Sessel, in dem er die letzten Stunden verbracht hatte. Er ging gebeugt, fühlte sich wie ein alter Mann. Er machte das Licht wieder an. Es blendete ihn, kurz musste er blinzeln. Die Entscheidung war ihm schwergefallen, sie hatte ihn geradezu gequält. Aber was er zu seinem Anwalt Joachim Borck gesagt hatte, war richtig gewesen. Er nützte seinen Söhnen nichts, wenn er im Gefängnis saß. Plötzlich hielt er in seinen schleppenden Schritten inne. Ihm wurde erneut schlagartig bewusst, wie absurd dieser Gedanke war. Er hatte keine Söhne mehr. Vielleicht noch einen. Aber falls Tim noch lebte, würde diese Kara sich bei ihm melden und Lösegeld verlangen. Zusätzlich zu den Millionen, die sie aus dem Bauch der Dorada geschnitten hatte. Auch dann durfte er nicht im Gefängnis sitzen, sondern musste frei handeln können, um wenigstens Tim zu retten.

Armin setzte seinen Weg Richtung Schlafzimmer fort. Falls diese Kara überhaupt noch lebte. Mit an Sicherheit grenzender Wahrscheinlichkeit war sie abgesoffen. Oder trieb mit dem Dingi ohne Treibstoff auf den offenen Atlantik hinaus. Und würde irgendwann absaufen. Dann war auch Tim verloren. Egal, wie er es drehte und wendete, es gab für ihn keinen Grund, auf seine Verhaftung zu warten. Die Dorada war auf Kap Verde in den Händen der Polizei. Die deutschen Behörden würden sicher schnell über die Vorgänge und das Geld informiert werden. Sein Flug auf die Caymans ging erst übermorgen. So lange wollte er nicht warten. Er würde in dieser Nacht noch nach Hamburg fahren und morgen früh den ersten Flug ins außereuropäische Ausland buchen.

Armin kam in sein Schlafzimmer, machte das Licht an und nahm einen Koffer aus dem angrenzenden Ankleideraum. Beim Packen überkam ihn die Wut: Wieso konnte er seinen Söhnen nichts anvertrauen? Wieso war Sören nicht in der Lage gewesen, diese einfach Aufgabe zu erfüllen, eine Yacht unbeschadet von an A nach B zu bringen? Warum, zur Hölle, hatte sich Henning mit diesem Gesindel eingelassen? Der Junge hatte doch alle Möglichkeiten! Geld, eine hübsche Freundin aus gutem Hause, eine glänzende Zukunft! Er hatte seinen Söhnen einen breiten Weg geebnet, aber sie waren nicht in der Lage gewesen, ihn auszufüllen. Keiner von ihnen. Nicht einmal zu dritt! Wie konnte Tim so blöd sein und sich entführen lassen? Wieso hatten es Sören, Henning und Mike, drei erwachsene, kräftige, junge Männer, nicht geschafft, sich gegen eine kleine, zierliche Frau und ihren Partner durchzusetzen? Und wieso hatte Mike überlebt, aber nicht seine Söhne?

Aufgebracht pfefferte Armin Socken, Unterwäsche und Oberbekleidung in den Koffer. Doch mitten in der Bewegung brach er zusammen, ließ sich auf sein Bett fallen und schlug die Hände vors Gesicht. Armin Wendelstein weinte. Zum ersten Mal seit über 50 Jahren weinte er.

Er hörte die drei Wagen nicht auf seinem Grundstück vorfahren. Aber er hörte es klingeln. Da wusste er, dass es zu spät war, die Koffer zu packen. Kurz erstarrte er. Dann stand er auf, ging ins Bad und wusch sich das Gesicht mit kaltem Wasser. Aufrecht und hoch erhobenen Hauptes öffnete er nach dem dritten Klingeln. Immerhin war der leitende Oberstaatsanwalt von Kiel persönlich erschienen. Erst kürzlich hatte er ihn beim Golfen gedemütigt, sie verachteten sich schon seit Jahren gegenseitig. Natürlich hatte sich der kleingeistige Juristen-Musterknabe den Triumph nicht nehmen lassen, ihn selbst zu verhaften. Armin wusste, dass der Kerl alles in seiner Macht Stehende tun würde, um die Höchststrafe durchzusetzen. Für ihn war es aus. Aus und vorbei.

Achter Tag • **Doris**

Tim liegt am Flussufer im Schilf. Auf seiner Stirn steht kalter Schweiß. Fieber und Schüttelfrost lassen seinen Körper beben. Sein Atem geht schnell, sein Herz rast. Die Sonne kriecht im Osten über den Horizont, die Vögel begrüßen den herannahenden Tag mit aufgeregtem Zwitschern. Im Fluss springt ein Fisch hoch und landet klatschend auf der Wasseroberfläche, bevor er wieder abtaucht. Ein sanfter Wind streicht durch das Schilf und wiegt die Gräser und Halme sacht hin und her. Ein Heer von Ameisen krabbelt über Tim und bevölkert vor allem seinen linken Arm. Der Verband um seine Hand starrt vor Schmutz, er ist fast schwarz. Der Unterarm ist dick angeschwollen und schillert violett.

Tim bekommt von all dem nichts mit, er ist nicht ganz bei sich. Er hat es gerade noch bis ans Ufer geschafft, dann ist er erschöpft liegen geblieben. Er hat nicht einmal mehr die Kraft gehabt, auch nur zwei Meter weiter zu kriechen. Also ist er liegen geblieben und hat kampflos akzeptiert, dass das sein Ende ist. Er hat noch gespürt, wie eine Ratte um ihn herumhuschte und hat sich gefragt, ob es vielleicht Hans, Franz oder Uma sein könnte. Die Vorstellung hat ihn irgendwie getröstet. Dann hat er den Duft der Erde eingesogen, er hat sein Gesicht darin vergraben und geschnuppert. Es hat gut gerochen, unglaublich gut. So frisch und sauber. Er hat an seine Brüder gedacht und an Britt und an seinen Vater. Er hat an Macke gedacht und an die Hertha, an sein Bett, seine Lieblingskneipe, an ein kaltes Bier, an das Meer und das Gefühl von heißem Sand unter den nackten Fußsohlen. Er hat an Chippie gedacht, an sein erstes Fahrrad, an seine Mutter, seine Kindermädchen und an auf offenem Feuer gegrillte Sardinen. Tim hat sich vom Leben verabschiedet und sich ohne weitere Gegenwehr in die Schwärze des Nichts gleiten lassen.

Da liegt er nun, das Gesicht noch halb in die Erde gegraben, und hört nicht den kurzen, erschrockenen Aufschrei aus dem Mund einer etwa 70-jährigen Frau, die mit Walkingstöcken am schmalen Uferweg steht und ihn auf ihrer frühmorgendlichen Runde entdeckt hat. Er kann es nicht hören, denn er segelt lautlos durch die schöne Schwärze. Sein entspannter Gleitflug jedoch gerät plötzlich etwas ins Ruckeln. Die Stille und die Schwärze werden zerrissen von einem weißen Blitz, dessen Licht so hell ist, dass es lärmt. Tim fällt und fällt, er stürzt in rasendem Tempo auf die Erde zurück. Er wird wütend, denn sein Schweben in der Schwerelosigkeit war unendlich betörend. Nun spürt er etwas, er spürt sein Gewicht. Er wird schwerer und schwerer, er will sich gegen das zunehmend bleierne Gefühl wehren, will wieder nach oben, doch sein Gewicht ist schon zu groß. Er landet und schlägt die Augen auf.

Alles ist verschwommen. Er sieht nicht gut, aber er spürt wieder Schmerz. Jemand schüttelt ihn. Er hört etwas in weiter Ferne. Jemand ruft. Langsam zieht sich das Bild scharf. Eine alte Frau kniet neben ihm und telefoniert mit einem Handy. Sie sieht ihn dabei ängstlich an. Warum hat sie Angst vor ihm, fragt er sich. Er wird ihr doch nichts tun. Die Frau steckt ihr Handy ein und streicht ihm über die Wange.

„Da sind Sie ja wieder. Ganz ruhig, gleich kommt Hilfe“, sagt sie.

Es ist die erste menschliche Stimme, die er seit Urzeiten hört. Sie klingt sanft und weich und warm. Ein weißer Haarkranz krönt das braun gebrannte, freundliche Gesicht der Frau.

„Wie heißt du?“, fragt Tim.

„Doris. Ich heiße Doris“, sagt sie. Das Lächeln, das nun über ihre Miene huscht, ist heller als die Morgensonne.

„Doris, willst du mich heiraten? Ich liebe dich nämlich, Doris“, sagt Tim.

Nun lacht die Frau. Ihr Lachen klingt hell und klar wie zwei edle Champagnergläser aus Kristall, die aneinandergestoßen werden.

Tim deutet ihr schönes Lachen als ein Ja. Glücklich schließt er die Augen. Jetzt wird alles gut. Danke, Doris.

Abrechnung

Mike, Marie, Bernd und Billy kamen am frühen Nachmittag in Berlin an. Ramos hatte Wort gehalten. Schon morgens um sieben waren sie abgeholt und aufs Revier gebracht worden, wo sie die Protokolle ihrer Aussagen gegenlasen und unterschrieben. Dann wurden sie zum Flughafen gebracht und in eine Maschine nach Deutschland gesetzt. Vor allem Bernd wunderte sich über das unbürokratische Entgegenkommen des kapverdischen Kommissars. Er war gewohnt, dass man weitaus rücksichtsloser mit ihm umging. Ramos hätte sie erheblich länger auf der Insel festhalten können. Doch da den Mördern nur deutsche Staatsbürger zum Opfer gefallen waren und das Ganze zudem in internationalen Gewässern und damit außerhalb seines Zuständigkeitsbereiches stattgefunden hatte, überließ er die weiteren Ermittlungen und den damit verbundenen Papierkram nur zu gerne der deutschen Polizei. Das einzige, was er ihnen noch mit auf den Weg gab, war eine Information: Bei Sonnenaufgang war der Funkspruch eines Hochseefischers eingegangen. Er hatte das Beiboot der Dorada 25 Seemeilen, also nicht ganz 50 Kilometer von den kapverdischen Küsten entfernt, entdeckt und geborgen. Das Dingi hatte keinen Treibstoff mehr gehabt. Von Kara Wiebke fehlte weiterhin jede Spur.

Marie und Mike waren zuerst erleichtert gewesen, Kara niemals wiedersehen zu müssen. Doch dann dachten sie an Tim. Ohne Kara würde er nicht gefunden werden. Bedrückt hatten sie das Flugzeug bestiegen, bedrückt verließen sie es in Berlin.

Karl Franke empfing sie am Terminal, stellte sich kurz vor und bedankte sich, auch im Namen von Armin Wendelstein, bei Bernd Sund und Billy Witherspoon für ihre halsbrecherische Rettungsaktion.

„Warum kommt Armin nicht persönlich, wenn wir ihm so wichtig sind?“, fragte Marie mit verächtlichem Blick.

„Er ist letzte Nacht vorläufig festgenommen worden“, antwortete Franke ungerührt.

„Das sind ja mal gute Nachrichten“, fand Mike bitter.

„Ich habe noch viel bessere!“ Zum ersten Mal lächelte Franke. „Heute Morgen ist Tim gefunden worden. Er lebt! Er war auf einer abgewrackten Schute in einem Nebenarm der Havel festgehalten worden.“

Marie und Mike wollten sofort ins Krankenhaus zu ihm. Vor dem Terminal verabschiedeten sie sich von Bernd und Billy, die einen Zwischenstopp auf Bernds Hallig einlegen wollten, bevor sie wegen einer Umweltschutz-Aktion nach Norwegen mussten. Marie versprach ihrem Vater, ihn in den nächsten Tagen zu besuchen.

„Du warst schon lange nicht mehr zu Hause“, sagte Bernd und bemühte sich, seine Rührung zu verbergen.

„Es wird Zeit“, erwiderte Marie. Auch sie war deutlich ergriffen.

Mike und Marie stiegen in Frankes Mercedes, der direkt vor dem Terminal geparkt stand. Es war schwül, die Luftfeuchtigkeit sehr hoch und der Himmel voller dicker, dunkler Wolken. Unterwegs erzählte Franke ihnen alles, was er bislang über Tims Entführung und seinen Aufenthaltsort wusste. Es war nicht viel. Armin, der vom Krankenhaus benachrichtigt worden war, hatte ihn angerufen und zu Tim in die Berliner Charité geschickt. Er selbst konnte nicht sofort kommen, da er immer noch von der Staatsanwaltschaft und der Kripo befragt wurde. Franke hatte im Krankenhaus jedoch nur wenige Sätze mit Tim wechseln können. Er hatte ihm nicht sagen wollen, was auf der Yacht passiert war und dass seine beiden Brüder nicht mehr lebten, doch Tim hatte dermaßen gedrängelt, dass Franke ihn nicht belügen konnte, auch wenn der Schock sicher nicht gut für Tims gesundheitlichen Zustand war.

„Ihm sind Tränen aus den Augen geschossen, und er hat kein Wort mehr gesprochen. Dann musste er in den OP", berichtete Franke weiter, während er geschickt durch den Berliner Verkehr steuerte. „Es tut mir leid, euch sagen zu müssen, dass sie Tim den linken Arm amputiert haben. Es ging nicht anders, er wäre sonst innerhalb der nächsten Stunden an fortschreitender Sepsis gestorben. Er stand eh schon auf der Kippe, aber inzwischen ist er wohl über den Berg."

Marie griff bedrückt nach Mikes Hand. Er hielt sie stumm fest.

„Auch wenn das jetzt grausam klingt", fuhr Franke fort. „Aber Tim hat unglaubliches Glück gehabt. Wenn es hier nicht so unwetterartig geregnet hätte … Aber das wird er euch sicher selbst erzählen wollen."

Kurze Zeit später standen sie an Tims Bett. Er lag

auf der Intensivstation und hatte jede Menge Schläuche und Kabel an seinem Körper.

Marie erschrak fürchterlich, als sie ihn sah. Mike erging es ähnlich. Von dem sorglos strahlenden und vor Lebenskraft strotzenden Jungen war nichts mehr übrig. Das war nicht mehr der Tim, den sie vor einem Monat auf Sylt in der Bar getroffen hatten. Vor ihnen lag ein ausgemergelter Mann, der viel älter als Tim zu sein schien. Die geschlossenen Augen lagen in tiefen, dunklen Höhlen, die Wangen waren eingefallen, die Haut mit Schorf, Stichen und entzündeten Beulen übersät. Dass der linke Arm fehlte, erschien Marie nicht das Schlimmste, es komplettierte den Eindruck der Fremdheit nur noch. Als Tim jedoch die Augen öffnete, seinen Besuch bemerkte und zu lächeln begann, erkannte Marie ihn wieder. Sein überwältigendes Lächeln war trotz aller Veränderungen das Gleiche geblieben. Diese plötzliche, berührende Feststellung, dass Tim, obwohl er Grauenvolles durchgemacht haben musste, noch so lächeln konnte, warf Marie vollends aus der Bahn. Sie setzte sich an sein Bett, nahm seine rechte Hand, streichelte sie und begann, hemmungslos zu weinen. Mike stand hilflos daneben, auch ihm fehlten die Worte.

Tim war der erste, der sprach, wenn auch mit schwacher Stimme: „Schön, euch zu sehen, Leute. Ihr wisst gar nicht, wie schön!" Dann wollte er wissen, was genau auf der Dorada passiert war.

Sowohl Marie als auch Mike graute es davor, Tim die ganze Geschichte zu erzählen. Aber er hatte ein Recht darauf. Also begannen sie stockend. Einer ergänzte den anderen, wenn die noch allzu frischen Erinnerungen an die letzten Tage das Weitersprechen unmöglich machten. Beide versuchten, so wenig wie möglich ins Detail zu gehen, doch Tim ließ nicht locker. Er wollte es wissen, und zwar ganz genau.

Als Marie und Mike schließlich bei Hennings Tod angelangt waren, schnellte Tims Blutdruck so in die Höhe, dass die Geräte zu piepsen begannen und ein Arzt und eine Krankenschwester angerannt kamen. Mike und Marie mussten kurz hinausgehen.

Der Arzt gab Tim eine Spritze, dann kam er heraus und erklärte Mike und Marie bei offener Tür, dass der Patient nun dringend Ruhe benötigte und sie nicht mehr hinein durften. Doch Tim, der das hörte, widersprach lautstark und mit ungewohnter Entschiedenheit. Der Arzt stutzte kurz, dann nickte er seufzend, mahnte Marie und Mike, seinen Patienten nicht unnötig aufzuregen, und ging.

„Der Arzt hat recht“, sagte Marie sanft. „Das ist nicht gut für dich.“

„Es nicht zu wissen, ist noch schlimmer, glaub mir“, flüsterte Tim. „Außerdem hab ich ja schon fast alles hinter mir, oder? Also erzählt weiter, bitte.“

Als sie geendet hatten, wirkte Tim über die Maßen erschöpft und wollte ein wenig schlafen. Marie und Mike erhoben sich.

„Aber ihr kommt wieder?“

Marie gab ihm einen zarten Kuss auf die Wange.

„Natürlich. Wir bleiben in Berlin, so lange du willst. Das tun wir doch, oder?“, fragte sie Mike.

„Auf jeden Fall!“

„Und jetzt gehen wir nur was Kleines essen und sehen dann noch mal nach dir. Schlaf schön.“

Tim lächelte erleichtert.

Schon im Gehen wandte sich Marie noch einmal um. Ihr war etwas eingefallen.

„Sag mal, Tim, sollen wir deine Freundin anrufen und ihr Bescheid geben?“ Den Namen Britt bekam sie nicht über die Lippen, das würde noch dauern.

„Ich weiß nicht. Ich würde sie schon gerne sehen. Aber …“ Tim blickte unschlüssig auf die Stelle, an der sein linker Arm gewesen war.

„Ich rufe sie an“, sagte Marie einfach. Dann ging sie leise mit Mike hinaus. Unten in der Cafeteria des Krankenhauses wartete Franke auf die beiden. Er hatte sie diskret mit Tim allein gelassen, um nicht zu stören. Zu Maries und Mikes Überraschung saß Armin Wendelstein bei Franke, neben ihm ein Polizist in Uniform, der ihn bewachte. Als Armin Marie und Mike herankommen sah, erhob er sich und streckte den beiden seine Hand zur Begrüßung hin. Weder Mike noch Marie ergriffen sie.

„Verstehe“, sagte Armin nur. Dann wandte er sich an den Beamten.

„Ich würde jetzt gerne zu meinem Sohn gehen.“

„Der schläft“, sagte Marie. „Er ist vollkommen fertig.“

„War schwer für ihn zu begreifen, dass seine beiden Brüder wegen einer millionenschweren Steuerhinterziehung des Vaters ihr Leben lassen mussten. Na ja, und ein paar andere auch noch, das wollen wir nicht vergessen", fügte Mike hinzu.

„Ich habe diese Irre nicht an Bord geholt", zischte Armin. „Das war ja wohl Henning!"

Mike wollte wütend auf Armin losgehen, doch Marie packte ihn am Arm und zog ihn beiseite.

„Lass, Mike. Der wird von seiner Schuld noch eingeholt werden in den langen Nächten im Knast."

Armin warf Marie einen getroffenen Blick zu und senkte den Kopf. Da begriff sie, dass es schon so weit war. Armin Wendelstein wurde schon jetzt von seiner Schuld niedergedrückt. Der Beamte ging mit Armin nach oben. Armin wollte mit dem Arzt sprechen und dann vor Tims Zimmer warten, bis er wieder aufwachte. Mike und Marie setzten sich zu Franke.

„Wie kommt Armin hierher?", fragte Mike. „Ich dachte, sie haben ihn verhaftet?"

„Das stimmt", antwortete Franke. „Aber der Haftrichter hat ihm diesen kleinen Ausflug unter Bewachung genehmigt. Alles andere wäre unmenschlich gewesen. Wie geht es Tim?"

„Er ist unglaublich tapfer", erwiderte Marie. „Haben Sie eigentlich die Nummer seiner Freundin? Ich meine, der richtigen."

„Britt Berger? Ja, die habe ich." Er gab Marie die Nummer.

Marie zog sich in eine ruhige Ecke zurück, um zu telefonieren. Unterdessen holte Mike Kaffee. Während Marie mit Britt sprach, erzählte Mike Franke von dem leer aufgefundenen Dingi. Dann unterhielten sie sich ausgiebig über Kara Wiebke und Sven Friedrich. Mike erfuhr endlich in Gänze, mit wem sie es an Bord der Dorada zu tun gehabt hatten. Als Marie nach knapp 20 Minuten zurück an den Tisch kam, berichtete sie, dass Britt am Telefon vor Freude geweint hatte. Sie wollte sich sofort auf den Weg ins Krankenhaus machen, um Tim in die Arme zu schließen.

„Hast du ihr erzählt, dass er … dass er nur noch einen Arm hat?"

„Ja. Aber glaubst du, das hält eine liebende Frau ab?"

Mike lächelte sie an und gab ihr einen Kuss auf die Wange.

„Sie sind wirklich erstaunlich", sagte Franke plötzlich. „Tim Wendelstein hat mich angenehm überrascht, und Sie tun es auch."

Marie und Mike sahen ihn irritiert an.

„Nach allem, was Sie erlebt haben, bin ich davon ausgegangen, dass ich Sie sofort zu einem Trauma-Therapeuten bringen muss. Oder gleich in eine Anstalt. Und jetzt sitzen Sie hier und trinken Kaffee. Sie glauben gar nicht, wie mich das freut."

Mikes Blick verdüsterte sich kurz.

„Wir sind zurzeit einfach nur froh, dass wenigstens Tim überlebt hat. Aber dieser Segeltörn in den Tod wird uns unser Leben lang nicht loslassen, da bin ich sicher."

Franke nickte zustimmend.

„Das denke ich auch. Sie sollten auf jeden Fall professionelle Hilfe bei der Verarbeitung in Anspruch nehmen. Dennoch haben Sie meinen vollen Respekt für

Ihre Haltung. Das wollte ich Ihnen unbedingt noch sagen, bevor ich gehe."

Er erhob sich, schüttelte Marie und Mike die Hand und verschwand.

„Was hat er es denn plötzlich so eilig?", wunderte sich Marie.

„Während du telefoniert hast, ist uns etwas klar geworden. Unser Dingi ist 25 Seemeilen vor Kap Verde gefunden worden, so hat Ramos es gesagt, richtig?"

Marie nickte. Sie spürte, dass etwas in der Luft lag.

„Das Dingi war vollgetankt, man kann mit einer Tankfüllung ungefähr 20 Seemeilen weit kommen. Als Kara von Bord ist, waren wir noch fast 40 Seemeilen von der Küste entfernt."

„Worauf willst du hinaus?"

„Nehmen wir mal an, sie hat die 20 Seemeilen mit dem vollen Tank zurückgelegt. Es spricht nichts dagegen, die See war ruhig."

„Dann ist das Dingi leer ein paar Meilen zurück aufs offene Meer getrieben, wo dieser Hochseefischer es geborgen hat."

„Genau", bestätigte Mike. „Aber wo ist Kara abgeblieben? Wir gehen davon aus, dass es noch knappe 20 Seemeilen bis zur Küste waren, als ihr der Treibstoff ausging."

„Garantiert hat sie versucht zu schwimmen und ist dabei ertrunken. Kein normaler Mensch schwimmt auf dem offenen Meer 20 Seemeilen. Selbst wenn es nur 18 Seemeilen waren. Das wären 33 Kilometer!"

Mike nickte bedächtig. „Franke hat mir so einiges

von Kara Wiebke erzählt. Sie ist eine von der deutschen Marine ausgebildete Kampfschwimmerin und -taucherin. Und die müssen in ihrer Abschlussprüfung 30 Kilometer durch die Ostsee schwimmen."

Marie erbleichte.

„Wer 30 schafft, schafft auch 35."

„Deswegen ist Franke jetzt zur Kripo. Er will verhindern, dass etwas von Tims Geschichte oder gar seiner Rettung an die Presse durchsickert. Falls Kara noch lebt, wird sie vermutlich sehr bald an der Stelle auftauchen, an der die Schute lag, bevor sie weggeschwemmt wurde. Dort kann die Polizei sie schnappen. Falls sie nicht schon vorher an einem Flughafen oder sonst wo auffliegt."

„Dazu ist sie zu gerissen", vermutete Marie.

„Das denkt Franke auch. Die weiß, dass eine internationale Fahndung nach ihr raus ist und wird den Teufel tun, sich mit ihrem Ausweis an einen Flugschalter zu begeben. Aber mit den paar Millionen in ihrem Gepäck und der allgemein herrschenden Korruption kann sie sich eine Privatmaschine und einen Piloten anheuern, sich nach Europa fliegen lassen und über dem Landweg ohne groß aufzufallen, hierher kommen."

Marie schob den Kaffee von sich.

„Warum sollte sie das Risiko eingehen? Sie hat doch ein paar Millionen eingesackt!"

„Weil sie gierig ist. Und weil sie hofft, mit Tim als Unterpfand aus Armin noch einiges mehr herauszuholen. Ganz egal, ob der in Untersuchungshaft sitzt oder nicht."

„Wow!“, sagte Marie. „Ich weiß nicht genau, was mir lieber wäre. Dass sie für lange Jahre in den Knast geht oder dass sie ertrunken ist.“

Mike nickte nachdenklich.

„Über 30 Kilometer durch die offene See. Vor den Kapverdischen Inseln gibt es Tigerhaie und Hammerhaie. Auch weiße Haie sind schon gesichtet worden. Ich hoffe, die Viecher haben sie in Stücke gerissen.“

Als Tim wach wurde und erfuhr, dass sein Vater vor der Tür wartete, ließ er ihn hereinbitten. Doch noch bevor Armin ein einziges Wort sagen konnte, sprach Tim.

„Hör mir zu. Hör mir einfach nur zu. Wegen dir und deinem beschissenen Geld sind Menschen gestorben. Meine beiden Brüder, Julia, eine meiner besten Freundinnen, und noch eine andere junge Frau. Marie und Mike haben nur knapp überlebt. Genau wie ich. Ich bin fast wahnsinnig geworden in der Schute. Und ich habe einen Arm verloren. Aber du hast mich nicht mal bei der Polizei als vermisst gemeldet …“

Armin unterbrach verzweifelt.

„Ich dachte, du bist mit diesen Musikern auf Tour. Oder amüsierst dich sonst wo in der Weltgeschichte!“

Tim hob ungeduldig seine ihm noch verbliebene Hand.

„Hör auf, Armin. Das einzige, woran du gedacht hast, war dein Geld. Dass es sicher auf den Caymans ankommt und keiner was mitkriegt. Deswegen keine Bullen. Also halt die Klappe! Ich scheiß auf deine Lügen. Und ich scheiß auf dich! Ich will dich niemals wiedersehen, hast du gehört? Und jetzt raus aus meinem Zimmer!"

Mit dem Schmerz, den Armin Wendelstein überrascht empfand, als er nun auch noch seinen letzten Sohn verlor, konnte er nicht anders umgehen als gewohnt aggressiv. Geschockt schrie er Tim an.

„Du schmeißt mich nicht raus, du nicht! Wer bist du denn ohne mich? Ein Nichts bist du, ein absolutes Nichts!"

Plötzlich lächelte Tim.

„Ich war ein Nichts, solange ich glaubte, dich zu brauchen. Das ist vorbei. Ein für alle Mal."

Armin musste von dem ihn begleitenden Beamten und einem Pfleger gewaltsam aus Tims Krankenzimmer gebracht werden.

Marie und Mike, die auf den Flur der Intensivstation kamen, um noch einmal bei Tim hereinzuschauen, sahen, wie Armin vor dem Zimmer zusammenbrach. Der Pfleger rief einen Arzt herbei und legte Armin mithilfe des Beamten auf eine im Flur stehende Rolltrage. Dann wurde Armin eilig in ein Behandlungszimmer gefahren. Marie fühlte in sich hinein, ob sie so etwas wie Mitleid empfand. Aber da war nichts.

Einige Wochen später • **Nordsee**

Marie saß etwas oberhalb vom Reet und blickte auf die Nordsee. Die Wellen leckten sanft am Marschland, erst weiter draußen konnte sie einige weiße Schaumkronen entdecken. Bald würden wieder Herbststürme toben. Die ersten Ringelgänse aus Sibirien kamen schon angeflogen. Sie trafen dieses Jahr schon früh ein, um ihr Winterlager an der Nordseeküste aufzuschlagen. In Marie herrschte eine entspannte Ruhe, wenn sie auf die See blickte. Ihre Angst vor der Tiefe des Meeres war verschwunden. Sie hörte vertraute Schritte hinter sich und lächelte. Kurz darauf setzte sich Mike hinter sie und schlang seine Arme um ihre Schultern.

„Franke hat gerade angerufen. Sie haben Kara geschnappt."

„Wie denn, wo denn?" Marie drehte sich überrascht zu Mike um.

Die erste Woche nach ihrer Rückkehr hatte die Polizei die Umgebung des ehemaligen Liegeplatzes der Schute observiert, um die eventuell dort auftauchende Kara Wiebke festzunehmen. Als sie aus Gründen von Personalmangel aufgaben, heuerte Franke in Armin Wendelsteins Auftrag ein paar freischaffende Profis an, die den Job weiter übernahmen. Nach insgesamt fast drei Wochen Beobachtung hatten auch sie sich zurückgezogen. Kara war nicht aufgetaucht.

„In Rostock. Sie wollte ein Boot anmieten und damit wieder außer Landes verschwinden", sagte Mike.

Marie lehnte sich an ihn.

„Sie ist also mit der Geldtasche über 30 Kilometer weit durch den Atlantik geschwommen."

„Und kein Hai hat sie gefressen. Leider."

„Die hatten garantiert Angst vor ihr. Zu Recht", sagte Marie.

„Sie war übrigens tatsächlich an dem Liegeplatz der Schute und wollte nach Tim sehen. Ob er noch lebt und sie ihn weiter als Druckmittel benutzen kann. Oder ob sie seine Leiche entsorgen muss. Zwei Tage, nachdem wir in Berlin angekommen sind, war sie dort. Sie hat keine Zeit verloren. Aber sie hat die Polizisten bemerkt und sich klammheimlich wieder vom Acker gemacht."

„Woher weißt du das alles?"

„Laut Franke war sie bei der ersten Vernehmung ziemlich gesprächig. Sie hat sich über die observierenden Beamten lustig gemacht. Ihr billiges Aftershave hätte drei Meilen gegen den Wind gestunken."

Die beiden schwiegen eine Weile und sahen der Sonne zu, wie sie glutrot im Meer versank und den Himmel aufflammen ließ.

„Wir werden gegen sie aussagen müssen. Also müssen wir sie auch wieder sehen. Ich hatte gehofft, dass das niemals passiert." Marie sprach es ganz leise aus.

„Das schaffen wir auch noch", sagte Mike. Er umarmte Marie noch fester.

Sie küsste ihn sanft auf den Mund.

„Ich brauche dich!"

Mike lächelte sie an.

„Mich wirst du so schnell nicht wieder los."

Seit sie vor einem Monat die Dorada bestiegen hatten, waren sie keinen einzigen Tag mehr getrennt gewesen. Die erste Woche nach ihrer Rückkehr hatten sie in Berlin verbracht, wo sie jeden Tag im Krankenhaus bei Tim gewesen waren und auch Britt kennenlernten. Tim erholte sich überraschend schnell, was sicher auch an Britts unverbrüchlicher Zuneigung lag, die ihm viel von seiner verlorenen Kraft wiedergab. Nur mit Armin konnte und wollte er sich nicht versöhnen. Tim war aus seinem Loft ausgezogen und wohnte inzwischen bei Britt in deren kleiner Zweizimmerwohnung am Stuttgarter Platz. Er hatte sogar den Namen Wendelstein abgelegt und den Mädchennamen seiner verstorbenen Mutter angenommen, um jede Verbindung zu Armin zu kappen.

Armin saß immer noch in Untersuchungshaft, da den Beamten bei seiner Festnahme der halb gepackte Koffer aufgefallen war und der Haftrichter somit eine Fluchtgefahr nicht ausschließen konnte. Es sah ganz so aus, also wollten der Oberstaatsanwalt und das zuständige Gericht mit ihrer unnachgiebigen Gangart ein Exempel an Armin Wendelstein statuieren.

Mike zog Marie hoch.

„Komm, wir müssen zurück. Tim und Britt kommen in einer Stunde an. Und ich habe keine Ahnung, was Bernd und Billy da in der Küche mit dem Lachs anstellen, den wir mitgebracht haben. Die machen ziemlich seltsame Scherze über Ketchup, aber das meinen die nicht im Ernst, oder?“

Marie lachte nur und ließ sich von Mike zu Bernds

reetgedecktem Haus auf der Warft ziehen. Als die Sonne schon längst über der Hallig untergegangen war und der Mond die winzige Marschinsel beschien, wehte geselliges Lachen und Gläserklirren vom Haus übers Reet. Das Meer rauschte ruhig und gleichmäßig …

Bei Fragen zur Produktsicherheit
wenden Sie sich bitte an:

Pendragon Verlag
gegründet 1981
Stapenhorststraße 15
33615 Bielefeld
kontakt@pendragon.de
www.pendragon.de

Veröffentlicht im Pendragon Verlag
Günther Butkus, Bielefeld 2025

Lektorat: Günther Butkus
Umschlag und Herstellung: Uta Zeißler, Bielefeld
Umschlagfoto: Fotoline / Photocase
Satz: Pendragon Verlag auf Macintosh
Gesetzt aus der Adobe Garamond
ISBN: 978-3-86532-917-2
Gedruckt in Polen